왕립육군 로빈충대

글 납자루 그림 노가미 타케시

WAR DEPARTMENT
THE ADJUTANT GENERAL'S OFFICE
RIVERTON

This is to identify-

Nancy Catherine Callfield
_____
(Name)

1st Lt.   Infantry   O-1125618
_____
(Grade)   (Infantry)   (Serial No.)

Whose signature, photograph, and fingerprints appear hereon.

in the ROYAL ARMY

Nancy Catherine Callfield
_____
(Signature of officer)

Date of birth_____ July 10. 4007 _____
Color eyes Dark blue   Color hair Rose
Weight_____ Height 5 ft. 6 ins.

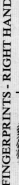

FINGERPRINTS - RIGHT HAND

THUMB

Date issued_____ April 11. 4029 _____

글 납자루
그림 노가미 타케시

NOVEL
V

CONTENTS

일러스트 노가미 타케시 **편집** 백진화 **교정** 정성학, 김일철
주간 박관형 **마케팅** 이승우, 김정훈 **협력** 전선희, 인형수

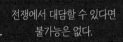

전쟁에서 대담할 수 있다면
불가능은 없다.

조지 S. 패튼

PROLOGUE

낸시 C. 콜필드는 목을 죄어오는 답답한 예복 때문에 교장의 기념 훈시에 귀를 기울일 수 없었다. 낸시는 당장에라도 목까지 덮어버린 예복의 목 후크를 풀어버리고 싶었지만, 훈시는 쉬어 상태로 부동자세를 취해야 했기 때문에 움직이지도 못하고 있었다.

사관학교 교장은 멋들어진 장성 예복을 갖춰 입고 앞으로 군을 이끌어갈 초석이 될 젊은 장교 어쩌고 운운하고 있었지만, 낸시에게는 별 감흥을 주지 못했다. 낸시는 이제 몇 분만 지나면 사관생도이자 소위후보생의 신분에서 벗어나 육군소위로 임관하게 될 것이고, (물론 졸업식 이후 한 달간의 교육이 남았지만) 낸시에게는 교장의 지겨운 연설보다 그 사실이 더 중요한 일이었다.

오늘은 4년의 교육과 훈련이 드디어 보상받는 순간이었다. 노란색의 황동계급장이 소위를 뜻하는 검정 계급장으로 바뀌는 것은 다른 생도들도 모두 기대하던 순간이었고, 그것은 낸시도 마찬가지였다.

"소위의 계급장이 검정인 이유는 전선에서 가장 많이 죽어나가는 장교계급이기 때문이지."

예행연습 중 휴식시간에 어느 생도가 시니컬하게 그렇게 말하기도 했지만, 낸시는 자신이 받을 계급장에 자부심을 가졌다.

낸시는 멀리 단상을 바라보았다. 귀빈석에는 국왕과 수상, 그밖에 국방장관이나 기타 여러 높으신 양반들이 자리를 차지하고 있었고, 그 옆쪽으로는 생도들의 가족들이 앉아 있었다. 낸시는 그중에 자신의 부모님이 있을지 여기저기 둘러보았지만 워낙에 많은 사람들 때문에 찾을 방법이 없었다. 반쯤 가출하다시피 해서 들어온 사관학교였기에 부모의 축복을 받기 힘들 거라는 것쯤은 낸시도 이해는 하고 있었지만 조금은 실망감이 드는 게 사실이었다.

"이것으로 훈시를 마친다! 생도대 차렷!"

"생도대 차렷!"

교장의 말이 끝나고 명령이 떨어지자 생도대장이 복명복창 후 뒤로 돌아 생도대를 바라보고 큰 목소리로 소리쳤다.

"생도대! 차렷!"

모든 생도들이 연습한 대로 착 소리가 나게 차렷 자세를 취했다. 그중에는 낸시도 껴 있었다.

"훈시 끝!"

다시 뒤로 돌아선 생도대장이 경례했고, 그것으로 교장의 훈시는 종료되었다. 그렇지만 졸업식이 끝난 것은 아니었다. 아직 계급장 수여식이 남아 있었다.

─가족 여러분께서는 자녀들에게 찾아가 계급장을 수여해 주십시오.

방송이 울리자 가족들이 주섬주섬 자리에서 일어나기 시작했다. 왕국 사관학교의 전통 중 하나로서 자신의 계급은 가족, 넓게는 국민으로부터 주어졌다는 점을 강조하기 위함이었다. 예복용 금색 어깨 장식판에 달려 있는 황동 계급장을 가족의 손으로 검은 계급장으로 교체하면서 드디어 소위로 임관하게 되는 것이다. 그렇지만 낸시의 계급장은 가족의 손으로 교체할 수 없었다.

처음 졸업식 참석 가족 명단을 내라고 했을 때 낸시는 빈 종이를 낼 수밖에 없었다. 낸시가 가출하다시피 사관학교로 온 것은 이미 대다수가 알고 있었기 때문에 교관들도 그 점을 문제 삼지는 않았다. 그래서 낸시의 계급장 교체는 사관학교 전통에 따라 사관학교 근처에 있는 '왕립 고트윈 숙녀대학'에서 뽑힌 올해의 아가씨(졸업식 시기상 작년의 아가씨지만)가 직접 교체를 해 주기로 되었다.

"나도 부모님 오시지 말라고 할 걸 그랬나?"

"뭐라는 거야 바보야. 난 벌써 집에 오시지 말라고 편지 보냈어."

동료 생도들의 장난 섞인 농담들을 들으면서 낸시는 머리를 긁적일 수밖에 없었다. 다른 남자 생도들이야 기쁘겠지만, 낸시는 이번 졸업생 중 7명밖에 없는 여성 생도였기에 다른 여자가 자신의 계급장을 교체해 준다는 사실이 마냥 기쁘지는 않았다. 그보다 가족이 오지 못하는 생도가 자신 혼자뿐이라고 생각하니 그저 우울해질 뿐이었다.

옆쪽의 생도들에게는 가족들이 와서 계급장을 교체해 주기 시작했다. 낸시는 가만히 서서 올해의 아가씨가 오기만을 기다릴 뿐이었다. 들리는 이야기에 의하면 정말로 예쁜 아가씨라고 하니 그것으로 위안을 삼아 볼까 싶은 낸시였다. 그렇게 기다리고 있으려니 양복을 입은 사내가 낸시에게 다가왔다. 그 사내의 얼굴을 본 낸시는 깜짝 놀라고 말았다.

"아버지?"

"올해의 아가씨가 아니어서 실망했나?"

그런 아버지의 뒤로 어머니도 걸어오는 모습에 낸시는 깜짝 놀라고 말았다.

"어…… 어떻게 여기를……."

"이러니저러니 해도 딸의 졸업식이다. 아버지가 빠질 수는 없지."

"너도 집에 연락 한 번도 안 했지만 아버지 이야기 듣고는 부랴부랴 힘써서 집에 왔잖니."

방학에 귀가했을 때도 얼굴이나 조금씩 봤을 뿐 제대로 이야기 한 번 하지 않았던 아버지가 자신의 옆에 서서 어깨의 계급장을 떼어내자 낸시는 약간의 당혹감을 느꼈다.

"그…… 죄송했습니다. 그렇게 가출하듯이 사관학교에 간 것은……."

"아니. 뭐 네가 하고 싶은 데로 사는 게 인생이겠지. 생각해 보면 나도 아버지가 사관학교 가라는 말에 발끈해서 싸우고는 법대를 갔으니까. 그때 아버지께서 크게 웃으면서 '저 자식도 내 아들이라고 고집 한 번 강하군'이라고 말씀하셨던 걸 이제야 이해하겠구나."

낸시의 말에 아버지가 대꾸하고 한쪽 계급장을 교체하고 난 뒤 어머니를 돕기 시작했다. 그렇게 양쪽 계급장을 모두 교체하고 나서 낸시 앞에 선 아버지는 낸시에게 손을 내밀었다.

"네 할아버지께서 기뻐하실 거다. 낸시 소위."

"감사합니다. 아버지."

그렇게 아버지와 악수를 하고 나서야 낸시의 얼굴에 웃음이 올라왔다.

"그러면 얼른 자리로 가죠. 낸시 너도 끝나고 휴가가 있다는데 같이 집에 가자. 동생들이 얼마나 기다리는 줄 아니?"

"네! 알겠습니다."

어머니가 아버지의 팔을 붙잡고 가면서 이야기를 건네자 낸시는 크게 대답했다.

그날은 낸시 소위의 가장 좋았던 날 중 하나였다.

CH.1 WORLD AT WAR

1.

'낸시 C. 콜필드'가 소위가 된 것은 전쟁이 벌어지기 십여 일 전이었다. 소위후보생의 황동제 계급장이 검은 소위 계급장으로 바뀌고 사관학교 교장과 악수하며 졸업식을 마쳤지만, 낸시는 여전히 소위후보생이었다. 소위 계급장만 달았을 뿐 아직 진정한 소위는 되지 못한 햇병아리 상태로 한 달간의 후반기 교육을 끝낸 뒤 소위 임관증을 받았을 때에야 비로소 낸시는 진짜 소위가 될 수 있었다. 그 날은 전쟁이 벌어지기 십여 일 전이었다. 낸시 소위는 아직도 햇병아리였고 경험도 없는 초임 장교였다. 그것이 낸시 소위의 현재 상황이었다.

2.

낸시 소위는 기차에 앉아 교범을 보고 있었지만, 내용이 눈에 들어오지는 않았다. 다른 이들의 호기심 어린 시선이 느껴지고 있어서였다. 왕국 육군 정복을 갖춰 입은 여성 사관은 흔치 않았기에 같은 기차에 타고 있던 병사들과 남성들이 낸시 소위를 힐끗힐끗 쳐다보았다. 낸시 소위야 자신이 그저 여성이기 때문에 병사들이 쳐다본다고 생각했지만, 실상은 아니었다.

낸시 소위는 사관학교에 들어가면서부터 목 정도로 내려오는 짧은 단발머리를 고수하고 있었다. 거기에 군용 정복까지 입어서 현재 낸시 소위는 여성스러움과는 거리가 먼 차림새였다. 그렇지만 남성용 양복과 비슷한 디자인의 갈색 정복으로도 감출 수 없는 볼륨감이 남자들의 시선을 끌고 있었다. 사실 남성용 양복은 디자인 자체가 남성에 맞춰져 있어 여성이 입었을 때는 여성의 굴곡을 뭉개는 법이었다.

그렇지만 낸시 소위는 정복의 단점도 상쇄할 만한 굴곡을 지니고 있었고, 그 굴곡은 남자들의 시선을 끄는 데는 아주 좋은 장점이라 할 수 있다. 그것 말고도 군복을 착용한 여성이, 그것도 소위 계급을 달고 있는 장교는 그리 흔한 숫자가 아니라는 점도 병사들이나 남성들의 시선을 끄는 주된 요인 중에 하나였다. 뭐가 되었던 낸시 소위는 꽤나 눈길을 끄는 존재였다.

낸시 소위는 그 시선을 애써 무시하며 읽고 있던 교범으로 눈을 돌렸다. 같이 임관한 일곱 명의 여자 동기 생도들 중 유일하게 외국 주둔 부대인 17사단으로 배속받은 낸시 소위는 프로세로 가는 해군 소속 보급함에 탑승해 이동하도록 되어 있었다. 그렇게 항구에서도 세일러복을 입은 수병들의 시선을 한 몸에 받으며 함장에게 승선 신고를 한 뒤,

자신에게 주어진 이등사관실에 짐이 담긴 더플 백을 내려놓은 뒤에야 낸시 소위는 한숨을 내쉬며 맘을 풀 수 있었다. 보급함인데다가 하사관들이 배정받는 이등사관실이다보니 무척 좁았지만, 그래도 문에 잠금장치도 달려 있고 각방을 배정받을 수 있었다는 점을 낸시 소위는 위안으로 삼았다.

원래 이 방을 쓰던 하사 두 명은 잘 부탁한다는 말과 함께 다른 방으로 몸을 옮겼다. 그렇게 이틀 뒤 프로세의 항구에 내린 낸시 소위는 다시금 기차를 타고 17사단의 주둔지로 이동했다. 그곳까지 이동하는 데 하루가 더 걸렸다. 사단본부로 가서 사단장에게 전속 신고를 마치고 나서야 낸시 소위는 자신이 배속되는 여군중대인 2대대 E중대. 속칭 로빈중대로 향할 수 있었다.

입헌군주제인 샤른 왕국은 일찍이 여성의 전투병과 복무를 인정한 국가였다. 하지만 여군들은 각 사단의 한 개 중대 병력으로 편성되었으며 주 업무는 대민지원이었고 편성 자체가 그저 머릿수 채우기였다.

보여주기 위한 부대. 그것이 왕국에서 대다수의 병사가 여군중대에 대해 가진 견해였다. 낸시 소위도 그 점은 이미 알고 있었지만, 일단은 생각하지 않기로 했다. 뭐가 되었던 군인이 되기로 마음먹었고, 군인이 되었다. 다른 이의 눈은 신경 쓸 필요가 없다고 낸시 소위는 생각했다.

그렇게 중대 주둔지에 도착한 낸시 소위는 병사의 안내를 받아 중대장실로 들어갔다. 낸시 소위는 중대장에게 경례를 올렸다. 중대장은 30대 초반의 여성이었는데 군인이라기보다는 회사에서 일하는 여성의 느낌이 들었다. 야전 지휘관이지만 책상물림 생활이 길었을 터라고 낸시 소위는 생각했다.

"사관생도 출신이군. 1소대장 자리가 비었으니 그 자리를 맡아주게."

중대장은 아무렇지도 않은 듯 살짝 낸시 소위를 바라보고는 그렇게 말할 뿐이었다. 군대보다는 일반 기업의 경리과 같은 곳에 있으면 어울릴 법한 사람이라고 생각하며 낸시 소위는 경례하고 밖으로 나왔다.

그렇게 소대를 배정받은 낸시 소위는 자신의 소대가 자리 잡고 있는 막사로 향했다. 소대장실의 문을 열고 들어가니 앉아 있던 여성이 일어나서 경례를 했다. 소매에 붙은 계급장이 그가 중사임을 나타내고 있었다.

"새로 오신 소대장님입니까?"

"네. 그렇습니다."

"유리아 래틴 중사입니다. 소대 선임하사입니다."

유리아 중사가 손을 내밀자 낸시 소위가 그 손을 잡고 악수를 했다.

"먼 길 오시느라 수고가 많으셨습니다."

유리아 중사가 자리를 권하며 말하자 낸시 소위는 고개를 끄덕이고 그 자리에 앉았다. 이제부터 이곳에서 자신의 군 생활을 시작해야 한다고 생각하니 낸시 소위는 조금 마음이 묵직해지는 기분을 느꼈다.

유리아 중사는 낸시 소위보다 큰 키에 호리호리한 몸매를 한 20대 중반으로 보이는 여성이었다. 꽤나 긴 머리를 목 부분에서 묶어서 포니테일로 만든 유리아 중사는 빙그레 웃으면서 낸시 소위에게 호기심을 나타냈다.

"이번에 막 사관학교를 졸업하셨다고요? 사관생도 출신 소대장은 또 처음이네요. 여군중대다 보니 병사 출신 소위들이 많았으니까요."

유리아 중사의 말에 낸시 소위는 고개를 살짝 끄덕여 보였다. 유리아 중사는 갸름한 얼굴과 살짝 꼬리가 올라간 눈, 그리고 나긋나긋한 몸짓이 고양이 같다고 낸시 소위는 생각했다. 사회에 있었으면 꽤나 매력적인 아가씨여서 남자들 시선을 받을 것 같은 느낌을 풍겼다. 낸시 소위는 왠지 주눅이 드는 기분이었다. 그렇지만 앞으로 계속해서 같이 소대를 이끌어야 하는 사람이고, 그 경험은 분명 도움이 될 것이라고 낸시 소위는 생각했다. 살짝 심호흡한 낸시 소위는 웃으면서 유리아 중사를 바라보았다.

"앞으로 잘 부탁드립니다. 야전은 생전 처음이니 아마 모르는 게 많겠지요."

"저야말로 잘 부탁드립니다. 소대장님."

낸시 소위의 말에 유리아 중사는 다시 빙그레 웃어보였다.

그렇게 일주일간 부대 적응을 하던 낸시 소위는 드론치 제국이 프로세에 선전포고를 하고 국경을 넘어오고 있다는 소식을 들었다. 너무나 급작스러운 일이었지만, 반면 어느 정도는 예상되던 일이기도 했다. 낸시 소위는 병사들에 준비태세를 갖출 것을 명령했다. 결국, 그날 낸시 소위와 33명의 소대원은 전선으로 나서게 되었다.

3.

낸시 소위의 1소대는 중대와 함께 미리 정해져 있던 방어지역으로 이동해 지역을 점령했다. 중대장은 각 소대장에게 책임 구역을 지시한 뒤 해당 지역을 방어할 것을 명령했고, 그런 중대장의 명령을 받은 낸시 소위는 가슴이 철렁하고 내려앉는 기분을 느꼈다. 중대는 각 소대별로 나누어 책임 구역을 부여했다. 하지만 소대가 방어하기에는 턱없이 넓은 구역이었다. 이웃한 소대까지 차량을 타고도 대략 10분은 가야 할 정도였다. 낸시 소위는 어째서 중대의 책임 구역이 이렇게 넓은지, 또 소대의 책임 구역은 왜 이렇게 넓은지를 이해할 수 없었다. 이 상태라면 병사들을 100m마다 한 명씩 배치해야 할 판이었다. 낸시 소위는 중대장에게 배치를 바꾸어도 되는지를 건의했고, 중대장은 낸시 소위에게 알아서 할 것을 지시했다. 낸시 소위는 자신의 책임 구역을 지도로 면밀히 분석해 방어 위치를 축소했다.

낸시 소위가 주목한 곳은 지난 전쟁에서 전투가 벌어졌던 장소로, 길이 연결되는 장소였다. 적이 길을 따라 기동한다면 분명히 지나갈 것이 분명해 보이는 장소였다. 낸시 소위는 전방에 위치한 대대의 다른 중대들이 적을 효과적으로 막아 주기를 바라면서 소대와 함께 그 지역으로 이동했다.

"이곳 언덕 뒤에 소대를 두 개 조로 나누어서 진지를 구축하겠습니다. 그렇게 하면 전방 고지를 우회하는 적을 공격할 수 있겠지요."

"이 고지의 8부 능선에는 이미 참호선이 구축되어 있습니다만. 어째서 다시 뒤쪽에 또 참호를 만들자고 하시는지 이해할 수 없습니다."

낸시 소위의 제안에 유리아 중사가 강하게 대꾸했다. 그런 유리아 중사를 바라보면서 낸시 소위는 지도를 손으로 가리켰다.

"보십시오. 이곳 주변은 높지는 않지만 나지막한 산맥으로 이루어져 있고, 적이 전방에서 기동한다면 우리 연대의 지휘소 쪽으로 갈 만한 길은 이곳 능선과 능선 사이입니다. 그리고 그 능선 사이에 있는 고지가 현재 참호가 있는 고지죠. 적은 분명히 이곳을 포격할 겁니다. 원래 구축되어 있던 참호선이 그것을 방어해 줄 수 있을까요? 20년이나 지난 전쟁 때의 골동품이라고 해도 좋을 낡은 참호입니다. 아까 보셔서 알겠지만 몇 년간 방치되었던 참호죠. 그리고 이미 제국군은 이 진지 위치도 확실하게 파악하고 있을 테죠. 보병만 온다면 그런 참호도 상관이 없겠지만, 적은 전차를 몰고 올 겁니다. 게다가 고지라도 높으면 또 모르겠지만 완만한 언덕 수준에 불과해요."

"하지만 두 개 조로 나눈다는 것은……."

"이 중간 고지로 인해 길은 양 갈래로 나누어집니다. 양 측면 능선부에서 이곳을 지킨다면 어느 쪽으로 오던 적을 막을 수 있습니다. 거기다 길이 넓지 않기 때문에 적은 수로도 방어가 가능하죠. 그리고 여기 옆 능선 부분에는 관측반을 배치합니다. 이곳에서 관측해 포병 화력을 유도할 수 있습니다."

낸시 소위가 열심히 손으로 지도를 가리키며 설명했지만 유리아 중사가 믿기 힘들다는 표정으로 팔짱을 낀 채 지도를 노려봤다. 왠지 먹잇감을 앞에 둔 고양이 같은 분위기였고, 그 먹잇감은 자신인 것 같아서 낸시 소위는 가슴이 두근거렸다. 그렇지만 중대 전체의 유기적인 방어가 아닌 단지 한 개 소대 병력, 거기에 제대로 된 중화기도 별로 없는 판에 방어를 하려면 낸시 소위가 아는 선에서는 이 방법뿐이었다.

물론 적은 병력을 나눈다는 것은 좋은 결정이 아니었다. 하지만 낸시 소위는 무조건적인 밀집은 도움이 되지 않을 수 있다는 것 역시 사관학교 시절에 배워서 알고 있었다. 마음 같아선 예비 병력까지 빼 두고 싶었지만 그러기엔 33명은 너무나 적은 병력이었다.

"두 개 조로 나누는 게 걱정이 되겠지만, 서로 그렇게 멀리 떨어진 거리가 아닙니다. 거기에 혹시라도 후퇴해야 할 경우엔 한 곳에 병력이 밀집하는 것보다는 두 개 조로 나뉘어 유기적으로 후퇴하는 게 더 생존 가능성이 크지요. 이해가 안 되실지도 모르겠지만, 절 한번 믿어 주시겠습니까?"

낸시 소위의 말을 들은 유리아 중사는 팔짱을 끼고 계속해서 지도를 노려보다가 한숨을 쉬고는 대답했다.

"알겠습니다. 뭐 제가 뭐라고 할 만한 처지는 아니군요. 저도 첫 전투니까 말이죠."

유리아 중사가 팔짱을 풀고 그렇게 말하자 낸시 소위는 웃으면서 다시 지도를 손으로 가리켰다.

"좋습니다. 그리고 이곳 길목에는 철조망 지대와 지뢰지대를 복합 설치해 적의 접근을 막고 화력 유도점으로 삼아야 합니다."

낸시 소위의 지시에 유리아 중사는 고개를 끄덕이고 소대원들에게로 이동했다.

진지 구축을 전혀 해 본 적이 없는 병사들은 이래저래 투덜거리며 작업을 실행했다. 다행히 유리아 중사가 진지 구축에 노하우가 있어서 이리저리 바쁘게 뛰어다니고 병사들을 다독거려 가며 진지 구축을 지휘했다. 양쪽 언덕을 오가면서 구축 작업을 지시하는 게 쉽지는 않을 터라고 낸시 소위는 생각했다.

땅을 파고, 나무를 베어내 사계를 청소하고, 마대에 흙을 채워 넣어

진지를 만드는 일은 무척이나 고되고 힘든 작업이었다. 원활하다고 할 수는 없었지만, 어느 정도 작업이 진행되었다. 그동안 낸시 소위는 관측수들과 함께 언덕에 올라 포병 화력을 유도하기 위해 주요 길목의 좌표를 따고 지도에 표시했다. 전반적으로 평야지대였기 때문에 낸시 소위가 올라온 능선도 그리 높은 고지는 아니었다. 그렇지만 원래 진지가 있던 곳과 현재 진지를 구축하는 장소가 얼추 보이는 위치였다. 듬성듬성 나 있는 나무들을 피해서 가장 관측이 용이한 장소를 찾아낸 낸시 소위는 쌍안경으로 주변을 둘러보고 관측병과 이야기를 나누며 지도에 표시해 나갔다.

사관학교에서 배웠던 것들이 머릿속에서 뒤죽박죽 섞여 버린 낸시 소위는 진땀을 흘리며 겨우 지도에 필요한 좌표들을 표기할 수 있었다. 그렇게 서로의 지도에 필요한 사항을 모두 표기한 낸시 소위는 관측병과 지도를 나누어 가졌다.

"이 지도를 잘 보고 적이 진입할 때 확실하게 나에게 무전을 날려 줘야 한다. 세 명이 한 개 조로 한 명이 취침하고 두 명이 관측한다."

"알겠습니다. 소대장님. 그런데 적은 언제 오는 거죠?"

관측수로 뽑힌 로치 상병이 낸시 소위에게 물었다.

로치 상병은 유리아 중사가 추천한 인물이었다. 하사관에 추천되어서 교육도 받았지만, 자신은 지금이 좋다고 해서 진급하지 않았기에 관측수 임무를 훌륭히 소화할 수 있다는 것이 유리아 중사의 추천 이유였다. 아직 소대원들을 모두 파악하지 못한 낸시 소위는 로치 상병과 함께 두 명을 더 추려서 관측반으로 편성했다.

낸시 소위는 지도를 덮으며 로치 상병의 말에 대꾸했다.

"언제가 될지 정확하게 모르겠네. 그걸 안다면 내가 지금 이러고 있지 않았겠지. 너희도 혹시 모르니 대충이라도 진지를 구축해 놓도록."

"알겠습니다. 그런데 저희 버리시는 거 아닙니까?"

농담 삼아 말하는 투였지만 낸시 소위는 조금은 철렁하고 가슴이 내려앉았다. 따로 멀리 떨어져 있어야 하는 관측병은 자칫하면 후퇴할 때 낙오하기 좋은 위치인 것이 사실이었다.

"결코, 그럴 일은 없다고 말하지. 믿어 달라고 하기는 민망하지만, 한번 믿어 줬으면 좋겠군."

"당연히 믿지요. 소대장님은 다른 장교들하고 달라 보이니까요. 이래 보여도 육감 하나는 좋은 녀석입니다."

로치 상병이 씩하고 웃어 보였다. 20살 된 아가씨지만 복무한 지 2년이 다 되어서 군복이 어울리는 병사였다. 낸시 소위는 마지막으로 당부를 하고 진지를 구축하는 장소로 내려왔다. 진지는 어느새 모양새를 잡아 가고 있었다. 급하게 구축했기 때문에 참호와 참호 사이를 잇는 교통호까지는 제대로 파지 못했지만, 적어도 두 명씩 들어가는 참호는 제대로 모습을 갖추고 있었다. 흉벽도, 총안구도 완벽했다. 이 정도라면 적이 포탄을 직격으로 쏘지 않는 이상은 무사할 터였다.

"아 소대장님. 이제 몇몇 참호의 지붕만 덮으면 끝입니다. 사계 청소차 베어 둔 나무로 덮고 그 위에 모래 마대를 쌓으면 되니까 그럭저럭 조금 있으면 끝나겠지 싶군요."

"유리아 중사. 수고하셨습니다. 식사들은 했습니까?"

"3교대로 식사, 작업, 경계로 병사들을 돌리고 있습니다. 진지 구축 자체는 이제 한 시간 안에 끝날 듯합니다만, 철조망 지대와 지뢰는 아무래도 오늘 밤을 새야겠습니다. 병사들이 익숙하지 않아서 시간이 걸릴 것 같습니다."

유리아 중사가 철모 속으로 손가락을 넣어서 머리를 긁적이며 대답했다. 이런 작업에 전혀 익숙하지 않은 병사들로 이 정도까지 했다는 점에 낸시 소위는 유리아 중사에게 감탄했다. 낸시 소위 혼자였다면 결코 이렇게까지 일을 할 수 없었을 것이다. 낸시 소위는 자신보다 나이 많은 중사에게 깊은 신뢰감을 가질 수 있었다. 낸시 소위는 그렇게 참호들을 둘러보고 유리아 중사에게 지시를 내렸다.

"18시가 되면 3교대로 작업, 취침, 경계를 세우십시오. 아마 다들 몇 시간씩은 잘 수 있을 겁니다."

"예. 최대한 빨리 끝내 보도록 하죠."

유리아 중사가 대답하자 낸시 소위는 고개를 끄덕였다.

여기저기 돌아다니며 준비 상태를 확인하고, 병사들의 장비 상태를 점검하던 낸시 소위도 18시가 되자 자신의 참호 바닥에 누워서 잠을 청했다. 딱딱한 땅바닥이 불편했지만, 낸시 소위는 눕자마자 자신도 모르게 푹 잠들고 말았다.

4.

참호 바닥에 누워서 낸시 소위가 잠든 지 얼마나 지났을까, 멀리서 들려오는 갑작스런 폭음에 낸시 소위는 눈을 떴다. 허겁지겁 흐트러진 장구류를 손보며 손목시계를 응시한 낸시 소위는 현재 시각이 새벽 4

시가 조금 넘었음을 확인했다. 얼른 정신을 차리고 참호 밖을 바라본 낸시 소위는 전방 언덕 너머에서 어렴풋이 화염이 보이고 폭음도 들리는 것을 확인했다. 낸시 소위는 직감적으로 적의 공격이 시작되었음을 알아차릴 수 있었다. 낸시 소위의 예상보다 훨씬 이른 시간이었다.

"유리아 중사를 불러 봐!"

낸시 소위가 같은 참호에 있던 무전수 엘리센 상병에게 소리치자 엘리센 상병은 허겁지겁 얼른 유선통신기의 손잡이를 회전시켜 유리아 중사를 불러냈다. 유리아 중사와 통신이 연결되자마자 낸시 소위는 빼앗듯 수화기를 받아서 말했다.

"'이지 원'에서 '이지 원투'에게. 전방 고지 너머에서 화염과 폭음이 관측됩니다."

ㅡ전방 방어선이 돌파된 것 같습니다. 전방 3㎞ 밖에 2개 중대가 있었는데 어떻게 된 것인지 모르겠습니다.

"중대 병력이 한 줄로 늘어선 방어선이니 어쩔 수 없지요. 병력이 너무 적었어요. B진지^{베이커} 쪽을 부탁드립니다."

낸시 소위가 그렇게 말하고 엘리센 상병을 통해서 무전기로 관측수를 호출했다.

"상황보고."

ㅡ오보에라 알리고, 적 전차들이 몰려옵니다. 숫자는 확실하게 파악하기 힘들지만 꽤 많은 숫자입니다. 보병들도 있는 모양인데 아마 5분 안에 A1^{에이블} 장애물에 도달할 것 같습니다.

로치 상병의 조금은 다급한 목소리에 낸시 소위는 지도를 펼쳐서 적의 이동을 확인했다. 전방에 전개했던 다른 중대 병력은 이미 와해

됐을지도 모를 일이었다. 아마 전방도 소대별로 진지를 점령했다면 충분히 가능할 일이었다. 너무 넓은 지역에 너무 넓게 병력이 분산되어 있었다. 지난 대륙전쟁 당시보다 더 병력 밀도가 낮은 상황에 현대화된 적 전차 부대가 돌입하니 전선이 뚫리는 게 당연했다. 낸시 소위는 입술을 깨물며 엘리센 상병에게 중대망과 연결할 것을 지시했다.

중대 무전병과 연결된 낸시 소위는 상황을 보고했고, 다른 소대의 일을 물었다.

-이곳 이지 투도 상황이 좋지 못합니다. 적 전차가 몰려오고 있어요.

중대 무전병의 말투에 낸시 중위는 한숨을 내쉬고 화기중대를 중계해 줄 것을 지시했다. 잠시 뒤에 중대 중계를 통해 화기중대와 연락이 닿자마자 낸시 소위는 얼른 좌표를 불러 화력을 유도했다. 81㎜쪽에서는 최대 사거리라고 투덜거리며 조금만 기다리라는 대답을 전해 왔다. 낸시 소위는 손톱을 깨물며 전방을 바라보았다. 잠시 뒤에 휘파람 소리처럼 날카로운 소리와 함께 박격포탄이 전방 고지 너머로 떨어지는 소리가 들렸다. 낸시 소위는 얼른 무전기로 로치 상병을 연결했다.

-명중! 제길, 피해 없습니다. 적 전차들이 장애물 지대를 통과합니다.

관측수인 로치 상병이 거칠게 소리쳤다. 보병용 81㎜ 박격포 고폭탄은 철갑으로 만든 전차에는 별 소용이 없는 모양이었다. 지뢰와 철조망 때문에 몇몇 전차들이 기동 불능이 되었지만, 다른 전차들이 철조망과 지뢰지대를 넘어오고 있다고 로치 상병은 보고했고, 그 이야기를 들은 낸시 소위는 낮은 소리로 욕을 뱉으며 망원경을 들어 올렸다. 급하게 설치한 지뢰와 장애물이 큰 소용이 없던 모양이라고 생각한 낸시 소위는 한 번 숨을 고르고 전방의 고지로 망원경을 돌렸다. 낸시 소위의 생각이 맞는다면 적 전차는 현재 전방 고지 사면의 진지들로 돌입하고 있을 것이다.

-적 전차 진지로 돌입! ^{에이블} A2! ^{에이블} A2!

무전기에서 로치 상병이 소리치자 엘리센 상병이 바로 낸시 소위에게 전달했다. 낸시 중위는 중대망 교환을 통해 겨우겨우 연결한 75㎜ 포대에 좌표를 불러 주었다. 81㎜ 박격포에 사격 지시가 끝나자마자 연결한 포대였다.

75㎜는 81㎜ 박격포와 달리 야포였기 때문에 화력이 더 강하지만, 보병이나 일반적인 차량에 국한된 이야기다. 75㎜ 야포의 고폭탄이 전차에게 얼마나 효과적일지는 낸시 소위는 알지 못했다. 사관학교 시절 수업에서도 전차를 잡는 데 가장 효과적인 것은 같은 전차나 대전차포라고 배웠지 야포를 이용해 적 전차를 포격하는 법은 배운 적이 없다. 그렇지만 현재 낸시 소위에게 대전차포는 없었고, 쓸 수 있는 화력이라고는 겨우겨우 연결한 75㎜ 야포밖에 없었다. 도박을 하는 심정이지만, 낸시 소위의 손에는 더 이상 낼 패가 없었다.

그나마 75㎜ 포대도 낸시 소위 방향으로의 사격 명령은 받은 바가 없다고 했지만, 낸시 소위의 거듭된 요청에 겨우 사격을 허락한 것이었다. 낸시 소위는 입이 바짝바짝 말라 갔다.

그리고 얼마나 긴 시간이 흘렀을까, 무전기에서 로치 상병의 목소리가 튀어나왔다.

-떴다! 아래로 30!

낸시 소위는 얼른 다시 포병대에게 수정값을 불렀고, 잠시 뒤 다시 날아간 포탄이 전방 사면에 떨어지는 소리를 낸시 소위는 들을 수 있었다.

　-명중! 동제원 효력사! 효과가 있다.

　로치 상병이 환호하듯 무전기에 소리쳤다. 다행히 75㎜ 야포의 포
탄은 효과가 있는 듯했다. 낸시 소위는 계속해서 효력사를 외쳤다.

　-이지 원, 이지 투라 알리고 적 전차가 철조망 지대에 돌입했다. 대전
차 지뢰들이 터지기는 하지만 그대로 돌파하고 있다.

　그 순간 유리아 중사의 외침이 무전기에서 흘러나왔다. 아마 선두
전차들이 전방 진지에 발이 묶이자 후속 전차들은 유리아 중사가 있는
B진지로 우회한 모양이라고 낸시 소위는 판단했다. 낸시 소위는 얼른
지도로 B진지 전방 철조망 지대의 좌표를 확인해 포병대에 연락했다.
그렇지만 포병대에서는 더 이상 힘들다는 답변이 돌아왔다. 포병대 쪽
에도 적군이 근접해 전투중이라는 것이었다. 자신들보다 훨씬 후방에
있는 포병대 쪽으로도 적이 쇄도하고 있다는 말에 낸시 소위는 가슴이
철렁 내려앉았다. 도대체 이 빌어먹을 전선에서 일이 어떻게 돌아가는
지 전혀 알 길이 없다고 낸시 소위는 욕지거리를 내뱉었다.

　그렇다고 현시점에 바로 후퇴를 한다면 소대가 와해될 위험성이 컸
다. 후퇴를 하더라고 효과적으로 적을 막고 시간을 번 상태에서 이동
을 해야지 잘못했다가는 적에게 계속해서 등을 맞으며 천천히 전멸할
수도 있다는 점을 낸시 소위는 상기했다.

　후퇴는 공격보다 더 위험하다. 사관학교 전사학 교수가 끊임없이 옛
전쟁사를 통해서 알려 주었던 교훈이었다. 낸시 소위는 정신을 차리고
수화기를 붙잡았다.

　"10분만 더 쏴 주기 바란다!"

-우리도 힘이 든다.

"제길! 조금만 더 해 달라고! 여기 여자들이 죽어 나간단 말이야! 이 빌어먹을 포병 자식들아!"

낸시 소위는 격한 감정을 이기지 못하고 강하게 소리쳤다. 어느새 자신이 있는 A진지^{에이블} 쪽 전방 철조망 지대로도 제국군의 전차들이 돌입하고 있었다. 그리고 낸시 소위는 그 전차들을 파괴할 수단이 전혀 없었다. 전차를 잡을 단 하나의 수단도 보유하지 못한 보병에게 달려오는 적의 전차는 공포 그 자체였다.

"옌장! 포격! 조금만 더! 조금만 더 쏴 달라고! 염병할 자식들아!"

낸시 소위는 다시 무전기에 대고 고함을 질러 댔다. 이 와중에도 낸시 소위는 자신이 이 정도로 욕설을 내뱉을 수 있는지 몰랐다는 생각이 들었다. 여러 가지 감정이 머릿속을 휘저었다.

-제기랄! 여자한테 포격 요청 때문에 욕먹기는 처음이군. 좌표를 불러라! 우리도 더 이상은 힘이 든다.

"베이커! 폭스! 하나 둘 오 여섯! 둘 삼 칠 여섯!"

포병대 장교가 투덜거렸지만 낸시 소위는 얼른 B진지^{베이커} 전방의 좌표를 불렀다. 그리고 잠시 뒤 포격이 이어졌다. 그렇지만 적 전차들은 포격을 넘어서 쇄도했다. 중앙 고지에서는 고지를 점령한 적군의 하차 보병들이 A진지^{에이블}와 B진지^{베이커}로 사격을 가하기 시작했다. 병사들이 소화기로 공격을 했지만 적 전차와 보병의 합동 공격을 막기에는 소대의 화기가 부족했다. 적의 병사들은 전차를 훌륭한 엄폐물로 삼아서 소대의 진지로 엄습해 왔다. 적군 전차에서 발사되는 50㎜ 포탄이 유개호의 지붕을 때리는 소리는 군복을 입었을 뿐 이제 10대 후반 정도밖에 되지 못한 소녀들의 의지를 꺾어 내리기에 충분했다.

병사들은 자신의 소총을 발사하고 수류탄을 굴리며 저항했지만 점점 적군의 공세가 거칠어진 반면 아군의 방어는 힘을 잃고 있었다.

낸시 소위는 더 이상 이곳에서 버티다가는 모두 살아 돌아갈 수 없을 것이라는 판단을 내렸다. 목숨을 걸고 진지를 방어한다는 선택지는 낸시 소위의 머릿속에 들어 있지 않았다. 상황이 여의치 않았다. 낸시 소위는 후퇴를 결심했다. 그렇게 생각을 정리한 낸시 소위는 유리아 중사를 연결하게 했다. 유선망은 이미 적 포격에 단선되었기 때문에 엘리센 상병은 무전기를 이용해 유리아 중사를 연결했다. 무전이 연결되자 낸시 소위는 무전기를 들어서 외쳤다.

"A진지가 이탈할 동안 B진지가 엄호하고 5분 뒤 B진지가 이탈합니다. 만나는 장소는 B3!"

그렇게 지시한 뒤 낸시 소위는 진지 전방에 연막탄을 투척하고 포병대에 소대 방어선 전반에 최후 방어 사격을 요청한 뒤 얼른 진지 밖으로 뛰어나갔다.

5.

20분 뒤에 살아남은 낸시 소위의 소대원들이 모였다. 재집결지는 진지에서 1km 정도 떨어진 능선의 작은 공터였다. 나무와 수풀이 우거져 관측이 어려운 곳으로, 그만큼 적군에게 발각되기도 어려운 장소였다. 뒤늦게 관측팀이 모두 복귀하자 낸시 소위는 인원을 파악했다.

A진지에서 16명 중 4명이 전사했고 3명이 부상을 입었다. 다행히 부상자들은 걸을 수는 있는 상황이었다. B진지 쪽은 피해가 심했다. 7명이 전사하고 3명이 부상이었는데, 부상자 중 한 명인 엠마 상병은 걷지 못할 정도의 큰 부상을 입었다. A진지가 후퇴할 동안 방어 사격을 한 뒤 뒤늦게 진지를 이탈하던 중 당한 것이다. 전체 소대 병력 중 11명이 전사하고 6명이 부상을 입었으며 엠마 상병의 후송을 위해 두 명이 급조 들것을 들어야 했다.

결국 낸시 소위를 포함한 34명의 소대원 중 17명만이 남았다. 낸시 소위는 참담한 기분을 느꼈다. 뼈아픈 패배였다.

불가항력이었다고 말할 수도 있었지만, 그렇다고 해서 자신이 첫 전투에서 패배했다는 쓰라린 기분을 채워 주지는 못했다. 자신은 살아남았지만 제대로 시신조차 수습하지 못한 부하들 때문에 낸시 소위는 가슴이 아팠다. 그렇지만 아직 전쟁은 끝나지 않았고, 전투도 끝나지 않았다. 낸시 소위는 고개를 저어 우울한 생각을 뿌리치고 유리아 중사를 바라보았다. 흙과 탄매로 거뭇거뭇한 유리아 중사도 무척 초췌한 모습이었다. 낸시 소위는 침을 삼키고는 유리아 소위에게 말했다.

"심각하네요. 정말이지……."

"그래도 이만큼이나 살아남은 게 다행이지요."

"일단 돌아갈 궁리부터 하죠."

낸시 소위의 말에 유리아 중사가 고개를 끄덕였다. 둘은 지도를 바라보았다.

"적군이 보이지 않는데, 우리를 초월한 걸까요?"

"그렇지는 않아 보입니다. 유리아 중사. 자세히는 모르겠지만 말이죠. 그런 것 같지는 않아요."

유리아 중사가 머리를 긁적이고는 다시금 지도를 바라보자 낸시 소위는 계속 말을 이었다.

"중대는 연락이 안 됩니다. 대대 지휘소도 마찬가지군요. 어떻게 된 건지는 모르겠지만, 우리 무전기에는 아무런 무전도 잡히지 않고 있습니다. 뭐 장거리 무전기가 아니니 별수 없는 거겠지만요. 어찌 되었던, 아무래도 후방 연대 지휘소까지 가야 할 듯합니다."

"연대 지휘소는 20킬로나 떨어져 있습니다만."

"그렇지요. 지금이라도 걸어가면 5시간 안에는 도착할 겁니다. 가다가 아군을 만나면 다행이고요."

낸시 소위는 그렇게 말하고는 지도를 쥐고 자리에서 일어났다. 멀리서 포격 소리가 들려오는 것을 느끼며 얼른 이곳을 벗어나야겠다는 생각을 했다.

"전방에 2명의 정찰조를 50m 앞서 보내고 나머지는 잘 살피면서 이동합니다. 최대한 신속하게 이동하죠."

낸시 소위가 말하며 지도를 집어넣자 유리아 중사가 병사들을 불러 모았다.

6.

한참 숲길을 걸어가던 낸시 소위의 소대는 두 시간 뒤 다행히 후방으로 이동하는 아군 행렬에 합류할 수 있었다. 터벅터벅 걸어가는 아군 병사들의 표정은 하나같이 얼이 빠져 있었기에 낸시 소위는 다른 부대들도 자신들과 별반 다를 것이 없을 만큼 심하게 당했음을 알 수 있었다. 낸시 소위는 대륙전쟁 이후 계속된 평화 속에 잊어버렸던 전쟁을 다시 배우는 데 치르는 수업료가 무척이나 비싸다는 생각이 들었다.

아군 행렬은 끊임없이 후방으로 이어졌다. 그 행렬은 적군 전투기를 발견하면 길가 옆으로 우거진 나무 밑으로 흩어졌다가 한참이 지나 안전하다고 판단되면 이동하는 방식으로 이어졌다. 그러는 동안 적군의 기총에 쓰러지는 병사들도, 부상을 이기지 못하고 길가에 방치되는 병사들도 속출했다. 그렇지만 그 누구도 그런 병사들을 구원해 줄 수는 없었다. 단지 측은한 눈길로 쓰러진 병사들을 보며 애도의 기도를 잠시 올린 뒤 다시 행군할 수밖에 없었다.

안 그래도 느린 행렬이 중간중간 멈춰야 했던 덕분에 낸시 소위와 부대원은 전선에서 후퇴한 지 여덟 시간이나 지나서야 다른 병력과 함께 연대 지휘소가 있는 마을에 도착할 수 있었다. 작은 마을에 설치되었던 연대 지휘소도 적군의 포격으로 인해 심하게 무너져 엉망이었고 여기저기서 몰려온 병사들이 각자 자신의 부대를 찾느라 분주했다. 지휘관마저 전사한 부대의 병사들은 이러지도 저러지도 못한 채 낡은 마을 담벼락에 기대앉아서 멍하니 하늘을 바라볼 뿐이었다. 마을 주민들은 이미 피난을 갔는지 마을에 보이는 사람들이라곤 왕국군 병사들, 그리고 엉뚱한 곳으로 후퇴한 프로세군뿐이었다.

낸시 소위도 혹시나 하는 마음에 중대장과 중대 장교들을 찾았지만 찾을 수 없었다. 자신의 중대가 어떻게 되었는지 알 만한 사람조차도 없었다. 여기저기서 보이는 장교들이 낸시 소위와 같은 대대인지 연대인지조차 낸시 소위는 알지 못했다. 그렇게 계속해서 여기저기 기웃거리던 낸시 소위를 누군가가 불러 세웠다. 연대 작전과장이었다. 연대 작전과장은 어디서 다쳤는지 머리와 왼쪽 눈을 붕대로 감고 있었다. 낸시 소위는 처음 전입 왔을 때 반갑게 웃으며 차를 권하던 작전과장의 얼굴이 기억났다. 그리고 지금 부상을 입은 그의 얼굴을 보자 가슴이 철렁하고 내려앉았다.

"다치셨군요."

"뭐, 전선에 있다 보니까. 적 급강하폭격기가 트럭을 폭격했는데 그 파편에 당했어. 건강한 것 같아서 다행이군."

작전과장이 낸시 소위에게 그렇게 웃어 보였다.

"연대장님께서 몇 시간 전부터 자네를 찾고 있어. 지금 시간은 괜찮나?"

"예. 중대장과 간부들을 찾고 있습니다만, 문제없습니다."

"그럼 일단 연대장님에게 가지."

작전과장의 안내로 낸시 소위는 연대 지휘소로 향했다. 반쯤 무너진 4층 건물의 1층에 다시 차린 지휘소 내부에는 참모장교들과 병사들이 무전기와 지도 등을 들여다보면서 부산하게 움직이고 있었다. 낸시 소위는 그 한구석에 앉아서 지도를 바라보고 있는 연대장에게 다가갔다. 낸시 소위가 경례하자 연대장이 반갑게 웃으며 반겼다.

"살아 돌아왔군. 다행이야. 고생이 많았어."

"아닙니다."

"아니. 빈말이 아니야. 자네가 있던 2대대는 전멸 수준이야……. 대대장마저도 전사했지. 자네 중대의 중대장은 실종 상태에 중대에 있던 다른 장교들도 모두 연락 두절이군. 자네가 현시점에서 자네 중대의 유일한 장교라네……."

연대장이 쓸쓸하게 말했다. 그리고는 잠시 침묵을 지키다 옆에 놓인 찻잔을 들어서 차를 한 모금 마시고 다시 입을 열었다.

"2대대 전담 구역으로 적의 전차들이 쇄도했네. 자네도 알겠지만 대전차무기라고는 아무것도 없었으니 전방 중대는 물론 후방 예비대인 자네 중대마저 돌파당하더군. 순식간이었어. 아군 전차들은 제대로 반격조차 못했고 말이지. 그런데 다행히 자네 소대에서 적 전차를 효과적으로 방어해 주었더군. 왜인지는 모르지만 적군 전차 부대가 자네 소대 방어지역에서 진격을 멈추었어. 물론 아주 잠깐이었지만. 그래도 그 잠깐 동안 아군 전차 부대가 진격해서 교전을 벌였고, 아직까지 이렇게 시간을 벌고 있다네. 정말이지 잘했다고밖에 할 말이 없어."

그리고 연대장은 주머니에서 무언가를 꺼내 낸시 소위에게로 다가갔다.

"이런 식으로 주게 되어서 아쉽지만, 이것은 꼭 줘야겠군."

연대장의 손에 들린 것은 은색의 중위 계급장이었다. 낸시 소위가 얼른 대꾸했다.

"연대장님. 저는 이제 막 소위가 되었습니다."

"언젠가 달게 될 계급장을 그저 미리 다는 것뿐이네. 어차피 전선이야. 계급이야 금방금방 올라가는 법이지."

연대장이 낸시 소위의 어깨에서 계급장을 떼어내고 그 위에 중위

계급장을 달아 주었다. 낸시 소위는 그저 얼어서 서 있을 뿐이었다. 연대장이 낸시 소위에게 손을 내밀며 말했다.

"낸시 중위. 자네를 중대장 대리로 임명하네. 새 중대장이 오거나 자네가 전출할 때까지 그 직책을 맡아 주게나. 완편된 상태의 중대를 주지 못해 미안하네."

연대장의 말에 낸시 중위는 아무 말 없이 경례를 올리고는 밖으로 나왔다. 잠깐 동안 생각을 정리하며 걷고 있는 낸시 중위를 누군가가 부르자 낸시 중위는 눈을 들어 상대를 바라보았다. 유리아 중사가 담배를 피우며 서 있었다.

"중위가 되셨군요."

"네……. 어쩌다 보니까요. 담배 피우시는군요."

낸시 중위의 말에 유리아 중사가 담배를 멀리 집어 던지며 말했다.

"네. 전투 중에는 못 피우니 이럴 때 한 대씩 해야지요……. 중대원은 저기 모여 있습니다만 37명뿐입니다. 2소대와 3소대에서 살아남은 인원을 다 합쳐도 그것밖에 안 됩니다. 뭐, 더 살아있을지 어떨지는 모르지만, 현시점에서는 그러하네요."

유리아 중사가 가리키는 곳을 바라보니 피곤에 절은 모습의 여성들이 앉아 있었다.

낸시 중위는 살짝 얼굴을 찡그리고는 중대원들을 바라보았다. 중간중간 자신의 소대원이었던 인원들의 얼굴이 보였지만 나머지는 잘 알지 못하는 병사들이었다.

"다행히 한 개 소대 병력은 나왔네요……."

"중대장이 되셨는데 중대원이 적어서 소대장일 때나 다를 바 없군요."

"아직 중대장 대리입니다."

낸시 중위가 유리아 중사의 물음에 답하자 유리아 중사는 병사들을 둘러보면서 말했다.

"뭐 대리나 중대장이나 그게 그거지요……. 이들을 이끄셔야 합니다."

"전 사관학교를 졸업한 지 얼마 안 지났습니다. 중대장에는 어울리지 않아요."

그런 낸시 중위의 말에 유리아 중사가 낸시 중위의 눈을 바라보며 말했다.

"군인이란 어울리는 사람이 그 직책에 앉는 것이 아닙니다. 누구든 그 자리에 앉은 사람은 그 자리에 어울리게 돼야 하죠. 훌륭한 중대장이 되어 주십시오. 오늘처럼 누군가의 목숨을 구할 수 있는 그런 중대장님이."

유리아 중사의 말이 끝나고 약간의 침묵이 흐르는 동안 여기저기서 철수한다는 말이 전파되었다. 갑자기 마을에 주둔 중인 병사들이 분주해졌다. 낸시 중위가 유리아 중사에게 말했다.

"일단은 후퇴입니다. 병사들을 집결시켜 주세요."

"알겠습니다."

지시를 받은 유리아 중사가 병사들에게 소리쳤다.

"로빈중대! 철수 준비!"

CH.2 ROOKIES

1.

대륙력 4029년 4월 말, 제국군은 과거의 영광을 외치며 다른 나라들을 침략했다. 그리하여 시작된 전쟁의 참화가 처음 발을 디딘 곳은 대륙 서부의 프로세였다. 초반의 격렬했던 전투가 어느 정도 소강 상태에 접어들고 나흘 뒤, 로빈중대는 바다 건너 샤른 왕국 본토로 이송되었다. 한 개 소대급 중대였기에 그런 이유도 있었지만, 여성이라는 이유로 전선에서 물러난 것이나 다름없었다. 낸시 중위는 처음에는 전선에서의 이송을 반대할까도 생각했지만, 현재 병력의 숫자와 병사들에게 휴식이 필요하다는 유리아 중사의 뜻에 따라 본국으로 물러날 것을 결정했다. 본국으로 향하는 중에는 수송선이 적군 전함에게 공격당했다. 다행히 급하게 달려온 샤른 왕국 함대 덕분에 무사히 살아남은 로빈중대는 본국 훈련소 부지에서 군장을 풀었다.

4029년 6월. 결국 프로세는 제국에 점령당했다. 남은 프로세 병력과 왕립군은 바다를 건너서 겨우 본국으로 탈출할 수 있었다. 그 뒤 왕국은 제국에 선전포고했고, 그와 동시에 왕국은 전시체제로 돌입하며 군을 개편하기 시작했다. 얼굴마담급으로 이루어져 있던 여군중대들은 모두 전투편제에서 제외되고 그 인원들 대다수가 후방의 기지 방어와 병원 등의 간호원으로 편제되어 버렸다. 다만 로빈중대는 첫 번째 전투의 공적이 인정되었고, 연대장이 윗선에 보고하는 형태로 17사단 소속 2대대 E중대로서 남게 되었다. 그리고 국내로 들어온 로빈중대는 두 달간의 휴식기를 거치고 새로운 중대원들을 받게 되었고, 낸시 중위는 왕국 수도 근교의 훈련장에서 새로 배속된 중대원들을 확인하고 있었다.

"꽤나 많군요."

낸시 중위가 서류를 보면서 말했고, 그 옆에서 같이 서류를 보고 있는 유리아 중사도 서류에서 눈을 떼지 않고 입을 열었다.

"80여 명이니까 말이죠. 현재 한 개 소대급만 남아 있었으니."

"대략 반은 신병, 반은 다른 부대에서 전출 온 인원들이네요."

유리아 중사의 말에 낸시 중위가 답하며 서류를 덮었다. 찻잔을 들어 올린 낸시 중위는 차가 다 식은 것을 확인했지만, 그냥 입으로 가져갔다.

"제국의 선전포고 이후 징집제가 시행됐으니까요. 여성들의 자원입대도 많다고 합니다. 여자가 입대하면 집안의 남자 형제 한 명은 징집을 면하게 해 준다는 이유로 말이죠. 말도 안되는 소립니다."

"유리아 중사는 별로 마음에 들지 않나 보군요."

유리아 중사의 퉁명스런 말에 낸시 중위가 물었고 유리아 중사는 서류를 덮고는 기지개를 켜며 말했다.

"그렇게 해서 들어온 여성들은 또 후방기지 방어나 의무, 보급 등의 업무를 하게 되지 않습니까. 그럴 거면 왜 그러냐는 거지요. 오빠나 남동생 대신 딸들을 전선으로 보낸다는 것 자체가 저로서는 그리 마음에 들지 않습니다. 이번에 들어온 신병들도 그렇게 해서 군대로 오고 전선에 가면 돈을 더 준다니까 멋모르고 오는 녀석들도 있을 겁니다. 죄송합니다만 중대장님. 담배 좀 피워도 되겠습니까?"

유리아 중사가 품에서 담배를 꺼냈고 낸시 중위는 말없이 옆의 재떨이를 밀어 주었다. 담배를 입에 물고 불을 붙인 유리아 중사가 연기를 한 모금 내뿜고는 다시 입을 열었다.

"그런 녀석들이 죽어 나가는 모습을 또 보고 싶지는 않네요. 그걸 봐야 하는 것이 군에 말뚝 박은 제 업이겠지만요. 아. 그래도 그렇게 들어오는 여자보다는 남자 숫자가 월등히 많다고 하니 아직은 이 나라도 괜찮은 것 같습니다. 그리고 남자 우선 징집이라 여자만 있는 집에서는 징집 안 한다네요."

낸시 중위는 그런 유리아 중사를 보고는 다시 서류를 폈다.

"그럼 한 명 한 명 면담을 해야겠군요. 일단 신병들은 훈련해야 할 듯합니다. 2주 훈련을 받았더군요."

"군부도 급하겠지요. 프로세가 지난달에 그렇게 항복해 버렸으니 말입니다. 그 전에 우리 군과 남은 프로세군, 거기다 프로세에 있던 우리 국민을 본국으로 이송할 수 있었던 것이 다행이지요."

유리아 중사가 재떨이에 재를 털면서 말했다. 프로세가 항복하고 난 뒤 샤른 왕국은 선전포고를 했지만, 아직 제대로 된 전투가 벌어지지는 않았다. 그렇지만 확실하게 전쟁이 벌어질 것을 알기에 군부에서는 전쟁에 대비해 급속도로 병력 배출을 시작했다. 다만 그 병력 배출이란 것이 2주의 기초훈련이기에 낸시 중위와 유리아 중사는 전선으로 떠나기 전까지 그 병력들을 쓸 만하도록 조련하는 데 최선을 다하기로 했다.

"일단 다음 주까지 면담을 끝내고 훈련 시스템에 돌입하도록 합시다. 소대장이 될 여군 장교도 아직 도착 안 했으니 말입니다. 유리아 중사와 제가 나눠서 하면 될지 싶네요."

"훈련은 기존 하사관들과 진급시킨 하사관들, 그리고 기존 병력에서 실력 있는 인원을 뽑아서 하도록 하겠습니다. 이번에 배속된 숙련병 중에서도 쓸 만한 인물들이 있겠지요."

낸시 중위와 유리아 중사는 동시에 서류를 덮었다.

다른 중대에서 전입해 온 인원들은 총 36명이었다. 대다수가 후방 임무가 싫어서 온 인원들이기 때문에 개개인의 사기는 높은 편이었다. 다만 아직 실전을 경험한 인원들이 없다는 것이 문제였다.

"아무리 사기가 충만하고 군 생활의 경험이 있다지만 실전에서 달라질 수 있는 거지요. 저도 실전은 이번이 처음이었지만 뼈저리게 느꼈습니다. 거기다 중대장님도 아시겠지만, 여군중대라는 곳이 제대로 된 훈련이 이루어지는 곳은 결코 아니었지요."

"어차피 전선으로 떠나려면 시간이 있습니다. 뭐 우리가 정말로 전선으로 갈지 어떨지는 모르지만 말이죠. 신병 훈련이 끝나면 전체적인 중대훈련이 이루어질 테니 그 전까지 보직을 나누고 그에 맞는 기초훈련을 시켜야겠군요."

"이 부분은 대대에 요청해 대대급에서 교육을 해야 할 듯합니다. 소총수 교육이라면 모를까 박격포라거나 기관총은 중대급에서 교관을 이용해 교육하기는 힘드니까요. 중대 편제화기는 60㎜ 박격포입니다. 운용방식이라거나 사격술은 제대로 된 교육을 받아야 운용할 수 있지요."

"그 부분은 대대 쪽에 문의해 보도록 하겠습니다. 일단 기초적인 소총수 훈련을 한 뒤에 신병의 보직이 정해지면 그때 공용화기는 대대급 교육이 되도록 해야겠군요. 기초 소총수 훈련은 제가 맡도록 하겠습니다."

낸시 중위와 유리아 중사는 그렇게 이야기를 하고 훈련 일정을 짰다.

그 뒤에 신병들 45명의 면담이 있었다. 대다수가 10대 후반에서 20대 초반이었고 이제 막 군복에 계급장을 붙인 수준이었다. 전체적으로 사기가 낮을 수밖에 없었다. 대다수가 고등교육을 받지 못했다는 점도 낸시 중위로서는 걱정이 되는 부분이었다. 예상대로 오빠나 남동생 등을 대신해 입대한 케이스가 많았고, 간혹 스스로 입대한 인원도 있었지만 꽤나 극소수였다. 훈련소에서 가르친 것도 기초적인 제식훈련과 구식 소총의 사용법 정도였기에 거의 백지상태의 인원들을 하나부터 열까지 군인으로 만들어야 한다는 압박감도 낸시 중위에게 스트레스로 다가왔다.

그중에서 특별한 인원이 있었는데, 다른 신병들 사이에서 가장 나이가 많아 보였고 계급장도 상병 계급장을 달고 있었다. 그 인원이 면담을 위해 낸시 중위의 집무실로 들어왔을 때 낸시 중위는 조금은 의아한 생각이 들었다.

"상병 피어 뮐러! 중대장님실에 용무 있어 왔습니다."

"앉도록."

낸시 중위의 말에 피어 상병이 의자에 앉아서 자세를 바로 했다. 꽤나 절도 있는 동작이었다. 낸시 중위는 피어 상병의 서류를 꺼내 들었다. 피어 뮐러. 32살. 과거 군 경력 있음. 가족사항은 없었다.

"피어 뮐러. 32살인가."

"예! 그렇습니다."

"나이가 많군."

낸시 중위가 단도진입적으로 물었다. 현재로써는 중대에서 그보다 나이가 많은 병사는 없었다. 지금까지 나이가 가장 많았던 유리아 중사도 27살이었다.

"과거 군 경력이 있던데. 언제였나."

"14년 전이었습니다. 그때 2년간 복무 후 12년 전 전역하였습니다."

14년 전이면 낸시 중위가 8살 때의 일이었다. 그렇게 생각하니 새삼 피어 상병과의 나이 차가 실감이 났다.

"이번에 전쟁이 나니 다시 복귀한 케이스군. 14년 전 어떤 업무를 하였나?"

"예. 사격술이 형편없었기 때문에 취사를 맡았습니다."

피어 상병이 아무렇지도 않은 듯 말했다. 취사도 중요한 업무 중 하나이니 낸시 중위는 이 인원에게 취사를 맡기는 것이 좋겠다는 결론을 내렸다.

"그럼 피어 상병은 중대의 취사반을 맡아주기 바라네."

"알겠습니다. 중대장님."

피어 상병과의 면담은 그것으로 종료되었다.

2.

훈련은 순차적으로 진행되었다. 유리아 중사는 최대한 신경 써서 신병들을 교육시켰다. 가장 기초적인 제식부터 시작해 신형 소총의 사용법과 수류탄 사용법, 야지에서의 기동 방법 등 원래라면 훈련소에서 가르쳐서 내보내야 하는 것들에 대해 중점적으로 교육했다. 신병들 자체가 어리고 여자들이다 보니 신형 소총인 반자동소총, M1 소총 사격은 명중률이 매우 낮았다. 소총 자체가 반동이 좀 있는 총이었기에 훈련소에서 구형 단발식 소총 M03을 3발 정도 사격하고 온 인원들은 처음에는 제대로 반동제어를 하지 못해 표적에서 완전히 빗나가기 일쑤였다. 결국, 소총사격 교육 시간을 배로 늘렸고 실탄사격의 숫자도 늘려서 최대한 많이 사격하도록 했다.

"뭐든지 반복 숙달이 최고지요. 반동이 좀 세지만 이 반동에 익숙해지면 됩니다."

유리아 중사가 낸시 중위에게 보고하면서 한 말이었다. 실제로 그렇게 며칠이 지나자 대략적으로 표적지를 맞추는 정도의 실력은 갖추게 되었다. 낸시 중위도 숙련병 교육을 하면서 사격 실력 향상의 필요성을 통감했기에 숙련병에게도 사격 시간이 꽤나 많이 할당되었다. 그렇게 체력단련을 끝으로 하루 일과를 모두 마친 낸시 중위와 유리아 중사는 중대장실로 들어가 휴식을 취했다. 낸시 중위가 차를 내려서 유리아 중사에게 건네주었다.

"병사들의 훈련 숙련도는 어떻습니까."

낸시 중위의 말에 유리아 중사는 입에 머금은 차를 마저 넘기고 입을 열었다.

"뭐 나쁘지는 않습니다. 아직 마음에 드는 수준은 아니지만 말이지요. 새로 들어온 숙련병 중에는 쓸 만한 녀석들이 있더군요. 그 하사 3명은 쓸 만한 수준이었습니다. 중사 한 명도요."

"리젤, 오르샤, 나몬 말이군요. 그리고 그 마리아였나요?"

"미리아입니다. 미리아 셀브즈 중사. 군 경력 7년이지요."

유리아 중사가 차를 마시며 정정했다. 낸시 중위는 서류철에서 미리아 셀브즈의 서류를 찾았다. 미리아 셀브즈, 26살. 사진으로 볼 때 조금은 어려 보이는 얼굴이었다. 현재로서는 하사관급에서 유리아 중사 다음으로 경력이 오래된 인물이기 때문에 여러 가지 업무를 맡길 수 있을 거라 예상되었다. 전 부대는 5보병사단. 소대선임하사의 업무를 맡았었다.

"소대선임하사 업무를 했었군요. 어떻습니까, 유리아 중사. 중대선임하사의 역할을 맡길 수 있다고 생각합니까?"

낸시 중위의 말에 유리아 중사는 살짝 찡그리고는 말했다.

"제 지론은 '그 위치에 가면 누구나 그 역할을 한다' 입니다. 아마 역할을 맡기면 할 수는 있겠지요. 그렇습니다만, 중대선임하사는 제가 아닙니까?"

유리아 중사의 말도 일리가 있었다. 현재로써는 중대에서 가장 복무 기간이 긴 사람은 유리아 중사였다. 중대선임하사의 업무는 가장 연차가 높은 하사관이 맡는 직책이었다. 당연한 순서로 유리아 중사가 맡아야 하는 것이었다. 그렇기에 유리아 중사는 어째서 자신이 아닌 이번에 새로 들어온 미리아 중사에게 중대선임하사의 역할을 맡기겠다는 것인지 의문을 가졌다. 그런 유리아 중사에게 낸시 중위가 말했다.

"유리아 중사에게는 다른 업무를 맡겨야 해서 말입니다."

"어떤 업무입니까."

유리아 중사가 낸시 중위에게 물었고 낸시 중위는 또 다른 서류철을 꺼내면서 입을 열었다.

"이번에 우리 중대로 부임하는 장교는 총 2명입니다. 둘 다 소위인데 한 명은 저와 비슷한 시기에 졸업하고는 이제 막 기초훈련을 끝마친 학사장교이고, 또 한 명은 사관생도입니다만 전시임관식으로 1년 먼저 임관했습니다. 그래서 아무래도 유리아 중사가 1소대장 업무를 하셔야 할 듯합니다."

"네?!"

낸시 중위의 말에 유리아 중사가 깜짝 놀라서는 되물었다. 유리아 중사는 쉽게 납득할 수 있는 말이 아니었기 때문에 당황할 수밖에 없었다. 놀라는 유리아 중사를 보면서 낸시 중위는 다시 입을 열었다.

"사실 유리아 중사는 실력 있는 하사관입니다. 군 생활도 10년이나 되었고 지난번 전투 당시 보여준 능력도 매우 훌륭했습니다."

"하지만 저는 하사관입니다. 제가 소대를 지휘한다는 것은……."

"아까 유리아 중사도 말했듯이 그 자리에 가면 누구나 그 역할을 하게 되지요. 1소대는 주로 저와 함께 움직이는 소대입니다. 그만큼 중요한 자리라면 누구보다 믿을 만한 인물이 소대장을 하는 것이 가장 제격이지요. 현재 중대에서 유리아 중사만큼 제가 신뢰할 만한 인물이 있나요?"

낸시 중위의 말에 유리아 중사는 할 말을 잃었다. 그리고 잠시 뒤 한숨을 쉬고는 입을 열었다.

"알겠습니다. 중대장님. 저보다 더 소대장 역할에 적합한 인물이 나타날 때까지 그 자리를 맡겠습니다."

"잘 부탁합니다. 유리아 중사. 소대장들은 내일 도착할 예정입니다. 아침에 인원들 방 배정을 맡아 주세요."

낸시 중위의 말에 유리아 중사가 고개를 끄덕였다.

다음 날 아침이 되자 훈련소 안 로빈중대 주둔지로 한 대의 1/4톤이 도착했고, 두 명의 여성 장교가 내렸다. 한 명은 정복에 정모까지 착용한 상태였고 다른 한 명은 평범하게 울 재질 셔츠 차림의 근무복에 약모를 착용하고 있었다.

주둔지 밖 훈련장에서 한참 오전 훈련을 진행하던 낸시 중위는 새로운 소대장들이 도착했다는 말에 미리아 중사에게 훈련업무를 인수인계하고 주둔지로 돌아갔다. 낸시 중위가 중대장실 문을 열고 들어가자 의자에 앉아 있던 두 명의 소위가 일어나서 경례를 했고, 낸시 중위는 답례를 한 다음에 자신의 책상으로 갔다.

"아. 미안하군. 훈련하고 있어서 말이지."

낸시 중위는 자신의 장구류를 풀면서 소위들에게 말했다. 벗은 장구류를 여며 자신의 캐비닛에 집어넣은 낸시 중위는 위에 입고 있던 야전상의도 벗어서 옷걸이에 걸었다. 그렇게 근무복 차림이 된 낸시 중위는 책상에 앉은 뒤 옆에 있던 서류를 꺼내 들었다.

"아. 그러니까 이름들이?"

"레니 J. 일루아입니다. 중대장님."

"로나 K. 매치슨입니다. 중대장님."

둘이 동시에 대답했다. 정복을 입은 이가 레니, 울 셔츠를 입은 이가 로나였다. 낸시 중위는 둘을 천천히 훑어보았다. 레니는 이제 막 기초군사학교를 수료한 학사장교로, 키는 꽤나 컸고 조금은 날카로운 눈매에 머리를 뒤에서 단정하게 말아서 망으로 둘러 풀어지지 않게 고정하고 있었다. 그 옆의 로나는 전쟁 발발로 인하여 임관한 사관학교 3학년이었다. 조금은 작은 키에 서글서글해 보이는 얼굴이었는데, 쓰고 있는 안경이 그런 인상을 더 뚜렷하게 심어 주고 있었다. 머리는 어깨를 조금 넘어가는 단발이었다.

"내 이름은 낸시 C. 콜필드다. 알다시피 우리 2대대 E중대.^{이지} 속칭 로빈중대의 중대장을 하고 있지. 나도 임관한 지 얼마 되지 않았다."

낸시 중위가 말을 시작하자 두 명은 조용히 경청했다.

"일단 언제 전선으로 갈지 모르기 때문에 계속 훈련을 하는 중이다. 부대원의 반 가까이가 신병이기 때문에 말이지. 중대 총인원은 자네들까지 합쳐서 122명이고 나 포함 장교 3명, 하사관 10명, 병사 109명으로 구성되어 있지. 자네들은 각각 2소대와 3소대의 소대장 업무를 맡을 예정이다. 업무에 충실했으면 좋겠군."

"1소대장은 누구입니까."

레니 소위가 낸시 중위에게 물었다. 장교가 3명인데 자신들이 2소대와 3소대를 맡게 되었으니 당연한 질문일 터였다. 낸시 중위는 그 질문에 대답을 하려다가 누군가가 문을 두드리는 소리에 잠시 말을 멈추었다. 낸시 중위의 들어오라는 소리에 문이 열리고 야전 복장을 갖춘 유리아 중사가 M1 소총을 어깨에 매고 들어왔다. 유리아 중사가 문을 열고 들어와 낸시 중위에게 경례했고 낸시 중위가 답례한 뒤 유리아 중사를 자신의 옆으로 불러 세웠다.

"1소대를 맡게 될 유리아 레틴 중사다."

"예?!"

낸시 중위의 말에 레니 소위가 놀라서 대답했다.

"중대장님. 중사가 소대장을 맡는다니요."

레니 소위가 의아하다는 표정으로 낸시 중위를 바라보았고 낸시 중위는 살짝 표정을 굳힌 채 그 물음에 답변을 해 주었다.

"유리아 중사는 근속 10년의 베테랑이다. 거기다 지난 전투 때 훌륭히 임무를 수행했고 또 뛰어난 지휘 실력을 보여주었다. 현재로써는 중대에 장교가 없기도 하거니와 그 직책에 어울린다고 생각했기에 유리아 중사를 1소대장으로 임명한 것이지."

"그렇지만 중대장님……."

"그만. 전시하에서 장교가 없을 때 하사관이 지휘를 하는 것은 당연한 일이지. 오후에 소대 편성을 할 예정이니 자네들은 나가서 방에 짐을 풀도록. 점심을 먹고 13시 30분에 다시 이곳에 집결해. 유리아 중사도 동 시간에 와 주십시오."

"알겠습니다. 중대장님. 소대장님들은 저를 따라오시죠. 사용하실

방을 안내해 드리겠습니다."

낸시 중위가 말하자 유리아 중사가 대답하고는 레니 소위와 로나 소위에게 말했다. 둘 다 일어서서 낸시 중위에게 경례하고 한쪽 벽에 세워 둔 더플 백을 들어 올렸다.

3.

"뭔가 이상해. 전선으로 가려고 유일한 전투중대로 온 건데 이건 뭔가 아니잖아."

레니 소위가 침대 위에 더플 백을 집어 던지듯 놓으며 말했다.

"그렇지만 중대에 소위가 없으니까. 그러면 어쩔 수가 없는 거지."

레니 소위와 같은 방을 쓰게 된 로나 소위가 자신의 더플 백을 내려놓으면서 말했고 레니 소위는 그런 로나 소위를 바라보며 다시 입을 열었다.

"아니 그건 그렇지만 그렇다고 해도 1소대장은 아니잖아. 아무리 나이가 많고 군 생활이 길다지만 말이지."

"그렇지만 중대장이 저 정도로 신뢰하는 거 보면 실력이 있는 게 아닐까?"

로나 소위가 그렇게 말을 하자 레니 소위가 훌쩍 로나 소위에게 다가가서 손가락으로 뺨을 꾹꾹 누르기 시작했다.

"너는 도대체 누구 편이니?"

"아아. 아파. 그냥 그렇다는 거야. 중대장이 그러는 거 보면 실력이 있으니까 1소대장을 시키는 거겠지."

로나 소위가 아파하는 모습을 바라보던 레니 소위가 손을 거두자 로나 소위는 자신의 뺨을 쓰다듬었다.

"중대장은 지난번 프로세에서 첫 전투 때 적군 전차 부대를 막았다고 하잖아. 그런 사람하고 첫 전투부터 함께했던 사람이니 신뢰가 가는 거겠지."

"그걸 믿기가 힘들다는 거지. 무언가 운이 좋았을 거야. 중대장도 그렇고 그 중사도 그렇고. 그때 중대 인원이 30명 남짓 살아남았다며. 소대원도 절반 가까이 전사했고. 그런 상황에서 전차 부대를 막았다는 게 믿어져?"

레니 소위의 말에 로나 소위는 한숨을 쉬고는 안경을 고쳐 썼다.

"레니는 너무 심각하게 생각하는 거 같아."

"야! 전쟁터에서 믿음이 가지 않는 상관과 동료가 얼마나 위험한 존재인데! 믿음의 이야기를 하는 거야."

레니 소위가 자신의 침대에 앉으면서 말하자 로나 소위는 안경을 고쳐 쓰고 입을 열었다.

"네 말대로 중대장의 중대는 지난 전투에서 40명이 채 못 되는 인원만 살아남았어. 정확하게는 중대장 포함해서 39명이었지. 그중 18명이 중대장의 소대였고. 나머지는 두 개 소대에다가 중대본부에서 살아남은 인원들까지 포함해서야. 3개 소대 중에서 소대장에다가 소대선임하사까지 살아남은 소대는 중대장의 1소대뿐이었어. 물론 다른 소대의 소대장이나 소대선임하사들이 운이 없었던 것일 수 있지만, 최소한 그 결과만 놓고 보았을 때 중대장의 지휘는 적절했다고 할 수 있겠지."

거기까지 말한 로나 소위는 침대에서 일어나 레니 소위에게로 다가가서 어깨동무했다.

"그러니까. 좀 믿어 보자고. 사단 기초훈련 때도 그랬지만 넌 너무 나쁘게만 생각하잖아."

"하아. 모르겠어. 믿음이 가지를 않는다고. 그저 가슴만 커다란 그 중위가 말이지. 임관 시기도 우리랑 비슷하잖아."

레니 소위가 그렇게 말하자 로나 소위는 한숨을 쉬고는 대꾸했다.

"어쨌든 우리는 하지 못한 실전 경험이 있고, 실전에서 전공이 있으니까. 이건 어쩔 수 없는 거지. 그보다 중대장 가슴 크기가 여기서 왜 나와?"

"그냥 눈에 띄어서 그런다, 왜. 전투복 입고도 그 사이즈인데 벗으면 꽤 상당할 것 같지 않냐? 아니 상당할 것 같은게 아니라 충분히 상당해."

레니 소위가 그렇게 말하자 로나 소위는 다시 한숨을 쉬고는 어깨에 올렸던 팔을 풀고 침대에 누워 버렸다.

"정말이지 너를 어떻게 감당해야 할지 모르겠다."

"왜. 너는 안 궁금해?"

그렇게 대꾸하는 레니 소위를 살짝 바라보던 로나 소위는 다시 일어나서 어깨에 손을 얹었다.

"음…… 저기…… 네가 여자를 좋아하던 어떻든 상관은 없는데 제발 상관은 건드리지 마라. 군법회의감이야. 그거."

그런 로나 소위의 말에 레니 소위는 얼굴을 빨갛게 물들이고는 로나 소위에게 대꾸했다.

"무슨 말도 안 되는 소리야! 그냥 궁금해서 그런 거지!"

"여자 가슴이 뭐가 그리 궁금해?"

"딱 보기에 커 보여서 그런다 왜! 좀 궁금하면 어디가 덧나냐?"

결국, 화내듯이 소리를 질러 버린 레니 소위는 침대에서 일어나 로나 소위의 침대로 가서 드러누워 버렸다.

점심 이후 낸시 중위의 중대장실에 모인 인원들은 각자 명단을 받았다.

"일단 중대본부에 8명, 60㎜ 박격포반에 11명이 배치되고 남은 인원을 33명씩 각소대로 배치하지. 3개 분대와 소대본부 인원으로 아주 알맞은 숫자야. 위에서 이런 거 생각해서 병력을 배치해 줬다고 생각될 정도로 말이야. 물론 아직 완편은 아니지만 말이지."

낸시 중위가 차를 마시며 말했다. 각 소대장은 자신의 명단을 살펴보았다.

"적절하게 섞어 놓으셨군요."

유리아 중사가 말하자 낸시 중위는 살짝 웃어 보였다.

"일단은 기존에 있던 병사들, 이번에 전입한 병사들, 새로 군인이 된 신병들을 최대한 나눠서 배치했습니다. 기초훈련은 끝났으니 앞으로는 분대별, 소대별 훈련에 돌입해야지요. 전술훈련 위주로 나가면 되겠네요. 각 소대장도 지휘능력실습도 필요할 테니까요."

유리아 중사의 말에 낸시 중위가 대답했다. 로나 소위와 레니 소위는 명단만 보고는 그런 것을 다 파악하기가 힘들었기에 낸시 중위와 유리아 중사의 틈에 끼어들기가 힘들었다.

"그럼 각 소대별로 오후에는 휴식을 취하고 소대장들은 각자 병사들과 잘 지내 보고. 아, 그리고 내일부터는 소대별로 훈련할 테니 각 소대장은 내일 08시 50분 까지 훈련계획 세워서 나에게 보고하도록."

그렇게 이야기를 끝낸 낸시 중위는 남은 차를 마저 마셨고, 소대장들은 경례를 한 뒤 집무실 밖으로 나왔다. 각자 소대원들을 집합시킨 소대장들은 자기소개와 앞으로의 훈련내용, 자신의 지휘방침에 대해 소개하는 시간을 가졌다.

그렇게 오후 일과를 종료하고 로나 소위와 레니 소위는 각자의 방으로 돌아왔다.

"어때? 소대원들은?"

로나 소위가 묻자 레니 소위는 침대에 누우며 말했다.

"모르겠어. 사실 이 정도 병사가 내 밑에 있다는 게 실감이 안 나."

"나도. 친해지는 것도 일이겠어. 나이가 비슷한 병사도 있고 완전 어린 병사도 있고 하니까 말이지."

"친해진다니? 뭔 소리야?"

"응? 당연히 앞으로 같이 계속 지내고 어쩌면 전투를 함께 치를 인원인데 친해져야지."

로나 소위의 대답에 레니 소위는 로나 소위를 바라보면서 표정을 굳혔다.

"너무 친해지면 명령을 듣지 않는다."

"넌 너무 딱딱해. 병사들과 친해서 나쁠 것은 없지. 뭐 클레어 하사가 지난번 전투에 참가했던 인원이고, 병사들하고 친해서 좀 수월할 것 같긴 해."

"클레어는 또 누구야?"

"우리 소대선임하사."

로나 소위는 그렇게 말하고 자신의 가방에서 무언가를 꺼내기 시작했다. 서류철이었는데 양이 꽤 되었다.

"뭐야 그 서류들은."

"소대원들 기초서류. 보고 알아둬야지."

그런 로나 소위를 보고 레니 소위는 이상한 것을 보는 표정으로 바라보며 그대로 다시 침대에 바로 누워 버렸다.

다음날부터 각 소대끼리 훈련에 들어갔다. 유리아 중사는 기초훈련을 하면서 분대공방과 소대공방을 중점적으로 가르칠 계획이었고 레니 소위는 소대공방에 치중하겠다는 계획서를 제출하였다. 로나 소위의 경우는 각 분대별로 지속적인 모의 전투훈련을 하겠다고 보고했다. 낸시 중위는 그렇게 일주일간 교육을 하고 다음 주 금요일 소대별로 모의전투를 치르기로 결정했다.

일주일간의 교육이 끝나고 훈련장 뒤편의 숲에서 소대별 모의전투가 벌어졌다. 각 소대는 서로를 적군으로 상정하고 낸시 중위가 표시한 지점에서 출발하게 되어 있었다. 각 소대장은 다른 소대의 위치를 모르는 상태다. 사용할 탄환은 공포탄이고, 통제관은 낸시 중위와 옆 중대에서 파견 나온 중위들이 맡기로 했다.

"그럼 잘 부탁드립니다."

"걱정 마십시오."

파견 나온 중위들을 각 소대에 배속한 뒤 낸시 중위는 자신의 권총을 들어서 공중에 대고 발사해 신호를 보냈다.

"일단 이동한다! 내가 선두에 선다."

"소대장님. 첨병을 내보내야 하지 않습니까."

레니 소위에게 선임하사인 미네 하사가 말했다.

"제가 선두에 섭니다. 그게 제 지휘입니다."

레니 소위의 대구에 미네 하사는 고개를 끄덕이고는 자신의 위치로 돌아갔다. 그렇게 레니 소위 소대는 길을 따라 10여 분을 이동해 나갔다. 날씨가 좋았지만, 숲이다 보니 조금은 어둑어둑해서 음침한 기운을 내뿜고 있었다. 그런 레니 소위에게 미네 하사가 다가와 말을 걸었다.

"소대장님. 이 앞에는 적이 매복할 만한 지형이 많습니다. 먼저 첨병을 보내야 하지 않겠습니까."

"아뇨. 적도 우릴 찾느라고 이동을 하고 있을 겁니다. 그리고 소대가 매복하기에는 좋은 지형이 아니에요."

그렇게 말한 레니 소위는 그대로 앞으로 걸어 나갔다. 미네 하사가 매복이 있을 만한 장소라고 말했던 곳은 양 옆으로 낮은 언덕을 끼고 있는 숲에 난 길로, 언덕과 언덕 사이였다. 미네 하사는 혹시나 하는 마음에 각 분대에게 주변을 잘 살필 것을 명령했다. 그렇게 레니 소위가 언덕 사이를 거의 다 통과할 때쯤 뒤쪽에서 갑작스러운 총성이 들렸다.

"누가 발포한 거야?!"

"전부 은엄폐! 사격 위치로 대응사격!"

레니 소위가 뒤를 바라보며 소리쳤고 미네 하사도 소리쳤다. 언덕 위쪽에서 병사들이 사격을 하고 있었다. 어깨에 두른 띠가 녹색인 것으로 보아 적군이었다. 레니 소위 소대원들은 나무 등으로 몸을 숨긴 채 대응사격을 하였고, 백색 완장을 차고 있는 통제 중위는 이리저리 다니면서 몇몇 병력을 손으로 짚으며 사망선고를 내렸다. 잠시 동안 사격을 하던 적군 병력들은 일어나 도주를 시작했고 레니 소위는 언덕을 무작정 뛰어올라갔다.

"전부 따라와! 적 첨병을 추적한다."

"소대장님! 잠시만요!"

미네 하사가 말리려고 했지만, 레니 소위가 무작정 뛰어올라가자 소대원들은 별수 없이 그런 레니 소위를 따라 언덕을 뛰어올라갔다. 그렇게 언덕을 넘어섰을 때, 레니 소위와 소대원들을 맞이한 것은 사방에서 들려오는 총성이었다.

"은엄폐!"

레니 소위가 소리치며 바닥에 엎드렸고 소대원들도 허겁지겁 엎드려 대응사격을 시작했다. 그 모습을 보던 통제 장교는 또다시 몇 명의 병사들에게 사망선고를 내렸다.

"소대장님. 앞쪽에 적병이 숨어 있는 것 같습니다. 우회해서 공격해야 합니다."

"아니! 이 상황에서 병력을 나누는 것은 위험합니다! 적의 사격이 조금 주춤할 때를 대비해 바로 치고 갑니다."

레니 소위가 그렇게 말하며 자신의 소총을 사격하자 미네 하사도 결국 별수 없이 엎드려서 이동하였다. 그렇게 서로 사격을 주고받던 중 갑자기 앞에서의 총성이 조금 잦아들었다. 지금이 기회라고 생각한 레니 소위는 몸을 살짝 일으켜서 소리를 치려 했다. 그러나 그 순간 뒤쪽에서 누군가가 레니 소위보다 먼저 소리를 질렀다.

"뒤에서 적 병력 출현!"

"뭐?!"

레니 소위가 깜짝 놀라서 뒤를 바라보았다. 그쪽에서 녹색 띠를 두른 인원들이 레니 소위 소대로 달려오고 있었다. 그것을 기점으로 앞쪽의 병력들도 레니 소위의 소대로 달려왔다.

"중지! 2소대 전멸."

통제 중위가 호루라기를 불고 소리쳤고 그와 동시에 적 소대도 달려오는 것을 멈추었다.

"어떻게……"

"자네는 매복에 걸린 거야."

낸시 중위가 앞쪽에서 걸어왔다. 낸시 중위의 팔뚝에도 백색 완장이 채워져 있었다.

"유리아 중사의 1소대 승리."

낸시 중위가 선언했고 1소대 인원들이 환호성을 질렀다. 레니 소위는 아직도 뭐가 뭔지 모르겠다는 표정으로 그런 모습을 바라보았고, 그런 레니 소위에게 낸시 중위가 걸어왔다.

"아직 뭐가 뭔지 모르겠다는 표정이군."

"중대장님."

그 뒤에 1소대는 다시 집결해 재배치에 들어갔고 남은 3소대와의 전투를 위해 자리를 이동했다. 2소대 대원들은 그늘에서 휴식하기로 하였고 레니 소위는 낸시 중위와 사후강평에 들어갔다.

"일단 소대의 선두에 첨병을 내놓지 않은 것부터가 자네의 실수였어. 그 바람에 소대 행렬 중간이 적의 매복에 의해서 공격받았고. 거기서 은엄폐해서 바로 대응 사격한 것은 좋은 선택이었지만 도주하는 매복을 바로 따라간 것은 문제였어. 적의 매복이 있다면 그 근처에 적의 주력이 있을지도 모른다는 생각으로 좀 더 신중하게 움직여야지."

낸시 중위가 그렇게 말을 꺼내자 레니 소위의 표정이 굳어 갔다. 낸시 중위는 그런 레니 소위의 표정을 보고는 살짝 말을 멈추었다가 계속 이어갔다.

"언덕을 넘어서 적 주력의 매복에 걸렸을 때도 순차적으로 언덕으로 후퇴한다거나 해서 다시 병력을 확인한 뒤 우회한다거나 하는 조치를 하는 게 맞았을 거야. 물론 적의 사격이 강했기 때문에 그 상황에서 대응 사격한 것도 나쁜 조치는 아니었어. 다만 그렇게 했으면 어땠을까의 문제인 거지."

낸시 중위의 말이 옳았기에 레니 소위는 아무 말도 하지 못했다.

"다음부터는 좀 더 신중해지는 것이 좋아. 물론 자네처럼 빠른 판단이 나쁘다는 것은 아니야. 전쟁터는 워낙에 상황이 급변하기 때문에 빠르게 판단하고 빠르게 실행하는 것도 중요하지. 뭐가 되었던 나쁘지는 않았어. 상대가 좋지 않았던 거야. 유리아 중사는 나보다도 베테랑이니까."

그렇게 말한 낸시 중위는 레니 소위의 어깨를 두들겼다. 그리고 잠시 뒤에 낸시 중위에게 상황이 종료되었다는 무전이 날아왔고 그렇게 그날의 훈련은 종료되었다.

야전에서 사후강평을 끝마친 인원들은 막사로 복귀했다. 낸시 중위는 집무실로 들어와 장구류를 벗고 휴대용 가솔린 버너위에 주전자를 올렸다. 잠시 뒤에 주전자의 물이 끓어오르자 주전자를 들어 올려 이미 차를 넣어 둔 차 포트에 물을 부었다. 그러는 순간 누군가가 문을 두드리는 소리가 들렸다. 들어온 인물은 각 소대장이었다. 낸시 중위는 소대장들에게 자리를 권하고 찻잔에 차를 따라 주었다.

"오늘 훈련은 할 만했나?"

"그렇습니다. 중대장님."

낸시 중위의 물음에 로나 소위가 바로 대답했다. 레니 소위는 별다른 말이 없었다.

"경험이란 것이 얼마나 중요한지를 다들 알았을 거야. 그것을 아는 것만으로도 좋은 교훈이 되었겠지."

낸시 중위가 그렇게 말하고 찻잔을 입으로 가져갔고 유리아 중사도 차를 입으로 가져갔다.

"맛있는 차네요."

"맛있다니 다행이네요. 집에서 보내 준 차니 좋은 듯하긴 한데 무슨 차인지는 모르겠지만요. 그냥 향이 좋아서 마시고 있습니다."

낸시 중위와 유리아 중사가 그렇게 말하자 로나 소위와 레니 소위도 차를 입으로 가져갔다. 그렇게 한동안 말이 없던 레니 소위가 입을 열었다.

"경험이 중요하다고는 하셨습니다만 저는 아직 이해할 수가 없습니다."

레니 소위의 말에 낸시 중위가 레니 소위를 바라보고는 말했다.

"뭐 나로서도 경험이라고는 지난번 한 번의 전투가 다였기 때문에 뭐라고 말하기는 힘든 것이 사실이지. 그렇기 때문에 지속적인 훈련이 중요하다고 생각해. 유리아 중사의 야전경험도 그러하고."

그렇게 말한 낸시 중위는 차를 한 모금 마시고 다시 입을 열었다.

"그리고 경험이 없다면 경험 있는 자에게서 그 경험을 배워야 하고. 앞으로도 유리아 중사에게 많이 배우는 게 좋을 거야."

"저는 샤른 왕국 육군 장교입니다!"

레니 소위가 소리쳤다. 자존심이 강한 레니 소위로서는 하사관인 유리아 중사에게 졌다는 사실도 꽤나 큰 충격이었지만, 중대장인 낸시 중위가 그런 식으로 이야기하자 결국 그 화를 억누르지 못하고 분출해 버렸다. 그런 레니 소위의 마음을 아는지 모르는지 낸시 중위는 아무 말 없이 그냥 차를 마셨다. 결국 레니 소위는 일어나서 아무 말 없이 낸시 중위에게 경례하고는 그대로 나가 버렸고, 그 모습을 본 로나 소위도 얼른 일어나 그만 나가보겠다고 말하며 경례를 올렸다. 그렇게 두 명의 소위가 나가 버리자 낸시 중위는 찻잔을 내려놓고 빈 찻잔에 새로 차를 따랐다.

"그대로 두어도 괜찮겠습니까."

유리아 중사가 질문하자 낸시 중위는 새로운 차의 향을 맡으며 대답했다.

"한 번쯤 당해 보는 것도 좋습니다. 그럼 무언가 깨닫는 것이 있겠지요."

"중대장님도 그러셨습니까?"

유리아 중사의 말에 낸시 중위는 잠시 찻잔을 든 채로 움직임을 멈추었다가 찻잔을 내려놓고는 입을 열었다.

"로넨 이병, 로완 일병, 리안 일병, 세비나 일병, 라만다 일병, 로므아 상병, 제니 상병, 티윈 상병, 사라 하사, 자르웬 하사, 레이넨 하사…… 지난 전투 때 제 소대에서 전사한 인원들입니다. 엠마 상병은 결국 전역했고요. 아직도 기억이 생생합니다. 얼굴은 잘 기억이 나지 않지만, 그 이름들이 떠나지를 않아요."

그렇게 말한 낸시 중위는 찻잔을 들이켰다. 그렇게 조금 속이 진정이 되었는지 낸시 중위는 다시 입을 열었다.

"레니와 로나 소위도 그런 경험을 겪을 겁니다. 그렇다면 조금이라도 더 준비된 상태에서, 조금이라도 덜 소대원들을 잃도록 해주고 싶습니다. 그러려면 초급장교 특유의 경직성을 없애야 해요."

"그 역할이 제가 할 일이군요."

유리아 중사의 말에 낸시 중위는 고개를 끄덕였다.

일과를 마친 뒤 레니 소위와 로나 소위는 저녁을 먹고 샤워를 한 다음에 자신들의 방으로 돌아왔다. 머리를 대충 말린 레니 소위는 그대로 침대에 누워 버렸다. 묶어 올리지 않은 머리는 어깨 아래까지 내려올 정도로 꽤나 길었다.

"잠옷이라도 입어. 속옷만 입고 뭐하는 거야."

로나 소위가 수건으로 머리를 말리면서 타박했지만, 레니 소위는 들리지 않는 듯 몸을 움직였다. 그런 레니 소위를 보고는 한숨을 쉰 로나 소위는 자신의 침대에 걸터앉았다.

"완전히 당해 버렸어. 오늘."

"매복에 당했다며. 중대장에게 들었어."

레니 소위의 혼잣말에 로나 소위가 대답했다. 레니 소위는 그런 로나 소위를 바라보고는 몸을 돌려서 침대 위에서 팔로 얼굴을 받치고는 말했다.

"너는? 너도 1소대한테 당했다며."

레니 소위가 말하자 로나 소위는 한숨을 푹 쉬고는 말했다.

"나도 병력을 그쪽 숲 안쪽에 보내 은엄폐하고 있었는데 말이지. 적 첨병이 오더라고. 일단 보냈지. 그리고 본대가 지나가기에 본대가 다 지나가고 나면 뒤에서 공격하려고 하는 순간에 소대 은엄폐 지역 옆에서 갑자기 총소리가 들리는 거야. 뭐가 뭔지 어리둥절한 사이에 1소대 본대가 공격 시작했고. 그러면서 본대에다가 그 옆에다가 정신없이 응사하는데 이번에는 또 뒤쪽에서 갑자기 돌격해 오는 바람에 당했어."

"너도 나랑 비슷하게 당했네. 소대를 절묘하게 나누어서 움직이더라고."

레니 소위와 로나 소위 둘 다 한숨을 쉬고 있는 사이 밖에서 노크 소리가 들렸다.

"소대장님들. 들어가도 되겠습니까?"

유리아 중사의 목소리였다. 레니 소위와 로나 소위는 깜짝 놀라서 아무 말도 못 하고 서로 바라보는 사이에 문이 열리고 유리아 중사가 들어왔다.

"아. 폐가 되었나요?"

"아뇨. 들어오세요."

유리아 중사의 물음에 로나 소위가 얼른 대답했다. 유리아 중사는 군청색 트레이닝복 차림으로 평소의 딱딱한 모습에서 조금은 풀어진 모습이었다. 레니 소위는 얼른 침대에 걸쳐 놓았던 자신의 트레이닝복을 입었다. 유리아 중사가 손에 들고 있는 봉투를 책상에 올려놓고는 속에 든 것을 꺼내 들었다.

"한 잔 어떻습니까?"

병맥주였다. 레니 소위가 멍하니 바라보는 동안 로나 소위가 한쪽 구석에서 접이식 테이블을 가져와서 펼쳤고, 유리아 중사는 한번 웃고는 그 테이블 위에 맥주와 과자 등을 꺼냈다.

"어차피 내일은 주말이니까 한 잔 하죠."

"시원한 건가요?"

로나 소위가 웃으면서 유리아 중사에게서 맥주를 받아들었고 레니 소위는 살짝 표정을 찡그리고는 그 맥주를 받아들었다. 유리아 중사가 병따개로 병을 따자 경쾌한 소리와 함께 맥주 향이 올라왔다. 로나 소위도 자신의 병을 따고 레니 소위의 병을 따 주었다. 세 명은 그렇게 병을 살짝 부딪치고 각자의 병을 입으로 가져갔다.

"크아…… 시원하다. 오랜만에 마시니까 좋네요. 어디서 산 거에요?"

로나 소위는 맥주가 맛있다는 듯 기쁜 듯이 얼굴을 살짝 찡그리고는 유리아 중사에게 물었다.

"PX에서 산 겁니다. 좀 멀어서 가기는 힘들지만요."

"네에? 그때 갔을 때는 모두 냉장고 밖에 나와 있던데요."

로나 소위가 놀라며 말하자 유리아 중사가 미소 지으며 말했다.

"원래는 음료수 종류가 아닌 주류는 냉장고에 넣어서 팔지 않지만

PX관리병들이 은근슬쩍 집어넣는 것들이 있지요. 비밀상점 같은 겁니다. 군 생활을 오래 하다 보면 다 통하는 법이지요."

"아아. 대단하시네요."

로나 소위는 오랜만에 시원한 맥주를 마셔서 좋은지 만면에 미소를 띠고 있었지만, 레니 소위는 영 불편한 듯 표정을 굳혔다.

"2소대장님은 맥주가 별로인 모양이군요."

"아뇨. 시원하니 좋군요."

유리아 중사의 물음에 레니 소위는 억지로 미소를 지어 보이고는 자신의 맥주를 들이켰다.

"캬하! 한 병 더 해도 될까요?"

로나 소위가 어느새 한 병을 다 비우자 유리아 중사는 웃으면서 새로운 병을 건네주었다. 그렇게 사십여 분이 지나자 서로 한 모금 두 모금 마시던 맥주병들이 어느새 쌓이기 시작했다.

"어라……. 다 마신 건가요?"

가장 빠르게 마시다 보니 어느새 혀가 꼬여 버린 로나 소위가 빈 병을 흔들면서 말했다. 유리아 중사도 빈 병들을 바라보다 벌떡 일어났다.

"더 가져오겠습니다."

"에에~?! 더 있어요오~?!"

레니 소위도 좀 취한 듯 붉은 얼굴에 이상하게 말꼬리가 늘어지고 있었다. 유리아 중사는 그런 두 명의 소위에게 살짝 미소를 지어 보이고 밖으로 나간 뒤 5분쯤 지나 다시 맥주병들을 잔뜩 들고 들어왔다.

"와아아아아~!"

"싸랑해뇨!"

레니 소위가 환호성을 질렀고 로나 소위는 유리아 중사를 껴안았다.

"달립시다!"

유리아 중사가 병을 따면서 소리쳤다. 유리아 중사도 이미 잔뜩 취해 있었다.

"꺄하! 이것도 씨원하네요!"

병을 들어서 다시 맥주를 들이켠 로나 소위가 즐거운 듯 몸을 떨면서 말하자 유리아 중사도 한 모금을 마시고는 대답했다.

"저녁때 사 와서 취사장 냉장고에 넣어놨거든요."

"대단하네요오~!"

레니 소위가 그렇게 말하더니 갑자기 울음을 터트렸다. 워낙에 갑작스러웠고 또 너무나 서럽게 울기 시작해서 로나 소위도 유리아 중사도 어찌할 바를 모르고 그냥 보고 있었다.

"훌쩍…… 저는 말이죠오…… 정말 열심히 노력했거든요오……. 그런데 오니까 못 이기잖아요오……. 나 나름 열심히 했다고요오……. 으아앙!"

레니 소위가 그렇게 말하고는 더 크게 울기 시작하자 유리아 중사가 다가가서 그런 레니 소위의 어깨를 두드렸다. 레니 소위는 그런 유리아 중사의 품에 얼굴을 파묻고 대성통곡을 하더니 그대로 쓰러지듯이 잠들어 버렸다.

"하아. 취했나 보네요."

"그르게요."

유리아 중사의 말에 자신도 취해 버린 로나 소위가 혀가 꼬인 발음으로 답했다. 유리아 중사는 취해서 잠들어 버린 레니 소위를 부축해서 침대에 눕히고 이불을 덮어 주었다.

　다음날 늦은 오전에 눈을 뜬 레니 소위는 잠시 정신이 나가서는 멍하니 천장을 바라보았다. 잠깐동안 여기가 어디인지 궁리하던 레니 소위는 어젯밤 정신을 잃기 전 대성통곡을 했던 것을 떠올리고는 얼굴이 붉어져 버렸다.

　"아아……. 어젯밤은 완전 엉망이었네."

　그렇게 말하고는 레니 소위는 침대에 손을 짚으면서 몸을 일으켰다. 숙취로 인한 두통이 밀려왔다. 머리에 손을 얹으며 몸을 일으키자 이불이 레니 소위의 몸에서 스르르 아래로 떨어졌다. 살짝 한기가 든 레니 소위는 자신의 몸을 내려다보았다. 속옷 하나 없는 알몸이었다.

　"어제 정신없이 마셨나 보네. 옷도 다 벗고 잔 거 보면."

　그렇게 혼잣말을 중얼거린 레니 소위는 머리가 어지러워 더 자야겠다는 생각을 하며 다시 침대에 누웠다. 그리고 잠시 뒤 이상한 느낌에 이불을 들춘 레니 소위는 깜짝 놀라서 외마디 비명을 질렀다.

　"악! 아아……!"

　"우웅…… 뭐야 레니."

　그 소리에 로나 소위가 잠에서 깨었는지 자신의 침대에서 부스스한 얼굴로 일어났고, 레니 소위 옆의 이불이 들추어지며 다른 사람도 같이 몸을 일으켰다. 유리아 중사였다.

　"아아……. 잘 잤습니까."

　"유……, 유리……, 1소대장?!"

레니 소위는 깜짝 놀라서 술이 확 깨는 기분이 들었다. 유리아 중사가 그냥 자고 있었으면 덜 놀랐겠지만 유리아 중사도 완전한 알몸으로 자고 있었기에 레니 소위의 충격은 더 컸다.

"흐아아암…… 죄송한데 몇 시죠?"

"여…… 열 시네요, 벌써."

유리아 중사가 기지개를 켜면서 물었고, 그 물음에 로나 소위가 자신의 안경을 쓰면서 시계를 보고는 답했다. 그렇게 안경을 써서 시야가 확보된 로나 소위는 슬쩍 레니 소위의 침대를 바라보고는 깜짝 놀라 버렸다.

"어라……. 레니랑…… 그 유리아 중사랑 왜 알몸으로 그러고 있어?"

어색한 공기가 방안에 가득 차올랐다. 레니 소위로서는 도대체 일이 어떻게 돌아가는 건지 알 수가 없었고 레니 소위가 잠든 뒤로도 남은 술을 마셔 버린 유리아 중사와 로나 소위도 도대체 일이 어떻게 돌아간 것인지 기억이 없어서 난감하기만 하였다.

"다들 뭐하기에 아직 안 일어난 거야? 아무리 주말이라지만 규칙적으……."

그렇게 어색한 공기가 점점 무겁게 깔리는 순간 덜컥 문이 열리고는 낸시 중위가 들어섰다. 아무래도 10시가 넘어가는데 아무도 나오지를 않기에 깨우려고 들어온 모양이었다. 그렇게 문을 연 순간 방안의 모습들을 본 낸시 중위도 깜짝 놀라서는 말을 멈추고 말았다. 아무 생각 없이 문을 열었는데 그 안에 여성들이 알몸으로 같은 침대에 있는 상황을 본다면 누구나 깜짝 놀라고 말 것이다. 그 바람에 안 그래도 어

색한 공기가 더더욱 어색해져 버렸다.

아무도 입을 열지 못하는 상황이 지속되자 낸시 중위는 그 어색함을 이기기 힘들었던지 몸을 천천히 뒤로 빼면서 말했다.

"저기……. 좋은 시간 보내기를……."

낸시 중위가 그렇게 말하며 문을 살짝 닫자마자 밖에서 급하게 달려가는 발소리가 들려왔다. 그 바람에 어색했던 분위기가 깨져 버렸고 누구라고 할 것도 없이 다들 배를 잡고 웃고 말았다.

주말이 끝나고 다시금 소대별 훈련이 계속되었다. 소대장들과 소대원들 사이의 호흡 때문에라도 소대급 훈련은 중요하다고 생각하는 낸시 중위였다.

"1소대장님. 방어시 기관총 운용법이 좀 애매한데 좀 알려주시겠습니까?"

"아, 일단 참호의 위치가 중요합니다."

낸시 중위는 레니 소위와 유리아 중사가 땅에 그림을 그려 가며 서로 대화하는 모습을 바라보았다. 지금은 잠깐의 휴식 시간이었기 때문에 다들 그늘에서 쉬고 있었지만, 유리아 중사와 레니 소위는 쉬지 않고 대화하고 있었고 그 옆에서 로나 소위도 둘의 대화를 열심히 듣고 있었다. 그렇게 대화를 마친 뒤에야 소대장들은 그늘로 들어가 앉았다.

"다들 친해졌군요."

낸시 중위가 옆에 앉은 유리아 중사에게 말했고 유리아 중사는 살짝 웃어 보였다

"몸이 친해지면 마음도 친해지는 법이지요."

"네?!"

유리아 중사의 말에 깜짝 놀라 버린 낸시 중위의 모습을 본 소대장들은 서로 시선을 주고받으며 미소를 지었다.

CH.3 OPERATION DESERT

1.

어느덧 해가 지나고 4030년 2월 말이 되었다. 그리고 전쟁은 계속되고 있었다. 바다에서는 함대끼리 전투가 벌어지고, 제국의 전투기와 폭격기들은 연일 왕국의 본토를 공격중이었다. 그와 동시에 대륙과 반도가 연결되는 지역인 사막지대를 확보하기 위해 제국군은 속속들이 병력을 집결시키고 있었고, 이를 저지하기 위해 왕국도 사막으로 병력들을 진출시키고 있었다.

원래 그 사막지대는 사막부족민 연합국인 '레바느'국의 영토였지만 레바느 사람들은 정착민이 아닌 유목민들이었기 때문에 제국과 왕국의 군대가 사막으로 진주하자 그들은 그쪽에 있는 유전들을 막아 버리고 모두 이동해 버렸다. 물론 레바느가 힘이 없어서 그런 것은 아니었다. 대다수의 국민이 유목민이지만 사막지대에 살고 있는 사람은 무칙이나 직있고, 레바느는 그곳을 비워 주면서 제국과 왕국 양측에서 이득을 보고 있었다. 거기에 제국도 그렇고 왕국도 레바느에서 석유를 수입하는 입장이기 때문에 더더욱 레바느에 문제를 일으킬 수는 없는 노릇인 것을 잘 아는 레바느 정부는 전쟁특수로 인한 경제효과를 만끽하고 있었다. 그런 외부의 상황과 상관없이 로빈중대는 언제라도 모를 지상전투에 대비해 지속적으로 훈련을 하고 있었다.

"전체적으로 중대원들 실력이 올랐습니다. 새로 신병으로 들어왔던 인원들도 이제는 당장 전투에 나가도 이상이 없을 정도의 실력은 갖추고 있다고 판단됩니다. 물론 실제 전투에 나가면 어떻게 될지 모르지만요."

유리아 중사가 그렇게 말하고는 찻잔을 들어 올렸다. 낸시 중위와 유리아 중사는 티타임을 즐기고 있었다. 다만 평상시 마시던 홍차가 아니라 유리아 중사가 가져온 모카포트를 이용한 커피를 마시고 있다는 점이 다르다면 다른 점일 것이다.

"유리아 중사가 마시는 에스프레소는 뭐랄까. 이해하기 힘든 맛입니다."

낸시 중위가 말하자 유리아 중사는 빙그레 웃고는 말했다.

"이것에 맛이 들리면 다른 것은 맨송맨송해서 맛이 없지요."

"그 쓴 걸 마신 경험은 미각을 잃어버릴 것 같은 충격이었죠."

낸시 중위가 씁쓸하게 웃고는 물을 첨가하고 설탕과 우유를 탄 밀크커피를 홀짝였다.

"처음 드셨을 때 난리도 아니었죠."

"그때 그 쓴맛은 아직도 기억이 날 정도니까요. 저는 이렇게 우유와 설탕을 탄 것이 좋습니다."

몇 달 전의 일을 떠올린 낸시 중위가 말하자 유리아 중사는 웃어 보였다.

"그러고 보니 곧 13시군요."

낸시 중위가 찻잔을 내려놓고 시계를 보면서 말했다.

"예, 오후 훈련 시작하겠습니다."

그렇게 말하며 자리에서 일어난 유리아 중사는 찻잔과 차 세트를 치우기 시작했다. 그리고 쟁반을 들고 문밖으로 나가려는 찰나에 문을 두드리는 소리를 들었다.

"들어가도 되겠습니까?"

밖에 선 사람의 물음에 유리아 중사는 낸시 중위를 바라보았고 낸시 중위는 고개를 끄덕이며 입을 열었다.

"들어오도록."

낸시 중위의 말에 유리아 중사는 문 옆으로 살짝 비켜섰고 밖에 서 있던 사람은 문을 열고 방 안으로 들어왔다. 전령용 크로스백을 맨 여군병사였다. 전령의 업무도 여군병사들에게 인수인계되었기에 전령은 붉은 머리의 여군이었다. 그 병사는 유리아 중사를 살짝 피해서 낸시 중위에게 걸어간 뒤 서류봉투를 건네주었다. 서류봉투를 받아 든 낸시 중위는 경례하는 병사에게 답례하고 봉투의 봉인을 떼었다. 그 속에서 나온 서류철은 위와 아래에 다시 봉인지로 봉인된 위에 1급 기밀이라는 도장이 찍혀 있었다. 아무래도 올 것이 온 것 같다는 생각을 한 낸시 중위는 서류철의 봉인을 제거하고 서류를 확인했다. 서류를 읽어내려가던 낸시 중위는 자신의 예상이 맞았다는 생각에 한숨을 쉬었다. 9개월만에 다시금 전선으로 가라는 이동명령서였다.

2.

전선으로의 이동이 결정되자 준비는 재빠르게 진행되었다. 부대 이동 준비가 끝난 뒤 새로 보급을 받은 로빈중대는 일주일 뒤 이동을 위해 기차역으로 향했다. 기차역에서 병사들은 조금은 들뜨고 조금은 긴장된 표정으로 자신들의 짐을 화물칸에 선적했다. 중대 선임하사인 미리아 중사가 여기저기 뛰어다니며 물건 선적을 확인했고, 각 소대장은 병사들의 탑승에 신경썼다. 선적이 끝나고 전 병력이 탑승하자 증기기관차가 증기를 내뿜고는 철로를 달리기 시작했다. 기차에는 로빈중대 말고도 2대대 병력이 탑승하고 있었고 로빈중대는 뒤쪽의 객실들을 사용하게 되었다. 낸시 중위는 자리에 앉아서 창밖을 바라보았고, 그 옆에는 언제나처럼 유리아 중사가 앉았다. 유리아 중사는 먼 곳을 바라보는 낸시 중위를 보며 말을 걸었다.

"무슨 걱정 있으십니까?"

유리아 중사의 말에 낸시 중위는 살짝 고개를 돌려서 유리아 중사를 바라보고 입을 열었다.

"그냥저냥 그렇습니다. 전선으로 가는 게 결코 기분 좋을 리는 없지요. 병사들이 죽을 수도 있고요"

낸시 중위가 그렇게 말하자 유리아 중사는 아무 말 없이 자신이 들고 있는 종이컵을 내밀었다. 위에는 흔들리는 기차에서 넘치지 않도록 얇은 플라스틱 뚜껑으로 덮인 위에 빨대가 나와 있었다. 낸시 중위는 유리아 중사의 잔을 받아들어 한 모금 빨아올렸다. 그리고 잠시 뒤 얼굴을 붉히고는 기침하면서 유리아 중사에게 물었다.

"무…… 뭡니까 이건. 콜록! 목이 타는 것 같네요."

"진에 콜라를 섞은 겁니다."

낸시 중위가 기침하면서 유리아 중사에게 종이컵을 넘겨주자 유리아 중사는 빙그레 웃으면서 잔을 받아들었다.

"아무리 부대이동이라지만 근무시간인데 음주라니요."

"중대장님도 한 모금 드셨으니 공범입니다. 저만 처벌하지는 못하시지요."

술에 약한 듯 얼굴을 붉힌 낸시 중위는 그런 유리아 중사의 말에 한숨을 쉬고는 어이가 없다는 듯 웃어 버렸다.

"이제 좀 긴장을 푸셨군요."

유리아 중사의 말에 낸시 중위는 붉어진 얼굴을 좀 식히기 위해 손을 뺨으로 가져갔다.

"중대장님이 긴장하시면 아래 녀석들도 긴장합니다. 긴장을 푸세요. 지난번에도 잘하셨으니 앞으로도 잘하실 겁니다."

"제가 그렇게 긴장했나 보군요."

낸시 중위는 그렇게 말하며 의자에 등을 대고 고개를 들어서 기차 천장을 바라보았다. 긴장되지 않는다면 분명 거짓말이라고 낸시 중위는 생각했다. 지난번 전투 때는 아무것도 모르는 소위로서 전투에 참가하였기에 어찌어찌 움직였지만, 지금은 그때의 전투경험으로 인해 손이 떨릴 정도로 긴장되는 것이 사실이었다. 어떻게든 떨림을 억제했다고 생각한 낸시 중위였지만 군 생활이 긴 유리아 중사에게는 소용이 없었다. 낸시 중위는 다시 자세를 바로 하고 양손으로 뺨을 때리고는 고개를 흔들었다.

"어떻게든 되겠지요. 고맙습니다. 유리아 중사."

"뭘요. 그런고로 제 음주는 눈감아 주셨으면 좋겠습니다."

유리아 중사는 씩 웃고는 다시 잔을 들어 올렸다.

"야! 너 거기 안 서!"

"너 같으면 서겠냐?!"

갑자기 객실 뒷부분에서 소란스러운 소리가 들리며 병사 둘이 통로를 따라 달려왔다. 앞서 달려오는 사람은 로치 상병이었고 뒤따라 달리는 사람은 미린 상병이었다. 평상시에도 저런 식으로 장난이 심한 인원들이기에 유리아 중사는 골치가 아픈 듯 머리를 붙잡았고 낸시 중위는 크게 웃어 버렸다.

"우리 중대원들은 제가 긴장한다고 따라서 긴장하지는 않나 보군요."

"정말이지…… 잠시 다녀오겠습니다."

유리아 중사는 뛰어다니는 로치 상병과 미린 상병을 붙잡기 위해 자리에서 일어났고 낸시 중위는 그런 유리아 중사를 바라보다 머리를 등받이에 대고 잠들어 버렸다.

그렇게 기차를 타고 왕국 국경지대에 도착한 2대대는 기차역 근처에서 텐트를 치고 하룻밤 숙영을 한 뒤 다시 기차를 타고 달려서 사막국인 레바느에 도착했다. 레바느는 전통적으로 유목민들의 국가인지라 별다른 도시가 있는 것도 아니다 보니 2대대는 작은 마을과 같은 곳에 주둔지를 세웠다.

"약 40㎞ 전방 지점에서 제국군의 주둔지를 포착했다. 제국군도 레바느와는 사이가 나빠지는 것을 원치 않기 때문에 이곳 사막으로 올 것이다. 사막은 우리로서는 훈련한 적이 없는 지형이지만 적군도 그 점은 마찬가지이기 때문에 상황은 동일하다고 볼 수 있다. 그러니 아군은 이 사막에서 제국군을 격퇴하는 것이 좋다는 결론을 내렸다."

대대장이 중대장들에게 설명했다. 이미 17사단의 병력 대부분이 이곳 사막에 집결해 빠르게 공세준비를 끝냈다. 2대대의 임무는 트럭을 이용해 빠르게 기동해 적의 이동로의 좌익을 치는 것이었다. 그 임무를 위해 로빈중대에는 트럭 4대와 1/4톤 2대가 지원되었는데, 운전병 모두가 여성이었다.

"원래 운전병에는 여자가 많았습니다. 뭐 저도 예전부터 운전병이었고요. 지금 운전병 대다수가 군 생활 1년 넘어가는 녀석들이니 운전은 걱정 마십쇼. 다들 전선에 나가서 운전하겠다고 온 녀석들이니까요. 뭐 지저분한 남자 녀석들보다야 유일한 여성전투중대인 로빈중대원을 태우는 게 더 좋은 거 아니겠습니까."

낸시 중위가 탑승하게 된 1/4톤의 운전병이 담배를 피우면서 말했다. 파마한 짧은 머리에 햇볕에 그을린 피부를 가진 건강미 넘치는 여성이었다.

낸시 중위의 로빈중대는 대대 맨 뒤의 차량 행렬을 따라 이동했다. 그곳은 협곡지대였는데 F중대와 G중대가 은엄폐 후 적군을 기다릴 동안 로빈중대는 예비대로 대기할 장소였다. 협곡지대라고 불렸지만 낮은 언덕으로 이루어져 있어 사실상 평야지대로 볼 수도 있었다. 지휘부는 그 사이에 있는 길로 제국군이 이동하리라 예상했다. 2대대는 제국군이 지나가기를 기다린 뒤 1대대 병력이 제국군의 선두와 전투를 벌이는 동안 측면을 치는 계획이었다. 그때는 3대대도 동시에 공격할 터였다. 결국, 연대에서 예비대로 분류되어 공세에 참가하지 않는 부대는 로빈중대뿐이었다.

5사단이 우회하는 큰 작전도 세워져 있었지만, 작전대로 진행된다는 보장이 없다고 낸시 중위는 생각했다. 정보가 부족했다. 그리고 적 병력이 아군의 생각대로 움직여 줄지도 낸시 중위에게는 의문이었다. 그렇지만 일개 중위, 그것도 제대로 된 발언권은 없다고 해도 좋을 허울 좋은 여군중대 중대장으로서는 그 이상 작전에 관여할 방법이 없었다. 그렇게 작전회의를 끝내고 돌아온 낸시 중위를 유리아 중사가 반겼다.

"이번 작전이 어떻다고 생각하십니까."

"아군이 공세이긴 합니다만 어찌 보면 방어전으로 볼 수도 있습니다."

낸시 중위는 유리아 중사의 물음에 대답하고는 레니 소위와 로나 소위를 바라보았다. 레니 소위와 로나 소위 모두 이번이 첫 전투인지라 꽤나 긴장한 기색이 역력했고, 낸시 중위는 그런 레니 소위와 로나 소위의 모습에서 지난번 전투 때 자신의 모습을 엿볼 수 있었다. 이럴 때는 지휘관인 자신이 신념을 갖고 지휘를 해야 한다고 낸시 중위는 생각하고 일부러 더 강한 어조로 입을 열었다.

"혹시 모르니 각 소대는 참호를 구축하고 대기하도록."

낸시 중위는 레니 소위와 로나 소위에게 명령을 내렸다. 그리고 지도를 펼쳐서 참호를 팔 위치를 손가락으로 가리켰다. 레니 소위와 로나 소위는 낸시 중위의 손가락을 보며 각자 참호를 팔 구역을 자신들의 지도에도 표시한 뒤 자신들의 소대로 달려갔다. 만일을 대비하는 것은 전쟁에서 결코 쓸데없는 행동이 아니라는 게 낸시 중위의 생각이었다.

사막지대이기에 참호를 파기가 그리 어렵지는 않았다. 땅 자체는 단단했지만, 모래지형이라 야전삽으로도 충분히 땅을 팔 수도 있었고, 그렇다고 너무 부드러운 모래땅도 아니어서 따로 벽이 무너져 내리지도 않았다. 돌도 많지가 않아서 병사들은 금방 자신들의 개인호를 구축할 수 있었고, 사막이어서 햇빛이 강하기 때문에 병사들은 천막 천이나 우의 등으로 참호 위를 덮었다. 사막 날씨는 햇빛만 막아도 한결 버티기 쉬웠다. 그렇게 참호를 구축한 장소들을 돌아다니며 낸시 중위는 소대장들과 이것저것을 상의하기 시작했다.

"너무 평야지대다보니 도대체 지형지물이라고는 별로 없어서 난감합니다. 그래도 혹시 모르니 참호지대의 앞쪽에는 좌표를 좀 따 놓아서 포병대에 연락을 해야겠습니다."

레니 소위가 낸시 중위에게 말했다. 낸시 중위로서도 그러는 것이 나쁘지는 않다는 생각에 참호별로 전방에 임의로 좌표를 정했다. 박격포나 야포의 경우는 살상반경이 있고 좌표를 정하면 정확하게 그 좌표대로 떨어지는 것이 아니다. 때문에 대략적인 좌표 설정만으로도 만약을 대비하는 데는 충분한 역할을 할 것이었다. 먼저 근접목표들은 중대의 60㎜ 박격포 팀에 좌표를 할당하였고, 그보다 먼 곳은 먼저 대대 81㎜ 박격포와 무전을 연결하여 좌표를 지정한 뒤 연대 75㎜ 와 105㎜ 야포와도 무전을 통했다.

-일단 좌표는 지정합니다만 귀관이 지시한 그 좌표는 아무리 봐도 공격지점이 아니지 않습니까. 적 이동 예상로도 아니고 말이죠.

105㎜ 야포의 지휘관이 낸시 중위에게 되물었다. 확실히 낸시 중위가 지시한 좌표들은 대대의 공격목표와 거의 정반대 지점들이었다. 그러기에 방어도 아니고 공격을 준비 중인 대대에서 그런 화집점을 요구한다는 점에 대해 105㎜ 야포대의 지휘관은 의문을 제시할 수밖에 없었다.

"저희는 대대의 예비대로서 혹시 모를 사항에 대비해 대대의 후방을 지키도록 명령받았습니다. 그러므로 혹시 모를 사항에 대비해 미리 좌표를 정한 것입니다. 저희도 이 좌표로 귀 포대의 포탄이 떨어지는 것을 원하지 않습니다."

-알겠습니다. 일단 확인은 해 놓겠습니다.

그렇게 포병과의 연계도 마무리되었을 즈음에 소대들도 모두 참호를 완성해 놓았다.

"그러니까 마대에 모래를 최대한 잘 채워 넣어야 해. 그렇게 해 놓으면 총알을 맞아도 막아 주거든. 지난번 전투 때 관측수로 고지에 나갔었는데, 그때 덜 채워진 마대에 총알이 맞았더니 마대가 그냥 터져 버리더라고. 그 총알이 내 철모를 꿰뚫고 지나갔지."

로치 상병이 옆자리의 이등병에게 말하자 이등병은 그 말에 놀란 듯 침을 삼켰다. 그 모습을 보고 슬쩍 미소를 짓는 로치 상병의 철모를 미린 상병이 손바닥으로 팍하고 소리가 나게 때렸다.

"으이그 거짓말도. 무슨 철모를 꿰뚫어. 그 관측 나랑 같이 나갔던 거 기억 안 나? 너한테서 한 1m는 떨어져서 지나갔는데 너 놀라가지고는 난리도 아니었으면서."

"야! 누가 놀랐다고 그래! 내 철모를 정말 스쳐 지나갔다니까."

로치 상병이 항변했고 미린 상병은 말도 안 되는 소리는 하지도 말라고 일침을 가하고는 참호 속으로 들어왔다.

"흐유. 더워 죽는 줄 알았네. 너 이름이 뭐더라?"

"록시입니다."

미린 상병이 이등병에게 묻자 이등병이 자신의 이름을 말했다.

"아 그래. 미안. 록시. 로치 녀석 말은 반은 흘려들어. 저 녀석 허풍이 엄청 심하거든."

"내가 무슨 허풍이 심하다고 그래."

미린 상병의 말에 로치 상병이 대꾸했다. 둘이 그렇게 티격태격하는 모습을 록시 이병은 그저 멍하니 바라볼 뿐이었다.

"자식. 왜 그리 긴장하고 그래."

"아…… 아닙니다."

로치 상병이 록시 이병의 어깨를 두드리자 록시 이병은 흠칫 놀란 눈치를 보였다.

"그럼 긴장될 만도 하지. 야, 로치. 너 좀 더 저쪽으로 붙어. 좁잖아."

"아 진짜. 안 그래도 좁은데 붙으라 마라야. 이 정도면 됐지 뭐."

로치 상병과 미린 상병 사이에 끼인 록시 이병은 이러지도 저러지도 못하다가 그렇게 별것 아닌 문제로 티격태격하는 둘의 모습을 보고는 웃고 말았다.

"응? 뭐야?"

"아. 두 분이 서로 사이가 좋으신 것 같아서요."

"친하기는 무슨. 벌써 한 2년은 같이 군 생활하니까 이제는 지겹다."

로치 상병의 물음에 록시 이병이 대답하자 그 말에 로치 상병이 기겁하며 대답했다.

"야. 누구는."

미린 상병이 반쯤 질린다는 표정으로 말하자 로치 상병이 몸을 미린 상병으로 돌리며 대꾸했다.

"내가 더 지겹거든? 그 못생긴 얼굴만 맨날 보려니까 말이야."

"뭐라는 거야!"

그렇게 말한 미린 상병이 로치 상병에게 달려들어 옆구리를 간질였다. 로치 상병은 갑작스런 공격에 온몸을 비틀기 시작했고 그 바람에 록시 이병은 로치 상병의 아래에 깔려서 비명을 질렀다. 록시 이병의 비명소리에 미린 상병은 공격을 멈추었다.

"하아. 싸우기도 전에 지치겠네."

"그래 서로 좀 진정을 해야지. 흐유. 움직였더니 더 덥네."

로치 상병이 말하자 미린 상병도 동의하고는 전투복 앞섶을 풀어헤쳤다.

"어? 미린 너 속옷 안 입었냐?"

"러닝셔츠 입었는데?"

"아니 러닝셔츠 말고."

미린 상병이 옷을 풀어 헤친 모습을 본 로치 상병이 물었고, 미린 상병은 아무렇지도 않은 듯 대꾸했다.

"그거까지 입으면 더운걸?"

"아니 그래도 안 입으면 뛰거나 할 때 불편하지 않냐?"

"안 불편해."

미린 상병의 대답에 로치 상병은 한참을 미린 상병의 가슴을 바라보다가 고개를 끄덕였다. 그리고 뭔가 미안한 표정으로 입을 열었다.

"하긴. 미안해. 괜한 걸 물어봤구나."

"야! 너보다야 작지만 그래도 3소대 르셰보다는 커!"

"미린. 비교할 애랑 비교해라. 르셰는 아예 없는 애잖아. 걔 이기면 좋냐?"

"아 진짜 가슴 좀 크다고 유세는."

미린 상병이 러닝을 들추고 바람을 불어 넣으며 대꾸했다.

"아니. 뭐 나도 그렇게 큰 건 아니지. 확실히 중대장님에 비하면야."

"중대장님은 하긴…… 어떤 의미로는 존경스러울 정도지. 록시! 너는 어때?"

로치 상병의 말에 미린 상병은 동의하고 록시 이병에게 갑자기 말을 돌렸다. 자신에게 갑자기 말이 돌아오자 깜짝 놀란 록시 이병은 되물었다.

"예?"

"중대장님은 어떠냐고."

"아, 네! 좋으신 분입니다."

록시 이병의 대답에 미린 상병은 한숨을 내쉬고는 록시 이병의 어깨에 손을 얹었다.

"아니. 누가 중대장님 됨됨이 물어봤대? 가슴 말이야 가슴. 중대장님 가슴에 대해서 어떻게 생각하냐고."

"아! 그게…… 확실히 크죠. 여배우 급 몸매니까요."

록시 이병은 그제야 올바른 대답을 할 수 있었다.

"전투복을 입었는데도 그 볼륨감이라니 참 대단하지?"

"도대체 뭐가 아쉬워서 사관학교 들어가 군인이 된 걸까?"

미린 상병과 로치 상병은 록시 이병의 대답에 빙그레 웃으면서 떠들기 시작했다.

"록시! 넌 중대장님 사이즈가 얼마일 것 같냐?"

미린 상병이 또 갑작스럽게 록시 이병에게 물었고 록시 이병은 마땅한 답을 찾지 못했다.

"난 아무리 봐도 E인데 로치는 D라고 하거든? 네가 볼 때는 어때?"

"어…… 저는 잘……."

"E는 아니야. D라니까. 중대에 내기하는 애들 다 D에 걸잖아. 2소대 밀리나 G라고 하고."

"밀리니 걔는 지 가슴 사이즈도 모르는 애잖아. 중대장님은 E맞다니까. 그것도 65E. 내 고향 친구가 65E인데 딱 중대장님 사이즈였어."

로치 상병과 미린 상병이 그렇게 티격태격하는 도중에 갑자기 참호위를 덮어두었던 텐트 천이 열리고 햇빛을 등에 진 얼굴이 나타났다. 소대장인 유리아 중사였다.

"우왁! 소대장님?"

"뭐하느라 그렇게들 재미있어?"

유리아 중사가 묻자 로치 상병이 입을 열었다.

"중대장님 가슴 사이즈로 이야기하고 있었습니다. 지금 중대원들 대다수가 내기중이거든요."

"소대장님도 거시죠. 로치는 D라고 하고 저는 E라고 하고 있거든요. D라고 하는 애들은 많으니까 E에 거시는 게 더 이득일 거예요."

"정말이지 군 생활을 하면서 들었던 말 중에 가장 한심스러운 말이군. 다들 그만 떠들고 돌아가면서 잠이나 자 둬. 한 다섯 시간쯤 지나서 밤이 되면 제국군도 오겠지. 그때 되면 자고 싶어도 못 자니까."

"알겠습니다."

세 명이 거의 동시에 대답하자 유리아 중사는 슬쩍 웃어보이고는 텐트 천을 덮으며 지나가듯 말을 했다.

"내가 봐서 아는데 E가 맞아. 5셸링 달아 둬."

그렇게 유리아 중사의 발걸음이 멀어지자 누가 먼저랄 것도 없이 세 명은 동시에 웃어 버리고 말았다.

23시 정각이 되었다. 이미 사막은 어둠이 내렸고 갑작스럽게 내려간 기온에 다들 낮에 벗어서 던져뒀던 필드 재킷을 주섬주섬 입을 즈음이었다. 원래대로라면 이미 제국군이 도착해야 했을 시간이지만 무슨 일이 있었던지 제국군의 낌새는 느껴지지도 않았다. 낸시 중위는 소대장들을 조용히 자신의 참호 쪽으로 호출했다. 소대장들이 모였을 때 낸시 중위는 소대장들을 둘러보고 입을 열었다.

"아무래도 계획대로 일이 진행되지 않는 것 같군. 뭔가 차질이 있는 것 같아. 그게 제국군인지 우리인지는 지금으로써는 알 수 없지만 적어도 아군은 지금이 가장 취약하겠지. 아까 잠깐 둘러보고 왔는데 대대 대부분이 방어 준비는 해놓지를 않고 있어."

낸시 중위가 나지막하게 말을 꺼내자 소대장들은 얼굴을 굳히고 낸시 중위를 바라보았다. 적군이 어디로 올지도 정확하게 예상하기 힘든 이런 평야지대에서 아무런 대비 없이 공격준비만을 하는 데 화가 난 듯 약간의 욕지거리를 내뱉은 낸시 중위는 소대장들을 보고 말했다.

"어찌되었던 일단 이곳 근처까지는 적군이 도착한 게 확실한 듯하다. 내 예상이라면 레바논에서 원유 운송을 위해 닦은 도로를 따라서 이동했을 테니 이 길을 따라가다 보면 적군을 만날 수 있겠지. 그래서 일단 내가 정찰을 나가기로 했다."

낸시 중위의 말에 소대장들은 깜짝 놀라고 말았다.

"중대장님이 직접 정찰을 나간다니요. 절대 찬성할 수 없습니다."

유리아 중사가 대번에 반대했다.

"지휘관이 정찰을 나간다는 것은 어불성설입니다."

레니 소위도 반대했지만, 낸시 중위는 손을 들어서 그런 반발을 잠재웠다.

"1/4톤을 타고 나갈 거고 최대한 조심할 거다. 그리고 무전병을 대동할 거고. 적을 발견하는 즉시 돌아올 테니 그리 걱정할 필요는 없어. 이미 대대장 허가도 떨어진 상태다."

이미 대대장 명령까지 떨어졌다고 하니 소대장들은 더 이상 할 말이 없었다. 낸시 중위가 자신의 M1 소총을 들고 자리에서 일어났고 소대장들에게 자신의 자리로 돌아갈 것을 지시했다. 그렇게 소대장들이 뒤돌아서자 낸시 중위는 유리아 중사를 불러 세웠다.

"무슨 일이십니까."

유리아 중사가 묻자 낸시 중위는 철모를 벗고 머리를 긁적이고는 입을 열었다.

"아. 다름이 아니고. 만약에라도 제가 없으면 지휘를 맡아 주십시오."

"예?"

낸시 중위의 말에 유리아 중사가 놀라서는 말했다.

"아니…… 하지만 저는 하사관입니다. 로나 소위라거나 레니 소위가 있는데 어째서 제가……."

"물론 그 둘은 장교지만 군 생활은 짧고 전투경험은 없습니다. 지금으로써는 저 이외에 중대를 지휘할 만한 사람은 유리아 중사밖에 없다고 생각합니다만."

낸시 중위가 그렇게 말하자 유리아 중사는 한숨을 쉬고는 말했다.

"그 명령은 못 들은 것으로 하겠습니다. 하사관에게는 하사관의 업무가 있습니다. 그리고 지금 소대장을 하는 것도 그 업무에서 벗어나는 일이지요. 일단 저희 중대에는 두 명의 장교가 있습니다. 레니 소위와 로나 소위도 충분히 중대를 지휘할 만한 역량을 가진 장교지요."

유리아 중사의 말에 낸시 중위는 살짝 표정을 굳혔다. 그런 낸시 중위를 바라보던 유리아 중사는 자세를 바로 하고 입을 열었다.

"그리고 저는 중대장님께서 정찰에서 돌아오시지 못할 리가 없다고 믿고 있습니다. 중대장님께서 어차피 돌아오실 텐데 지휘권을 제가 받을 이유가 없지요. 그럼 저도 이만 복귀해 보도록 하겠습니다."

그렇게 말한 유리아 중사는 낸시 중위에게 경례하고 뒤로 돌아서 자신의 참호로 돌아갔다. 전선에서 경례는 생략하라고 병사들에게 누누이 말하던 유리아 중사가 그렇게 하는 모습을 본 낸시 중위는 빙그레 웃고는 정찰을 나갈 채비를 하였다.

"히야. 중위님도 반쯤 정신줄 놓으신 분이네요. 정찰을 나가겠다니 말이죠. 뭐 좋습니다. 저도 어차피 반쯤 미친 녀석이니까요. 이런 게 사는 재미 아니겠습니까."

낸시 중위가 정찰을 나간다고 말하자 1/4톤 옆에 누워 있던 운전병이 그렇게 말하고는 차에 올라탔다. 그 옆자리에 낸시 중위가 올라타고 뒷좌석에는 무전병인 엘리센 상병이 자리 잡았다.

"거기 뒤에 상병씨. 30구경 기관총 쏠 줄 아슈?"

운전병이 뒤에 앉은 엘리센 상병에게 묻자 엘리센 상병은 긍정의 의미로 고개를 끄덕였다.

"여차하면 좀 갈겨 달라고. 나는 운전하느라 바쁘니까 말이지."

운전병이 그렇게 말하고 1/4톤의 시동을 걸었다.

"길을 따라 달리는 거니 전조등은 끄도록 하겠습니다."

"아니 잠깐. 제대로 포장도 되지 않은 도로인데 가능하겠어?"

"걱정 마십쇼. 운전 하루 이틀 하는 거 아니니까요."

그렇게 말한 운전병은 바로 액셀러레이터를 밟았고, 1/4톤은 그렇게 엔진음을 울리며 앞으로 달려나갔다.

3.

길을 따라 얼마쯤 달리고 나서 낸시 중위는 길에서 벗어나 근처의 언덕 위로 차를 올리도록 했다. 언덕이라지만 그리 높지 않았고 정상

부근은 꽤나 널찍하고 평탄했다. 월광도 없는 밤이라 자세히 보이지는 않았지만 그곳이 가장 적당하다고 낸시 중위는 생각했다. 그렇게 자신의 쌍안경을 꺼내 주변을 둘러보던 낸시 중위는 근처의 작은 마을을 발견했다. 흙으로 지은 작은 가옥들이 모여 있는 마을이었는데 그 주변으로 듬성듬성 작은 불빛들이 보였다. 마을 자체는 높은 건물은 없었지만 꽤나 번화했던 마을로 보였다.

"제국군인가요?"

운전병이 묻자 낸시 중위는 말없이 자신의 쌍안경을 들여다보았다. 낸시 중위로서는 아직 확실하게 말을 할 수가 없었다. 마을은 자신들의 위치로부터 약 1㎞ 정도 떨어져 있었고, 보이는 불빛들이 정말 작았기에 확실한 사항을 알 수 없었다. 그렇게 쌍안경으로 이리저리 둘러보던 낸시 중위는 그 마을에 있는 사람들은 주둔 중인 제국군이라는 확신을 가질 수 있었다.

"제국군이야."

"어떻게 아시죠?"

운전병이 낸시 중위의 말에 되묻자 낸시 중위는 조심스럽게 말했다.

"저쪽 구석에 전차들이 있어. 어두워서 확실하게 식별은 안 되지만 각진 모양새가 전형적인 제국군 전차의 실루엣이야."

낸시 중위의 말에 운전병이 고개를 끄덕였다.

"그런데 용하게도 알아차리셨네요. 저 마을에 제국군이 있다는 것을."

운전병의 말에 낸시 중위는 쌍안경을 집어넣으면서 말했다.

"지도에 마을이 표시되어 있어서 알았어. 레바느에서 제작한 지도도 꽤나 정확하네. 군용도 아닌데 말이야."

"우연히 골랐는데 잭팟이었다는 거군요."

운전병의 말에 낸시 중위는 한번 웃어 보이고는 지도에 현 지점의 좌표를 표시했다.

"무전은 연결되었나?"

"아직입니다. 전파가 닿지를 않아요."

낸시 중위의 물음에 무전병인 엘리센 상병이 대답했다.

"이제 돌아가는 게 좋을 것 같군. 아무리 봐도 적군은 저 마을에서 숙영 중인 것 같아. 규모 면에서는 대대급 정도인 것 같은데 아마 그 뒤로 더 있겠지."

"그럼, 차를 돌리겠습니다."

운전병이 그렇게 말하고 차의 시동을 걸어 천천히 뒤로 후진하는 순간 검은 그림자가 1/4톤의 뒤를 가로막았다.

"누구냐!"

낸시 중위는 등에 식은땀이 흐르는 것을 느꼈다. 이곳은 아군 지역에서는 30km 이상 떨어진 장소였다. 거기다 상대의 억양은 전형적인 제국의 억양이었기에 낸시 중위는 더더욱 절망감에 빠졌다. 낸시 중위의 소총은 차체와 의자 사이 공간에 끼워져 있었고, 그것을 들어 올리기 전에 제국군의 소총이 먼저 불을 뿜을 터였다. 낸시 중위는 황급히 자신의 허리춤에 있는 권총집에 손을 가져갔다. 여차하면 얼른 빼어 들어서 적군에게 .45구경 권총을 발사할 생각이었지만 긴장해서인지 손은 제대로 권총집의 덮개를 벗기지 못하고 있었다.

"누구야! 그리프! 그리프!"

제국군은 계속해서 암구호를 외치고 있었다. 다행인지 불행인지 그 제국군 병사는 낸시 중위의 차를 제국군의 차량으로 오인한 듯했다. 낸시 중위는 슬쩍 뒤를 바라보았다. 엘리센 상병은 자신의 코앞에 제국군의 총구가 놓여 있기 때문에 더욱 놀라서는 움직이지 못하고 있었다. 더 이상 시간을 끌었다가는 될 일도 망치겠다고 생각하는 찰나에 운전병이 소리쳤다.

"젠장. 적군이다. 인마!"

그렇게 소리친 운전병은 그대로 차를 후진시켰고, 제국군 병사는 놀라서 급하게 몸을 피했지만 차에 치여서 뒤로 튕겨 나가고 말았다.

"히익!"

제국군의 소총이 엘리센 상병의 위로 떨어지자 엘리센 상병은 깜짝 놀라서 소리쳤다.

"저…… 적이다! 비상! 비상!"

짧은 거리에서 치인 것이기에 크게 다치지는 않은 제국군 병사가 크게 소리를 치기 시작했고, 주변에서 웅성거리는 소리와 함께 병사들이 튀어나오기 시작했다. 그제야 낸시 중위는 자신이 주차하고 정찰을 했던 이 언덕이 사실은 제국군 병사들의 숙영지였다는 것을 깨달았다.

"일단 달립니다!"

운전병은 뭐가 그리 즐거운지 만면에 미소를 띠고는 자신의 철모에 걸어 두었던 고글을 내려서 눈에 썼다. 원래 항공기 조종사용으로 제작된 고글이었다.

"안전벨트 매시고 충격에 대비하십시오! 가자! 이이~! 하!"

알 수 없는 말을 외친 운전병이 액셀러레이터를 밟자 1/4톤은 빠른 속도로 후진했다. 재빠른 손놀림으로 운전병이 기어를 넣으며 동시에 핸들을 꺾자 타이어가 모래 위를 미끄러지는 소리를 내며 강하게 회전했다. 낸시 중위와 엘리센 상병은 밖으로 튕겨 나가지 않기 위해 차를 꽉 잡았다. 제국군 병사들이 소리를 지르며 소총을 찾는 동안 제국군 장교는 급하게 자신의 권총을 1/4톤에 발사했다. 권총탄이 아슬아슬하게 낸시 중위를 비껴갔다.

"올라왔던 길로는 못 갈 것 같으니 다른 길로 가겠습니다."

"마…… 마음대로 해!"

운전병의 말에 낸시 중위는 대답했다. 운전병이 그 말에 씨익 웃어 보이고는 액셀러레이터를 강하게 밟았다. 엔진 소리가 날카롭게 울려 퍼지며 1/4톤은 최고 속도를 향해 가속하기 시작했다. 등뒤에서 제국군의 총탄들이 날아왔지만 이미 꽤나 먼 거리를 달려간 1/4톤을 맞추지는 못했다.

"자. 어떻게 합니까?"

운전병이 빠른 속도로 길을 달리면서 말했고, 낸시 중위는 허겁지겁 지도를 펼쳐서 확인했다. 손으로 최대한 소형 랜턴의 빛을 가리고 찬찬히 지도를 바라보던 낸시 중위는 깜짝 놀라고 말았다.

"지금 우리가 왔던 방향으로 가는 건 아니지?"

"예? 당연하죠. 지금쯤이면 그 길은 막혀 버렸을 테니까요. 아까 그 언덕에서 내려가는 길도 금방 병사들이 와서 막았잖아요."

낸시 중위가 운전병에게 묻자 운전병이 대답했다. 제국군도 머리가 있다면 이 길 근처에 주둔하면서 길을 막을 준비는 철저하게 해 놓았을 것이었다.

"이 길을 따라가면 뭐가 나오죠? 일단 급해서 달리기는 하는데 말이죠."

낸시 중위가 운전병의 질문에 대답하기도 전에 운전병이 급하게 1/4톤을 세우고 신음을 내뱉었다.

"흐억?!"

"적이 주둔 중인 마을이 나오겠지……."

운전병이 갑자기 나타난 건물들에 놀라자 낸시 중위가 말했다. 길을 따라 계속 달리면 그대로 마을로 들어가게 되어 있었다.

"어쩌실 겁니까?"

"지금 온 길을 돌아서 가기에는 위험성이 너무 높아. 자네 말대로 제대로 방어를 취하겠지. 그렇다고 길을 벗어나서 운전하면 어떻게 될까."

낸시 중위가 운전병에게 물었고 운전병은 생각할 것도 없다는 듯 바로 대답했다.

"이런 모래밭에서는 제대로 속력도 안 나거니와 잘못하면 빠져서 오도 가도 못하지 말입니다."

"그렇다면 방법은 하나야. 지도상으로 보면 마을 안쪽에 이 길과 만나는 다른 도로가 있는데 그게 살짝 북쪽으로 돌아가지만 결국 우리가 주둔하는 마을까지 연결되게 되어 있어."

낸시 중위가 말하자 운전병은 살짝 놀라는 표정을 짓고는 입을 열었다.

"이런 말을 하는 건 정말 죄송합니다만, 중위님은 반쯤 정신줄을 놓으신 분이 아니네요. 완전히 미쳤어요. 그러니까 지금 제국군이 잔뜩 주둔중인 이 마을로 그대로 차를 끌고 가자 이거군요."

운전병의 말에 낸시 중위는 고개를 끄덕였다. 별다른 방법이 없었다. 운전병의 말이 사실이었지만 지금 상황에서는 그보다 나은 생각이 떠오르지가 않았다. 그렇게 낸시 중위를 바라보던 운전병은 씨익 웃어 보였다.

"좋습니다. 저도 같이 미쳐 보지요."

운전병이 말하자 낸시 중위도 웃어 보였다.

"둘 다 미쳤어. 나라도 정신을 차려야겠네."

뒤에서 무전병인 엘리센 상병은 혼잣말로 그렇게 중얼거리고는 자신의 위에 놓인 제국군 소총을 옆으로 치웠다. 그렇게 운전병이 다시 움직이려는 찰나에 앞쪽에서 자동차 소리가 들려왔다. 전조등을 켜고 달려오기에 실루엣이 보이지는 않았지만, 전조등의 위치가 높지 않은 것으로 보아 소형 차량임을 알 수 있었다.

"얼른 전조등 켜! 저쪽에서 우리를 비추면 들킨다."

낸시 중위의 말에 운전병이 지금까지 계속 끄고 있었던 전조등을 켰다. 갑자기 자신들에게 빛이 비추어지자 앞에서 오던 소형 차량의 속도가 줄었다. 상대의 차가 10여 m쯤 다가왔을 때 낸시 중위가 소리쳤다.

"그리프!"

최대한 음정을 낮게 깔고 남자의 목소리인척 소리쳤지만, 여성 특유의 고음 때문에 살짝 높은 음색이었다.

"루친! 651전투단인가? 전방에서 도대체 무슨 일이 벌어진 거야? 적군이 침입한 것치고는 너무 조용하잖아!"

상대방이 낸시 중위의 목소리에 위화감을 느끼지 않았는지 낸시 중위가 외친 암구호에 답어를 댔다.

"엘리센. 수류탄 준비해서 내가 신호하면 저 차에 던져."

낸시 중위가 살짝 고개를 돌려서 엘리센 상병에게 지시하자 엘리센 상병은 조심스럽게 자신의 허리춤에 매달린 수류탄 파우치 맨 윗단에서 수류탄을 꺼내들었다.

"어이! 이봐!"

낸시 중위 쪽에서 아무런 말이 없자 앞쪽 차에서 선탑석에 타고 있던 사람이 문을 열고 내렸다. 대략적인 실루엣이 장교로 보였다.

"달려!"

낸시 중위가 소리치자 운전병은 강하게 액셀러레이터를 밟았고, 1/4톤은 급하게 앞으로 달려나갔다.

"엘리센! 던져!"

제국군의 소형 차량을 1/4톤이 스쳐지나갈 때 낸시 중위가 소리쳤다. 엘리센 상병은 제국군의 소형 무개차량 안으로 수류탄을 던졌다.

"뭐. 뭐야?!"

제국군 장교가 갑자기 지나간 1/4톤에 놀라서 멍하니 바라보는 도중 차량 안에서 수류탄이 폭발하자 장교는 옆으로 튕겨 날아가 버렸다. 수류탄이 떨어지는 것을 보고는 급하게 차에서 뛰어내렸던 제국군 운전병은 자신이 방금까지 몰던 차량이 수류탄에 완전히 박살난 모습을 그저 망연자실하게 바라볼 뿐이었다.

1/4톤은 그렇게 마을로 진입해 천천히 이동을 시작했다. 주변에 흙

으로 지은 건물들이 눈에 들어왔지만 제국군의 별다른 움직임은 없었다. 그렇게 이동하던 1/4톤은 조금 넓은 공터에 들어섰다.

"여긴 어디일까요."

엘리센 상병이 낸시 중위에게 물었지만 낸시 중위는 아무 말도 하지 않았다. 마을 중앙의 광장으로 보였는데 중앙의 우물을 사이에 두고 양 옆으로 전차들이 도열해 있었다.

"전차를 모아놓은 곳 같은데."

낸시 중위가 말했다. 어두웠기에 실루엣으로만 판단할 수밖에 없었지만 전차들은 적게 보아도 10대가 넘어가는 숫자였다. 적어도 한 개 중대급 이상은 되어 보였다. 제국군 전차 부대 편제가 어떻게 되는지 낸시 중위는 알 수 없었지만 적어도 많다는 것은 알 수 있었다.

"저쪽 뒤에도 더 있는 것 같은데요."

엘리센 상병이 한쪽 골목을 가리키며 말했다. 자세하게 보이지는 않지만 얼핏 보이는 실루엣들이 전차의 모습을 하고 있었다.

"무시무시한걸."

운전병도 꽤나 놀란 반응을 보였고, 낸시 중위는 지금 가진 장비로 이 전차들을 어떻게 할 수 있을까를 생각해 봤지만 30구경 기관총 1정과 탄환 200발, 2정의 M1 소총과 약간의 수류탄 가지고는 저 전차들을 어찌할 방법은 도통 떠오르지 않았다. 그렇다고 저 전차들을 탈취할 수도 없었기에 난감할 뿐이었다.

"일단 좌표를 표시해 놓고 나중에 아군에게 포격해 달라고 해야겠어."

낸시 중위는 그렇게 말을 했지만, 과연 이곳까지 아군의 포격이 닿을지는 의문이라고 생각했다. 그렇지만 달리 이곳을 타격할 방법은 없다고 낸시 중위는 생각했다. 자신들은 단 세 명이고 별다른 폭약을 준비한 것도 아니었다. 거의 맨몸이나 다름없었다. 그렇게 낸시 중위가 고민하는 동안 엘리센 상병이 주변을 둘러보다가 낸시 중위에게 입을 열었다.

"저기 연료통 모여 있는 곳에 수류탄이라도 설치하면 어떻습니까?"

엘리센 상병이 말하며 가리킨 곳을 낸시 중위가 바라보았다. 전차 옆에 드럼통들이 쌓여 있었다. 전차 자체를 파괴하기는 힘들겠지만 전차 연료들을 폭파한다면 어느 정도 전차 부대에 타격을 줄 수 있을 터였다. 운이 좋아서 그 불이 옮겨붙어 버린다면 더더욱 좋을 테고 말이다. 낸시 중위는 꽤나 좋은 방법이라고 생각했지만 이내 그리 좋은 방법이 아님을 깨달았다.

"수류탄 가지고는 힘들어. 알겠지만 수류탄 자체는 화염이 나오거나 고온이 나오는 게 아니라 파편이 나오는 것이니 말이지."

수류탄만으로는 가솔린을 인화시킬 수 있을 정도로 고열이 나오거나 화염이 나오기 힘들었다. 그렇다고 직접적으로 불을 붙이고 도망가기에는 위험성이 너무 높았다. 시한폭탄이나 그런 종류의 폭발물이 없는 이상은 드럼통에 불을 붙인 뒤 폭발할 때까지 어느 정도 멀리 떨어질 방법이 없었다. 낸시 중위는 이대로 포기하고 가야 하나 고민하기 시작했다.

"연막탄은요?"

엘리센 상병이 말하자 낸시 중위는 엘리센 상병을 바라보았다.

"전 통신병이고 혹시 모를 때를 대비해 신호용 연막탄도 가지고 있습니다."

엘리센 상병의 말에 낸시 중위는 생각해 보았다. 확실히 연막탄이라면 고온이 지속해서 나올 테니 충분히 가솔린을 연소시킬 수 있을 것이었다.

"그거라면 될 것도 같군."

낸시 중위는 실행하기로 마음먹고 주변을 둘러보았다. 한쪽에서 경계를 서고 있는 병사들 몇 명 빼고는 제국군 병사도 거의 없었고, 그 병사들은 1/4톤에 신경을 쓰고 있지 않았다. 낸시 중위는 운전병에게 맨 끝의 전차 옆에 차를 세워두고 대기하도록 하고는 연막탄을 들고 1/4톤에서 내려 드럼통이 쌓여 있는 곳으로 조심스럽게 다가갔다. 드럼통들은 전차들 옆에 말뚝을 박아서 움직이지 못하게 고정하고 옆으로 눕혀 3단 높이로 쌓여 있었다. 그리고 굴러떨어지지 않도록 로프로 몇 번 묶어 둔 점에서 제국군의 꼼꼼함을 엿볼 수 있었다.

낸시 중위는 주변을 살피며 맨 아래쪽 드럼통의 마개를 살짝 돌려서 열고는 양말을 말아서 드럼통 입구에 쑤셔 넣었다. 1/4톤에 있던 운전병의 군장에서 나온 것이었다. 운전병은 살짝 투덜거렸지만, 아무 말 없이 자신의 양말을 내놓았다. 양말이 젖어서 천천히 기름이 흘러나왔지만 완전히 쏟아지지는 않았고, 낸시 중위는 연막탄의 화염 배출구가 막아놓은 입구에 거의 닿도록 해서 내려놓은 뒤 위에 벽돌을 여러 개 올려서 연막탄을 고정했다. 그 전에 연막탄의 안전핀을 한번 뺐다가 다시 살짝 끼워서 쉽게 빠지도록 한 뒤 안전핀에 각반 끈을 묶어 놓았다. 연막탄이 확실하게 고정되자 낸시 중위는 각반 끈을 바로 옆에 주차된 전차의 궤도에 묶었다. 이것으로 누가 지나가면서 끈을 건드리거나 전차가 출발하면 연막탄에서 연기와 화염이 쏟아져 나오며 기름으로 젖은 양말에 불이 붙고 드럼통에 발화할 터였다. 드럼통 안의 가솔린이 가열되어 기화하면 밀봉된 드럼통이 폭발할 것이고, 그러면 꽤나 혼란이 벌어질 것이었다. 물론 이것은 예상일 뿐 결코 그렇게 잘 풀리리라는 보장은 없었지만, 일단 지금 할 수 있는 일은 다 했다고 생각한 낸시 중위는 다시 조심스럽게 1/4톤에 올라탔다.

"출발하지."

낸시 중위가 말하자 운전병이 조심스럽게 시동을 걸어 차량을 출발시켰다. 시동 소리가 어두운 밤에 꽤나 크게 울려 퍼졌지만, 다행히 아무도 신경 쓰지 않았다.

"긴장돼서 죽는 줄 알았네."

1/4톤이 다시 출발하자 엘리센 상병이 한숨을 쉬며 말했다. 낸시 중위도 그제야 한숨을 쉬고 긴장을 풀었다.

"그건 그렇고 돌아가면 각반 끈 구해 주실 수 있는 겁니까?"

자신의 각반을 풀어서 끈을 제공한 엘리센 상병이 물었고 낸시 중위는 그런 엘리센 상병을 보고는 웃으면서 말했다.

"아예 새 각반을 하나 지급받게 해 주지."

"뭐, 그래 주시면 감사합니다."

공터를 벗어나기 시작하자 삼거리가 나왔고 낸시 중위는 운전병에게 좌회전을 명령했다.

"이대로 달리면 마을 밖으로 나가고, 그 뒤로도 계속 달리면 아군 점령지로 갈 수 있어."

"알겠습니다. 최대한 달려 보죠."

운전병이 조심스럽게 속도를 올렸다. 그렇게 얼마를 달렸을까. 저 멀리 제국군 병사가 손을 크게 흔들면서 길 중앙에 서 있었다. 운전병은 아무 말 없이 전조등을 켰다.

"아악! 뭐하는 거야!"

상대가 눈을 가리면서 소리쳤고 운전병은 그 말에 전조등을 껐다.

"급하니까 얼른 비키게 병사!"

낸시 중위가 목소리를 깔고 소리쳤다.

"아 젠장. 이게 제 임무니까 좀 기다리십쇼. 장교님."

제국군 병사가 눈을 비비면서 점점 낸시 중위의 1/4톤 근처로 다가왔다. 낸시 중위 등에 식은땀이 흘러내렸다. 가까이 다가오면 걸릴 공산이 컸다. 제국군 병사는 그런 낸시 중위의 걱정과는 반대로 계속해서 다가왔다. 아무리 어두운 밤이어도 가까이에서 본다면 제국군 차량과의 차이를 알 수 있을 터였다. 낸시 중위는 허리춤의 권총집으로 손을 가져갔다.

4.

"중대장님에게는 연락이 없나?"

"없습니다. 소대장님."

유리아 중사는 소대 무전병인 로크나 상병의 말에 한숨을 쉬고는 시계를 바라보았다. 중대장인 낸시 중위가 정찰을 나간다고 하고는 출발한 지도 벌써 한 시간 반 이상의 시간이 흘렀다. 현재 시각은 01시.

네 시간 정도만 더 있으면 날이 샐 시간이었다. 제국군이 도착할 것으로 예상했던 시각보다 세 시간은 더 지난 뒤였다. 도대체 어찌 된 영문인지 알 방법은 없었다. 영문을 알아보겠다고 정찰을 나간 낸시 중위는 아직 전혀 연락이 없다 보니 유리아 중사는 침이 말라 갔다.

"트럼펫!"

"마운틴. 2소대장과 3소대장이다."

유리아 중사의 참호에서 경계를 서던 모이어 일병이 누군가 다가오는 소리에 암구호를 대자 레니 소위가 답했다.

"1소대장님 계십니까?"

레니 소위의 말에 유리아 소위는 대답하고 참호 밖으로 빠져나왔다.

"중대장님에게는 연락이 있나요?"

"없습니다."

로나 소위의 물음에 유리아 중사는 그렇게 답할 수밖에 없었다. 레니 소위와 로나 소위는 난감하다는 생각이 들었다. 두 소대장은 이런 중요한 시기에 중대장이 정찰을 나간 게 도저히 이해가 되지 않았다. 그렇다고 말릴 수도 없던 노릇이니 더 난감할 뿐이었다.

"어디까지 나가신 건지 모르겠어요. 이건 뭐 제국 수도까지 가신 건 아닌지 걱정인데요."

로나 소위가 분위기를 바꿔 보려는 듯 농담을 섞어 말했지만, 레니 소위와 유리아 중사는 그런 농담에 웃을 만한 상황이 아니었다.

"이래저래 문제가 심합니다. 계획대로 일이 진행이 되지 않고 있어요. 거기다 주변이 평지다 보니 적이 어떻게 올지를 예측하기가 어렵습니다. 상부는 길로 올 것이라고 무조건 믿고 있는 것 같습니다만 궤도

차량이라면 모래라도 얼마간은 넘어올 수가 있을 테지요. 뭐가 되었던
중대장님이 얼른 오시지를 않으니 걱정이 큽니다."

유리아 중사의 말에 레니 소위도 로나 소위도 아무런 말을 하지 못
했다. 그렇게 잠시간의 침묵이 흐른 뒤 레니 소위가 입을 열었다.

"중대장님은 정찰을 나가시면서 위급할 경우의 지휘권을 1소대장님
에게 맡기지 않았습니까?"

레니 소위의 말에 유리아 중사는 딱히 대답할 말을 찾지 못했다. 사
실이긴 했지만 일개 하사관의 입장으로 그런 일을 장교에게 말하기 껄
끄러운 것이 사실이었다. 그렇게 유리아 중사가 아무 말이 없자 레니
소위는 직감한 듯 다시 입을 열었다.

"사실이겠군요. 솔직히 말하죠. 2소대장이자 샤른 왕국의 장교로서
1소대장님이 중대의 지휘권을 가지는 것은 반대입니다."

"레니!"

레니 소위의 말에 로나 소위가 말렸지만, 레니 소위는 그런 로나 소
위를 손으로 제지하며 계속 말을 이어나갔다.

"1소대장님이 저보다 군 생활도 오래 했고 나이도 많은 것은 잘 알
고 있습니다. 그리고 1소대장님의 능력을 의심하는 것도 아닙니다. 그
건 본국에서 훈련 때 뼈저리게 느꼈지요. 소대전술훈련에서나 워게임
에서 한 번도 이긴 적이 없으니까 말이죠. 하지만 그건 그거고 이건 이
겁니다. 지휘권은 장교의 권한 중에 하나죠. 그래서 사실 1소대장님이
지휘를 하는 데 찬성할 수는 없습니다. 이건 장교로서의 제 뜻입니다."

레니 소위의 말에 급속도로 분위기가 가라앉았다. 유리아 중사는
무표정한 얼굴로 레니 소위를 바라보았고, 로나 소위는 그런 둘의 사

이에서 어쩌지를 못하고 난감해 하였다. 그렇게 잠시 뒤에 레니 소위가 다시 입을 열었다.

"그렇지만 저로서는 1소대장만큼 병력을 운용할 자신도, 적의 공격에 적절하게 대응할 자신도 없습니다. 중대장님도 1소대장의 능력을 알기에 지휘권을 맡긴 거라고 생각합니다. 그렇기 때문에 장교가 아닌 개인으로서는 유리아 중사의 지휘에 찬성합니다."

레니 소위의 말에 유리아 중사는 뭐라 답을 해야 할지를 알 수가 없었다.

"그러니 너무 걱정하지 마십시오. 이런 식으로 말해서는 안 되겠지만, 중대장님이 없더라도 1소대장이 있으니 어떻게든 될 겁니다. 그럼 가 보도록 하겠습니다. 현재 지휘권은 1소대장님에게 있으니 명령할 것이 있다면 무전이던 전령이던 어떤 수단으로라도 하달해 주시기 바랍니다."

레니 소위가 그렇게 말하고는 돌아서서 자신의 참호로 가자 로나 소위는 그런 레니 소위를 보다가 유리아 중사에게 살짝 고개를 숙여서 인사를 하고 자신의 참호로 향했다. 그런 두 소대장들을 보면서 유리아 중사는 살짝 미소 지었다. 그렇게 유리아 중사가 다시 참호로 들어 갔을때 전방 참호에서 마르 이병이 급하게 뛰어왔다.

"무슨 일이지?"

유리아 중사의 물음에 마르 이병이 숨을 몰아쉬고는 답했다.

"전방에서 엔진음이 들려옵니다."

"뭐?"

유리아 중사는 놀라서 답했다. 현재 로빈중대가 대기 중인 장소는 대대 섹터에서 5시 방향이었다. 연대는 공격부대의 우익이었고 그 연대 내에서도 대대는 우익이었기에 로빈중대는 최우측이라고 볼 수 있었다. 전방에서 엔진음이 들린다면 그것은 적군일 터였다. 유리아 중사는 로크나 상병과 함께 전방에 있는 1분대의 참호로 가서 망원경으로 전방을 바라보았다. 어두워서 잘 보이지는 않았지만 멀리서 궤도차량의 궤도가 돌아가는 특유의 소리를 감지할 수 있었다.

"전원 전투 준비. 로크나. 2소대와 3소대에도 연락해. 연락이 끝나면 바로 대대에도 보고하도록."

유리아 중사가 로크나 상병에게 명령하자 로크나 상병은 얼른 무전기 수화기를 들어 올렸다. 그런 로크나 상병의 모습을 보며 유리아 중사는 가슴을 진정시키고 현 상황을 머릿속에 떠올렸다.

현재 1소대는 5시 방향을 바라보고 있었다. 참호 자체를 적이 그곳으로 올 것을 가정하고 구축을 해 둔 상태였다. 2소대와 3소대는 각각 4시 방향과 6시 방향을 보고 있었다. 낸시 중위가 5시 방향을 기점으로 방어계획을 세운 것이 적중한 것이었다. 야간이어서 정확하게 알 수는 없지만, 적군은 금방 다가올 터였다. 지금으로서는 적군이 근접하기를 기다리는 것이 좋겠다는 생각이었다. 일단 중대의 60㎜ 박격포의 조명탄 사거리는 3㎞ 조금 못 된다. 그것도 최대사거리였다. 박격포는 혹시 모를 위험에 대비해 아군 진지에서 약 500m 이격시켜 놓은 상태였다. 결국, 제일 앞쪽 참호에서 2㎞ 정도 떨어진 장소까지 와야지 조명탄을 발사해 적군의 유무를 확인할 수 있었다. 야간이라 정확하게 적군의 거리를 확인할 수가 없는 것이 단점이었다.

"81㎜ 포대에 연결해!"

유리아 중사의 말에 무전병인 로크나 상병이 통신부호를 확인하고 81㎜ 박격포 포대를 호출했다.

-수신.

"이지라 알리고 도그, 폭스, 하나 공 둘 여섯, 하나 하나 삼 넷으로 조명탄 요청한다. 이상"

81㎜ 포대가 연결되자 유리아 중사가 말했고 수신자는 이상하다는 어투로 말했다.

-무슨 소리냐. 상부에서 그 지역으로의 사격예정사항은 들은 적이 없다.

"지금 이쪽으로 적이 오고 있다. 정확한 확인을 위해 조명이 필요하다. 60㎜ 조명만 가지고는 확인이 어렵다."

유리아 중사가 말하자 상대방은 난감한 듯 잠시 시간을 끌더니 말했다.

-알았다. 예정 좌표가 아니기 때문에 5분 이상 시간이 걸린다.

"그 정도면 양호다. 좌표 점에 조준하고 요청하면 바로 사격해 주기 바란다."

-알았다. 건투를 빈다. 이상.

"로크나. 60㎜에 연락해. 1소대 진지에서 전방으로 최대사거리로 조명탄 발사 준비하라고"

"알겠습니다."

유리아 중사의 명령에 로크나 상병이 대답하고는 바로 60㎜ 포대를 연결했다. 유리아 중사는 눈을 감고 귀를 기울였다. 어차피 어두운 밤이었고 월광도 거의 없는지라 눈은 있으나 마나라는 생각이었다. 천천히 전차의 엔진음에 귀를 기울였다.

"전 포대 기상! 아가씨들로부터 요청이 들어왔다!"

81㎜ 박격포 소대장인 코트리 소위가 소리치자 박격포 옆에서 대충 누워서 잠을 자던 병사들은 눈을 비비면서 일어났다.

"아 뭐야. 방금 잠들었는데……."

병사들이 투덜거리면서 일어나자 코트리 소위는 먼저 계산병에게 명령했다.

"지금 당장 사거리랑 편각 계산해. 좌표는 도그, 폭스, 하나 공 둘 여섯, 하나 하나 삼 넷이고 탄종은 조명탄."

코트리 소위의 명령에 계산병은 가방에서 필기구와 도구 등을 꺼내고 마지막으로 지도를 펼쳤다. 자신의 우의를 뒤집어쓰고 붉은 필터를 끼운 랜턴을 켜서 좌표를 확인한 계산병은 머리를 긁적이고는 입을 열었다.

"소대장님. 그 좌표는 4㎞ 떨어져 있습니다."

"그래서?"

"최대사거리입니다. 간당간당합니다만."

계산병의 말에 코트리 소위는 계산병의 우의 속으로 머리를 집어넣고 지도를 확인했다. 확실히 4㎞ 정도 떨어진 위치였다.

"어쩔 수 없지. 아가씨들이 요청했으니 신사라면 죽이 되든 밥이 되든 들어줘야 하는 거 아니겠어. 장약 다 채운 상태에서 최대사거리로 발사하자고."

"알겠습니다."

계산병은 코트리 소위의 명령에 대답하고 계산을 마쳤다. 랜턴을 끄고 우의에서 나온 계산병은 3문의 박격포들에게 수정값을 불러주고 포수와 함께 박격포를 새로 조준했다.

"자 아가씨들이 어두울 때 하는 건 싫다며 우리한테 불을 켜 달라고 한다. 남자로서 거시기 세운 지도 벌써 몇 시간째인데, 드디어 아가씨가 OK 했으니까 죽을 만큼 해 보자고."

세 문 모두 발사 준비가 완료되자 소대장인 코트리 소위가 웃으면서 말했다. 박격포병들은 키득키득 웃어댔다.

"근데 저희 거시기가 좀 커서 아가씨들이 좀 그럴 텐데 말이죠."

기준포의 포수가 던진 말에 다들 크게 웃었다.

"아가씨들이 작은 건 싫다니까 걱정 마라."

"발사 요청 왔습니다."

코트리 소위가 그렇게 웃고 떠들 동안 무전병이 보고하자 코트리 소위는 박수를 치고는 소리쳤다.

"좋아! 기준포부터 발사!"

"발사! 둘! 셋!"

코트리 소위의 말에 기준포 병사들이 숫자를 세고는 조명탄을 포신에 집어넣었다.

60㎜ 기준포의 조명탄과 81㎜ 기준포의 조명탄이 빛을 내뿜자 어두운 밤이 밝아졌다. 조명탄이 빛을 내자 제국군 병사들이 급하게 엎드리는 모습이 작은 실루엣으로 보였다. 기준포 사격 1발이었기에 충분한 광량이 나오지 않아서 확실하게 확인이 되지 않았지만 유리아 중사는 얼핏 세어본 전차가 10대 정도 된다고 판단했다. 한 개 중대급이

었다.

"동제원 효력사!"

유리아 중사가 소리치자 로크나 상병이 무전기로 복창했다. 그리고 잠시 뒤에 60㎜와 81㎜ 조명탄이 각각 3발씩 빛을 뿜었고, 이미 들켰다고 판단했는지 적 전차들이 속력을 내기 시작했다.

"전원 전투 준비! 60㎜는 지속해서 고폭탄 발사하고 81㎜는 조명탄과 고폭탄 산재 사격, 나머지 낮에 연결되었던 포대 전원 호출해서 여기 앞에 일제히 발사하라고 해."

유리아 중사가 빠르게 명령을 내리자 로크나 상병은 급하게 무전기의 주파수를 조절하였다. 유리아 중사는 머릿속으로 빠르게 생각했다. 보병은 박격포의 사격으로도 얼마정도는 막을 수 있겠지만, 전차는 지난번 전투에서도 그랬듯 박격포만으로는 힘들었다. 75㎜ 야포라도 사격을 해준다면 도움이 되겠지만, 야포의 사정거리도 아마 최대사거리일 터였다. 게다가 중대는 너무 멀었다.

"75㎜ 야포 곧바로 사격한다고 합니다."

"105㎜는?"

"연락이 없습니다!"

유리아 중사는 등에 식은땀이 흐르는 것을 느꼈다. 지난번 전투와 달리 이번에는 전차들도 그렇고 꽤나 산개해 있었다. 75㎜만으로는 효과가 있을지 장담할 수가 없었다. 그러는 와중에 저 전차들은 포격을 시작했고 기관총을 발사했다. 적들은 어느새 1㎞ 앞까지 도착해 있었다. 유리아 중사는 다시 한 번 105㎜ 포병대에 연락할 것을 지시했다.

"자! 계속해서 간다! 고폭탄 4발 발사 후 조명탄 한 발! 탄약수들은 제대로 확인해서 준비해! 조명탄은 장약 4호! 고폭탄은 장약 3호다! 고폭탄은 근접신관!"

코트리 소위가 명령을 내렸고 병사들은 분주하게 움직였다. 박격포는 따로 탄피를 치울 필요가 없기 때문에 생각 외로 빠른 속도로 발사가 가능했다. 그렇다고 해도 분당 10발 정도가 계속해서 발사할 수 있는 속도였고, 그보다 더 빨리 발사하게 되면 포신이 가열되어 불발탄이 날 수 있었다.

"아이쿠! 아가씨들이 몸이 달기는 달았나 보네. 그냥 쉴 틈이 없어요."

"이런 조루 자식! 그렇다고 급하게 쏘다가 정작 아가씨 몸은 식어 갈 때 브레이크 걸린다. 속도 조절하면서 하라고."

"제 거시기가 이렇게 빨딱 섰는데 어찌하겠습니까. 얼른 얼른 해 줘야지."

기준포의 포수와 부포수가 농담하면서 포탄을 발사했다. 박격포를 남자의 성기에 비교하면서 낄낄거리고 있었지만, 포탄 발사에 문제가 될 것은 없었다. 그렇게라도 하면서 긴장을 풀지 않으면 오히려 사고가 날 수 있었다.

"조명탄입니다."

탄약수가 부포수에게 탄을 인계했고 부포수는 포신에 박격포탄을 넣으며 말했다.

"히엑! 오빠는 쌀 것 같다!"

"큭큭큭! 야! 그만 웃겨. 너 때문에 조절이 힘들잖아!"

부포수의 말에 포수가 조준경을 바라보며 대꾸했다. 포수는 박격포탄이 미끄러져 내려가 공이를 치기 전까지 최대한 박격포신이 제대로 겨냥을 하도록 가늠자의 조준경을 겨냥대에 지속해서 맞춰야 했다.

"그런데 이렇게 하는 게 도움은 될라나 모르겠네요."

부포수의 말에 포수가 가로활대를 조절해 겨냥대를 조준하면서 말했다.

"뭐 되든 말든 우리야 뭔 상관이냐. 적군이 네녀석한테 다가와서 지거시기 깐다면 도움 안 된 거고, 적군 코빼기도 못 보면 도움이 된 거지 뭐."

"그렇겠네요."

부포수가 시계를 보면서 말했다.

81㎜ 박격포탄과 60㎜ 박격포탄이 지속해서 전방에 떨어지고 있었지만, 적 전차에게는 큰 성과가 없었다. 75㎜ 포탄은 직격하면 효과가 있을 터였지만 워낙에 적 전차들이 산개해 있었고, 또 멀리서 곡사로 발사하다 보니 제대로 맞추지를 못하고 있었다. 현재 중대급 화기 중에서 적 전차를 상대할 화기가 없었기에 이대로 적 전차가 돌입하는 모습을 보고 있어야 하는지, 아니면 참호를 버리고 후퇴할 것인가를 유리아 중사가 저울질하고 있을 때 갑자기 옆쪽에서 포격음이 들려왔다. 적군의 포격이 떨어지는 폭발음이 아닌, 장약이 폭발할 때의 포격음이었다. 유리아 중사는 고개를 참호 밖으로 들어서 포격음이 들려온 곳을 바라보았다. 어디서 들려온 것인지 도통 알 수가 없었다.

ㅡ전차 한 대 격파!

그 순간 유리아 중사의 무전으로 무전이 들려왔다. 꽤 자신에 찬 남자의 목소리였다.

"이지, 이지라 알리고. 귀관은 누구인가!"

- 빅터 파이브. 빅터 파이브라 알리고 이상.

빅터라는 호출부호에 유리아 중사는 얼른 수첩에 적어 놓은 호출부호를 확인했다. 빅터는 연대 소속 지원화기중대의 호출부호였다.

"귀관은 대전차포반인가?"

- 그렇다! 로빈중대! 공격 준비로 대기중이던 대전차포반이다. 일단은 한 문이지만 충분한 도움이 될 거다.

상대의 대답에 유리아 중사는 웃음을 지어 보였다. 연대 대전차포반은 얼마 전 신형 대전차포를 지급받았었고, 그 신형이라면 제국군 전차를 상대하기에는 충분한 위력일 터였다.

"한 문이어도 충분하다. 빅터 파이브! 로빈중대는 귀관들을 환영하는 바이다! 이상!"

유리아 중사의 물음에 상대는 환호성을 질러 보였다.

"격파 확인! 포구 11시 방향으로!"

57㎜ 대전차포반의 포반장인 게리슨 하사는 쌍안경으로 전선을 바라보며 지시했다. 57㎜ 포탄이 날아가 적 전차에 작렬했고 그대로 적 전차는 기동 불능이 되었다. 그렇게 두 번째 전차까지 침묵시킨 게리슨 하사는 신이 나서 다음 표적을 지시했다.

중대장에게 사정사정해서 오기를 잘했다고 게리슨 하사는 생각했다. 신형 대전차포를 받았는데 실제 전차에 쏴 보지도 못하고 대기하다가 제대로 원을 풀고 있었다. 이대로라면 포방패에 킬마크를 잔뜩 그려 넣을 수 있을 것 같았다.

"장전완료!"

"조준완료!"

부포수인 볼레 일병이 소리침과 동시에 클랙슨 상병도 소리쳤고 게리슨 하사는 그 소리가 들리자마자 바로 소리쳤다.

"발사!"

게리슨 하사의 명령이 떨어지자마자 클랙슨 상병은 포탄을 발사했다. 50구경장 포신에서 발사된 57㎜ 철갑탄이 폭발하듯이 날아갔고, 그와 동시에 포신이 뒤로 후퇴하며 탄피를 배출했다. 게리슨 하사는 얼른 쌍안경으로 적 전차를 확인했다. 적 전차는 피격이 되었는지 기동을 멈추었지만 여전히 포탑이 회전하고 있었다.

"적 전차 피격 확인. 아직 움직이니까 한 발 더 발사. 탄종 철갑탄. 준비되는대로 발사!"

"탄종 철갑탄! 장전 완료!"

"조준 완료! 발사!"

볼레 일병의 외침에 클랙슨 상병이 바로 대답하며 포를 발사했다. 철갑탄두는 굉음과 함께 적 전차로 날아가 그대로 적 전차의 포탑을 뚫어 버렸다. 제국군 전차들이 급하게 응사했지만, 높이가 낮고 언덕 위쪽에 자리 잡은 대전차포를 맞출 수는 없었다. 그래도 혹시 모르니 포를 거치시켜 놓고 사격하는 동시에 남은 탄약수 2명과 운전병은 챙겨 온 모래마대에 모래를 잔뜩 담아 포 주변에 쌓으면서 진지를 구축하고 있었다. 적 전차 부대가 정확하게 대전차포를 노리고 쏘지 않는 이상 자신의 포반이 위험할 리 없다고 게리슨 하사는 판단했다. 이런 밤중에 포구 화염만 가지고 정확하게 자신을 맞출 수 있을 정도로 실력 있는 전차병이 있을 리 없다는 것이 게리슨 하사의 생각이었다.

"다음은 1시 방향!"

게리슨 하사가 다음 표적을 지시했다. 이런 식이라면 몰려오는 10여 대의 전차를 모두 처리할 수 있을 터였다. 뒤쪽에서 날아오는 아군의 곡사포에도 적 전차들이 피해를 보고 있었다.

"발사!"

다음 표적을 조준한 클랙슨 상병이 포를 발사하자 다시 대전차포탄이 날아갔다. 게리슨 하사는 망원경으로 적 전차를 바라보았고, 전차포탄이 맞았다고 생각했다. 그렇지만 상대방 전차는 아무런 문제가 없다는 듯 그대로 밀고 올라왔다.

"뭐야? 저 녀석은?"

게리슨 하사가 망원경으로 유심히 적 전차를 바라보았다. 그 순간 전방에 아군의 조명탄이 터졌고 그 불빛에 보인 적군 전차의 실루엣은 게리슨 하사의 눈에 익숙하지 않은 모양새였다. 전체적인 실루엣만 가지고는 판단이 어려웠지만, 가장 큰 특징이 다른 전차들과는 다르게 포신이 매우 길다는 점이었다. 제국군의 전차들은 대다수가 짧은 포신을 가지고 있었고, 그중에 긴 포신을 가진 녀석들도 일반적인 전차에 장포신의 50㎜ 포를 탑재한 녀석으로 방어력은 동일한 전차였다. 그렇지만 지금 보이는 전차의 실루엣은 그런 50㎜ 포를 탑재한 전차보다 더 큰 모습이었고 포신도 더 두꺼웠다. 게리슨 하사는 등에 땀이 흐르는 것을 느꼈다.

"신형이다! 제기랄! 제국 놈들!"

게리슨 하사가 소리치는 순간 전차의 포탄이 대전차포의 옆을 스치듯이 지나갔다. 그렇게 날아간 전차 포탄이 바닥에 떨어지며 쾅 소리와 함께 흙먼지와 파편이 튀어 올랐다. 철모를 붙잡고 고개를 숙인 게리슨 하사는 날려 온 모래들이 철모를 때리는 소리를 들으며 소리쳤다.

"젠장! 신형인지 장포신이라 사거리와 정확성이 높아! 철갑탄 장전! 저 신형을 노린다!"

게리슨 하사는 방금까지의 고양되었던 기분이 싹 가라앉는 것을 느꼈다. 자신을 필두로 모든 병사들은 실제 대전차전이 처음이었다. 이런 상황에서 갑작스럽게 적의 신형 전차가 나오자 상당한 압박감으로 다가올 수밖에 없었다. 적들은 구형 전차지만 5대 정도가 더 남아 있었고 자신들은 대전차포 한 문만 홀로 있으니 불리하다는 생각에 게리슨 하사는 간담이 서늘해졌다. 거기다 신형은 장갑도 더 튼튼한 모양이었다. 게리슨 하사는 자신의 57㎜ 대전차포의 철갑탄이 적 전차에 통할지 어떨지 의심스러웠지만 그래도 최대한 노려보겠다고 다짐했다.

"사격 대기! 적 전차를 더 기다린다!"

"뭐라고요?!"

포수인 클랙슨 상병 대신 옆에서 포탄을 들고 있던 볼레 일병이 소리쳤다. 그런 볼레 일병의 말을 애써 무시한 게리슨 하사가 소리쳤다.

"클랙슨은 계속 조준해! 그리고 명령이 떨어지면 바로 발사하도록. 조준은 적 전차 하부차체!"

"하고 있습니다."

클랙슨 상병은 머리에 흐르는 땀을 애써 참으며 조준경에 눈을 고정시켰다. 적 전차가 계속해서 움직였기에 제대로 조준을 하기가 힘들었지만 미세하게 손잡이를 돌리며 조준을 하던 클랙슨 상병은 적 전차가 멈춰 서는 것을 보고 차체 전면 중앙부위를 최대한 정확하게 조준하기 시작했다. 그리고 거의 조준이 끝났을 때 적 전차가 포탄을 발사했고, 그 포탄은 대전차포 측면에 떨어졌다.

"우왁!"

갑작스런 충격에 클랙슨 상병의 몸이 흔들렸다.

"괜찮아! 옆에 떨어졌어! 거기다 저쪽도 철갑탄이야!"

게리슨 하사가 소리쳤다. 적은 아마도 자신들의 대전차포를 전차로 생각하고 있나 보다고 게리슨 하사는 생각했다. 조명탄이 터지고 있지만 적군 머리 위에서 터지기 때문에 상대적으로 아군 진지는 광량이 부족해 제대로 관측이 되지 않을 터였다. 그런 상황에서 포구 화염만 놓고 본다면 충분히 언덕에서 포탑만 내밀고 있는 전차처럼 보일 것이다. 그렇게 계속해서 적이 철갑탄을 쏜다면 이쪽도 승산은 있었다. 그렇지만 만약 적이 대전차포임을 확인하고 고폭탄을 발사하는 순간 자신은 물론 포대원이 모두 산산이 날아갈 것이다.

클랙슨 상병은 얼른 정신을 차리고 다시 조준경을 바라보고 조준을 했다.

"지금이다! 발사!"

게리슨 하사의 외침에 클랙슨 상병은 포탄을 발사했다. 곧게 날아간 포탄이 적 전차의 차체 전면에 작렬했고 그와 동시에 적 전차의 움직임이 멈추었다. 먼 거리에서는 튕겨냈지만, 근거리에서는 57㎜ 탄을 튕겨내지 못할 것이라 예상했던 게리슨 하사의 생각이 맞아 들어가는 순간이었다. 약 1,000m 떨어진 곳에서는 튕겨냈던 포탄도 550m 정도 떨어진 위치에서는 이빨이 먹혀 들어간 것이다. 차체만 당했을 뿐 포탑은 멀쩡한 적 전차는 포탑을 회전시키기 시작했다. 그렇지만 적 전차의 기동은 멈춰 있었기에 게리슨 하사의 대전차포반에게 절호의 기회였다.

"재장전!"

볼레 일병이 소리치며 급하게 다시 포탄을 집어넣었다.

"이번에는 포탑을 노려!"

게리슨 하사의 외침에 클랙슨 상병은 다시 적 전차의 포탑을 향해 포신을 돌렸다. 적 전차가 자신을 조준하는 것을 느꼈지만, 적 전차는 막 기동하려다가 충격을 받았기 때문에 조준이 흐트러져 있을 터였다. 지금이라면 먼저 조준한 자신이 빠를 것이라고 클랙슨 상병은 속으로 생각하고는 포탑을 조준했다.

"발사!"

클랙슨 상병이 소리치면서 포탄을 발사했고 다시 날아간 포탄이 적 포탑의 전면부를 타격했다. 관통되었는지 판독이 불가능했지만 맞은 것은 확실하다고 게리슨 하사는 판단했다. 그리고 잠시 대기했지만, 적 전차의 움직임은 없었다.

"적 전차 가동불능! 격파했습니다."

조준경으로 확인한 클랙슨 상병이 소리쳤고 게리슨 하사는 얼른 망원경으로 다른 전차들을 확인했다. 다행히 아까 그 신형 전차처럼 포신이 긴 녀석은 없었다. 그렇지만 신형을 상대하느라 신경을 못 쓴 사이에 남은 적 전차들은 꽤나 근접한 상태였다. 대다수의 전차가 약

500m 이내라고 판단한 게리슨 하사는 얼른 소리쳤다.

"됐으면 계속 다음 사냥감을 사냥한다!"

게리슨 하사는 긴장으로 굳어진 손을 풀고는 다시 쌍안경을 들어 올렸다. 그 순간 뒤쪽에서 무언가가 빠른 속도로 날아오는 소리가 들려왔다.

"뭐지?"

게리슨 하사는 쌍안경을 내리며 소리쳤다. 그 물체는 꽤나 높은 위치에서 게리슨 하사를 지나쳐서 전방에 떨어진 뒤 굉음을 내며 폭발했다. 그 파편에 약한 측면장갑이 관통된 적 전차가 기동을 멈추어 버렸고, 멀리서 뒤따르던 보병들도 나가 떨어졌다.

"초탄 명중! 근탄! 20위로!"

유리아 중사가 무전기에 소리쳤다. 겨우겨우 연결된 105㎜가 사격을 시작했다. 먼저 기준포의 사격이 한 발 날아왔다. 로빈중대의 위를 지나간 105㎜ 포탄은 그대로 전방에 낙하하며 적군에게 타격을 주었다. 그렇지만 조금 가깝다는 생각에 유리아 중사는 사거리를 20m 더 띄울 것을 요구했고 105㎜는 알았다고 대답했다. 그리고 잠시 뒤에 한 발의 포탄이 적 전차들의 사이로 떨어졌다. 그 파편에 적 전차들은 흔들렸고 적 보병들은 나가 떨어졌다. 확실히 105㎜는 효과가 있었다. 물론 75㎜ 야포도 몇 대의 전차를 격파했지만, 꽤나 산개한 적 전차를 효과적으로 맞추지는 못하고 있던 것을 생각하면 105㎜의 사격은 단비와 같았다.

"명중! 동제원 사격!"

유리아 중사가 무전기에 소리쳤고 잠시 뒤에 포탄이 날아오는 소리가 들리며 차례차례 아군의 포탄이 전방에 떨어졌다. 포병대의 익차사였다. 총 6발이 떨어지는 것을 보니 한 개 포대의 사격이었다. 6문밖에 안 된다고 생각할 수 있지만 105㎜의 고폭탄은 꽤나 넓은 지역을 처리할 수 있었기 때문에 6문도 충분한 화력이었다. 유리아 중사는 떨어지는 포탄의 위치를 확인했다. 2번째 포탄은 가까이 떨어졌고, 마지막 탄은 멀리 떨어졌지만 그렇게 큰 문제가 될 것 같지는 않았다.

"2번포 근탄! 수정 10! 전포대 효력사!"

유리아 중사가 무전기로 소리쳤고 잠시 뒤에 바로 105㎜ 포탄들이 전방에 쇄도했다. 여전히 60㎜와 81㎜ 박격포, 그리고 75㎜ 고사포가 지속적으로 사격을 하고 있었기에 꽤나 두터운 탄막이 형성되었고, 적 전차들은 결국 급하게 후퇴하기 시작했다. 다행히 포병 화력만으로도 적을 물리치게 되었다고 유리아 중사는 안도했다.

"전 포대 사격 중지하고 각 소대 피해보고!"

적군이 완벽히 물러간 것을 확인한 유리아 중사가 무전기의 수화기를 로크나 상병에게 전달하며 말했고, 로크나 상병은 바로 주파수를 맞추어서 각 포대와 소대에 명령을 전달했다.

5.

낸시 중위는 계속해서 다가오는 제국군 병사를 권총으로 사살해야 하나 말아야 하나를 심각하게 고민했다. 제국군 병사가 가까이 다가올

수록 낸시 중위의 긴장감은 고조되었다. 그리고 병사가 거의 다가왔을 때 갑자기 어디선가 폭발음이 들렸다. 낸시 중위의 1/4톤이 지나온 그 길이었고 마을의 중심부였다. 아무래도 부비트랩이 작동한 모양이라고 낸시 중위는 생각했다.

"뭐…… 뭐야?!"

제국군 병사가 갑작스런 폭음에 놀라서 뒤쪽을 바라보는 사이 낸시 중위가 운전병에서 눈짓으로 신호를 보내자 운전병이 빠르게 차를 몰았다.

"이봐! 멈춰!"

제국군 병사가 소리쳤지만, 그 소리는 또다시 들려온 폭발음에 묻혀 버렸다.

"이렇게 달리면 아군은 몇km입니까."

운전병이 낸시 중위에게 물었고 낸시 중위는 잠시 생각한 뒤 대답했다.

"15km 정도야."

"넉넉잡고 30분 이상은 달려야겠네요. 돌아가는 길입니까?"

"그렇지 뭐. 이 길 따라가다가 삼거리가 나오면 좌회전해야 해."

낸시 중위의 대답에 운전병은 알겠다고 답하고 운전에 정신을 쏟았다.

그렇게 계속해서 달리던 1/4톤은 삼거리에서 좌회전해 계속 달려나갔다. 그리고 낸시 중위와 운전병, 그리고 엘리센 상병은 엄청난 풍경을 목도하고 말았다.

"저기…… 이건……."

엘리센 상병이 제대로 말을 이어가지 못했다. 그 정도로 실로 장관이라고 부를 만한 장면이었다. 꽤나 대규모로 보이는 병력이 이동중이었는데 그 방향이 자신들이 가야만 하는 곳과 동일한 방향이었다. 제국군이었다. 전차와 장갑차, 그리고 걸어가는 보병들까지 적어도 1개 연대급은 되어 보이는 병력이었다.

"저 행렬을 지나쳐야 한다고 말씀하시지는 않겠죠?"

운전병이 낸시 중위에게 물었다. 낸시 중위는 도대체 어떻게 해야 할지를 몰랐다. 아까 그 마을에서 아무리 밤이라지만 많은 병력이 보이지 않았던 것은 아마도 적군의 공세 준비 때문인 듯했다. 실제로 낸시 중위가 지나쳐온 마을은 본부 병력 정도가 약간의 방어를 하는 정도였고, 나머지 공격의 주력은 현재 낸시 중위들의 앞을 걸어가고 있는 저 병력이었다. 낸시 중위는 머릿속에 숙지했던 지도를 떠올렸다. 이 길을 따라가면 3대대가 대기중인 곳의 뒷부분을 지나가게 된다. 왕립군은 제국군이 그 길로 기동하지 않을 것이라고 예상하고 있었지만, 제국군은 그런 왕립군의 예상에서 벗어나 그 길을 택했다. 이대로라면 3대대는 뒤에서 공격을 당할 가능성이 높았다. 3대대가 적의 공격을 받을 동안 바로 옆에 대기한 2대대가 도움을 줄 수는 있겠지만, 그것도 그처럼 쉽게 된다고 보기는 힘들었다. 사격으로 돕기에는 아군 병력인 3대대가 사격선에 위치하기에 대형화기의 사격은 할 수가 없었고, 그렇다고 보병을 이동시키는 것도 오히려 적병에게 손쉬운 표적이 될 가능성도 있었다.

"어떻게 하죠?"

낸시 중위가 이런저런 생각을 하는 동안 운전병이 묻자 낸시 중위는 퍼뜩 정신을 차렸다. 적 병력은 길의 양 끝에 붙어서 이동을 하고 있었기에 중앙에는 길이 뚫려 있었다. 물론 중간중간 장갑차 등이 있긴 했지만 못 피할 정도의 공간은 아니었다.

 "도박이긴 하지만 스쳐 지나간다."

 "예?"

 엘리센 상병이 그런 낸시 중위의 말에 기겁하며 말했다.

 "적은 이동 중이야. 지금 뒤에서 오는 차는 아군이라고 생각할 거다. 아까 마을에서도 그랬잖아."

 "아니. 그거야 마을에는 제국군도 적었고 말이죠."

 "참내, 거기 언니 걱정도 많네. 내가 운전할 때는 적군 총탄 따위는 맞추지도 못할 테니 걱정 말라니까."

 "아니 말이 되는 소리를 해야지. 제국군 병사들이 다 바보 멍청이들도 아니고 못 알아본다는 게 말이나 되냐고."

 운전병의 말에 엘리센 상병이 차마 크게 말하지는 못했지만 작은 소리로 화를 냈다.

 "조용해. 엘리센."

 "아니. 조용하라고 하시거나 말거나 이런 미친 짓을 하겠다는데 가만히 있으라고요?"

 엘리센 상병의 목소리가 더 커졌다. 낸시 중위는 자리에서 일어나 뒤쪽에 앉은 엘리센 상병의 입을 손으로 틀어막고 조용하게 말했다.

 "미친 짓이거나 말거나 도대체 지금 저기를 뚫고 나가지 않으면 어쩌자는 건지 말해 주겠나. 이 상태에서 마을로 돌아가서 또다시 그 마

을을 헤집고 나갈 수 있을 것 같아? 아니면 뭐 이 상황에서 하늘이라
도 날자는 거야?"

낸시 중위가 그렇게 말하자 엘리센 상병은 자신의 손으로 낸시 중
위의 손을 끌어내리고는 말했다.

"옌장. 알겠어요. 저도 한번 미쳐 보지요."

엘리센 상병이 말하고는 좌석에서 일어나 30구경 기관총의 손잡이
를 잡았다. 낸시 중위는 다시 자세를 바로 하고 운전병의 어깨를 두드
렸다. 운전병은 다시 차를 발진시켰다.

제국군 병사들에게 들켜서는 안 되지만, 또 너무 천천히 움직이면
적에게 들킬 수 있기 때문에 낸시 중위는 운전병에게 주의를 주었고,
운전병은 낸시 중위의 생각대로 조심스럽게 운전을 했다. 어두운 밤이
라는 점과 같은 방향으로 이동한다는 점 덕분에 적들은 낸시 중위의
차량을 완벽하게 아군 차량으로 오인한 모양이었다. 제국군 차량들도
기도비닉 유지를 위해서 전조등을 모두 끈 채 차량 앞에 서서 걸어가
는 병사를 따라갔다. 차량 유도 병사는 차량에서 확인을 할 수 있도록
흰색 천을 철모에 씌워 두고 있었다. 낸시 중위는 그런 차량과 병사들
사이를 지나가며 전차와 차량의 대수를 세어 보았다. 전차는 최소 30
여대가 넘어가고 있었다.

"이 녀석들이 아군의 위치를 아는 걸까요 모르는 걸까요."

"지금으로써는 알 방법이 없군. 일단은 여길 벗어나는 것만 생각하
자고."

엘리센 상병이 나지막하게 묻자 낸시 중위가 대답했다. 인원은 꽤나
많았다. 낸시 중위는 1개 대대급 이상은 되어 보인다고 판단했다. 전

차의 뒤에는 보병들이 탑승한 장갑차들도 꽤나 많이 보였다. 장갑차의 대수도 대략적으로 50대는 넘어 보였다. 그렇다면 탑승 보병의 숫자도 한 개 대대급은 될 터였다. 그들이 그렇게 넓지 않은 길의 양옆으로 줄을 지어서 걸어가다 보니 행렬은 꽤나 길게 늘어서 있었다.

낸시 중위가 그렇게 긴장을 하는 동안에 운전병은 나지막하게 콧노래를 부르며 운전대를 잡고 있었다.

"좀 조용히 하지."

결국, 낸시 중위가 운전병에게 조심스럽게 말하자 운전병은 고개를 돌려서 낸시 중위를 바라보고는 노래를 멈추었다.

"죄송합니다. 긴장을 좀 풀려고 말이죠."

운전병이 다시 앞을 보면서 말했다. 담이 큰 건지 어디가 모자란 건지 낸시 중위는 알 수가 없었다.

그렇게 조금씩 달리다 보니 어느새 제국군 행렬의 선두가 보이기 시작했다. 낸시 중위는 이 상황에서 저 선두를 치고 달려가야 할지, 아니면 이대로 행렬에 섞여서 움직여야 할지를 생각했다. 갑자기 앞으로 나갔다가는 적에게 들킬 위험성도 있었다. 그렇다고 속도를 줄여서 같이 가는 것도 위험하기는 마찬가지였다. 낸시 중위는 마치 자신의 패에 페어 하나 없는 포커를 하는 기분을 느꼈다. 다이를 외치며 카드를 버리고 게임에서 나갈 수도 없는 그런 포커를 말이다.

"어떻게 하죠?"

운전병이 물어 왔고, 낸시 중위는 선택해야 했다. 바로 앞으로 치고 나갔을 때 적군이 어떻게 판단할지를 낸시 중위는 고민했다. 그보다 지금 이곳이 어디인지도 확실하지 않았다. 낸시 중위는 패가 없지만,

끝까지 가 보기로 했다.

"이미 여기까지 온 거 좀 더 미쳐 보도록 하자고. 이대로 뚫고 달린다. 떨칠 수 있겠어?"

낸시 중위의 말에 운전병이 낸시 중위를 보고는 씨익 웃으며 말했다.

"까짓것 여기까지 왔는데 그걸 못하겠습니까."

"사격은 일단 하지 말고 그대로 달린다."

낸시 중위가 그렇게 말했고 운전병은 살짝 속력을 높여서 제국군의 행렬을 지나쳐 갔다. 그렇게 앞으로 나아가다 맨 앞의 선도차량을 지나치자마자 더 속력을 높여 버렸다. 갑자기 차량 하나가 빠져나가자 제국군들은 무슨 일인지 알지를 못했고, 그들이 무언가 이상하다는 것을 느낄 즈음에는 이미 낸시 중위가 탑승한 1/4톤은 제국군들의 행렬에서 멀리 떨어져 버린 뒤였다. 선두에 있던 차량에 탑승했던 장교는 방금 앞으로 뛰쳐나간 차량이 어디 소속 차량인지를 알기 위해 무전기를 들어 올렸고 선도차량의 무전을 들은 모든 이들은 자신들의 소속 차량의 숫자를 세기 시작했다.

"겨우 벗어났군."

낸시 중위가 참았던 숨을 내쉬면서 말했다. 뒤쪽에서 제국군이 따라오는 기색은 없었다.

"일단 한시름 놓았네요. 이 길을 따라가다가 아군 쪽으로 가려면 어떻게 해야 합니까?"

"길을 따라가다가 살짝 언덕을 올라가면 3대대가 나올 거야."

운전병이 낸시 중위에게 묻자 낸시 중위가 답했다. 운전병이 천천히 운전할 동안 낸시 중위는 나침반을 꺼냈다. 별다른 지형지물이 없는 사막에서는 나침반에 의지해서 길을 찾아가야 했다.

대략적인 방향을 잡고 지금 달리는 길과 자신들이 달려간 도로를 계속해서 주시하던 낸시 중위는 어느 정도 오르막길을 올라가자 차량을 멈추도록 했다.

"잠깐만. 우리 위치를 확인해야겠어."

낸시 중위가 그렇게 말하고 지도를 꺼내 소형 랜턴을 켰다. 그렇게 랜턴으로 지도를 밝히던 낸시 중위는 갑작스러운 총성과 함께 탄환이 자신의 팔 바로 옆을 스쳐 가는 것을 느꼈다.

"다들 차에서 내려!"

낸시 중위가 얼른 랜턴을 멀리 던져 버리고는 차에서 뛰어내렸다. 운전병도 몸을 날려서 선탑석을 통해서 밖으로 뛰어내렸고, 무슨 일인지 몰라서 허둥대는 엘리센 상병은 운전병이 뒷덜미를 잡고 뒤로 잡아당겨서 차 밖으로 끌어내렸다. 낸시 중위는 자신이 실수를 했음을 깨달았다. 랜턴을 야간에 함부로 켜는 행동이 얼마나 위험한지 잘 알면서도 아무 생각 없이 켜서 이런 일이 벌어졌다고 낸시 중위는 생각했다.

"뭐. 뭐죠?"

엘리센 상병의 질문에 낸시 중위가 답하려는 찰나 또다시 총성이 들려왔다. 꽤나 여러 명이 발사하는 소리였다. 1/4톤에 총탄이 부딪치는 소리가 울려 퍼졌고 낸시 중위가 집어던진 랜턴은 이미 탄환에 맞아서 빛을 잃은 상태였다.

"저쪽이면 아군 쪽 아닙니까?"

운전병이 묻자 낸시 중위는 그렇다고 소리쳤다. 아군이 위치한 곳으로 거진 도착은 했을 거라고 생각했지만, 이렇게 가까울 거라고는 낸시 중위는 생각을 못 했기 때문에 지금 상황이 꽤나 난감했다.

"엘리센, 무전기는?"

낸시 중위의 말에 엘리센 상병은 1/4톤을 가리켰다.

"뭐?"

"아 그게. 어깨에 매고 있으려니까 좀 불편해서 잠시 빼 났더니 그만……."

낸시 중위가 놀라서 말하자 엘리센 상병이 변명하듯이 대답했다. 휴대성을 강조해서 제작된 SCR-536무전기, 속칭 핸디토키는 무게가 2.5kg 정도 되는 소형 무전기였다. 원래는 등에 매고 다니는 더 큰 녀석을 매고 다녔지만 이번에는 짧은 정찰을 상정했기 때문에 엘리센 상병은 작은 SCR-536을 소지하고 있었다. 그 무전기가 현재 차량에 남아 있는 상황이었다.

"아 제기랄!"

운전병이 짜증 섞인 목소리로 소리치고는 얼른 일어나서 1/4톤에서 무전기를 꺼내 들고 다시 급하게 몸을 숨겼다.

"여기!"

운전병이 엘리센 상병에게 무전기를 던지자 엘리센 상병은 얼른 받아들었지만 곧 난감한 듯 비명을 질렀다.

"왜 그래!"

"그게…… 탄을 맞았습니다."

"뭐?"

엘리센 상병에게 물었던 낸시 중위는 엘리센 상병의 대답에 깜짝 놀라 버렸다. 엘리센 상병이 무전기를 내밀자 그 무전기를 본 낸시 중위는 비명이 나오려는 것을 억지로 참았다. 무전기 중앙에 탄이 지나간 구멍이 나 있었다.

낸시 중위는 아군 사격을 막을 방법이 없다는 생각이 들었다. 그 수많은 적군을 겨우겨우 빠져나와 놓고는 아군 사격에 죽어야 한다는 생각이 들자 낸시 중위는 머리가 멍해져 버렸다.

"소리쳐도 저쪽에서 안 들리겠죠?"

엘리센 상병이 말했다. 들릴 리가 없는 거리였다. 조용했다면 조금 들릴지도 몰랐겠지만 현 상황에서 저쪽은 총성으로 가득 차 있을 터였다. 낸시 중위와 엘리센 상병은 서로 마주보았지만 아무 말도 하지 못했다. 이 상황에서 누구를 탓할 방법도 없었다. 운전병은 그런 둘을 바라보다가 몸을 일으켜서 1/4톤으로 뛰어들었다. 누가 말릴 새도 없었다. 낸시 중위와 엘리센 상병이 놀라서 차를 올려다보자 잠시 뒤에 무언가를 차 밖으로 던진 운전병이 몸을 굴려서 모래 위로 떨어졌다.

"아 제기랄…… 아파 죽겠네."

운전병이 왼쪽 팔을 붙잡으며 말했다. 엘리센 상병이 그런 운전병의 팔에 얼굴을 가져다 대었다.

"맞은 거야?"

"그런 것 같아. 제기랄. 스친 것 같긴 한데 죽을 정도로 아프네. 붕대 있으면 좀 감아 줘."

엘리센 상병에게 운전병이 말하자 엘리센 상병은 자신의 퍼스트 에이드킷을 꺼내들었다. 붉은색으로 칠해진 양철 캔을 뜯자 몇몇 응급처치 도구들이 나왔다.

"아 중위님. 이거 신호탄이니까 이거라도 쏴 보시죠."

자신의 팔에 엘리센 상병이 붕대를 감을 동안 운전병이 작은 주머니를 낸시 중위에게 던졌다. 그 주머니를 열어 보니 속에는 신호탄 세트가 들어 있었다. 낸시 중위는 얼른 신호탄 세트를 조립해서 공중으로 발사했다. 파란색 신호탄이 하늘로 올라가 파란 불빛을 내면서 타올랐다. 그 불빛이 보이자 전방에서 총성이 멈추었다. 아무래도 아군으로 인식한 모양이었다.

"그럼 얼른 가지."

낸시 중위가 그렇게 말하며 운전병을 일으켜 세웠고, 운전병은 왼쪽 팔이 아픈 듯 쓰다듬으며 운전석에 올라탔다. 그리고 시동을 걸고 액셀러레이터를 밟자 1/4톤의 타이어는 강하게 공회전했다. 타이어가 부드러운 모래에 박혀 버렸다.

"우와악!"

운전병이 소리쳤다.

"어이! 무슨 일이야!?"

멀리 아군 쪽에서 목소리가 들려왔다. 꽤나 멀리서 들려온 듯 작은 목소리였지만 총성이 멈춘 지금은 충분히 들리는 소리였다.

"차가 걸렸어!"

운전병이 소리쳤다. 낸시 중위와 엘리센 상병이 내려서 차를 밀어 봤지만 차는 꼼짝도 하지 않았다.

"이건 아무래도 오래 걸릴 것 같은데."

낸시 중위가 그렇게 말하자 운전병도 긍정했다. 낸시 중위가 잠시 허리를 세우고 하늘을 바라보다가 무언가 이상한 느낌이 들어서 뒤를 바라보았다.

"왜 그러세요?"

엘리센 상병이 낸시 중위에게 묻자 낸시 중위는 뒤쪽에 귀를 기울이고는 말했다.

"젠장. 제국군이다!"

뒤쪽에서 전차 궤도 소리가 들려왔다. 소리가 점점 커지는 것이 길을 벗어나 이곳으로 오고 있는 것으로 예상되었다. 아까의 총성과 신호탄을 본 것이 확실했다. 이런 야간에, 그것도 평지나 다름없는 사막에서 총성은 3㎞ 밖에서도 들을 수 있었다. 거기다 이처럼 어두운 밤에 조명탄을 발사하였으니 그 불빛도 봤을 것이 자명했다. 낸시 중위가 적군에게 길 안내를 한 것이나 마찬가지였다. 그렇게 생각하는 동안 낸시 중위의 머리 위로 무언가가 바람을 가르는 소리와 함께 파열음이 들렸다. 그리고 밝은 빛이 낸시 중위와 1/4톤을 밝혔다. 조명탄이었다. 아마도 아군 쪽에서 발사한 모양이었다. 조명탄의 빛 덕분에 적군이 눈에 들어왔다. 아까 지나쳤던 연대 병력의 전차들과 병력들이었다. 낸시 중위는 얼른 차에 실려 있던 자신의 M1 소총을 집어 들었다.

"얼른 뛸 준비 해!"

낸시 중위가 소리치자 운전병도 차에서 뛰어내렸고 엘리센 상병도 자신의 M1 카빈을 들어올렸다.

"뛰어!"

낸시 중위가 소리치고는 아군 쪽으로 달려가자 운전병과 엘리센 상병도 얼른 그 뒤를 따랐다. 그들이 달려가고 나서 얼마 뒤에 제국군 전차의 전차포탄이 날아와 1/4톤을 파괴했다. 아군 쪽에서도 총탄이 날아가기 시작했다.

낸시 중위 쪽으로도 총탄이 날아왔지만, 다행스럽게도 제대로 맞추지는 못했다. 적군과의 거리는 1km정도 떨어져 있었고 그 거리라면 소화기로는 달리는 병사를 맞추기는 힘들 터였다. 그렇게 혼신의 힘을 다해 달려간 낸시 중위와 운전병, 그리고 엘리센 상병은 구르듯 아군의 참호 쪽으로 뛰어들었다. 작은 참호였는데 2명이 있었다.

"괜찮아요?!"

참호에 있던 병사가 소리쳤다. 긴장이 풀린 낸시 중위는 한숨을 내쉬었고 엘리센 상병은 놀란 가슴을 진정시키기 위해 노력 중이었다. 운전병은 괜찮냐고 물어온 병사를 보고는 크게 웃으면서 갑자기 껴안고 키스를 했다.

"고마워 형씨! 진짜 죽는 줄 알았네. 살면서 이렇게 미친 짓 하기는 또 처음이야."

운전병이 크게 웃어 버리자 갑자기 키스를 받은 병사는 멍하니 운전병을 바라볼 뿐이었다.

6.

유리아 중사는 무전기에 대고 소리쳤다.

"포격은 멎었나?!"

-지금 그쪽뿐만 아니라 정면의 큰길에서도 적군이 몰려오고 있다. 대대 쪽에서 정면의 큰길을 우선시하라는 명령이 왔다.

75㎜ 포의 답변에 유리아 중사는 난감했다. 물러갔던 적군은 다시금 중대 쪽으로 몰려오고 있었다. 전차는 아까보다 숫자가 적었지만 그래도 꽤나 많은 숫자였다. 아까 달려왔던 대전차포가 열심히 교전했지만 그것만으로는 모두 상대하기는 힘들었다. 다행히 81㎜와 60㎜ 박격포가 지속해서 조명탄과 고폭탄을 발사해 주었기에 적군 보병은 조금씩 막을 수는 있었다. 그렇지만 한번 포격을 멈추었던 75㎜와 105㎜는 로빈중대를 더 이상 지원해 주지 못하고 있었다. 다른 쪽으로 오는 제국군을 막아야 했기 때문이다.

무전으로 들려오는 상황만으로 판단할 때 현재 제국군은 처음 예상했던 기동로 말고도 이쪽 로빈중대가 지키고 있는 방향과 위쪽 3대대 방향으로도 공격을 오고 있었다. 대략 세 방향으로 오고 있는 것이었다. 유리아 중사는 지금으로써는 다른 곳은 신경 쓰지 않더라도 중대 앞에 오는 전차를 막는 것만도 힘이 든다고 생각했다. 대대의 도움이라도 받고 싶지만 대대는 원래 적이 오기로 했던 기동로로 밀려오는 적군을 막느라 여념이 없었다. 그리고 적군의 병력수라던가 전차 부대의 숫자도 그곳이 더 많았다. 적은 측면으로 소규모(로빈중대 입장에서는 소규모가 아니었지만)의 병력으로 공격을 시작해 대대의 병력을 그곳으로 모은 다음에 병력 밀집도가 낮아진 주도로를 공략할 생각이었나 보지만, 대대에서 병력을 빼지 않는 바람에 적군의 계획에 차질이 생겼을 거라고 유리아 중사는 생각했다. 그렇지만 그렇게 버티는 것도 꽤나 어려운 일이었다. 대대장은 어떻게든 로빈중대에게 그곳을 사수할 것을 지시했지만 유리아 중사는 여차하면 병력을 후퇴시킬 생각을 하였다. 중대 병력만 가지고 이곳을 막는 것은 힘이 들었고, 여기서 전멸하는 것도 올바른 방향은 아니리라는 것이 유리아 중사의 생각이었다. 어떻게든 병력을 보존해 뒤쪽으로 후퇴하고, 진내사격을 해서 적군의 발을 잡는 것이 좋겠다고 생각했다. 적군은 참호로 근접하고 있었다. 그리고 참호 위로는 적군의 총탄이 날아오고 있었다.

"불발!"

로치 상병이 30구경 기관총의 방아쇠를 당기다 말고 소리쳤고, 옆에서 탄 링크를 받치고 있던 미린 상병이 얼른 덮개를 열어서 불발탄을 처치했다. 총신이 과열되어서인지 불발탄이 늘고 있었다.

"로치! 너무 급하게 쏘고 있잖아! 총신이 과열됐다고!"

미린 상병이 불발탄을 제거하고 다시 탄 링크를 결속시키며 말했다.

"기관총 총신 가는 게 쉬운 일이 아니라는 거 너도 잘 알잖아! 진정해! 진정!"

"알았어."

미린 상병의 잔소리에 로치 상병이 그렇게 대답하고는 숨을 들이마셨다. 미린 상병은 그런 로치 상병의 어깨를 두드리고는 뒤쪽을 바라보았다.

"다음 탄 준비 되었어?"

"아…… 아직입니다."

미린 상병의 말에 록시 이병이 대답했다. 록시 이병은 탄 박스와 씨름 중이었다. 안전을 위해 두꺼운 철사로 세심하게 봉해져 있는 탄 박

스를 여는 것은 결코 쉬운 일이 아니었다. 록시 이병이 열심히 끙끙거렸지만 탄 박스를 열지 못하고 있었다. 그 모습을 보던 미린 상병은 록시 이병에게 다가가 록시 이병이 열고 있던 탄 박스를 전투화를 신은 발로 강하게 내려찍었다. 그렇게 몇 번을 발로 내려찍자 한쪽 철사가 느슨해졌고 미린 상병은 허리춤 파우치에서 와이어커터를 꺼내서 철사를 끊어 버렸다. 록시 이병이 멍하니 그 모습을 보고 있자 미린 상병은 록시 이병에게 와이어커터를 던져주고는 말했다.

"얼른 탄통 개봉해서 탄 가져와."

록시 이병은 와이어커터를 자신의 탄띠와 몸 사이에 끼워 넣고 탄통을 열어서 30구경 탄 링크를 꺼내 들었다.

"젠장할! 그만 좀 오라고!"

로치 상병이 흥분해서는 급하게 방아쇠를 당겼고 미린 상병은 그런 로치 상병을 흔들어서 진정시켰다.

"진정해! 진정! 야! 우리 소대에 30구경 기관총이라고는 우리밖에 없는데 우리가 제대로 사격 못 하면 다른 녀석들 어떻게 하라고 그래! 진정해! 자! 숨 들이마시고! 내쉬고!"

미린 상병의 말에 로치 상병이 숨을 들이마셨다. 미린 상병은 슬슬 걱정되기 시작했다. 로치 상병의 사격솜씨는 꽤나 괜찮았다. 원래 센스가 있어서 움직이는 표적에 대한 예측사격도 잘하고 3발씩 끊어서 점사하는 것도 확실하게 할 줄 알았지만, 지금처럼 긴장해 버리면 그런 능력도 제대로 발휘하지 못하는 법이었다. 결국, 미린 상병은 로치 상병의 어깨를 두드리며 말했다.

"교대해! 내가 사수할게!"

미린 상병을 바라본 로치 상병은 아무 말 없이 자신의 자리에서 뒤로 빠졌고 미린 상병이 사수 자리로 가서 방아쇠를 잡았다.

"잘 보고 있다가 표적 지시해 줘. 정신없이 발사하다 보면 시야가 좁아지니까."

"걱정 마. 너랑 하루 이틀 기관총 쏘는 것도 아니니까."

탄 링크를 손으로 받치며 로치 상병이 말했다. 미린 상병은 조명탄의 빛에 의지해서 멀리서 올라오는 적군 병사를 향해 방아쇠를 당겼다. 30구경 7.62㎜ 탄환이 적군 병사에게로 날아갔다. 계속해서 그렇게 발사하고 있었지만, 전차를 엄폐물 삼아서 올라오는 적군 병사들은 끝이 없었다. 아까부터 전방에 떨어지는 포탄도 소구경 포탄들만이 떨어지고 있었다. 도대체 후방에서 숨어 있는 포병들은 뭘 하느라고 이렇게 지원도 제대로 못 하는지 미린 상병은 화가 났다.

"다음 탄!"

로치 상병이 소리쳤고 록시 이병이 탄 링크를 로치 상병에게 건네주었다. 그 순간 로치 상병과 록시 이병 사이로 총탄이 날아가자 록시 이병은 놀라서 바닥에 주저앉았다.

"우아아앙! 싫어! 싫어!"

갑작스런 사태에 록시 이병이 울부짖으며 참호바닥에 달라붙어 버렸다. 전쟁공황. 전투를 처음 경험하는 병사들이 자주 걸리는 증세였다. 그 모습을 바라보던 로치 상병이 록시 이병을 억지로 일으켜 세우고는 손바닥으로 뺨을 때렸다. 록시 이병이 울부짖음을 멈추고 로치 상병을 바라보았다.

"빌어먹을 자식아! 나도 울고 싶고 도망가고 싶어! 그런데 내가 도망가면 내 옆에 있는 녀석들이 죽는다고! 그 꼴 보고 싶어? 어? 정신 차려! 제발! 정신 차려!"

자신에게 호통을 치듯 크게 소리친 로치 상병은 록시 이병이 들고 있던 탄 링크를 빼앗듯 받아들었다.

마지막 남은 탄환이 발사되자마자 로치 상병은 급탄부의 덮개를 열었다. 그 순간 참호 전방에 전차포탄이 낙하하며 모래 먼지와 파편이 참호로 튀어들었다.

"우왁!"

갑작스런 사태에 로치 상병과 미린 상병은 기관총을 놓고 참호바닥에 쓰러져 버렸다. 미린 상병은 귀가 멍해지는 것을 느꼈다. 그렇게 잠시 동안 정신을 차리지 못하던 미린 상병은 겨우겨우 고개를 들어서 자신의 몸을 살폈다. 다행히 다친 곳은 없어 보였다.

"괜찮아?"

미린 상병이 로치 상병에게 물었다.

"어. 괜찮아."

로치 상병이 대답하고는 탄 링크를 들고 몸을 일으켜 세웠다. 그렇게 30구경 기관총에 다가가 탄 링크를 결속시킨 로치 상병이 갑자기 몽둥이에 맞은 것처럼 뒤로 튕겨져 버렸다.

"로치!"

미린 상병이 놀라서는 로치 상병에게 다가갔다. 어두워서 뭐가 뭔지 알 수가 없었다.

"로치! 정신 차려! 어이!"

"아이씨. 안 죽으니까 얼른 기관총이나 잡아!"

로치 상병이 말했지만 미린 상병은 선뜻 로치 상병의 곁을 떠나지 못했다. 마침 날아온 조명탄에 로치 상병의 상체가 드러나자 미린 상병은 숨을 멈춘 채 놀라고 말았다. 한눈에 봐도 가볍지 않아 보이는 상처가 로치 상병의 어깨에 나 있었다. 왼쪽 어깨의 반 가까이가 형체도 알아볼 수 없을 정도로 뭉개져 있었다.

"정신 차려! 얼른 기관총 잡으라고!"

로치 상병이 오른손으로 미린 상병의 몸을 밀쳤고 그제야 미린 상병은 기관총의 방아쇠를 잡았다.

"사…… 상병님!"

록시 이병이 무릎을 꿇고 울먹이며 로치 상병을 바라보았다. 로치 상병은 그런 록시 이병을 보고는 오른손을 내밀어 록시 이병의 머리를 쓰다듬고는 말했다.

"가서 미린을 도와줘. 옆에서 탄 링크를 잡아주지 않으면 급탄 불량이 난다고."

"그…… 그렇지만……."

"됐으니까. 모르핀이나 좀 꺼내 주고 가. 내 허리 쪽 퍼스트 에이드 파우치에 들어있어."

로치 상병의 말에 록시 이병이 울먹이며 떨리는 손으로 퍼스트 에이드 캔을 열어 모르핀 앰플을 로치 상병의 손에 쥐어주었다. 로치 상병은 아무 말 없이 그 앰플을 받아 자신의 허벅지에 강하게 찔렀다.

"잘 잡아! 할 줄 알지?"

미린 상병이 탄 링크를 받치는 록시 이병에게 소리쳤고 록시 이병은 할 수 있다고 소리쳤다. 록시 이병의 목소리가 갈라졌다. 미린 상병은 앞이 흐려지는 눈에 애써 힘을 주며 전방을 바라보았다. 적 병사들은 계속해서 다가오고 있었지만, 아군의 포격은 효과적이지 못했다. 그렇게 생각하는 순간 다시금 굉음과 함께 포탄이 지면으로 낙하했다. 꽤나 큰 포탄이었고 그것은 분명 아군의 포탄이었다.

낸시 중위는 3대대장을 만나 자초지종을 설명했다. 낸시 중위가 표시해 온 지도를 바라본 3대대장은 난감한 표정을 지었다.

"자네도 알다시피 지금 우리 대대는 뒤쪽으로 제국군의 공격을 받고 있네. 이 앞에 있는 길로도 적군이 몰려와서 오히려 우리 대대를 포위하려 하고 있어. 지금 연락 온 상황에는 2대대 쪽도 거진 동일한 상황이야. 이 상황에 적 본부가 있을 것으로 예상되는 그 도시로 포격을 하는 것이 옳은 일인지 의심이 가는군."

3대대장의 말에 낸시 중위는 착잡한 생각이 들었다. 3대대장의 말도 일리는 있었다. 현재로써는 대대가 포위되지 않도록 하는 것이 더 중요한 상황일 것이다. 그렇지만 적의 지휘부가 있는 곳을 알아냈는데 그곳을 그대로 둔다는 것도 옳은 선택은 아닐 것이다. 낸시 중위가 강하게 3대대장을 바라보자 3대대장은 한숨을 한 번 쉬고는 사단으로 무전을 연결해 직접 통신했다.

"이곳이 적의 지휘부로 의심 가는 지역이다……. 그렇다."

3대대장이 이야기를 하는 동안 낸시 중위는 초조해서 손가락으로 지휘 테이블을 두드렸다. 마음이 진정되지를 않았다. 그렇게 한참 통신을 하던 3대대장이 통신기를 내려놓고 급하게 지도로 달려와서 입을 열었다.

"일단 도시로의 포격은 없다. 그보다 사거리가 거기까지 닿지도 않아. 현재 예비로 빠졌던 1대대와 함께 29연대 병력이 이쪽으로 오고 있다. 도착시간은 현시간이 05시 30분이니 06시 정도로 예상된다."

3대대장의 말에 낸시 중위는 한숨을 쉬었다. 지금 포격을 하지 않는다면 적 지휘부가 이동할지도 모르는 일이었다. 물론 최대사거리에 가까운 먼 곳이었지만, 그렇다고 포격을 하지 않는 것도 잘못일 터였다. 그렇게 낸시 중위가 한숨을 쉬는 동안 3대대장은 계속 말을 이었다.

"그리고 적 지휘부가 있을 것으로 예상되는 마을에는 아군 폭격기가 폭격하기로 결정했다. 현재 후방 지역에 개설된 급조활주로에 본국에서 비행해 온 폭격기들이 있는데, 그중 한 개 편대가 폭격을 위해 급유 중이라고 한다. 05시 50분에 이륙예정이고, 예상 폭격시간은 06시 20분이다."

3대대장의 말에 낸시 중위는 다행이라고 생각했다.

유리아 중사는 대대의 무전을 받았고 상황을 전달받았다. 1대대가 도착했고 뒤이어서 29연대가 도우러 온다는 이야기였다.

먼저 1대대가 도착해 2대대와 3대대 사이로 밀려오던 적군을 막아섰다. 덕분에 여유가 생긴 포병대는 대대 가장 우익에서 적군의 병력과 교전중인 로빈중대를 지원했다. 참호를 버리고 뒤로 후퇴하는 것까지 생각하고 있던 유리아 중사로서는 다행스러운 일이었다. 유리아 중사는 급하게 무전으로 각 소대에 그 사실들을 알렸고, 각 소대의 병사들은 그 소식에 매우 기뻐했다. 확실히 아군이 도우러 온다는 사실은 병사들에게 큰 안정감으로 다가오는 법이었다.

　적군의 포격이 아군 쪽으로 넘어오긴 했지만 관측수에 의한 정확한 지시사격이 아니었기 때문에 아군에게 큰 피해는 없었다. 그리고 1대대의 뒤를 이어 29연대 지원 병력이 도착하자 전황은 교착 상태에 빠졌고, 아군 폭격기의 폭격으로 지휘부가 와해되자 적들의 공격은 처음처럼 효과적이지 못했다. 그 뒤에 망치가 되기 위해 준비 중이었던 29연대의 뒤를 이어 후방에서 예비대로 대기 중이던 30연대 병력까지 도착하자 제국군은 결국 때늦은 후퇴를 하고 말았다. 제국군이 후퇴를 시작한 시간은 해가 떠서 오후가 다 되어 가던 11시 20분경의 일이었다. 그렇게 물러가는 제국군을 왕립군 29연대와 30연대가 뒤쫓기 시작했고, 먼저 전투를 시작했던 28연대는 재보급 후 29연대와 30연대의 뒤에서 예비연대가 되기로 결정되었다. 전투가 완벽하게 종료되어 28연대 인원들이 한숨을 돌릴 수 있게 된 것은 점심도 끝나가던 13시 40분경이었다. 전장을 수습하던 유리아 중사에게 누군가가 다가왔다. 낸시 중위였다.

　"다녀왔습니다."

　"다녀오셨습니까."

　낸시 중위와 유리아 중사는 서로를 바라보며 그렇게 말하고는 뒤이어 아무 말도 하지 않았다. 그렇지만 서로의 눈에서 그간의 고충을 볼 수 있었다.

　"쉬운 정찰은 아니셨나 봅니다."

　"아아. 뭐 그럭저럭이요. 유리아 중사도 쉽지는 않았나 봅니다."

　유리아 중사와 낸시 중위가 그렇게 말하고는 슬쩍 미소를 지었다.

뭐가 되었던 다행이라고 생각하면서 말이다. 유리아 중사는 종이쪽지를 내밀었다.

"이번에 중대원 중 전사하거나 부상당한 인원들입니다. 작은 부상은 제외했고 후송될 정도로 큰 부상을 입은 인원들만 적었습니다. 전사 4명, 부상 7명입니다."

유리아 중사의 쪽지를 받아 든 낸시 중위는 표정이 급격하게 어두워졌다. 대충 예상은 했지만 전사한 병사들의 명단을 보는 일은 결코 익숙해지지 않는 경험이었다.

"유리아 중사가 잘 해 줬군요. 이 정도 피해인 걸 보면요."

낸시 중위가 애써 태연한 척 말했지만 유리아 중사는 낸시 중위의 심정을 이해할 수 있었다. 최전방이어서 제국군 병사들의 공격을 많이 받았던 유리아 중사의 1소대에서 3명의 전사자와 5명의 부상자가 나왔다. 그렇기에 유리아 중사도 아무 말을 하지 못하였다. 그렇게 둘은 잠시 침묵의 시간을 가졌다.

"그럼 어젯밤부터 힘들었을 테니 휴식을 취하도록 합니다. 소대별로 불침번 2명씩 돌리면서 먼저 식사하고 취침하도록 하죠. 또 언제 전투 지역으로 이동할지 모르니까요. 조금 있다가 탄약 보급이 온다고 하니 그때는 소대별로 몇 명씩 빼서 재보급하도록 하겠습니다."

낸시 중위가 명령을 내리자 유리아 중사가 알겠다고 대답했다. 그러는 사이 중대 선임하사인 미리아 중사가 와서 식사가 도착했음을 알렸고, 그와 동시에 2소대와 3소대장인 레니 소위와 로나 소위도 피곤한 얼굴로 낸시 중위에게로 걸어왔다. 낸시 중위는 유리아 중사에게 말했던 명령을 그대로 레니 소위와 로나 소위에게 말하며 소대별로 식사를 받아 갈 것을 지시했다. 레니 소위와 로나 소위는 고개를 끄덕이고 자신들의 소대로 돌아갔다.

그렇게 다들 안정을 되찾는 모습을 보며 낸시 중위는 급격한 피로감을 느꼈다. 유리아 중사가 낸시 중위에게 식사하지 않겠냐고 물었지만, 낸시 중위는 괜찮다고 말했다. 낸시 중위는 배가 고프지 않았다. 그런 낸시 중위에게 유리아 중사는 억지로라도 먹으라고 말하며 스프와 빵을 건네주었고, 낸시 중위는 받아서 살짝 입으로 가져갔다. 빵이 아니라 모래를 씹는 기분이었다. 대충 그렇게 식사를 끝낸 낸시 중위는 무전병인 엘리센 상병에게 스프가 담겨 있던 컵과 수저를 건네주고 자리에서 일어나 산책 삼아 발걸음을 옮겼다. 아직까지 화약 냄새가 풍겨왔다. 그 느낌이 익숙해졌다는 생각에 낸시 중위는 조금 서글퍼졌다. 그렇게 걷고 있는 낸시 중위 옆으로 1/4톤이 다가왔다.

"중위님, 여기 계셨습니까?"

"아······. 자네군."

1/4톤에는 밤새 자신과 돌아다닌 운전병이 타고 있었다. 3대대에서 중대로 복귀할 때는 3대대장의 차를 얻어 탔었기에 낸시 중위는 조금은 놀라 버렸다. 운전병이 어디서 차를 끌고 왔는지(원래 타던 1/4톤은 전투로 인해 완전히 부서져 버렸다) 궁금했지만 묻지 않기로 했다.

"아직 복귀 명령이 떨어지지 않아서 이렇게 왔습니다. 아직까지는 저도 로빈중대 편성이니까요."

"어젯밤에는 고마웠어."

"아닙니다. 중위님. 다음에도 그렇게 미친 척 달릴 수 있으면 좋겠군요."

운전병이 웃으면서 말했다. 어제 쓰고 있던 비행 고글이 철모에 매달려 있었다.

"거기 그렇게 서 계시지 말고 타시지 말입니다. 저기 바위 뒤 그늘에 가서 의자 등받이를 뒤로 눕히고 한숨 자는 것도 괜찮습니다."

운전병의 말에 낸시 중위는 그것도 나쁘지는 않다고 생각했다. 긴장이 풀리고 무척이나 피곤한 것이 사실이었으니 말이다. 낸시 중위는 그렇게 운전병 옆에 탔고 운전병은 부드럽게 핸들을 돌려서 10여 미터 떨어진 바위 그늘로 이동했다. 사막의 특성상 그늘은 그리 덥지가 않았다.

"저도 좀 자야겠습니다. 어제는 너무 피곤했거든요."

운전병이 그렇게 말하고 철모와 자신의 필드자켓을 벗어서 1/4톤의 유리창을 내리고는 그 위에 올려놓았다. 낸시 중위도 철모를 벗어서 그 위에 올려놓고는 등받이를 젖히고 누웠다. 생각보다 불편하지는 않았다. 낸시 중위는 눈을 감았다.

"그러고 보니 이름을 모르는군."

눈을 감은 낸시 중위가 운전병에게 묻자 운전병은 살짝 눈을 떠서 낸시 중위를 보고는 다시 눈을 감으면서 입을 열었다.

"틸리아, 틸리아 호스 상병입니다. 중위님."

CH.4 BID THE SOLDIERS SHOOT

1.

사막 전투는 며칠 더 이어졌고, 로빈중대도 약간의 휴식을 마친 뒤 다시 작전에 투입되었다. 공방은 치열했다. 전투 끝에 왕립군이 마을을 탈환한 뒤에야 로빈중대는 제대로 된 휴식을 취할 수 있었다.

로빈중대는 첫 전투 때 총 4명의 전사자와 7명의 부상자를 기록했다. 그중 사단 의무대에서 복귀한 둘을 제외한 나머지 병력은 로빈중대에 복귀하지 못했고, 그들은 로빈중대의 결원이 되었다. 전사한 로치 상병과 부상당해 전역한 리사 병장은 초기 프로세 전선에서 살아남았던 베테랑이었기에 낸시 중위는 더 안타까운 마음이 들었다.

"그 장난만 치던 녀석이 죽었다니 뭔가 쓸쓸하군요."

유리아 중사가 로치 상병의 부모님께 쓰는 편지를 봉하면서 낸시 중위에게 말했다.

"유리아 중사는 로치 상병과 꽤 오랜 시간 같이 보냈지요?"

"말도 마십시오. 그 녀석은 이등병 때부터 저희 소대였습니다. 그때부터 장난이란 장난은 다 치고 다녔죠. 자기 빨래가 사라졌다고 중대 빨래란 빨래는 다 훔쳐서 숨겨놨었던 때가 기억납니다. 중대장님 빨래까지 훔치는 바람에 덜미가 잡혔지만요. 결국, 군장 메고는 부대를 3일간 돌았어요."

유리아 중사가 쓸쓸하게 말하고는 담배를 빼어 물었다. 그렇게 담배에 불을 붙인 유리아 중사는 담배 연기를 내뿜고 다시 말을 이었다.

"한번은 또 프로세군과 합동훈련을 갔을 때였습니다, 프로세 병사들이 여자라고 농지거리를 했던 모양입니다. 좀 도가 지나치게 농지거리를 했던지 전입해 온 지 얼마 안됐던 라만다…… 그러고 보니 이 아이는 프로세에서 전사했군요. 어찌 되었던 라만다가 울음을 터트렸답니다. 중대장님도 아시겠지만, 군인들의 농지거리는 아직 어린 여자아이에게는 무척이나 짓궂은 법이죠."

거기까지 말하고 유리아 중사는 다시 담배를 한 모금 빨아올린 뒤 계속 말을 했다.

"그 농지거리를 한 녀석들이 프로세군 기관총병들이었는데 한밤중에 로치 녀석이 그 녀석들 진지에 잠입해서는 기관총 노리쇠뭉치를 그대로 빼 왔더라고요. 다음 날 아침에 프로세군이 완전 발칵 뒤집혀서 그 프로세 병사들은 사색이 돼 난리도 아니었죠."

유리아 중사는 다시 담배를 빨아올리며 숨을 골랐다.

"그러고 있으니까 로치 녀석이 저한테 슬쩍 다가와 그 노리쇠뭉치 보여주면서 자랑하더라고요. 자기가 훔쳐왔다고요. 환하게 웃으면서 자랑하던데 저는 순간 아찔해서는 뒤통수를 때리고는 얼른 근처에 버리고 오라고 시켰습니다. 그래서 결국 프로세군이 찾아내서 어영부영 넘어갔었는데 그 뒤로도 한창 자랑을 하고는 했지요."

그렇게 쓸쓸하게 미소 지으며 말을 마친 유리아 중사는 남은 담배를 모두 빨아올리고 꽁초를 바닥에 던져 밟아 버렸다.

"그래도 밉지는 않았어요. 그것 말고도 온갖 말썽은 다 피웠지만 그래도 같이 있으면 즐겁고 재미있는 녀석이었죠. 그런데 그렇게 맥없이 가버릴 줄은 예상도 못 했습니다. 녀석은 꼬부랑 할머니가 돼서도 자기가 옛날에 어땠네 하면서 지팡이 흔들면서 자랑할 만한 녀석이라고 생각했는데 말이죠."

유리아 중사가 그렇게 말하자 낸시 중위는 뭐라 대답할 말이 없었다. 아마도 지금 상황에서는 소대장이고 더 오랜 시절을 같이 보낸 유리아 중사가 더 힘들 것이라고 낸시 중위는 생각했다.

"즐겁지 않은 이야기를 했네요. 죄송합니다."

"아닙니다."

유리아 중사의 말에 낸시 중위가 대답했지만 유리아 중사는 살짝 고개를 끄덕이고는 이내 입을 다물어 버렸다.

어느 정도 작전이 진행되자 제국군은 후방의 다른 도시 쪽으로 이동했고 왕립군은 제국군이 버리고 간 도시에 주둔지를 마련하였다. 도시는 왕립군의 포격으로 인하여 꽤나 파괴되어 있었다. 사막지역이라 높은 건물도 없었고, 남은 건물들 대다수도 흙으로 만들어진 낮은 건물들이라 쓸 만한 건물은 거의 없었기에 왕립군은 공터 등에 천막을 치고 급하게 주둔지를 마련했다. 로빈중대는 마을 외곽 지역에 따로 천막을 치고 주둔지를 마련했는데, 근 50㎞ 이내에는 적군이 없었기에 따로 주둔지를 마련해 타 부대 병사들과의 교류를 피하기 위해서였다. 천막들도 중형 천막을 설치해서 병사들이 좀 더 편하게 쉴 수 있도록 했다. 낮에는 태양이 떠 있지만, 천막의 두꺼운 천이 햇볕을 가려주었고 중형 천막의 경우 천장도 높았기 때문에 사막의 한낮을 버티기에는 충분한 여건을 마련해 주었다. 그렇지만 한낮에는 찌는 듯 더웠기 때문에 최대한 활동을 자제해야 했다.

그리고 중대에는 새로운 인물이 투입되어 있었다.

"조엔 중위입니다. 조엔 R. 루스. 군의관으로 전입 왔습니다."

자신을 조엔이라 칭한 장교가 낸시 중위에게 말을 걸었을 때는 저녁나절이었다. 이것저것 할 일이 많았던 낸시 중위는 갑작스러운 여성장교의 방문에 깜짝 놀랐다. 그 여성이 근무복 셔츠 위에 하얀색 의사용 가운을 입은 모습은 낸시 중위가 더 놀라게 하는 데 일조했다.

"아, 저기……. 이번에 우리 중대로 오신…… 의무장교라고요?"

낸시 중위는 조엔 중위가 내민 서류를 보고는 말했다. 그 서류에 의하면 조엔 중위는 군의관으로서 로빈중대에 배속되는 의무장교였다.

"전달받은 사항이 없습니다만."

"명령서는 정확합니다. 아마 연락이 늦은 것 같군요. 오늘부터 저는 로빈중대에 배속되었습니다."

확실히 서류는 흠잡을 곳이 없었다. 상황이 상황이다 보니 연락이 늦은 모양이라고 낸시 중위는 생각했다. 조엔 중위는 검은 머리를 길게 길렀고, 안경을 착용하였으며 어딘가 사람을 차분하게 만드는 그런 분위기를 갖추고 있었다. 조금은 나이 들어 보이는 외모였지만 천진난

만해 보이는 표정이 특유의 분위기를 조성하고 있었다. 아마도 자신과는 다르게 의대를 다녔기 때문에 그럴 것이라고 낸시 중위는 생각했다. 군인과 같은 분위기는 느껴지지 않았다.

다음날부터 본격적으로 조엔 중위의 활동이 시작되었다. 조엔 중위가 시작한 것은 병사들과의 면담으로, 소대별 천막에 들어가 자기소개를 하고 이런저런 이야기를 나누는 것이었다. 조엔 중위는 금방 병사들이나 소대장들과 친해졌다. 붙임성이 있는 성격이었고, 또 명령권을 가진 장교가 아닌 의무장교다 보니 병사들도 좀 더 친근감을 느끼고 있었다. 그렇게 2일간의 관찰 및 면담이 종료된 뒤 조엔 중위는 낸시 중위에게 보고했다. 낸시 중위용으로 설치된 중형 천막 안으로 들어온 조엔 중위는 낸시 중위 앞에 서서 경례하고는 서류를 내밀었다.

"뭐, 크게 문제 되는 일은 없습니다만, 휴지와 생리대 등의 위생용구 부족 현상이 나타나고 있습니다. 이것은 중대선임하사인 미리아 중사에게도 말해서 새로 보급되도록 조치를 취했습니다. 그리고 몇몇 병사들이 전쟁 공포증을 보입니다. 아직 심각한 수준은 아니지만 지속적으로 관찰이 필요하겠네요."

조엔 중위의 일 처리는 꽤나 매끄러웠다. 조엔 중위는 임관한 지 얼마 되지 않았지만(의무장교의 경우 임관과 동시에 중위 계급장이 주어진다) 확실히 군의관으로서의 능력은 매우 좋았다.

"자, 그럼 이제 제 할 일은 일단 끝났으니 좀 쉬어도 되는 거죠?"

조엔 중위가 그렇게 말하고는 낸시 중위의 야전침대에 누워 버렸다. 낸시 중위는 갑작스런 조엔 중위의 행동에 놀라 버렸다.

"저기……. 조엔 중위."

"어차피 전투가 없으면 제 할 일도 없다고요오. 조금만 잘게요. 어젯밤에도 병사들 서류 읽느라 제대로 못 잤어요오."

그렇게 말한 조엔 중위는 안경을 벗고는 그대로 낸시 중위의 모포까지 덮고 잠들어 버렸다. 낸시 중위는 금방 새근새근 잠든 조엔 중위의 모습을 보고는 한숨을 쉬고는 다시 서류 작성에 매달렸다.

그렇게 잠시 동안 서류 작성을 하고 있으려니 유리아 중사가 들어왔다.

"중대장님, 보고드릴 것이……."

유리아 중사가 말을 하다 말고 야전침대를 바라보고는 말을 멈추었다.

"저기…… 군의관인 조엔 중위 아닙니까?"

유리아 중사가 낸시 중위에게 물었고 낸시 중위는 살짝 고개를 끄덕였다.

"어째서 저기 누워 계신 거죠?"

"글쎄요. 졸리다 하고는 눕더니 그대로 잠들었습니다. 사실 저도 지금 뭐가 뭔지 잘 모르겠네요."

낸시 중위의 말에 유리아 중사도 그저 어깨를 으쓱해 보였다.

조엔 중위는 꽤나 독특한 장교였다. 의무장교였기에 정말로 기초적인 군사훈련만 받아서인지 장교 특유의 거리감을 찾기 힘들었고, 원래 성격 탓인지 다른 사람들과 스스럼없이 지내고 있었다. 그 친화력은 놀랄 정도여서 요즘 들어서는 병사들 연애상담까지 들어 주는 지경이었다. 낸시 중위로서는 평범한 장교였다면 너무 친해지는 것도 좋지 않다고 말했겠지만 의무장교이다 보니 뭐라고 말을 못하고 있었다.

조엔 중위는 이제 낸시 중위와도 스스럼없는 사이 정도가 되어 버렸다. 자신의 의무용 천막이 있음에도 낸시 중위의 천막을 자신의 천막처럼 오가면서 멋대로 낸시 중위의 야전침대에서 잠들기도 하고, 낸시 중위가 차를 끓이고 있으면 어느새 옆에 앉아 있기도 해서 거리감을 찾아볼 수 없었다. 조엔 중위가 그렇게 행동을 해 버리자 낸시 중위로서도 거리를 둘 수가 없어졌다. 낸시 중위는 중대에서 가장 친하다고 할 수 있는 유리아 중사와의 사이에서도 장교와 하사관 사이라는 벽을 놓고 서로에 대한 신뢰를 바탕으로 친분을 유지하고 있었지만, 조엔 중위에게서는 그런 벽을 만들 수가 없었다. 그렇지만 낸시 중위는 조엔 중위에게 나쁜 감정을 가지지는 않았다. 어느새 그런 상황이 당연한 것처럼 되어 있었다.

"유리아 중사의 커피는 참 맛있네요."

조엔 중위가 차를 마시면서 말했다. 낸시 중위의 천막 안에는 낸시 중위와 유리아 중사, 그리고 조엔 중위가 앉아서 커피를 마시고 있었다.

"콩이 좋아서입니다. 레바느도 예전부터 유명한 커피의 산지였지요. 마침 지나가던 상인이 있기에 구입을 했습니다. 공용어가 안 통하는 곳이어서 사는데 조금 애먹었지만요."

유리아 중사가 말했다. 낸시 중위도 확실히 예전에 마시던 것과는 조금 맛에서 차이가 나는 것을 느낄 수 있었다. 자세히는 알 수 없었지만 말이다.

"전투가 끝났다는 소문이 돌아서인지 레바느 사람들이 또 이동하고 있습니다. 원래 한곳에 정착하는 사람들이 아니니 말이지요."

유리아 중사가 뒤이어 말했다. 확실히 1주일 정도 전투가 소강상태에 빠지자, 어느새 낙타나 말을 타고 이동하는 레바느 사람들의 집단이 하나둘씩 보이기 시작했다고 낸시 중위는 생각했다.

"그보다 어째서 레바느 사람들이 제국과 우리한테 싸우라고 영토를 내주었는지 알 수가 없습니다."

유리아 중사가 낸시 중위에게 말했다. 확실히 일반적인 사람들에게는 이해되지 않는 문화일 것이다.

"레바느 사람들은 원래 유목민입니다. 그러던 중 석유가 발견되면서 꽤나 빠르게 발전을 했지요. 그렇지만 대다수의 레바느 사람들은 여전히 유목생활을 고수하고 있습니다. 그렇다보니 땅이나 영토에 대한 관념이 꽤나 희박하지요. 물론 수뇌부 쪽은 그렇지 않습니다만 레바느 영토의 동북쪽은 어차피 사막지대니까 거기서 왕국하고 제국이 싸우든 말든 자기들에게 피해는 없을 거라고 생각을 한 거지요. 거기다 제국의 경우는 사막을 통과하기 위해 레바느에 적지 않은 돈을 주었을 겁니다. 물론 그건 우리도 마찬가지지만요."

"제국은 왜 레바느에는 공격을 안 하는 거죠?"

유리아 중사가 묻자 낸시 중위는 다시 답을 했다.

"레바느 사람들은 꽤나 강한 민족이에요. 대륙전쟁 때도 제국에서 공격했지만 어쩌지 못했지요. 레바느 사람들은 이 사막에서 태어나 사막에서 죽는 사람들이기 때문에 사막을 매우 잘 알고 있고요. 게다가 제국의 경우 석유를 레바느에서 많이 수입하는 만큼 갑자기 전쟁을 벌였다가는 당장 석유 부족 사태에 직면할 테니까요. 좋은 관계를 유지하는 게 더 이득인거죠. 사실 이런 식으로 우리나라로 진격할 줄은 몰랐지만요."

낸시 중위의 말에 유리아 중사는 남은 커피를 다 마시고 잔을 내려놓았다.

"저로서는 이해하기가 힘든 나라입니다."

"뭐 그런 거지요."

낸시 중위가 유리아 중사의 말에 대답했다. 조엔 중위는 어느새 커피를 다 마셨는지 자리에서 일어나 기지개를 켜고는 자리에서 일어나 천막 밖으로 나갔다.

"어디 가십니까?"

낸시 중위가 물었다. 평소에 이 시간이면 덥다면서 속옷만 입고 낸시 중위의 침대에서 낮잠을 자는 것이 보통이었기 때문에(그 바람에 낸시 중위는 늘 난감해 하면서 모포를 덮어주고는 했다) 갑자기 밖으로 나가는 조엔 중위에게 호기심을 느끼게 되었다.

"그냥 산책 좀 하려고요."

"예? 지금은 한참 해가 중천에 떠 있을 시간입니다만……."

조엔 중위의 말에 유리아 중사가 말했다. 확실히 지금 시간은 정오가 지나가는 시간이었고, 한참 해가 떠 있을 시간이었다. 그런 유리아 중사를 바라보던 조엔 중위는 빙그레 웃고는 옆에 세워져 있는 무언가를 들어서 펼쳤다. 이런 사막에서, 거기다 이런 군부대 주둔지에는 어울릴 리가 없는 물건이었다. 레이스가 잔뜩 달린 흰색 양산이었다.

"짠. 사막으로 간다고 해서 본국에서 가져왔지요. 이거면 될 거에요."

그렇게 말하고 조엔 중위는 밖으로 나갔다. 유리아 중사와 낸시 중위는 그 모습을 보고는 어이가 없어서 웃어 버리고 말았다.

그리고 약 한 시간 뒤에 주둔지로 돌아온 조엔 중위는 완전히 땀으로 범벅이 되어 있었다. 갑자기 낸시 중위의 천막으로 뛰어 들어온 조엔 중위는 얼굴에는 러닝셔츠를 둘러놓았고 하얀 가운은 어디로 갔는지 없었으며 입고 있는 전투복은 완전히 땀으로 젖어 있었다. 그 모습에 깜짝 놀란 낸시 중위가 처음에는 누구인지 못 알아보다가 조엔 중위임을 알아보고 얼른 일어나자 조엔 중위는 낸시 중위를 밖으로 이끌며 말했다.

"아! 보셔야 할 것 같아서요."

그리고 얼른 밖으로 나가는 조엔 중위를 낸시 중위는 따라나섰다. 로빈중대가 주둔 중인 곳에서 걸어서 약 5분 정도 벗어나자 조엔 중위는 주변을 둘러보고는 바위 틈새로 낸시 중위를 안내했다. 바위 틈새 그늘에 누군가가 누워 있었다. 조엔 중위의 하얀 가운이 얼굴까지 덮고 있는 모습에 낸시 중위는 깜짝 놀랐다. 중대원 중에 누군가일지도 모른다는 생각이 들었다.

"심심해서 걷다가 여기서 좀 더 멀리 떨어진 곳에서 발견했는데 여기까지 끌고 오느라 좀 힘들었어요. 오랜 시간 못 먹고 못 마셨는지 심각한 탈수증상을 보였고 뜨거운 태양에 노출되어서 화상도 입은 상태였습니다."

그렇게 말한 조엔 중위는 하얀 가운을 들췄다. 그 순간 낸시 중위는 더 깜짝 놀라고 말았다. 상대방은 제국군의 군복을 입고 있었다.

"제국군?!"

사막색의 면 재질이었지만, 제국군 특유의 전투복 모양을 갖춘 군복이었고, 칼라에 붙어 있는 문양이나 팔뚝 부분에 부착된 독수리 마크는 제국군, 그것도 친위대임을 말해 주고 있었다. 칼라에 둘러진 장식띠와 어깨 부분에 부착된 견장으로 중사 계급임을 알 수 있었다.

"잘 봐요. 여자입니다."

조엔 중위의 말에 낸시 중위는 자세히 살펴보고서야 쓰러져 있는 사람이 여자임을 눈치챘다.

"제국군에도 여군이 있었군요."

"거기에 또 다른 특징이 있습니다."

조엔 중위가 그렇게 말하고 누워 있는 여성의 얼굴을 가리켰다. 짧은 단발머리를 한 상대는 평범한 옷을 입었다면 미인 소리를 들을 만한 여성이었는데 얼굴 옆으로 귀가 뾰족하게 나와 있었다.

"엘프군요."

"네."

엘프의 특징인 뾰족한 귀가 나와 있었다. 낸시 중위는 어째서 숲 속의 유목민인 엘프가 제국군복을 입고 있을지를 생각해 보았다. 제국의 동부와 동부 연합국 사이의 울창한 삼림은 엘프의 영토였다. 인간의 군대가 들어가기에는 너무나 울창한 숲이었기에 예로부터 그곳은 엘프의 땅으로 모두 인식하고 있던 곳이었다. 그곳까지 제국군이 침범했다는 것인가, 라는 생각이 들었다.

"뭐가 되었던 조엔 중위도 대단하군요. 제국군복을 입은 인원을 여

기까지 끌고 오다니요."

"저는 군인이기 이전에 의사입니다. 생명의 존엄성 앞에 군복의 색깔 따위는 하찮은 거지요."

조엔 중위의 대답에 낸시 중위는 깜짝 놀라서 조엔 중위를 바라보았다. 이런 사람이었나? 라는 생각이 낸시 중위의 머릿속을 스쳐갔다.

"왜요. 저도 나름 의학의 신 앞에서 선서한 의사랍니다. 어찌 되었던 저는 이 환자를 옮겨서 치료할 겁니다. 일단 제가 가진 수통 물을 먹이고 뿌리긴 했지만 제대로 처치를 하지 않으면 탈수 증세와 열사병으로 사망할 거에요."

"그렇다고 제국군 군복을 입혀서 가는 것은…… 문제가 되겠지요?"

낸시 중위의 말에 조엔 중위는 고개를 끄덕여서 동의하였다. 그리고 둘은 얼른 제국군 병사의 장구류와 군복을 벗긴 뒤 속옷 위에 조엔 중위의 흰색 가운을 입히고 머리에는 낸시 중위의 셔츠를 씌운 뒤 들어 올렸다.

"저기 조엔 중위. 조금만 더 힘을 주고 그쪽을 들어 주세요."

"말처럼 쉬운 게 아니랍니다."

그렇게 힘겹게 주둔지로 이동하자 몇몇 병사들이 그런 낸시 중위와 조엔 중위를 도와서 제국군 병사를 옮기는 것을 도왔다. 누구인지를 묻는 병사들에게 조엔 중위는 지역 주민인데 탈수증세로 쓰러졌다고 말했고, 다른 병사들은 그런 조엔 중위의 말을 믿고는 별다른 의심을 하지 않았다. 그렇게 무사히 낸시 중위는 제국군 병사를 의무병 막사에 옮길 수 있었다.

2.

정신을 차린 제국군 병사 브로미는 자신이 지금 어디 있는지를 깨닫지 못했다. 아직 정신이 하나도 없었고, 머리가 매우 아팠으며, 무엇보다 몸이 너무 무거웠다. 브로미는 천천히 몸을 일으켜 주변을 살펴보았다. 자신이 지금 천막에 있다는 것은 알 수 있었지만, 눈에 익숙한 제국군의 천막은 아니었다. 브로미는 어지럽고 무언가 울리는 느낌이 드는 머리를 억지로 굴려서 현 상황을 인식하려 했다. 그러던 중 누군가가 천막 안으로 들어오자 브로미 중사는 그 상대를 노려보듯 바라보았다. 상대는 검은 긴 머리를 한 여성이었고 하얀 가운을 입고 있어 의사로 보인다고 브로미는 생각했다. 상대방은 브로미를 발견하고는 씨익 웃으며 다가왔다.

"이제 정신이 드나요."

브로미는 상대방의 억양이 제국의 억양과는 다르다는 것을 느꼈다. 브로미는 상대방이 왕립군 특유의 겨자색 셔츠를 입고 있는 것을 보고는 자신이 왕립군 주둔지에 있다는 것을 깨달았다. 브로미는 얼른 자신이 덮고 있는 모포를 들췄다. 무언가 무기가 될 것을 찾아보았지만, 아무것도 입고 있지 않은 자신의 몸만이 보일 뿐이었다.

"낸시 중위님. 병사가 깨어났어요!"

상대방이 천막 밖으로 소리쳤고, 브로미는 이번에는 제대로 된 왕립군복을 입은 사람이 다시 들어왔음을 알아차렸다. 상대는 완벽하게 왕립군복을 갖춰 입고 있었다.

"아, 괜찮은가. 내 이름은 낸시, 낸시 콜필드 중위다. 왕립육군 17사단 201대대 E중대의 중대장이고, 이쪽은 같은 중대 소속의 군의관 조엔 중위다."

"브로미. 브로미 중사. 군번 AE253765."

브로미는 자신의 군번과 계급, 성명만을 말했다. 포로가 취할 올바른 방식이었다. 낸시 중위는 살짝 표정을 찡그렸다. 자신을 브로미 중사라 말한 제국군 병사는 제대로 훈련받은 것이 분명하다고 낸시 중위는 생각했다.

"뭐 엘프가 어찌하여 제국군복을 입고 있는지 궁금하긴 하지만, 그걸 묻는 건 자네에게 실례라는 생각이 드는군. 어찌 되었던 현재 자네는 왕립군 주둔지의 의무대에 있네. 그리고, 포로의 신분은 아니야."

브로미는 도대체 저 왕립군 장교가 무슨 말을 하는지 알 수가 없었다.

"말 그대로야. 우리는 자네의 군복을 벗기고 이곳으로 데리고 왔어. 우리 말고는 아무도 자네가 제국군이었다는 사실을 알지 못해. 그런고로 우리는 자네를 제국군 포로로 생각하지 않는다는 거지."

브로미는 말도 안 되는 논리라고 생각했다.

"자네가 다시 제국군으로 돌아가고 싶다면 그렇게 해도 좋네. 아니면 그냥 떠나고 싶다면 그냥 떠나도 좋아. 그렇다면 민간인들이 입는 평상복을 구해 주도록 하지."

낸시 중위의 말에 브로미는 생각해 보았다. 자신이 제국군으로 돌아가야 할 이유를 찾지 못했다. 원해서 입었던 제국군복은 아니었다. 아니, 오히려 입어서는 안 될 군복이었다. 잠시 생각을 한 브로미는 마음을 굳히고 자기 생각을 말했다. 하지만 브로미의 말에 낸시 중위와 조엔 중위는 놀라고 말았다.

"저기…… 그러니까…… 왕립군이 되고 싶다고?"

낸시 중위가 말을 더듬었다. 브로미라 말한 상대는 왕립군이 되고 싶다고 했다. 낸시 중위는 머리로 갑작스럽게 스트레스가 밀려오는 것을 느꼈다. 낸시 중위는 분위기에 휩쓸려 브로미를 주둔지로 데려왔지만, 적당히 몸을 추스르면 민간인 복장을 입혀서 돌려보낼 생각이었다. 아마도 그렇게 돌려보내면 다시 제국군으로 갈 것이라고 생각한 것이다. 그렇지만 브로미는 그런 낸시 중위의 생각과는 전혀 달리 너무나 엄청난 요구를 하고 있었다.

군인이 된다는 것은 쉬운 일이 아니었다. 물론 제국군이긴 하지만 군대에 있었던 만큼 신체적인 면에선 군인이 되는 데 결격 사유가 있을 리야 없다고 낸시 중위는 생각했다. 하지만 군인이란 그것만으로 이루어지는 것이 아니었다. 일단 브로미에게는 왕국 국적이 없었다. 그것이 가장 큰 문제였다. 그리고 그녀는 제국군이었다. 그것 또한 무시할 수 없는 일이었다.

"왜 왕립군이 되려는 거지요?"

조엔 중위가 브로미에게 물었다. 브로미는 잠시 표정을 굳혔다가 입을 열었다.

"엘프족의 숲은 제국의 영토가 되었고 엘프들은 모두 숲을 떠나서 살게 되었습니다. 그리고 저도 이렇게 끌려와서 군인이 되었습니다. 제국군이 좋아서 여기까지 온 것은 아닙니다. 그리고 그곳으로 돌아가고 싶지도 않고요."

낸시 중위는 그런 브로미의 말에 더더욱 난처한 기분이 들었다. 자신이 무언가를 해 줄 수 있는 상황이 아니었다. 아니. 그보다 브로미를 신뢰하기가 힘들었다. 여성이었고 사막에서 죽을 상황에 놓였지만 적군의 스파이일 가능성도 배제할 수 없는 것이었다. 무엇보다 갑자기 이렇게 왕립군이 되겠다고 말하는 것도 이상하다고 낸시 중위는 생각했다. 그런 브로미와 낸시 중위를 번갈아 보던 조엔 중위는 손뼉을 치고는 자신의 책상에서 하얀 종이를 가져왔다.

"좋아요. 이름이 브로미. 성은 뭐죠?"

"엘프에게는 성이 없습니다."

"그런가요. 그럼 포레스트로 하죠."

"저기, 조엔 중위. 뭐하는 겁니까."

조엔 중위의 갑작스런 행동에 낸시 중위가 물었지만 조엔 중위는 그런 낸시 중위를 보며 말했다.

"브로미의 소원을 들어 주려는 겁니다."

"예?! 아니 잠깐만요. 국적은커녕 왕국에 출생신고조차 되어 있지 않을 텐데 도대체 무슨 수로 왕립군으로 만든다는 겁니까?"

낸시 중위의 말대로 그건 불가능한 일이었다. 하지만 조엔 중위는 씨익 웃으면서 말했다.

"중앙에 아는 사람이 있거든요."

"아…… 아니……. 그…….""

낸시 중위는 도대체 이 사태를 어떻게 해결해야 할지 알 수가 없었다.

"나이랑 생일은?"

"23살입니다. 4월 27일에 태어났습니다."

"4007년 4월 27일생. 군 생활은 대충 1사단 쪽에서 있었던 걸로 하고 계급은 중사. 군번은 그쪽에서 만들어 줄 거고, 본적지는 루스웰로 하죠. 좋은 동네니까요. 숲도 많고. 가족은 일단 없음. 혈액형은 B형이죠? 군번줄에서 봤어요."

조엔 중위는 계속해서 이것저것 묻기 시작했고, 낸시 중위는 더 이상 엮여 봐야 좋을 것이 없다는 생각에 문밖으로 나갔다. 알고 묵인하는 것보다는 차라리 모르는 것이 괜찮을 터라고 낸시 중위는 생각했다. 조엔 중위가 도대체 어떤 인물인지 모르겠지만, 더 깊숙이 들어갔다가는 뭔가 좋지 않을 일이 생길 것 같은 예감이 낸시 중위를 훑고 지나갔다. 그보다 브로미에 대한 걱정이 더 컸다. 왕국에서 흔하게 보기 힘든 엘프였다. 그것도 제국군 출신인. 과연 중대원으로 받아들이는 것이 올바른 행동일지 낸시 중위는 판단할 수가 없었다.

그리고 브로미 중사의 발령장이 중대로 도착한 것은 정확하게 3일 뒤의 일이었다.

3.

브로미 중사의 서류가 준비되었을 때 낸시 중위는 어떻게 하면 평범하게 브로미 중사가 중대에 배속된 것처럼 꾸밀지를 궁리했다. 몇몇 병사들은 브로미 중사가 의무대로 실려 오는 모습을 목격하였고(얼굴은 보지를 못했지만), 그 뒤에는 조엔 중위가 커튼으로 잘 가려 두어서 중대원 중 브로미 중사의 얼굴을 아는 사람은 없었다. 하지만 브로미 중사가 전입해 오는 것을 본 사람은 없었다. 조엔 중위가 어떻게 손을 쓴 건지는 모르지만, 서류는 완벽했고 사단장과 연대장의 승인도 나 있는 상태였다.

결국, 낸시 중위는 각 소대장을 불러서 야외훈련을 할 것을 지시했고, 최소 병력만 남겨둔 채 훈련을 내보냈다. 그 뒤 낸시 중위는 조엔 중위가 어디선가 가져온 레바느족 여성복을 브로미 중사에게 입혀서 1/4톤에 태웠다. 레바느족의 여성 의상은 얼굴을 모두 가리는 방식이기 때문에 경계를 서는 병력들에 얼굴이 노출되지 않았다. 낸시 중위는 경계병에게 지난번에 일사병으로 온 지역민을 원복시키기 위해 나간다고 말하고 직접 차를 움직여서 주둔지를 벗어났다. 그리고 중간에 브로미 중사를 내려놓고 연대 주둔지로 가서 브로미 중사 이름으로 내려온 보급물자를 수령한 뒤, 돌아오는 길에 브로미 중사를 다시 만나서 수령한 보급물자를 착용시켰다. 그리고는 다시 1/4톤에 태워서 부대로 복귀함으로써 브로미 중사가 무사히 로빈중대에 전입이 되도록 하였다. 낸시 중위는 그렇게 하고는 완전히 지쳐 버려서 그대로 야전침대에 드러누워 버렸다. 이 방법도 조엔 중위가 생각한 방식이었다.

"무사히 되었죠?"

조엔 중위가 말하자 낸시 중위는 한숨을 내쉬었다.

"다시는 이런 일은 하고 싶지 않군요. 중대에 숙달된 병력이 부족하지만요. 살면서 이런 일을 하게 될 줄은 몰랐네요."

"인생은 늘 말판 게임 같은 법이죠. 주사위를 굴렸을 때 어떤 곳에 멈추어서 어떤 벌칙을 받을지 모르는 것처럼요."

조엔 중위의 표현에 낸시 중위는 그저 고개를 대충 끄덕이고 다시 침대에 누워 버렸다.

　브로미 중사는 중대본부에 소속되었다. 그녀는 제국군 시절 보직이 저격수였고, 그 사실을 알게 된 낸시 중위는 사단에 이야기해서 브로미 중사에게 저격용 소총을 구해 주었다. 구식 볼트액션 M03 소총의 가늠자와 가늠쇠를 제거하고 8배율 스코프를 올린 저격용 소총을 지급받은 브로미 중사는 중대에 빠르게 적응했다. 병사들은 엘프를 처음 보기에 신기해했지만, 어느새 한 명의 동료로 받아들였다. 유리아 중사도 중대의 최선임 하사관으로서 브로미 중사를 반갑게 맞이하였다.

　"저격수든 뭐든 중대에 하사관은 많으면 좋습니다. 여차할 때 여기저기 써먹기가 좋죠."

　유리아 중사는 그렇게 말하며 브로미 중사가 생각 외로 일 처리가 좋다고 칭찬했다. 낸시 중위는 처음에는 유리아 중사에게 브로미 중사가 원래 제국군임을 밝히려고 했으나 이내 포기하고 말았다. 유리아 중사는 좋은 사람이지만, 고지식하다는 게 낸시 중위의 판단이었다. 그리고 혹시나 그로 인해 문제가 생겼을 때 유리아 중사에게 피해가 가지 않도록 하기 위해서는 모르는 편이 더 좋다고 낸시 중위는 생각했다.

　"조엔 중위는 도대체 어떤 사람인지 궁금하네요."

　평소와 같이 자신의 천막으로 놀러 온 조엔 중위에게 낸시 중위가 말했다.

　"네?"

　"아뇨……. 뭐랄까. 그…… 독특하달까……. 비밀이 있다고 할까……. 아니, 됐습니다. 더 말해 봐야 제가 골치 아플 것 같네요."

낸시 중위는 말을 멈추었다.

"어머. 이러시면 안 되죠. 낸시 중위."

낸시 중위의 말에 조엔 중위는 낸시 중위의 뒤로 와서 어깨를 손으로 주무르기 시작했다. 낸시 중위는 살짝 놀랐지만 그 손놀림이 조금 아프면서도 꽤나 기분이 좋아서 몸을 늘어뜨렸고, 그 찰나에 조엔 중위의 손은 낸시 중위의 가슴으로 향했다.

"히익!"

"어머. 생각대로 역시나 크네요, 낸시 중위는. 이거 이거. 만지는 보람이 있는데요."

"아…… 아니……. 잠시만요……. 허억!"

낸시 중위가 어떻게든 벗어나려고 했지만 조엔 중위의 손이 생각 외로 집요해서 빠져나오지를 못했다. 그 순간 갑자기 낸시 중위의 천막이 열리면서 누군가가 들어왔다. 무전병인 엘리센 상병이었다.

"중대장니…… 임?"

엘리센 상병은 낸시 중위와 조엔 중위의 모습을 보고는 깜짝 놀라 버렸다. 그 기새에 조엔 중위의 손에서 벗어난 낸시 중위는 옷매무새를 다시 잡고 입을 열었다.

"무슨 일이지?"

그제야 정신을 차린 엘리센 상병이 말했다.

"작전명령 하달입니다. 지금 전령을 통해 막 도착했습니다."

엘리센 상병이 낸시 중위에게 서류봉투를 내밀었다. 봉투의 겉면에 1급 기밀이라는 도장이 찍혀 있었고, 봉투는 봉인지를 이용해 확실하게 봉해져 있었다. 낸시 중위는 올 것이 왔다고 생각했다. 얼른 받아 들어 뜯은 봉투에는 가까운 지역의 지도와 정찰기가 촬영한 사진들이 같이 들어 있었다.

17사단은 전방에서 전투 중인 5사단과 임무를 교대할 예정이었다. 현 위치에서 약 70㎞ 정도 떨어진 장소였는데, 로빈중대의 임무는 주공이 되는 17사단과 3기갑사단이 진격할 동안 후방의 안전을 위해 사막에 이곳저곳 드문드문 가설되어 있던 마을들을 조사하는 것이었다.

"역시나 이번에도 이런 임무군요."

레니 소위가 작전지도를 보면서 말했다. 확실히 가만히 뒤에서 놀리기 뭐하니까 주는 임무라는 생각은 낸시 중위도 떨쳐 버릴 수 없었다. 예비대로 편성된 것도 아니고 따로 중대끼리 기동하면서 마을을 정찰하는 일, 그것도 전방의 적이 있을 법한 마을도 아닌 적군 예상 방어선에서 10여㎞ 떨어진 지역의 마을임을 감안하면 이것을 제대로 된 임무로 생각해야 하냐는 것이 낸시 중위의 속마음이었다.

"뭐가 되었든 지난번 전투 이후 거진 한 달만의 일이다. 그동안 다른 사단이 전투하는 동안 이곳에서 놀고 있었으니까 이번 기회에 움직이기라도 해야지. 소대별로 나누어서 하는 것도 괜찮겠지만, 중대단위 기동을 훈련한다 생각하고 이번에는 중대 전체가 동시에 기동한다."

낸시 중위의 말에 각 병사는 고개를 끄덕였다. 지난번 전투부터 배속되어 있던 트럭에 나눠 탄 로빈중대는 먼저 주둔지에서 가장 가까운 마을로 향해 1㎞ 밖에 트럭을 세우고 하차하였다.

"먼저 1소대가 마을 입구로 돌입해서 각 건물들을 수색한다. 2소대는 1소대의 뒤를 따라서 재수색을 하고 3소대는 마을 외곽에서 혹시 모를 사태에 대비한다."

각 소대장에게 명령한 낸시 중위는 1소대장인 유리아 중사와 함께 마을로 돌입하기로 하였다.

"중대장님은 저와 같이 기동하시는 게 좋겠습니다."

유리아 중사가 낸시 중위에게 건의하자 낸시 중위는 고개를 끄덕였다.

"먼저 정찰부대를 보낼 생각인데 브로미 중사에게 2명 정도 붙일 수 있습니까?"

낸시 중위가 묻자 유리아 중사가 고개를 끄덕이고는 2명의 병사를 손으로 지목했다.

"카트젠과 헬렌이 좋겠습니다. 둘 다 상병이고 숙련병이지요."

그런 유리아 중사의 제안에 낸시 중위는 고개를 끄덕이는 것으로 동의를 표했다.

"이야. 엘프이신 중사님하고 같이 갈 줄은 몰랐네요."

헬렌 상병이 웃으면서 대답했고 브로미 중사는 여전히 무표정한 표정으로 바닥에 그림을 그렸다. 나뭇가지를 이용해 대략적인 마을의 실루엣을 그린 브로미 중사는 나뭇가지로 짚어 가며 설명했다.

"일단 이쪽 입구로 돌입한다. 각자 사주경계 철저히 하고 무언가를 발견하면 소리를 지르지 말고 어깨를 살짝 두드려서 말을 전한다."

"예예. 알겠습니다."

헬렌 상병이 말했고 카트젠 상병은 그저 고개를 끄덕일 뿐이었다.

그렇게 3명의 병사는 모래언덕을 천천히 걸어 내려가 마을로 돌입했다. 마을이라고 하지만 작은 집들이 옹기종기 모여 있어 크다고 하기도 뭐하고 작다고 하기도 뭐했다.

"진짜 작은 마을이네요. 제가 살던 고향 마을이 딱 이 정도 수준이었죠. 완전 시골 촌동네였다니까요. 좀 놀려면 차를 타고 30분 정도 달려서 시내로 가야 했어요. 우체국도 없는 작은 시골 마을이니 말 다 했죠."

헬렌 상병이 떠들었지만 누구 하나 대꾸가 없었다. 그러자 김이 빠진 헬렌 상병은 표정을 살짝 일그러트리고는 투정하듯 말했다.

"정말이지. 중사님이나 카트젠이나 참 말이 없네요. 카트젠 녀석 말 없는 거야 애저녁부터 알았지만 말이지요. 아니, 그래도 같이 작전 나가는 판에 이런 식으로 좀 수다라도 떨어야지 좀 덜 심심하지요. 맨날 카트젠 저거하고 같이 근무 나가면 얼마나 심심한지 아세요? 대꾸도 없다고요."

"네가 너무 말이 많은 거야, 헬렌."

카트젠 상병이 조용하게 대꾸했다. 그렇게 마을 안으로 걸어가는 동안 브로미 중사는 온몸의 감각을 다잡았다. 느낌이 좋지가 않았다. 브로미 중사는 손을 들어서 헬렌 상병이 말을 멈추도록 지시하고 천천히 앞으로 걸어갔다. 마을 자체는 매우 조용했다. 그렇지만 브로미 중사는 무언가 이상한 느낌을 떨칠 수가 없었다. 등에는 계속해서 식은 땀이 흘렀다. 원했든 원치 않았든 전쟁터에서 지내온 시간이 꽤나 길었고, 그 감각은 군복을 갈아입었다고 해서 사라질 리 없는 브로미 중사의 경험이었다. 아무래도 뭔가가 있다고 판단한 브로미 중사는 더더욱 조심해서 몸을 움직였다. 그리고 그 순간 한 발의 총성이 울렸다.

"엎드려!"

브로미 중사가 소리치면서 반쯤 무너진 돌 벽에 몸을 숨겼다. 갑작스런 총소리여서 어디서 날아왔는지 확인이 불가능했다.

"아얏!"

헬렌 상병이 몸을 숨기면서 소리쳤다.

"맞았습니다."

헬렌 상병이 소리쳤고 카트젠 상병이 몸을 최대한 낮춘 채 헬렌 상병에게로 다가갔다. 중간에 또 다른 총성이 울렸지만, 다행히 그 탄도는 카트젠 상병의 몸을 크게 벗어난 곳으로 지나갔다. 탄도의 각도로 보아서 꽤나 높은 곳에서 발사했다고 생각한 브로미 중사는 조심스럽게 자신의 소총을 고쳐 잡았다. 돌벽 뒤에서는 자세히 그곳을 알 수가 없기에 브로미 중사는 천천히 낮은 포복으로 기어서 건물의 그늘로 숨어들어갔다. 대낮이어도 그늘 속에 엎드려 있으면 먼 거리의 상대는 쉽게 알아차리기 힘들었다.

"저격수가 있다. 다들 몸을 숨기고 대기. 피해 보고!"

"팔을 살짝 스쳤습니다. 크게 문제 될 건 없어요!"

브로미 중사가 소리치가 헬렌 상병이 대꾸했다.

"핸디토키는?!"

"제가 들고 있습니다."

카트젠 상병이 왼쪽 어깨에 묶어 두었던 소형 무전기를 끌러내며 소리쳤다. 브로미 중사는 무너진 건물 잔해와 그림자에 몸을 숨기고 적 저격수의 예상 위치를 가늠했다. 흙으로 지은 건물들은 대다수가 1층에서 2층 높이였고 저격수가 있을 만한 장소는 보이지 않았다. 브로미 중사는 최대한 시야를 넓게 해서 마을을 살폈다. 탄도로 볼 때 적 저격수는 높은 곳에 있을 가능성이 컸다. 마을 한구석 언덕 부분에 위치한 2층집이 브로미 중사의 눈에 들어왔다. 아마도 그곳일 가능성이 높다고 브로미 중사는 생각했다. 건물 안쪽의 어두운 부분에서 이곳을 살펴보고 있었을 것이다. 아마도 좋은 위치이기 때문에 장소를 이동하지 않을 공산이 컸다. 제국군 저격수는 좋은 장소에서 계속해서 잠복하는 버릇이 있었다. 자신이 제국군 출신이기에 잘 안다고 브로미 중사는 생각했다.

브로미 중사 자신도 그렇게 교육을 받았다. 덕분에 사막에서 그대로 탈수증으로 쓰러졌지만 말이다. 브로미 중사에게는 후퇴 명령이 전달되지 않았다. 본대가 위치했던 장소에 도착했을 때의 그 황량함을 브로미 중사는 잊을 수가 없었다. 어차피 제국군에게 엘프족 병사는 소모품 그 이상도 이하도 아니었으니, 어찌 보면 당연한 일이었다.

"빌어먹을."

브로미 중사는 왕립군으로 편입되어서 처음으로 배운 욕설을 내뱉었다. 병사들이 늘 입에 달고 다니는 말이었다. 브로미 중사는 처음에 이 단어가 일종의 인사말이라고까지 생각했었다. 한참 뒤에야 그 뜻을 알게 되었지만 말이다.

브로미 중사는 그늘에서 조심스럽게 드러누워 품속의 지도를 꺼내들었다. 사실 제대로 된 군용지도가 아니었기 때문에 정확한 확인은 불가능했지만, 그래도 대략적인 마을의 위치는 그려져 있었다. 지도에 표시된 격자를 이용해 건물의 대략적인 좌표를 확인한 브로미 중사는 카트젠에게 소리쳤다.

"본대 무전. 확인점 폭스에서 우로 10, 위로 15."

"이지 원에게 슈거가 송거 바람. 이상."

카트젠 상병이 얼른 무전으로 소대를 연결했다. 몇 번 더 무전을 날린 다음에야 무전이 연결되었고 카트젠 상병은 얼른 브로미 중사가 알려준 대로 위치를 말했다.

"5분만 기다리라고 합니다. 60㎜ 박격포가 방열 중이라네요."

"아 젠장! 얼른 좀 하라고 해! 아파 죽겠네."

카트젠 상병이 말하자 헬렌 상병이 궁시렁 거렸다.

"살짝 스친 거 가지고 엄살은! 붕대 감아 줬잖아."

그런 헬렌 상병에게 카트젠 상병이 핀잔을 주었다. 브로미 중사는 저격소총의 망원렌즈로 건물의 창문을 확인했다. 적의 모습을 판독할 수가 없었다. 적과의 거리는 대략 300m 정도. 더 먼 거리에서 사격을 하지 않은 것으로 보아 적도 그리 만만한 상대는 아니었다. 어쩌면 자신의 옛 동료일지도 모른다고 브로미 중사는 생각했다. 그리고 잠시 뒤에 포탄이 날아오는 소리와 함께 마을에 60㎜ 박격포탄이 떨어지기 시작했다. 생각대로 명중률은 그리 좋지 못했다.

"하나포, 둘포 떴다. 삼포는 우탄. 삼포는 좌로 5."

브로미 중사가 수정값을 말했고 카트젠 상병은 그대로 무전기에 답했다. 그리고 잠시 뒤 다시 날아온 포탄은 건물에 명중했지만 건물을 확실하게 박살내지는 못했다. 아무래도 60㎜로는 효용이 없을 것 같았다.

"포격 중지. 근접한다."

"네?! 아니, 아니. 잠깐만요! 무슨 그런 소리를!"

브로미 중사가 그렇게 말하자 헬렌이 나서서 말렸다.

"차라리 일단 후퇴하고 다 같이 수색하자고요. 그게 나아요."

"나 혼자 간다. 나머지는 대기."

"같이 안 가고요?"

브로미 중사의 말에 카트젠 상병이 말했다. 브로미 중사는 조심스럽게 낮은 포복으로 기어가면서 대답했다.

"같이 가면 위험해. 표적은 적을수록 좋다."

"아니 그래도……."

카트젠 상병이 그렇게 말했지만 브로미 중사는 고개를 저었다.

"핸디토키를 던져."

브로미 중사가 소리치자 카트젠 상병은 한숨을 내쉬고 핸디토키를 던졌다. 바로 앞에 떨어진 핸디토키를 들어 올린 브로미 중사는 왼쪽 어깨에 둘러맸다. 일반 무전기보다 작지만 그래도 생각 외로 큰 왕립군 핸디토키의 무게를 느끼며 브로미 중사는 천천히 앞으로 기어갔다.

브로미 중사는 다른 건물의 그림자 속으로 들어가서야 몸을 일으켰다. 앞에 있는 건물이 적의 시야로부터 자신을 보호해 줄 터였다. 브로미 중사는 그제야 살짝 고개를 돌려서 카트젠 상병과 헬렌 상병을 바라보았다. 둘 다 건물 뒤에 앉아 있으니 안전할 터였다. 브로미 중사는 재빨리 앞 건물 문을 열고 안으로 들어섰다. 이런 상황에서는 건물 밖보다 실내가 더 안전하다고 브로미 중사는 생각했다.

4.

브로미 중사는 어릴 적 기억을 떠올렸다. 그리 기분 좋은 기억은 아니었다. 브로미 중사는 붙잡혀 온 엘프족의 아이였고, 제국의 고아원에서 자라났다. 엘프족의 오랜 거처였던 숲은 제국군에게 유린당했고, 엘프들은 제국 신민이 되어 제국식 생활을 강요받았다. 그런 곳에서 엘프, 그것도 고아인 여자 엘프에게 기회라는 것이 있을 리 없었다.

그렇게 하루하루 무기력하게 지내던 브로미는 13살이 되던 해에 제국군 군사학교에 입학하게 되었다. 별다른 이유는 없었다. 브로미의 신체검사 결과 군인이 적합하다는 판단이 내려졌기 때문이었다. 브로미에게 별다른 선택은 없었다. 그렇지 않았다면 브로미는 13살이 되자마자 고아원을 나와서 길거리를 헤매야 했을 것이다. 그러다가 한 끼의 식사에 몸을 파는 거리의 여인이 되었을지도 모를 일이다.

브로미는 그곳에서 생각 외로 좋은 성적을 올렸다. 사실 엘프족은 훌륭한 전사들이었다. 그들은 숲 속의 사냥꾼이었고, 자연 속에 녹아드는 데 천부적인 재능을 가진 종족이었다. 그리고 그런 재능을 브로미는 강하게 물려받았다. 그곳에서 브로미는 뛰어난 시력과 사격 능력을 인정받아서 17살이 되자 제국군 저격수학교에 입교하게 되었다. 전문적인 저격수를 양성하는 학교에서도 브로미는 두각을 나타냈다.

"자네에게 우수 저격수 휘장을 수여하지 못하는 것이 아쉽군."

저격수학교의 교관은 진심으로 그렇게 말했다. 여자, 엘프. 브로미가 넘어야 할 벽은 너무나도 높았다.

"빠르게 이동하라. 전선의 모든 지형지물은 나의 아군이다. 적에게 보이지 않는 장소만큼 나에게 안전한 장소는 없다."

브로미 중사는 한 건물에서 다음 건물로 뛰어 들어가며 작게 되뇌었다. 학교에서 교관에게 배웠던 것들을 하나하나 기억해 냈다.

좋아서 들어간 제국군이 아니었다. 사실 여기저기서 들려오는 반 제국 게릴라의 이야기를 들을 때마다 당장에라도 그곳으로 가고 싶은 충동을 느끼던 브로미 중사였다. 그렇지만 결국 아무 것도 하지 못하고, 그렇게 사막까지 와서 작전을 수행하고, 보급품이 모두 떨어져 재보급을 받기 위해 돌아간 주둔지가 비어 있는 것을 깨달았을 때, 그렇게 자신이 제국군에게 버려졌음을 깨달았을 때, 브로미 중사는 터져 나오는 웃음을 참지 못하고 한참을 그렇게 웃어 버렸다. 이럴 거라는 것을 브로미 중사는 어릴 적부터 예상하고 있었다. 그리고 예상이 사실이 되자 참을 수 없는 웃음이 튀어나왔다. 브로미 중사는 알고 있었다.

자신은 언제고 채울 수 있는 소모품일 뿐이라는 사실을.

언덕 아래쪽 집까지 이동한 브로미 중사는 잠시 건물 중앙에서 숨을 골랐다. 창문에서는 멀리 떨어져 있는 실내의 어두운 부분에서 조심스럽게 숨을 골랐다. 창문에 너무 가까이 다가갔다가는 적의 사격을 받을지도 모를 일이었다. 언덕이 문제였다. 적 저격수가 있을 것으로 예상하던 건물은 언덕 위쪽에 있었다. 그리 높은 언덕은 아니지만 길을 따라 올라간다면 단번에 적의 시야에 노출될 터였다. 브로미 중사는 스코프로 건물을 관찰했다. 엎드리면 앞에 있는 창문으로 건물을 관찰할 수 있었다. 적도 창가에서 멀리 떨어져 있을 것이다. 아까의 60㎜ 포격으로 건물 2층의 한쪽이 깨어져 나가 있었지만 그곳을 통해서도 건물 내부는 보기가 힘들었다. 다시 한 번 브로미 중사는 밖을 바라보았다. 언덕으로 올라가는 길은 약 200여 미터 정도 되었다. 아마도 쉽게 뛰어 올라가기는 힘들 터였다. 따로 몸을 숨길 만한 장소는 없었다. 브로미 중사는 잠시 생각한 뒤 핸디토키를 어깨에서 내렸다.

"이지 원에게 슈거가 송신바람 이상."

–이지 원 송신.

브로미 중사가 무전을 날리자 바로 대답이 돌아왔다. 아직까지는 무전이 연결되자 브로미 중사는 다시 송신 버튼을 누르고 말했다.

"동일 지점으로 재포격을 요청한다. 처음 2차 사격까지는 고폭탄 순발신관, 3차 사격은 연막차장을 요청한다. 이상."

–연막탄 말인가?

"그렇다. 불가능한가?"

브로미 중사의 요청에 무전기는 잠시 침묵을 지켰다. 그리고 잠시 뒤에 답변이 돌아왔다.

–연막탄 사격 가능하다. 잠시 기다리기 바란다. 이상.

그 말에 브로미 중사는 숨을 내쉬고 소총을 들어 올렸다. 잠깐의 시간이 지나고 박격포탄이 언덕 위쪽에 떨어지기 시작했지만, 이번에도 정확하게 건물을 타격하지는 못했다. 지푸라기와 사막의 고운 흙을 물로 반죽해 지은 건물은 생각 외로 튼튼해서 무너지거나 하지 않았다. 그리고 잠시 뒤 떨어진 포탄은 모래 먼지와 함께 하얀 연기를 내뿜기 시작했다. 브로미 중사는 소총을 강하게 쥐었다. 좀 더 연막이 퍼지고 나면 달려갈 생각이었다. 바람이 크게 불지 않다 보니 연막은 멀리 퍼지지 않았다. 브로미 중사에게는 그 편이 더 나았다.

브로미 중사는 적당히 연막이 퍼진 것을 확인하고 재빨리 건물 밖으로 뛰쳐나가 연막 안으로 뛰어들었다. 브로미 중사는 아까 확인했던 방향을 기억하고 바닥을 확인하면서 최대한 빠르게 달려갔다. 브로미 중사는 연막으로 인해 호흡이 가빠짐을 느꼈다. 최루성분은 없었지만 특유의 화학성분이 호흡기를 자극했다. 기침이 나오려는 것을 억지로 참아가면서 달리다 보니 어느새 건물에 다다랐다.

브로미 중사는 문 바로 옆에 서서 숨을 골랐다. 아직 움직이지 않았다면 적은 이 건물 내부에 있을 터였다. 브로미 중사는 소총을 등 쪽으로 돌려 매고 허리춤에서 .45구경 권총을 꺼내 들었다. 이런 건물 내부에서는 단발식 저격소총보다는 권총이 더 효과가 있을 터였다. 브로미 중사는 반쯤 망가진 문을 열고 안으로 들어갔다. 내부에도 연막이 차 있었다. 바닥에 깔린 융단 덕분에 발소리가 들리지는 않았다. 브로미 중사는 그러기에 더더욱 귀를 기울이고 1층 내부를 살펴보았다. 거실로 사용되는지 방과 같은 칸막이가 따로 없이 단촐했다. 아무래도 적은 2층에 있을 것 같다고 생각한 브로미 중사는 천천히 계단으로 향했다.

나무로 만든 계단이었기에 브로미 중사가 발을 딛자 삐거덕, 하고 나무가 비틀리는 소리가 울려 퍼졌다. 브로미 중사는 더욱 발걸음을 조심하며 천천히 계단을 올라갔다. 윗층에는 몇 개의 방이 있었는데, 흙벽에 나무로 대충 만든 문이 끼워져 있었다. 따로 문이 열린 곳은 없었다. 브로미 중사는 방향을 가늠해서 적이 있을 만한 장소로 다가갔다. 문은 닫혀 있었고 별다른 잠금장치는 보이지 않았다. 브로미 중사는 조심스럽게 문 옆쪽 벽에 서서 문을 손으로 밀었다. 갑작스럽게 총격이 가해지더라도 몸에 맞는 것을 피하기 위해서였다. 그렇게 문이 열리고 난 잠시 뒤에도 아무런 일이 없자 브로미 중사는 재빠르게 문 안쪽으로 총을 겨누고 몸을 밀어 넣었다.

"…………"

브로미 중사는 아무 말도 할 수가 없었다. 문 안에는 제국군 병사가 숨을 헐떡이면서 누워 있었다. 한눈에도 그는 멀쩡해 보이지 않았다. 그의 왼쪽 다리는 이미 사라져 있었고, 오른쪽 다리는 간신히 무릎 부위에서 연결된 채 반대로 돌아가 있었다. 옆에 놓여 있는 제국군 저격총은 이미 박살나서 총 구실을 하지 못할 상황이었다. 아무래도 위에 맞은 박격포탄의 파편에 당했나 보다고 브로미 중사는 생각했다. 방 안쪽의 벽은 완전히 무너져 있었고, 상대방은 겁에 질린 표정으로 브로미 중사를 바라보고 있었다. 상처와 모래 먼지, 그리고 피로 얼룩진 얼굴을 브로미 중사는 무표정한 표정으로 바라보았다. 상대방이 숨을 쉴 때마다 목구멍에서 가래가 끓는 소리가 새어 나왔다. 브로미 중사는 천천히 자신의 권총을 상대에게 겨누었다. 상대방은 그런 브로미 중사의 총구를 똑바로 바라보았다. 브로미 중사는 아무 말 없이 방아쇠를 당겼다. 상대방은 마지막으로 브로미 중사에게 미소를 지어 보였다.

5.

마을 소탕 작전은 무사히 끝났다. 부상자는 헬렌 상병 한 명. 스친 상처였기에 조엔 중위가 몇 바늘 꿰매는 것으로 처치는 끝났다.

"이걸로 전상장 받을 수 있나요?"

"고작 스친 상처로 훈장까지 받으려고? 좀 더 큰 부상을 입으면 찾아와."

조엔 중위가 헬렌 상병의 어깨에 감은 붕대를 손바닥으로 살짝 때리며 말했다. 그날의 작전은 그것으로 종료되었다. 오히려 예상보다 늦게 끝난 작전이었다. 남은 마을들을 더 돌아보았지만 남은 적군은 아무도 없었다. 어느 마을은 피난을 갔다가 어느새 돌아와 있는 주민들이 있었고, 어느 마을은 주인 없는 양과 염소가 한가롭게 걸어 다니고 있었다.

작전이 종료된 뒤 로빈중대는 다시 주둔지로 향했다. 다른 부대 인원들은 여전히 전선에서 전투 중이었지만 로빈중대에게는 전투명령 따위는 떨어지지 않았다. 한밤중이 다 되어서야 주둔지에 도착한 병력들은 각자의 텐트로 돌아가서 잠을 청했지만 낸시 중위는 보고서 작성을 시작했다. 한 장 정도의 보고서를 완성하고 나서 더 이상 쓸 말이 없어진 낸시 중위는 한숨을 쉬고는 잠시 바람을 쐬기 위해 자신의 천막 밖으로 나왔다. 등화관제로 빛이 전혀 없는 주둔지의 하늘 위로 수많은 별이 반짝였다. 낸시 중위는 조금 쌀쌀함을 느끼며 팔로 몸을 감싸 안았다. 울 셔츠 한 장으로는 사막의 밤은 춥다고 생각하며 텐트 사이를 걷던 낸시 중위는 한쪽에 웅크리고 앉은 누군가를 발견했다.

"누구?"

낸시 중위가 묻자 상대가 일어서서 경례했다. 가까이 다가가서 얼굴을 살핀 낸시 중위는 상대가 브로미 중사임을 알아냈다.

"뭐 하는 겁니까, 브로미 중사?"

"잠이 안 와서 이러고 있었습니다."

브로미 중사가 대답했다. 아무래도 오늘이 왕립군으로서의 첫 전투였다 보니 그러나보다고 낸시 중위는 생각했다.

"중위님은 절 어떻게 생각하십니까."

브로미 중사의 갑작스런 물음에 낸시 중위는 조금 당혹감을 느꼈다.

"글쎄요…… 잘 모르겠습니다."

낸시 중위가 솔직한 감상을 말하자 브로미 중사는 아무 말 없이 하늘을 올려다보았다. 낸시 중위도 시야를 돌려서 하늘을 바라보았다.

"저도 중위님을 어떻게 생각해야 할지 잘 모르겠습니다."

브로미 중사가 여전히 하늘을 보면서 말했다.

"차차 알아 가면 되겠지요."

낸시 중위도 하늘을 바라보면서 말했다. 하늘에는 여전히 별이 반짝였다.

CH.5 WAR IS DELIGHTFUL

1.

4030년 4월이 되었다. 전선에서 전투는 계속되고 있었지만 로빈중대는 여전히 대대 예비대로 전선보다 약 20㎞ 정도 떨어진 위치의 마을에 주둔하고 있었다. 전방의 중대들이 수색하거나 적의 소규모 공세를 막으면서 작전을 펼치고 있었지만, 로빈중대는 후방에서 별다른 작전 없이 주둔지를 지키는 신세였다. 그 뒤로 부여받은 작전이라고는 사단 주둔지 주변의 정찰과 주변 민간인들에 대한 대민지원 정도의 일이었기에 병사들은 조금 지루해하는 듯했지만 낸시 중위는 아무 일 없음을 고맙게 생각하고 있었다.

그런 로빈중대 주둔지로 1/4톤이 한 대 들어왔다. 중대 주둔지 입구에 멈추어선 차에서는 한 명의 여자가 내리면서 운전자에게 고마움을 표시했다. 짧게 자른 붉은색 머리카락이 흡사 남자처럼 보이는 여성은 아무런 부착물이 붙어 있지 않은 군용 재킷을 입고 조금은 커다란 백

팩을 등에 맨 차림으로 정문 앞으로 걸어왔다. 그녀는 정문 앞에서 경계를 서고 있는 로빈중대 병사에게 신분증과 서류를 보여주었고, 병사는 무전기를 이용해 보고를 올렸다. 잠시 뒤에 여자는 당당하게 로빈중대의 주둔지로 들어섰다. 그녀는 그렇게 들어서자마자 지나가는 병사를 붙잡고 중대장이 지내는 천막을 물었고 병사는 주둔지 안쪽의 커다란 중형 천막을 손으로 가리켰다. 중형 천막에 당당하게 들어선 여자의 눈에 이제 막 차를 마시려고 찻잔을 입에 가져가는 낸시 중위와 그 옆에서 같이 찻잔을 들어 올리는 유리아 중사가 들어왔다.

"안녕하세요!"

"아…… 네……."

낸시 중위가 조금 당황한 듯 엉거주춤하게 자리에서 일어났다. 그런 낸시 중위에게 다가간 그녀는 낸시 중위의 손을 붙잡고 흔들었다.

"반갑습니다. 연락은 받으셨죠? 메이언일보의 가넷 크러섬 기자입니다."

"아. 네. 반갑습니다. 저희 중대를 취재하러 오셨다고요?"

낸시 중위가 묻자 가넷은 웃으면서 답했다.

"네. 앞으로 잘 부탁드립니다. 오래 있지는 않지만요."

가넷의 말에 낸시 중위는 어색한 웃음을 지으며 고개를 끄덕였다.

2.

가넷은 무척이나 짧은 머리를 한 데다가 한낮이면 사막 사람들이

애용하는 전통 모자를 쓰고 다녔기 때문에 처음 그녀를 본 병사들은 남자로 착각하고는 했다. 거기에 자기 사이즈보다 크고 펑퍼짐한 옷을 걸치고 다녀서 처음 가넷이 말을 걸면 병사들은 그녀가 여자라는 사실을 알아차리고 깜짝 놀라버리고는 했다. 여유가 있는 옷이 더운 사막에서 더 편리하다는 것이 그녀의 대답이었다. 주둔지 근처에 자신이 가져온 텐트를 치고 짐을 푼 가넷은 그 길로 주둔지를 돌면서 인터뷰를 시작했다. 가넷은 전투보다는 병사들의 생활이 더 관심이 가는 듯 행동했고, 그 때문인지 오자마자 바로 부대를 돌아다니면서 병사들을 붙잡고는 하는 것이었다. 처음에는 약간 거리감을 두던 병사들도 그녀가 기자라는 신분을 밝히면 이내 이것저것 관심을 가지고는 자신의 이야기들을 쏟아내고는 했다. 별다른 이야깃거리가 없는 사막에서 자신들을 취재하러 왔다는 기자는 병사들에게 충분히 즐거운 사건이었다.

"취사병이신…… 이름이?"

"피어입니다. 피어 뮐러."

식사가 끝나고 취사장을 정리하는 피어 상병에게 가넷이 질문을 던졌다. 가넷은 중대원 중 가장 나이가 많아 보이는 피어 상병에게 기자로서 무언가 이야깃거리가 있음을 캐치해 냈다. 물론 피어 상병에게 나이가 들어 보인다는 말은 하지 않았지만 말이다.

"네 뮐러시군요. 취사 준비는 힘들지 않나요?"

가넷의 질문에 피어 상병은 다 씻은 식기도구를 나무상자에 집어넣으면서 대답했다.

"뭐 그렇게 쉬운 건 아닙니다만 예전에 군에 있었을 때도 취사반에 있었고 결혼한 다음에 아이랑 남편 식사도 챙겨주고 했으니 이제는 익숙하다고 하겠지요."

"아. 실례지만 나이가 좀 있으신가요?"

가넷은 기자 생활의 경험으로 매끈하게 나이 이야기를 꺼내 들었다. 그 물음에 피어 상병은 별생각 없이 대답을 했다.

"32살입니다. 중대에서 제일 나이가 많지요. 중대 간부들보다도 많고요. 예비군이었는데 이번에 다시 재입대했습니다."

피어 상병의 말에 가넷은 미소를 지었다. 자신의 생각이 맞아 들어가는 순간이었다. 가넷은 남편과 아이가 있는 나이 많은 여군병사의 이야기라면 충분히 기삿거리가 될 것이라고 생각했다.

"어머. 전혀 예상 못 했네요. 젊어 보이세요."

"감사합니다."

가넷이 입바른 소리를 한다고 피어 상병은 생각했지만 그래도 그런 말이 기분 나쁘지는 않았기에 웃음으로 넘길 수 있었다. 그런 식으로 웃으면서 인터뷰가 진행되었다. 식기를 모두 정리한 피어 상병은 앞치마를 벗어서 앞쪽 테이블에 올려놓았다.

"남편과 자식이 있다고 하셨는데 재입대할 때 가족의 만류는 없었나요?"

가넷이 수첩에 아까까지의 일을 적어 넣고 다시 질문하자 피어 상병의 표정이 굳어 버렸다. 가넷은 직감적으로 자신의 질문이 잘못되었음을 깨달았다. 잠시 말이 없던 피어 상병이 다시 표정을 풀고 말했다.

"전쟁이 발발하는 날 남편과 아들은 프로세에 가 있었습니다. 시부모님이 프로세에 살고 계셨거든요. 저는 일이 있어서 뒤에 출발하기로 되어 있었습니다. 그러다가 제국이 프로세에 침공을 한 거죠. 제가 남편과 아들의 사망통지를 받은 것은 제국군 침공 4일째 되던 날이었습니다. 이 정도면 제가 왜 다시 입대했는지 잘 아시리라 믿습니다."

피어 상병의 말에 가넷은 아무런 대답도 할 수 없었다. 피어 상병이 그렇게 말하고는 아무 말 없이 뒤돌아서 자신의 텐트 안으로 들어가 버리자 옆에 있던 민트 일병이 다가와서는 가넷의 어깨를 두드려 주었다.

"뭐. 나쁘게 생각하지 마세요. 원래는 좋은 사람인데 가족 이야기가 나오면 좀 그렇게 돼요. 벌써 1년이 지나긴 했지만 말이죠."

"네……. 그쪽은?"

"민트, 민트 크리미아 조슈아입니다. 취사반에 속해 있지요."

갈색머리를 짧게 자르고 보병용 작업모를 반대로 쓰고 있는 민트 일병은 씨익, 하고 가넷을 향해 웃어 보였다.

"취사반이시군요."

"네. 뭐든 물어보시죠. 20살이고 입대한 지는 이제 1년 조금 넘어갑니다. 전쟁 나기 직전에 입대했지요. 원래는 19사단이었어요."

가넷은 민트 일병의 말을 수첩에 적었다.

"아. 크리미아는 C가 아니고 K로 시작합니다."

"그렇군요."

민트 일병이 가넷의 수첩을 넘겨보다가 말하자 가넷은 만년필로 선을 긋고 이름을 다시 표기했다.

"취사병으로서 힘든 일은 없습니까? 식사 준비라던가 말이죠."

"물론 힘들지요. 그래도 소대별로 끼니때마다 돕는 인원들도 차출되고 하니까, 그냥저냥 버티는 거지요. 보급이 늦어서 재료가 부족할 때가 가장 힘듭니다. 아무래도 병사들 영양까지 생각해야 하니까요. 그런 면에서 피어 상병님 덕분에 잘 헤쳐 나가는 편입니다. 실력이 대단하시거든요."

민트 일병이 신이 나서는 떠드는 말을 가넷은 하나하나 적어 나갔다.

"마지막으로 사진 한 장 찍어도 될까요?"

"사진이요? 알겠습니다. 잠시만요."

그렇게 말한 민트 일병이 텐트로 달려가서는 피어 상병을 반쯤 억지로 밖으로 끌고 나왔다.

"자. 잘 좀 부탁드려요."

민트 일병이 피어 상병 옆에 서자 가넷은 옆에 걸고 있던 이안식 리플렉스 카메라를 꺼내서 뷰 파인더 부위를 열었다. 찰칵 소리와 함께 카메라 위가 열리고는 뷰 파인더가 드러났다. 가넷은 옆쪽의 손잡이를 돌려서 필름을 준비하고 전면에 달린 두 개의 렌즈를 조절해서 초점을 맞춘 뒤 말했다.

"자, 찍으니까 잠시만 기다려요."

그리고 가넷은 위쪽 셔터를 눌렀다.

"엘프시군요."

"네. 그렇습니다."

그렇게 또다시 주변을 둘러보던 가넷의 시야에 다른 인물이 눈에 들어왔다. 브로미 중사였다. HBT 작업복에 작업모를 착용했는데 옆으로 삐죽이 튀어나온 귀가 그녀가 엘프족임을 나타내고 있었다. 가넷으로서는 왕립군에 엘프가 있다는 사실이 신기해서 말을 걸었다.

"이름이 어떻게 되죠?"

"브로미입니다."

브로미 중사가 조금은 딱딱한 어투로 대답했다.

"로빈중대에서는 어떤 일을 맡고 계시죠?"

"중대본부 소속으로 저격수입니다."

브로미 중사는 묻는 말에만 대답하고 있었다.

"군대는 어떻게 들어오셨나요?"

"어쩌다 보니 그렇게 되었습니다."

브로미 중사가 그렇게 대꾸하자 가넷은 잠시 할 말을 잊어버리고 말았다. 브로미 중사가 제국군 출신이라는 것은 부대에서도 낸시 중위와 조엔 중위 둘만이 아는 사실이었고, 그 점을 잘 알고 있는 브로미 중사도 말을 아꼈다. 스스로도 자신의 정체가 많은 이에게 알려지는 것이 좋지 않음은 자각하고 있었다. 가넷은 그런 브로미 중사에게 호기심을 느끼고 계속해서 질문을 퍼부었다.

"그러지 마시고 좀 더 이야기해 주시죠. 좋은 기삿거리가 될 것 같아서 말입니다."

"아. 브로미 중사님에 대한 이야기는 하지 마세요."

그런 가넷에게 헬렌 상병이 다가오며 말했다. 헬렌 상병은 슬쩍 가넷과 브로미 중사 사이에 끼어들어 공간을 만들었다.

"왜 그러시죠?"

가넷이 묻자 헬렌 상병이 답했다.

"브로미 중사님은 저격수거든요."

"저격수인 것이 무슨 상관이죠?"

가넷이 그렇게 말하자 헬렌 상병은 조금 난감한지 머리를 긁적이고는 답했다.

"저격수라는 건 뭐랄까, 우리나라 병사들이나 적군 병사들이나 굉장히 적대시하는 병과에요. 숨어서 아군을 사냥하니까요. 그래서 잡히면 포로 대우 그런 거 없이 그냥 사살되는 경우가 대다수죠. 그러다 보니까 저격수들은 자신의 신분 노출을 매우 꺼려하죠."

헬렌 상병이 그렇게 말하자 그제야 가넷은 고개를 끄덕였다.

"그렇군요."

가넷은 바로 브로미 중사에게 사과했고 브로미 중사도 고개를 끄덕이며 그 사과를 받아들였다.

그렇게 브로미 중사의 인터뷰를 끝낸 가넷은 다시 주둔지를 돌기 시작했다.

"잘 둘러보고 계십니까?"

그런 가넷에게 낸시 중위가 다가가서는 웃으면서 물었다.

"네. 부대원들이 모두 친절하네요."

"그렇게 봐 주시니 감사합니다. 아마도 기자님이 여자이다 보니까 더 그런 것 같습니다."

"남자였으면 다들 부끄러워했을까요?"

"어…… 아니…… 흐음……."

가넷이 그렇게 묻자 낸시 중위는 말을 더듬으며 한참을 생각하고는 고개를 저었다.

"아뇨. 아마 더 신나서 난리 치는 바람에 기자분이 도망갔을 걸요."

"하하하! 그럴라나요."

가넷이 한바탕 웃고는 주머니에서 수첩을 꺼내 들었다.

"그럼 이렇게 된 김에 중대장님을 인터뷰해도 될까요?"

"아. 저를요? 저는 별로 재미없을 텐데요. 이제 군 생활 1년 정도 했으니까요."

낸시 중위가 손을 저으면서 거절했지만 가넷은 좀 더 낸시 중위에게 다가섰다.

"아뇨. 충분히 기삿거리는 된다고 생각합니다만. 프로세 공방전 당시에 전차 부대를 막으셨잖아요? 그 뒤로도 듣기로는 지난번 전투 때 1/4톤을 이용해서 적군 기지를 한 바퀴 돌고 오셨다면서요? 적군 연료 집적소를 하나 날려 버리시고요."

가넷이 그렇게 말하자 낸시 중위는 어깨를 으쓱해 보였다.

"그런 정보는 어디서 구하셨는지 모르겠네요."

"기자란 정보를 먹고 사는 존재지요. 그리고 군대란 외부로는 정보가 잘 안 돌지만 내부에서는 돌고 도는 법이고요."

"알겠습니다. 마음대로 물어보세요."

낸시 중위가 그렇게 말하자 가넷은 씨익 웃어 보였다.

"그러고 보니 풀 네임이 어떻게 되시죠? 저도 대단하다는 소문만 들어서요."

"낸시 C. 콜필드입니다."

"낸시 C. 콜필드…… 콜필드? 어디서 들어본 것 같은데요?"

가넷이 고개를 갸웃거리다가 아! 하고는 소리를 냈다.

"혹시 대륙전쟁 당시 활약한 제르헴 K. 콜필드 중장님의 친척 되시나요?"

가넷이 묻자 낸시 중위는 고개를 끄덕였다.

"그분의 손녀입니다. 저희 아버지께서 할아버지의 둘째 아들이시죠."

"그렇군요! 대단하신 집안의 손녀분이시네요. 그리고 아버지께서 둘째 아들이시라면 상원의원이신 리너어르 콜필드 의원이시군요."

"네. 일단은 그렇습니다."

"그런데 어째서 이렇게 전선에 나와 계신 거지요?"

가넷이 묻자 낸시 중위는 순간 할 말을 잊어버렸다. 그리고 잠시 뜸을 들이고 입을 열었다.

"글쎄요……. 그리 거창한 이유는 없습니다. 어쩌다 보니 배속된 중대가 저희 중대였고, 어쩌다 보니 프로세에서 첫 전투를 치렀지요. 그때 전공을 세우고 나니 계속 전투중대로 남아 있게 되었습니다. 저로서도 어떤 이유를 말하기는 힘들군요. 그냥 그렇게 되었다고 해야 하겠네요."

낸시 중위로서는 그 이상 할 말이 없었다. 낸시 중위는 무언가 거창한 이유를 대야 하나 싶었지만, 지금 전쟁터에 있는 것을 설명할 별다른 이유가 생각나지 않았다. 군인으로서의 의무라거나 국가에 대한 충성심보다도 그냥 있어야 하기에 있다는 것이 더 옳은 표현이라고 생각했다. 그저 이 장소에 있어야 하기에 있는 것이었다. 낸시 중위가 그렇게 말하자 가넷은 살짝 표정을 찡그렸다.

"기사로 쓰기는 좀 그런 대답이시네요."

"그런가요? 죄송합니다. 저도 뭐 거창한 생각을 하면서 사는 성격이 아니거든요. 뭐 군대에서야 국가를 위한 헌신이니 조국에 대한 충성심, 뭐 이런 대답을 원하겠지만요. 저로서는 그 이상은 말하기 힘드네요."

"아뇨. 괜찮습니다. 저로서는 솔직한 대답이 마음에 드네요. 있어야 하니까 있는다. 멋진 대답입니다. '조국을 지키기 위해 최선을 다하기 위해서입니다'같은 교과서적인 대답을 하셨다면 아마도 속으로는 웃어버렸을 거예요."

가넷이 웃으면서 말하자 낸시 중위도 웃어 보였다.

"그럼 또 질문하지요. 입대하는 데 아버지나 할아버지께서 영향을 주셨나요?"

"글쎄요. 사실 아버지께서는 제 입대를 반대하셨습니다. 정확하게 말하자면 사관학교 입학을 말이지요. 귀족의 자녀들은 의무적으로 사관학교에 입교해서 1년의 군사교육을 받는 걸 알고 계십니까?"

가넷의 질문에 낸시 중위가 답하면서 되물었고 가넷은 잠시 생각을 하더니 대답했다.

"아. 예. 알고 있습니다. 전쟁이 났을 경우 귀족 자제들은 장교로 복무해야 한다는 것 때문에 그렇죠? 그렇지만 안 가도 되는 방법이 꽤 많았던 걸로 기억하는데 말이지요. 국방세를 낸다거나, 집안 형편이 어렵다거나 하면 말이지요. 거기다 여자는 원하는 자에 한해서고요."

"저도 제가 자원해서 사관학교로 갔지요."

"이유가 있으셨습니까?"

가넷의 물음에 낸시 중위는 잠시 말을 멈추었다가 다시 입을 열었다.

"뭐 대단한 건 아닙니다. 약간의 반항심리라고 할까요? 그 전까지는 아가씨들이 다니는 그런 학교를 다녔습니다. 그리고 개인적으로 대학을 가고 싶었지만, 아버지께서 반대를 하셨으니까요. 아버지는 신부수업을 받고 사교계에 진출하기를 원하셨습니다. 그래서 저는 아버지 모르게 입학서류를 작성해서 제출하고는 아무 말 없이 입학했지요."

"사관학교로 가출하신 거군요."

"하하……. 그렇게 볼 수도 있겠네요."

가넷의 말에 낸시 중위는 한 번 웃어 보이고는 말을 이어 갔다.

"원래는 1년만 지내고 퇴소할 생각이었습니다. 그런데 귀족으로 이루어진 그런 단기교육생도들은 평민 생도들과 알력다툼이 있었어요. '군대는 계급이기에 사회의 신분은 허락되지 않는다'는 지침이 있었지만 어디 그게 쉽나요. 일단 저는 단기교육생도 중 유일한 여성이었고, 저와 같은 학년 중 장기교육생도에는 6명의 여성이 있었습니다. 교육 과정이 겹치다보니까 계속 경쟁을 하게 되더라고요. 결국, 경쟁심리 때문에 단기교육을 끝내고 장기교육을 했다고 보면 됩니다."

"그리고 결국, 지금은 이렇게 중위 계급장을 달고 중대장을 하고 계시는군요."

"그렇습니다. 사실 참전용사이신 할아버지의 영향이 없다고는 못하겠네요. 실제로 제 군 생활의 목표와도 같으신 분이시니까요."

"그렇군요. 말씀 감사합니다. 사진 한 장 찍어도 될까요?"

가넷이 사진기를 들어 올리고 말하자 낸시 중위는 고개를 끄덕이고는 작업모를 쓴 채 차렷 자세를 취했다.

"좀 더 자연스럽게는 안 될까요?"

"아…… 글쎄요……. 군대 와서 사진을 찍을 때는 늘 차렷 자세이다 보니……."

그렇게 말한 낸시 중위는 조금은 어색하게 몸을 비틀었다.

"흐음…… 아까보다는 좋네요. 자. 그럼 찍습니다. 하나. 둘……."

"히익!"

가넷이 셔터를 누르는 순간 낸시 중위가 깜짝 놀라서는 소리를 치고 말았다. 뷰파인더를 바라보던 가넷도 깜짝 놀라서는 얼른 시선을 앞으로 돌렸다. 어느새 나타난 조엔 중위가 낸시 중위의 뒤에서 양손을 앞으로 뻗어 낸시 중위의 가슴을 더듬고 있었고, 낸시 중위는 깜짝 놀라서는 몸을 비틀었다.

"조…… 조엔 중위! 무슨 짓입니까."

"헤에. 낸시 중위님이 너무 딱딱하게 서 있으니까 좀 풀어 주려는 거에요오."

그렇게 말하고는 조엔 중위는 계속해서 낸시 중위의 가슴을 주물렀고 낸시 중위는 얼굴을 붉게 물들이고는 어떻게든 그 손을 치우려고 몸을 움직였다. 그런 둘의 모습을 바라보는 가넷은 도대체 어떻게 된 것인지 이해를 못 하고 멍하니 그것을 바라볼 뿐이었다.

그렇게 겨우 조엔 중위의 손에서 벗어난 낸시 중위가 풀어져 있는 단추들을 다시 채우면서 조엔 중위에게 설교하는 동안 조엔 중위는 입을 삐죽이면서 그 말을 듣고 있었다. 그런 낸시 중위와 조엔 중위의 모습을 보고 가넷은 웃음을 터트렸다. 한참을 웃는 가넷의 모습을 본 낸시 중위는 얼굴을 더 붉히고는 얼른 옷매무세를 다듬었다. 그리고 한

숨을 쉬는 동안 유리아 중사가 달려와서는 낸시 중위에게 명령을 전달했다.

3.

해가 어둑어둑해지는 시점에 로빈중대 인원들은 전원 출동 준비를 갖추고 주둔지 입구 쪽에 모여 있었다. 철모를 착용하고 소총을 든 채 단독군장을 꾸린 로빈중대 인원들은 각자 장비를 확인하고 있었고, 낸시 중위는 한쪽에서 소대장들을 모아 지도를 펼쳐 놓고 명령을 하달하고 있었다.

"우리 중대에 떨어진 명령은 불시착한 아군 조종사를 구출하는 임무이다. 아군 조종사의 이름은 '카밀라 K. 로져스'. 이 이름은 몰라도 '레드 래빗'이라는 콜사인은 군 신문 등에서 읽어본 적 있겠지. 국내 최초의 여성 에이스 파일럿이다. 본토방어항공전에서 6대 격추, 이곳 전선으로 이동해서 2주 사이에 3대를 더 격추시켰지. 통상적인 정찰비행에 나섰다가 15시 41분에 적군 대공포화에 피해를 입고 아군 기지로 돌아오던 중, 이곳 지도에 표시된 장소에 15시 57분에 비상착륙을 했다고 한다. 현시간이 16시 49분이니 한 시간쯤 지났겠군. 보면 알겠지만, 착륙지점은 아군 주둔지에서 40㎞ 정도 북서쪽으로 떨어진 지점이다. 적들도 아마 기를 쓰고 찾고 있을 가능성이 높아. 모쪼록 우리가 먼저 찾아내서 구조해야 한다."

"중대장님. 그렇다면 저희보다 약 15㎞앞에 위치한 F중대^{폭스}가 가는 것이 더 빠르지 않습니까?"

레니 소위가 낸시 중위에게 물었지만 낸시 중위는 고개를 저어서 그 말에 반대했다.

"물론 F중대^{폭스}가 더 가깝지만 알다시피 F중대^{폭스}는 그 지역을 방어해야 하기에 전 중대가 달라붙어서 수색할 수가 없지. 그 대신 우리는 후방에 위치하기 때문에 거의 모든 중대원을 가용할 수 있고."

"확실히 그것도 그렇겠군요. 알겠습니다."

"좋아. 그러면 이걸 하나씩 받도록."

레니 소위가 납득하자 낸시 중위는 각 소대장에게 투명지를 나누어 주었다. 투명지에는 각자 다른 색의 펜으로 좌표점이 표시되어 있었다.

"일단 레드 래빗의 예상 이동 경로를 표시해 두었으니 각자 확인하고 추락 장소까지는 다 같이 이동한 뒤 그곳부터 흩어져서 찾아본다. 전투기는 상태를 봐서 3소대가 수거하고, 나머지 1소대와 2소대는 조종사를 구출하는 데 주력할 것. 그럼 전원 차량 탑승하고 이동한다."

낸시 중위의 말에 각 소대장은 자신들의 소대로 달려갔다. 낸시 중위는 1/4톤으로 걸어가 올라타려다 뒷좌석에 타고 있는 가녯을 발견했다.

"같이 가시려는 겁니까?"

낸시 중위가 총을 좌석 옆에 세우고는 묻자 가녯은 고개를 끄덕였다.

"원래 이런 작전에 참가하려고 온 겁니다."

"위험할 수 있습니다. 적과의 교전이 벌어지면 챙겨 드리기 힘드니 조심하세요."

낸시 중위는 그렇게 말하고 선탑석에 탑승했다. 낸시 중위는 옆에 세워 둔 무전기를 들어 올려 스위치를 눌렀다.

"각 소대로부터 출동 보고 바람 이상."

낸시 중위가 무전기의 버튼을 누르고 말하자 각 소대로부터 출동 준비가 완료되었음을 알리는 무전이 날아왔다. 낸시 중위는 무전기를 다시 내려놓고 운전병인 틸리아 상병에게 고개를 끄덕였다. 틸리아 상병은 씨익 웃으면서 철모에 씌워 놓은 방풍고글을 내려썼다. 낸시 중위가 탑승한 1/4톤을 선두로 4대의 트럭이 줄을 맞추어서 주둔지를 빠져나갔다.

전투기에 도착한 로빈중대 중대원들은 이미 어두워진 사막에서 조심스럽게 움직이기 시작했다. 전투기는 꽤나 심하게 망가져 있었다. 양쪽 날개는 충격 때문인지 동체에서 떨어져 나와서 10여 미터나 나가떨어져 있었고, 꼬리날개도 완전히 접혀 있었다.

"이것은 가져가기도 힘드니 차라리 파괴하는 게 좋겠군요."

같이 온 육군항공대 소속 소위가 낸시 중위에게 말하자 낸시 중위는 고개를 끄덕였다. 결국, 육군항공대에서 온 인원들이 항공기에 폭약을 설치한 뒤 기체를 폭파시키기로 했다. 로빈중대 인원들은 원래 계획대로 조종사를 구출하기로 했다.

"전투기 수거는 취소되었으니 3소대는 이 주변을 수색하는 게 좋겠군. 아군 조종사가 근처에 있을 수도 있으니까."

낸시 중위가 그렇게 말하자 3소대장인 로나 소위가 고개를 끄덕이고 자신의 소대원들에게 돌아갔다.

그렇게 전투기 근처부터 시작해서 조종사 구출 작전이 시작되었다. 3소대는 전투기 주변을 수색하고 아군 조종사를 발견하지 못할 경우 육군항공대 인원과 같이 기체를 폭파한 뒤 본대로 복귀하기로 하였고, 낸시 중위는 유리아 중사의 1소대와 함께 예상 이동로를 수색하기로 했다. 기자인 가넷은 그런 낸시 중위를 따라나섰다.

"어두운데 괜찮으십니까?"

"네. 걱정 마시죠."

낸시 중위가 묻자 가넷은 대답했다. 1소대 인원들은 분대별로 2~3명씩 나뉘어서 주변을 수색하며 예상 경로로 걸어가기 시작했다. 그 뒤를 트럭과 1/4톤이 조심스럽게 따라갔고 낸시 중위는 그런 차량 앞에서 걸으며 무전기에 귀를 기울이고 있었다. 불을 켤 수 없었기 때문에 수색은 매우 천천히 이루어졌다.

"그건 그렇고, 대단하시네요. 여성이면서 이런 전선까지 취재를 나오시고 말입니다."

낸시 중위가 그렇게 묻자 가넷은 머리를 긁적이며 말했다.

"글쎄요……. 뭐 여성이면서 전선에 나와 있는 분들도 있는데요, 뭐."

"그렇긴 하군요."

낸시 중위가 그렇게 말하자 가넷은 살짝 미소를 지어 보였다. 그리고 입을 열었다.

"예전에 이런 일이 있었어요. 제 선배 기자인데, 제가 화재 취재를 다녀와서 찍은 사진을 보면서 한숨을 쉬고 있으려니 와서 말씀하시더군요. '무슨 일인데 한숨이야?'라고. 그래서 저는 '사진에 긴장감이 없어서요'라고 대답했죠. 그 선배는 그런 제 사진들을 둘러보고는 제 머리에 꿀밤을 한 대 놓고는 말하셨어요."

그렇게 말한 가넷은 살짝 숨을 고르고 다시 입을 열었다.

"'너 소방관들이 쳐놓은 안전선 밖에서 사진 찍었지? 그러니까 그런 거야. 사진이 마음에 안 드는 건 당연히 현장에서 멀리 떨어져 있으니까. 네가 정말로 마음에 드는 사진을 찍고 싶으면 최대한 현장에 가까이 다가가. 그래야 정말로 현장감이 넘치는 사진을 찍을 수 있지'라고요."

가넷의 말에 낸시 중위는 그저 고개를 끄덕였다.

"멋진 선배님이군요."

"네. 멋진 선배죠. 몇 번이나 기자상을 탔어요. 전쟁이 나자마자 제일 먼저 짐 싸서 전선으로 떠났다니까요. 참 대단한 선배죠."

"여전히 전선에 계십니까?"

낸시 중위가 아무렇지 않게 묻자 가넷은 잠시 뜸을 들였다. 그리고는 다시 입을 열었다.

"저승의 여신을 인터뷰하러 가셨죠."

"아……."

가넷의 말에 낸시 중위는 아무 말도 할 수가 없었다. 그렇게 잠시 침묵이 흐르고 낸시 중위는 입을 열었다.

"죄송합니다."

"아뇨. 그 선배다웠어요. 마지막까지 신문의 1면을 장식했죠. 최초로 전선에서 사망한 기자라고 말이죠. 제국군이 프로세를 침공한 지 사흘만에 적 포격에 전사했으니까요."

가넷이 그렇게 말하자 낸시 중위는 더더욱 무슨 말을 해야 할지 알수가 없었다.

"그래서 이번에는 제가 전선으로 온 것입니다. 사실 오려고 무척이나 노력했는데 여자 기자니까 안 보내주더라고요. 그래서 로빈중대 핑계를 댔습니다. 로빈중대는 여성중대니까 여자인 제가 가는 게 더 취재에 도움이 될 거라고 말이지요. 덕분에 편집장님을 설득했답니다."

가넷의 말에 낸시 중위는 고개를 끄덕였다.

"기자도 어렵군요."

"전쟁 중인 군인만할까요."

"중대장님. 중대장님 계십니까."

낸시 중위와 가넷이 대화를 하는데 누군가가 다가와서 조심스럽게 말하기 시작했다.

"여기 있어."

낸시 중위가 말하자 그제야 병사는 천천히 다가왔다. 1소대 2분대 그레이어 일병이었다.

"중대장님, 찾았습니다."

그렇게 말하고 뒤쪽에 손을 흔들자 누군가가 천천히 낸시 중위에게 걸어왔다. 병사 두 명이 양옆에서 부축을 하고 있었다. 어두워서 확실하게 알아보기 힘들었지만 상대방은 여성이었고, 공군용 양가죽 자켓을 입은 것을 확인할 수 있었다. 낸시 중위는 그녀를 1/4톤 뒷좌석에 앉게 하고 가까이 다가가서 조심스럽게 상대의 얼굴을 바라보았다. 그리고 입을 열었다.

"이름과 소속을 대십시오."

"카밀라 로져스 소위. 군번 50342731. 육군항공단 제12전투비행대 332중대."

"콜사인과 당신의 편대장 이름은?"

"레드 래빗. 편대장은 피터 루크 '더 캑터스(the cactus)'. 편대원은 '사이클론(cyclone)' 맥시마 젝스와 '더 캠퍼(the camper)' 윌리 사이퍼. 이 정도면 됐습니까?"

카밀라 소위가 그렇게 말하자 낸시 중위는 잠시 생각을 했다. 상대방이 말한 것은 모두 사실이었지만, 적군에게 실력 있는 정보원이 있다면 모두 알아낼 수 있는 정보들이었다. 낸시 중위가 잠시 고민을 하고 있으려니 옆에서 보고 있던 가넷이 입을 열었다.

"고향이 로셕스 주의 트레이번이죠? 집에서는 트레이번 헤럴드를 보시나요?"

가넷이 묻자 카밀라 소위는 가넷을 바라보고는 조금 짜증나는 투로 대답했다.

"이봐요! 트레이번(trayburn) 사람이라면 리딩타임즈를 읽습니다. 그런 켈리녹스 촌놈들 신문은 안 봐요."

"이 사람은 정말 카밀라 소위가 맞네요."

"네?"

가넷이 그렇게 말하자 낸시 중위는 가넷을 바라보았다. 낸시 중위로서는 뭐가 뭔지 알 수가 없었다.

"로셕스 주의 트레이번 시에서는 리딩타임즈가 가장 많은 판매 부수를 자랑하죠. 그리고 트레이번 헤럴드(treyborn herald)는 로셕스 주 옆의 비스커스 주 켈리녹스 시의 신문인데 창립자가 크레이시 트레이번이에요. 참고로 말하자면 트레이번 시와 켈리녹스 시는 각자 '트레이번 챔피온스'와 '켈리녹스 크롤레인스'라는 야구팀의 본거지인데 두 팀은 50년간 내려온 라이벌 팀이죠. 매번 왕국 리그에서 순위를 다퉈요. 거기다 더 말하자면 '리딩타임즈'는 '트레이번 챔피온스'팀을 후원하고 '트레이번 헤럴드'는 '켈리녹스 크롤레인스'를 후원합니다."

가넷의 설명을 들은 낸시 중위는 가넷의 말이 옳다고 생각했다. 제국군 정보원이 그런 동네 일까지 알 수는 없을 것이다.

"더 설명할 필요 없겠죠? 제국군이 우리나라 야구팀하고 동네 신문까지 알 리는 없으니까요."

가넷이 그렇게 말하자 낸시 중위는 고개를 끄덕였다.

낸시 중위는 무전기를 들어서 각 소대에 수색이 완료되었음을 통보하고 현 위치로 집결할 것을 명령한 뒤에 카밀라 소위에게 다시 다가갔다. 카밀라 소위는 1소대 의무병인 리아넷 상병이 치료를 하고 있었는데, 빛이 새어가지 않도록 카밀라 소위와 리아넷 상병의 몸을 우의로 덮어놓고 있었다.

"카밀라 소위의 상태는 어떤가."

낸시 중위가 리아넷 상병에게 묻자 리아넷 상병은 빛이 새어나가지 않도록 덮어 놓은 우의 밖으로 몸을 빼면서 말했다.

"우측 다리 골절 빼고는 큰 이상은 없습니다."

"추락 장소에서 약 2㎞는 떨어진 곳인데 그런 다리로 용케도 건너왔군요."

낸시 중위가 리아넷 상병의 보고를 듣고는 카밀라 소위에게 말했다.

"오느라 고생 좀 했습니다. 있는 거라고는 리볼버하고 나이프밖에 없는데 말이죠. 아까도 병사가 왔을 때 제국군인줄 알고 칼로 찌를 뻔했습니다. 목소리를 듣고 여자가 아니었으면 아마도 벌써 찔렀겠지요."

카밀라 소위의 말에 낸시 중위는 그저 웃음을 지어 보였다. 그런 낸시 중위에게 유리아 중사가 와서는 말을 걸었다.

"중대장님. 소대원들 모두 탑승시켰습니다."

"일단 이곳에서 2소대와 3소대를 기다렸다가 한번에 돌아가도록 하겠습니다. 혹시 모르니 차량에서 사주경계를 철저하게 하도록 명령해 주십시오."

"예, 알겠습니다."

유리아 중사가 대답하고 트럭으로 걸어갔다. 낸시 중위는 1/4톤에 탑승해서 소총을 옆쪽에 거치시키고 뒤를 바라보았다. 뒤쪽에는 무전병인 엘리센 상병과 가넷이 앉아 있었다. 카밀라 소위는 1/4톤 앞쪽에 들것을 고정시킨 뒤 밴드를 이용해 몸을 단단하게 묶어 두었다.

"좀 불편하더라도 참으십시오."

"아닙니다. 중위님. 이 정도도 감지덕지지요."

카밀라 소위가 머리를 들어 올려서 끄덕였다. 낸시 중위는 야광 도료가 칠해진 시계를 눈 가까이에 가져가서 시간을 확인했다. 그 순간 2소대가 거의 도착했다는 연락이 무전으로 들어왔고, 유리아 중사는 붉은색 필터를 끼운 랜턴을 이용해 신호를 보내 2소대의 차량을 유도했다. 3소대가 도착하는 즉시 출발하면 되겠다고 낸시 중위가 생각하는 동안 멀리서 폭발음이 들려왔다. 낸시 중위는 처음에 3소대 인원들이 전투기를 폭파하는 소리라고 생각했다. 그렇지만 폭음 뒤로 탄이 발사되는 소리가 들려오자 낸시 중위는 무언가 일이 잘못 돌아가고 있음을 직감했다.

"3소대 연결해!"

낸시 중위가 소리치자 엘리센 상병이 얼른 무전기의 주파수를 확인하고 3소대 호출부호를 부른 뒤에 낸시 중위에게 수화기를 건네주었다.

"이지라 알리고 이지 쓰리 송신 바람."

-이지 쓰리 송신.

낸시 중위가 말하자 곧바로 3소대장인 로나 소위의 목소리가 들려왔다. 로나 소위의 목소리에서 다급함을 느낀 낸시 중위는 곧바로 상황 보고할 것을 지시했다.

-현재 적군의 공격을 받고 있습니다. 현시점에서는 소수로 보입니다만 적이 더 있을 것으로 예상됩니다. 이상.

"이지 쓰리에게, 상황 판단 후 현 위치로 후퇴하기 바란다."

-이지 원. 알겠습니다. 연막 차장 후 차량 탑승해 후퇴하겠습니다. 이상.

로나 소위가 그렇게 대답을 하고 무전을 종료했다. 낸시 중위는 등으로 땀이 흐르는 것을 느꼈다. 무전을 들은 유리아 중사와 레니 소위가 걱정스러운 표정으로 낸시 중위를 바라보았다. 그리고 잠시 뒤 레니 소위가 입을 열었다.

"중대장님. 구조반을 보내야 하지 않겠습니까."

"1소대와 2소대는 출동 준비한다. 차량 하차는 하지 않고 대기하도록. 3소대의 보고에 따라 행동한다. 엘리센은 대대망으로 연결한 뒤 바꿔 줘."

낸시 중위가 명령하자 유리아 중사와 레니 소위는 얼른 자신들의 소대원들에게 달려갔다. 각각의 트럭에는 30여 명의 병사가 타고 있었고, 각각 소대장의 명령에 따라 탄을 확인했다. 낸시 중위는 엘리센 상병이 건네준 무전기를 통해 대대에 상황을 보고했고 혹시 모를 사태에 대비해 대대 차원에서 대비를 해 줄 것을 요청했다. 그 뒤 주둔지에 연락한 낸시 중위는 미리아 중사에게 박격포반과 여분의 탄약을 수송할 것을 명령했다. 낸시 중위는 다시 시계를 바라보았다.

"3소대 연결해 봐."

낸시 중위가 엘리센 상병에게 명령하자 엘리센 상병은 무전기를 들고 3소대를 호출했다.

-이지 쓰리 송신!

무전기에서는 로나 소위의 다급한 목소리가 흘러나왔다. 그 뒤로 탄환이 발사되는 소음도 같이 들려왔다.

"상황이 어떠한가. 이상"

-차량은 두 대 다 파손되었고 현재 모래언덕 뒤에서 겨우겨우 버티는 실정입니다. 포위당했습니다. 파손된 차량을 엄폐물 삼아 응전중입니다.

로나 소위가 울 것만 같은 목소리로 고함치듯 말했다. 소음과 로나 소위의 목소리로 인해서 알아듣기 힘들었지만, 낸시 중위는 상황이 심상치 않음을 깨달았다.

"이지에서 각 이지에게, 전원 이동한다."

낸시 중위가 중대망으로 그렇게 소리쳤고 각 소대장이 대답했다. 낸시 중위가 아무 말 없이 옆의 탈리아 상병을 바라보자 탈리아 상병은 철모에 올려놓은 고글을 눈으로 내렸다.

로빈중대의 차량은 천천히 3소대가 있는 위치로 이동을 시작했다. 3소대장인 로나 소위는 정확한 위치를 알려오지 못했지만(사막에서는 정확한 좌표를 알아내는 것은 매우 어려운 일이다) 차량들은 알려준 대략의 위치로 이동했다. 그리 먼 거리가 아니었기에 금방 교전이 벌어지는 소리를 듣고 그곳으로 방향을 돌릴 수 있었다.

교전 중인 장소에서 약 500여 미터 떨어진 장소에서 일단 멈춰선 로빈중대는 각자 차량에서 내려서 사주경계를 실시했다. 낸시 중위는 모래언덕으로 올라가서 망원경을 이용해 교전 중인 장소를 확인했다. 야간의 교전이라 확실하게 상황 파악은 되지 않았지만, 조명탄이 터지지 않는 것으로 보아 적군에게도 박격포와 같은 중화기는 없는 것 같다고 낸시 중위는 생각했다. 그렇지만 로빈중대도 마찬가지로 박격포 같은 중화기는 없었다. 임무 자체가 전투가 아닌 부상당한 전투기 조종사를 구출하는 것이었고, 그렇기에 박격포반을 주둔지 경계병으로 남겨놓고 온 터였기에 현재로서는 낸시 중위에게 중화기는 없었다. 현재 박격포반이 달려오고 있지만, 시간이 걸릴 터였다. 그런 상황에서 적군의 규모와 배치 상황 등을 모르는 채 그대로 구출하러 들어가는 것은 더욱 위험하다고 낸시 중위는 생각했다. 그렇게 낸시 중위가 고민하는 동안 유리아 중사와 레니 소위가 다가왔다.

"어떻게 하실 생각입니까."

레니 소위가 물었다.

"현시점에서 적군의 규모 등을 알 수가 없으니 성급한 공격은 아군과의 오인사격을 불러올 수 있다."

"그렇지만 이대로 있다간 3소대의 피해가 더 커질 수 있습니다."

유리아 중사가 대답하자 낸시 중위는 한숨을 내쉬었다.

"일단 도보로 약 300m 이동한다."

낸시 중위가 그렇게 말하고는 1/4톤 쪽으로 걸어갔고 유리아 중사와 레니 소위는 자신들의 소대원에게로 달려갔다. 낸시 중위는 전차로 와서 엘리센 상병에게 무전기를 챙길 것을 명령했고, 각 소대별로 두 명씩을 차출해 운전병들과 함께 차량과 카밀라 소위를 보호할 것을 명령했다.

"약 300m 이동 후 2~3인 한 개 조로 분산해 모래 언덕 등으로 은 엄폐를 한다. 그 뒤에 무전기로 신호를 주면 일제히 공중으로 사격한다."

"공중으로 말입니까?"

낸시 중위의 명령에 레니 소위가 놀라서 답했다. 레니 소위는 어째서 공중으로 사격하는 것인지 이해를 할 수가 없었다. 그런 레니 소위에게 낸시 중위는 차근차근 설명을 시작했다.

"물론, 많이 쏘라는 것은 아니야. 2발에서 3발 정도면 족하지. 다만, 공중으로 사격을 하는 이유는 혹시라도 아군을 사격할 수 있기 때문이다. 지금은 월광도 많지 않은 야간이고 아군과 적군의 위치조차도 판별이 불가능하다. 그런 상황에서 일제히 사격을 가했는데 그 사격이 아군을 향할 가능성도 있어."

"그러면 아예 사격을 하지 않는 편이 좋지 않습니까? 박격포반이 오기를 기다린 뒤 조명탄을 발사해 적의 위치를 확인하는 것이 좋을 것 같습니다."

이번에는 유리아 중사가 말했고 낸시 중위는 다시 설명을 시작했다.

"공중으로 사격을 하는 이유는 적에게 혼동을 주기 위해서입니다. 갑작스럽게 자신들이 공격하는 방향이 아닌 방향에서 총소리가 들린 다면 적군들은 당황해서 총소리가 들린 곳으로 사격을 가할 것이고, 그런 만큼 3소대로의 사격밀도는 낮아지겠죠. 그 뒤에 박격포가 도착하면 조명탄을 발사하고 일제히 적군을 향해 사격을 가할 수도 있을 겁니다."

낸시 중위의 설명에 유리아 중사는 고개를 끄덕였다.

로빈중대는 사막을 조심스럽게 걸어가 언덕 쪽으로 자리를 잡았다. 낸시 중위는 망원경으로 탄환이 발사되면서 나오는 총구의 화염과 기관총의 예광탄이 날아가는 방향을 조심스럽게 머릿속에 집어넣었다. 로빈중대는 기관총에 예광탄은 사용하지 않도록 낸시 중위가 지시를 내려놓았었다. 그러니 기관총 예광탄이 보인다는 것은 제국군의 기관총이라는 뜻이었다. 그리고 잠시 뒤에 낸시 중위의 명령에 따라서 중대원들은 일제히 공중으로 사격을 가했다. 그 즉시 바짝 엎드린 로빈중대의 머리 위로 적군의 탄환이 날아들기 시작했다. 낸시 중위는 조심스럽게 무전으로 2소대를 우측으로 우회시킨 뒤 유리아 중사에게로 다가갔다.

"조금 더 있으면 박격포가 도착할 겁니다. 그 뒤에 조명탄 사격이 시작되면 소대원들에게 사격을 명령하세요."

"알겠습니다."

유리아 중사가 대답했다. 낸시 중위는 잠시 앞을 바라보다가 다시 유리아 중사에게 물었다.

"그보다 적군을 모두 몰아내고 아군을 구출하는 것이 가능할까요."

낸시 중위의 물음에 유리아 중사는 잠시 생각하고는 입을 열었다.

"확실하게 단언하기는 힘듭니다만 쉽지는 않을 겁니다. 적군도 후방쪽에서 지원 병력이라도 불렀겠지요. 우리 쪽에서는 말이 없습니까?"

"대대에서 지원중대가 출동을 한다고는 했습니다만 준비하는 데 시간이 좀 더 걸릴 예정이라고 합니다. 일단 로나 소위에게는 부상병들을 한군데 모아놓고 언제라도 철수할 수 있도록 준비를 해 놓으라고 명령해 두기는 했습니다."

유리아 중사의 질문에 낸시 중위가 답하자 유리아 중사는 잠시 고민을 한 뒤 입을 열었다.

"포반이 먼저 도착해야 되겠군요."

유리아 중사가 그렇게 말하자 낸시 중위는 고개를 끄덕였다. 그 뒤에 낸시 중위는 차량을 세워 두었던 장소로 이동을 했다. 그렇게 다시차량이 있는 곳으로 온 낸시 중위는 한숨을 쉬고는 입을 열었다.

"그보다 언제까지 절 따라다니실 생각입니까."

낸시 중위가 뒤로 돌아서 가넷을 바라보며 말하자 가넷은 웃으면서대꾸했다.

"말씀드렸지만 기자는 최대한 현장에 가까이 가야 하죠."

낸시 중위는 손으로 이마를 짚고는 1/4톤에 가서 지도를 펼쳤다. 어둠 속에서 지도를 볼 수는 없었기에 낸시 중위는 텐트 천을 펼쳐서 지도와 몸을 가리고 그 속으로 기어들어가 작은 랜턴을 켰다. 무전병인엘리센 상병이 그 옆에 서서 텐트 천을 매만져서 빛이 새어 나오지 않도록 했다. 낸시 중위는 아까 관측했던 기관총 예광탄으로 적군의 위치와 3소대의 위치를 가늠했다. 확실하지는 않지만 최대한 고민해서 3소대와 적군의 위치를 지도에 표시했다. 3소대는 4시, 7시, 9시의 3방향으로 포위되어 있었고 적의 숫자는 적지 않아 보였다. 낸시 중위는 적의 위치로 예상되는 장소의 좌표들을 확인한 뒤 마지막으로 지도에 표시하고는 랜턴을 끄고 텐트 천 밖으로 나왔다.

"선임하사가 거의 도착했다고 합니다."

엘리센 상병이 낸시 중위가 텐트 천 밖으로 나오도록 도와주면서 말했다.

"그런가……."

낸시 중위는 멀리서 들려오는 엔진음에 귀를 기울였다. 엘리센 상병이 앞으로 달려가 랜턴을 흔들어서 정지할 것을 명령하자 차량이 멈췄다. 엘리센 상병이 차량에서 뛰어내린 선탑자에게 암구호를 물었고 대답을 들은 뒤에 신원을 확인했다. 선임하사인 미리아 중사였다.

"도착했습니다, 중대장님."

미리아 중사가 낸시 중위에게 보고하자 낸시 중위는 얼른 한쪽을 가리키며 말했다.

"저쪽에 얼른 박격포를 설치해 주십시오."

"네. 알겠습니다."

미리아 중사가 낸시 중위의 말에 고개를 끄덕인 뒤 박격포반장인 리젤 하사를 불렀고, 리젤 하사에게 얼른 박격포반을 전개할 것을 명령했다. 리젤 하사는 포반에게 손을 흔들어 박격포를 방열할 것을 지시했다. 대략적인 포구 방향은 낸시 중위가 직접 지시했다.

리젤 하사의 포반은 총 3문의 60㎜ 박격포와 계산병, 통신병으로 이루어진 본부로 이루어져 있었다. 각 박격포에는 포수, 부포수, 탄약수가 배치되어 있었고, 리젤 하사까지 포함해서 포반은 총 12명으로 구성되어 있었다. 리젤 하사는 낸시 중위의 지도에 표시되어 있던 적군의 예상 위치와 사격 위치를 자신의 지도에 옮겨 그렸고 계산병인 블루틴 병장과 정확한 편각과 사각, 그리고 사거리를 계산해 사표에 대입해 장약의 양을 확인했다. 블루틴 병장은 계산된 값을 확인하고 맨 가운데에 위치한 기준포인 하나포 앞으로 달려나가 평판을 설치해 M2나침반으로 하나포의 가늠자를 겨냥했다. 하나포의 포수인 로네드 상병은 붉은색 필터를 끼운 랜턴을 가늠자 렌즈에 대어서 가늠자의 위치를 알려주었고, 블루틴 병장은 그 빛을 확인해서 조준 후에 값을 불러주었다.

"편각, 삼 다섯 백! 사각, 하나 둘 백!"

"편각, 삼 다섯 백! 사각, 하나 둘 백!"

블루틴 병장의 외침에 로네트 상병은 복명복창한 뒤 가늠자를 조종해서 주어진 값을 맞추고 박격포의 가로활대와 세로활대를 움직여서 편각과 사각을 맞추었다. 그렇게 두어 번 더 수정값을 불러준 뒤에 기준포의 값을 맞출 수 있었다.

"급하니까 대략적으로 잡는다. 기준포 앞 평판을 보고, 둘포는 편각 사천! 삼포는 편각 삼천!"

리젤 하사의 명령에 둘포와 삼포 포수는 가늠자를 조종해서 기준포 앞 평판에 세워 둔 랜턴을 조준하고 가로활대를 움직여서 포구방향을 맞추었다.

"탄종 조명탄! 장약 3호! 기준포부터 익차사!"

리젤 하사가 소리치자 탄약수들이 박격포 뒤쪽에 있는 탄 박스를 뜯어서 조명탄을 꺼내 들었다. 그 뒤에 박격포 뒷부분에 매달려 있는 장약주머니를 3개만 남기고 제거한 뒤에 부포수에게 인계하자 부포수는 탄을 받아서 포구에 반쯤 집어넣고 대기했다.

"하나포 발사 후 3초 뒤 익차사! 발사!"

"발사!"

리젤 하사의 명령에 1번포 부포수인 로세린 일병이 박격포탄에서 손을 떼었다. 포신을 미끄러져 내려간 조명탄은 공이가 뇌관을 때리자마자 장약이 폭발하면서 그대로 하늘로 솟아올랐고, 바로 이어서 박격포의 포구에서 화염이 뿜어져 나왔다. 그리고 3초 뒤에 둘포가, 그 3초 뒤에는 삼포가 불을 뿜었고, 발사된 조명탄은 그대로 하늘로 날아가 격전지 위에 20만 촉광의 밝은 빛을 뿌렸다. 그때까지 걸린 시간은 5분 정도였다.

"조명탄 사격입니다! 소대장님!"

3소대 선임하사인 클레어 하사가 로나 소위에게 소리쳤다.

"다들 적군을 확인하고 똑바로 쏴! 나한테 적군이 보인다는 건 적군도 나를 본다는 말이니까 은엄폐 확실히 하고! 알았냐!"

클레어 하사가 다른 병사들에게 소리치자 병사들은 각자 조심스럽게 적군을 확인했다. 현재 3소대는 우측과 좌측을 타이어가 펑크 난 차량으로 엄폐물을 삼아서 막고 있었다.

"빠른 구조가 필요합니다. 전투가 가능한 인원이 매우 적습니다!"

로나 소위가 무전기에 대고 소리쳤다. 실제로 소대 인원 중에 싸울 수 있는 인원이 몇이나 되는지는 로나 소위도 제대로 파악을 하지 못하고 있었다.

전투기 폭파 준비를 거의 끝마쳤을 때 갑작스럽게 적군의 사격이 시작되었다. 급하게 차량에 탑승해 달렸지만, 그것도 얼마 가지 못해서 트럭 타이어가 총에 맞아 멈춰섰다. 재빠르게 차량에서 병력을 하차시킨 클레어 하사는 펑크 난 차량을 억지로 움직여서 엄폐물로 삼았다. 그렇지만 사방에서 날아오는 적군의 총탄에 이러지도 저러지도 못하고 있은 지 벌써 삼십여 분이나 지났다.

조명탄 빛에 의지해 로나 소위는 주변을 둘러보았다. 중앙부분에는 병사들이 클레어 하사의 명령에 따라 부상을 입은 병사들을 모으고 있었고, 의무병인 멜리언 일병이 최소한의 응급조치를 취하며 병사들을 살리고 있었다. 그동안 다른 병사들은 소리를 지르며 사방으로 총을 발사하고 있었다. 트럭 타이어 뒤에 몸을 숨긴 채 귀를 막고 울부짖는 미얀 이병의 모습이 로나 소위의 눈에 들어왔다. 아직 열여덟 살 여자아이인 미얀 이병은 이번이 처음 겪는 전투였다. 그런 미얀 이병에게 미세로프 상병이 달려가서 소리를 지르며 미얀 이병의 어깨를 흔들었다. 다음 순간 미세로프 상병은 누가 때리기라도 한 것처럼 크게 튕기며 바닥에 쓰러진 뒤 다시 한 번 튀어 올랐다. 벗겨진 미세로프 상병의 철모가 미얀 이병의 앞으로 떨어져서 빙그르 돌자 미얀 이병은 다시 한 번 크게 울부짖었다. 주변에 있던 다른 병사들이 쓰러진 미세로프 상병을 끌어당겨서 부상자를 모아놓은 장소로 끌고 갔다. 멜리언 일병이 그런 미세로프 상병을 살펴보고 다른 부상자를 살피기 시작했다.

"소대장님! 소대장님! 정신 차리십시오!"

패닉상태에 빠진 로나 소위에게 클레어 하사가 다가와서 로나 소위의 어깨를 흔들었다.

"곧 아군이 온다고 합니다. 부상병을 후송할 준비를 하라는 명령입니다."

무전병인 아크 이병이 로나 소위에게 소리쳤지만 로나 소위는 멍한 얼굴로 그런 아크 이병을 바라보았다.

"부상병은 모아 놓았습니다! 준비하십시오!"

클레어 하사가 다시 한 번 로나 소위의 몸을 흔들고 나서 자신의 M1 소총을 들어올렸다. 조명탄에 의해 적군도 3소대의 위치를 파악했지만, 서쪽에 있는 로빈중대의 엄호사격 때문에 쉽사리 움직이지를 못하고 있었다. 로빈중대가 차지하고 있는 모래언덕이 현재 전투중인 지역보다 고지대였기에 가능한 일이었다.

"돌입합니다! 지금 들어오는 차량은 아군 차량입니다!"

"열두 시 방향 사격 중지! 사격 중지! 아군 차량이다! 유도해라!"

아크 이병의 외침에 클레어 하사가 크게 소리쳤다. 클레어 하사의 목소리를 들은 병사들이 명령을 전달했기에 멋모르고 적군으로 오인해 총을 발사하는 인원은 없었다. 그렇게 빈 공간으로 트럭 한 대가 급하게 달려왔는데, 그 위에는 기관총 두 정이 거치되어 있었고 다른 병사들은 각자 소총을 트럭 밖으로 향한 채 사격하면서 달려왔다. 사방으로 총탄이 빗발치자 제국군도 쉽사리 공격을 하지 못하고 있었다. 그렇게 달려온 트럭은 크게 회전해서 뒤쪽이 3소대의 중앙을 바라보게

한 뒤 그대로 후진해 멈춰 섰다. 그리고 곧바로 차량에 탑승해 있던 병력들이 차량 밖으로 뛰어내렸고, 위쪽에 거치되어 있는 기관총들은 그대로 주변으로 기관총을 발사하며 병력들을 엄호했다. 선탑석에서 낸시 중위가 뛰어내리고, 그 옆에서 가넷이 같이 뛰어내렸다. 손에 수첩 대신 카메라를 들고 있던 가넷이 조명탄이 터지자마자 재빨리 카메라를 눌렀다.

"먼저 부상병부터 트럭에 태운다!"

낸시 중위가 소리치고는 서둘러 로나 소위에게로 뛰어왔다.

"상황은 어떠한가!"

"조…… 좋지 않습니다!"

낸시 중위의 물음에 로나 소위가 흘러내린 안경을 고쳐 쓰며 소리치듯이 대답했다. 낸시 중위는 손목시계를 보고 다시 소리쳤다.

"이제 박격포는 조명탄 발사를 멈추고 5분간 대기한다! 그동안 모든 병력을 트럭에 태우고 이곳을 탈출한다. 그리고 5분 뒤에 이 주변으로 고폭탄이 떨어질 거야! 빨리 준비해!"

"아…… 알겠습니다!"

로나 소위가 그렇게 말하고 급하게 트럭이 있는 방향으로 뛰어갔다.

"위험하게 왜 여기까지 따라왔습니까!"

낸시 중위는 사진을 찍고 있는 가넷에게 다시 한 번 소리쳤다. 트럭을 타고 올 때는 상황을 주시하느라 아무 말도 못 했지만 이제 와서 푸는 것이었다. 그런 낸시 중위에게 가넷은 말했다.

"이것이 제가 사는 방식입니다."

"젠장할! 얼른 트럭에 타십시오."

"네네. 알겠습니다."

낸시 중위가 억지로 어깨를 밀자 가넷은 고개를 끄덕이고 트럭으로 뛰어갔다. 그리고 그 순간 마지막으로 타면서 내려오던 조명탄이 전소했고, 주변은 어둠으로 둘러싸였다.

"중대장님! 전원 탑승했습니다!"

클레어 하사가 소리쳐 보고하자 낸시 중위도 얼른 트럭으로 뛰어가 선탑석에 뛰어들듯 탑승했다. 문을 겨우 닫은 낸시 중위는 앞에 놓아둔 워키토키를 들어 올려 소리쳤다.

"이동! 이동!"

그와 동시에 운전병이 강하게 액셀러레이터를 밟자 트럭은 굉음을 내며 달리기 시작했다. 트럭 뒤에 탑승한 병사들은 사방으로 총을 발사했다. 적군의 사격이 트럭으로 날아왔지만, 갑작스럽게 찾아온 어둠 때문에 적군의 사격은 정확하지가 못했다. 그리고 잠시 뒤에 박격포탄이 다시 떨어지기 시작했다. 그렇지만 이번에 떨어지는 포탄은 아까의 조명탄이 아닌 인마살상용 고폭탄이었고 신관은 근접신관을 사용했기에 파편을 비처럼 바닥에 흩뿌리기 시작했다.

4.

적군의 추격을 피하기 위해 급하게 트럭을 이용해 기동한 로빈중대는 아군 부대를 만나고 나서야 안도의 한숨을 내쉴 수 있었다. 낸시 중위의 보고에 움직이기 시작했던 연대 기동중대 인원들은 처음에 헤드

라이트도 켜지 않고 급하게 기동하는 로빈중대 차량을 보고 적으로 오인해 길을 막았지만, 낸시 중위가 차량에서 뛰어내리며 로빈중대임을 알리자 겨누었던 소총들을 거두었다.

그렇게 중대로 돌아온 낸시 중위는 병력사항을 확인하는 클레어 하사와 철모를 손에 든 채 멍하니 서 있는 로나 소위를 바라보았다. 로나 소위의 3소대 인원들도 대다수는 완전히 지친 표정으로 바닥에 주저앉아 있었다. 얼핏 보아도 피해는 꽤나 심해 보였다. 낸시 중위는 로나 소위에게로 다가가서 어깨에 손을 얹었다. 로나 소위가 멍하니 고개를 돌려서 낸시 중위를 바라보았다.

"괜찮나?"

낸시 중위가 그렇게 물었지만 로나 소위는 반쯤 풀린 눈으로 멍하니 바라볼 뿐이었다. 낸시 중위는 어깨를 한 번 더 두드려 주고 로나 소위를 천막으로 데리고 갔다.

"아직 보고도 제대로 못 했고 병력 파악도 하지 못했습니다."

로나 소위가 그렇게 말했지만 낸시 중위는 아무 말 없이 로나 소위의 장구류를 풀고 야전침대에 눕게 한 뒤 모포를 목까지 덮어 주었다. 그 뒤에 로나 소위의 안경도 벗겨서 침대 옆에 있는 나무상자 위에 올려놓았다.

"보고랑 사후처리는 클레어 하사에게 맡길 테니 걱정 말고 일단은 푹 자도록. 내일은 기상 시간에 맞추지 말고 일어나고 싶을 때 일어나고."

낸시 중위가 그렇게 말하자 로나 소위는 고개를 끄덕이고는 눈을 감았다. 그렇게 자리에 누운 로나 소위를 잠시 바라보던 낸시 중위는 천막 밖으로 나왔다. 그 앞에는 레니 소위가 서 있었다. 레니 소위가 철모를 벗으면서 낸시 중위를 바라보았다.

"자네도 그만 자."

낸시 중위가 천천히 걸어가면서 레니 소위의 어깨를 두드려 주었고, 레니 소위는 스쳐 지나가는 낸시 중위를 멈춰 세웠다.

"로나는…… 3소대장은 괜찮습니까?"

레니 소위의 물음에 낸시 중위는 살짝 표정을 일그러트렸다.

"어떻게 말해야 할지 모르겠어. 나도 의학적인 지식은 그리 많지가 않으니까 말이야. 일단 외상은 없다고 말하지."

"심적으로는 어떻습니까."

낸시 중위에게 레니 소위가 다시 한 번 물었다. 낸시 중위는 자신의 철모를 벗고 머리를 긁적인 다음에 입을 열었다.

"충격이 심할 거야. 한 번에 꽤 많은 병사가 전사했으니까. 그건 결코 좋은 경험은 아니야. 누가 도와줄 수 있는 문제도 아니고. 자기가 스스로 이겨 내야만 하지."

"중대장님도 그러셨습니까."

레니 소위가 묻자 낸시 중위의 표정이 굳어졌다. 낸시 중위는 벗어 놓았던 철모를 다시 뒤집어쓰면서 말했다.

"내가 어떻게 했다고 말하기는 힘들 것 같네. 아직 현재진행형이니까. 들어가서 쉬어."

낸시 중위가 그렇게 말하고 뒤돌아서자 레니 소위는 아무 말 없이 로나 소위가 자고 있는 천막으로 들어갔다. 낸시 중위는 한숨을 쉬고는 옆을 바라보며 입을 열었다.

"이제 나오시죠."

"알아채셨네요. 어두운데도 말이죠."

낸시 중위의 말에 가넷이 대답을 했다.

"직접 전투에 참가해 보니 어떠신가요."

"기자에게 질문하시는 건가요? 질문은 원래 제가 해야 하는 건데 말입니다."

가넷이 장난스럽게 말했지만 낸시 중위는 그저 웃어 보일 뿐이었다.

"그러면 대답을 해 드리죠. 사실 아직 잘 모르겠어요. 그렇지만 어째서 선배가 짐을 챙겨서 전선으로 갔는지는 조금쯤 이해할 수 있을 것 같은 기분이 드는군요. 어떻게 생각하실지 모르겠지만 어떤 의미에서는 오기 전보다 더 머릿속이 엉망진창이에요. 충격도 좀 받았고요."

"그런 것치고는 꽤 담담하시군요."

낸시 중위의 말에 가넷은 머리를 긁적이고는 다시 입을 열었다.

"그렇게 보일지도 모르겠네요. 사실 여러 사고현장들을 다니다 보면 끔찍한 환경에 꽤나 익숙해지기도 합니다. 그렇지만 현장 자체에는 적응되더라도 그 상황에는 적응이 안 되지요. 지금이 바로 그런 기분입니다. 겉으로는 멀쩡해 보이지만 속은 아니에요. 그리 기분 좋은 느낌은 결코 아닙니다. 뭐라고 설명하기 참으로 어렵지만 말이죠. 아마도 중대장님은 이해하실 수 있을 것 같은 기분이네요."

가넷의 말에 낸시 중위는 그저 웃어 보였다.

"사진은…… 사진은 잘 나왔을 것 같습니까?"

낸시 중위가 말을 돌리듯이 가넷의 카메라를 가리키며 말하자 가넷은 자신의 목에 걸려 있는 이안 리플렉스 카메라를 들어 올리고 말했다.

"글쎄요. 인화해 봐야 알겠지만 아마 썩 좋지는 않을 것 같네요. 초점도 흐릴 거고, 빛도 부족하겠죠. 그렇지만 적어도 그런 것이 진정한 전선의 모습이지 않을까 싶네요. 아마 제 인생에 이보다 더 현장감 있는 사진은 찍기 어려울 정도로 말이지요."

그렇게 말하는 가넷을 보며 낸시 중위는 그녀의 손에 들려 있는 것이 카메라가 아니라 총이었어도 그녀에게 꽤나 어울렸을 거라는 생각을 했다.

낸시 중위는 가넷과 헤어져 자신의 천막으로 향했다. 천막에 놓여 있는 작은 기름 램프에 불을 붙인 낸시 중위는 한숨을 쉬고 자신의 야전침대에 걸터앉았다. 낸시 중위는 3소대를 그곳에 남겨놓았던 것이 잘못이라고 생각했다. 재빠르게 전투기를 폭파하고 자신과 같이 기동했다면 3소대가 그렇게 피해를 입을 일은 없었을 거라고도 생각했다. 그렇지만 이제 되돌릴 수 없는 일이었다.

"나도 역시 뛰어난 지휘관은 아닌 것 같아······."

낸시 중위는 혼잣말처럼 중얼거리며 그대로 야전침대에 누워 버렸다. 급격하게 피로가 몰려오기 시작했다. 낸시 중위는 천천히 눈을 감았다. 기름이 떨어진 램프등이 천천히 사그라들었다.

5.

가넷은 전선에서 멀리 떨어진 호텔로 돌아가 기사를 써 송고했다.

사진은 인화할 수 없어서 필름째 기차 편을 통해서 편집실로 보냈다. 그 뒤에 가넷은 후방 지역의 풍경을 카메라에 담았다. 편집장에게서 돌아온 답장에는 좋은 기사였다는 입에 발린 말 한마디뿐이었고, 신문에는 가넷이 써서 송고한 여러 편의 기사 중 밤에 있었던 전투에 관한 기사만이 실려 있었다. 편집장은 병사들의 생활보다도 전투에 더 관심이 있었다. 그렇지만 가넷은 병사들이 전선에 가기 전까지 느끼는 그런 감정들도 매우 중요하다고 생각했다.

가넷은 전쟁이 끝날 때까지 전선에서 계속 기사를 작성했다. 그 기사들 대부분은 편집장에게 퇴짜를 받았고 몇 개의 기사는 신문에 실렸다. 그녀가 그때 실리지 못했던 기사들을 다듬어서 논픽션 작품을 내놓게 되는 것은 전쟁이 끝나고 몇 년 뒤의 일이었다. 그 작품의 맨 뒷면에는 이렇게 적혀 있었다.

　　전쟁과 싸운 병사들을 위하여……

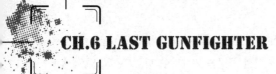

CH.6 LAST GUNFIGHTER

1.

수색 임무가 끝난 사흘 뒤, 지금까지 일선에서 전투를 벌이던 17사단은 1사단과 개척지군단이 사막으로 와서 임무를 교대한 뒤 후방에서 지원 업무에 들어섰다. 그렇게 로빈중대도 후방 지역으로 나와서 다시 주둔지를 꾸리고 휴식에 들어갔다. 전선으로부터 100여km 떨어진 장소라 상대적으로 안전했기 때문에 병사들 모두 약간의 휴식을 달가워하고 있었다. 3소대의 피해로 완벽한 작전을 수행하기에 무리가 있었기 때문에 낸시 중위도 후방으로의 이송을 반겼다.

낸시 중위는 지난번 전투에 관한 보고서를 작성하기 시작했다. 3소대 인원 33명 중 9명이 전사하거나 큰 부상을 입어 본국으로 후송되었다. 그 밖에 전상훈장을 받을 인원도 4명이나 나왔는데, 그들은 현재 사단 의무대에서 치료를 받고 있었다. 물론 그들은 부상이 크지 않기 때문에 내일모레면 다시 돌아오게 되어 있었다. 낸시 중위는 그렇게 전사자와 부상병들의 리스트를 작성했다.

전사자 5명에 중상자 4명이었다. 전사자의 시신은 다음날 그곳으로 수색을 나간 F중대 인원들이 무사히 수습해 왔다. F중대의 말로는 적군 역시 자기 동료들의 시신을 제대로 수습하지 못했는지 적군의 시신도 방치되어 있었다고 했다. 마치 대륙전쟁 당시의 No man's land를 떠올리게 하는 사막은 무인지대처럼 방치되었다.

병원으로 후송된 중상자들은 꽤나 부상 정도가 심했기에 그대로 전역 처리가 될 예정이었다. 치료 도중에 사망할지도 모르는 인원들도 있었다. 낸시 중위는 가슴이 먹먹해졌다. 실력 있고 경험 있는 병사들의 피해가 꽤나 막심했고, 앞으로 새로 들어올 인원들이 그만큼의 실력을 발휘할지 의문이었다. 낸시 중위는 보고서를 작성하다 말고 기지개를 켰다. 부대원을 잃는다는 일은 자신도 힘들었지만, 로나 소위에게는 첫 소대원들이었고 그녀는 소대원들과 꽤나 허물없이 지내는 스타일이었던 만큼 상실감이 정말 클 거라고 낸시 중위는 생각했다. 낸시 중위가 한숨을 쉬고 있는 동안 유리아 중사가 천막으로 들어왔다.

"여기 계셨습니까. 보급차 대대에 다녀온 미리아 중사가 물자를 반납하라는 명령서를 들고 돌아왔습니다. 아마도 지난번 사망한 인원들의 장구류를 반납하라는 명령 같습니다."

"그 물자는 남겨두었다가 새로 보충되는 인원들에게 보급해야 하지 않겠습니까?"

"아마도 새것으로 보급해 줄 모양입니다. 사실 몇몇 장구류는 대륙전쟁 때 사용되던 것과 동일한 물건들이니까요. 뭐 대다수는 신형 장구류이긴 합니다만서도 말이죠. 저는 이게 더 편하지만 말입니다."

유리아 중사는 여전히 구형인 커다란 파우치를 사용하고 있었다. 자신이 편한 것을 사용하는 게 옳은 일이었기 때문에 낸시 중위도 구형 장비를 사용하는 유리아 중사에게 따로 이야기를 한 적은 없었다. 낸시 중위는 유리아 중사가 건네준 명령서를 확인하고는 유리아 중사에게 말했다.

"반납 건은 클레어 하사에게 전달해서 반납하시기 바랍니다. 반납하기 전에 1소대와 2소대도 상태가 좋지 않은 물건들도 있으면 같이 반납하고요. 아마 새로 보급을 받을 수 있을 것 같군요."

낸시 중위의 말에 유리아 중사는 알겠다고 대답한 뒤에 천막 밖으로 나갔고, 낸시 중위는 다시 보고서를 작성하기 시작했다.

2.

클레어 하사는 유리아 중사의 말에 알겠다고 말한 뒤 3소대의 천막으로 향했다. 몇몇 인원들은 야전침대에 누워서 쉬고 있었고, 몇 명은 어디로 갔는지 보이지를 않았다. 멍하니 앉아 있던 미얀 이병이 얼른 일어나서 경례했고, 클레어 하사는 손을 들어서 답례했다. 주변을 둘러본 클레어 하사는 천막 안에 남아 있는 몇 명에게 사망한 인원들의 장구류를 수거해서 반납준비를 하라고 명령했다.

"짐 챙기면서 유품으로 보이는 수첩이나 액세서리, 편지 등의 물품은 상자를 나누어 줄 테니 각자 이름을 적어서 나에게 가져오도록 한다. 부상당한 인원 것은 병원으로 보낼 거니까, 장구류 빼고 개인소지

품은 건들지 말고 더플백 그대로 가져오고."

클레어 하사는 그렇게 말하고 천막 밖으로 나갔다. 몇몇 병사들은 밖에 나가있는 병사들을 찾기 시작했고 나머지 병사들은 후방으로 이동하면서 급하게 가져왔던 사망한 인원들의 장구류와 개인 사물들을 천막 한가운데 모으기 시작했다. 대다수 물품들은 더플백에 들어있었고 그 더플백에는 이름들이 적혀 있었다.

"일단 탄피, 수통, 수통피, 수통컵, 하버색 등등 각자 물품대로 정리하자. 속에 들어있는 건 선임하사님이 가져오신 박스에 집어넣고."

1분대장인 유지너 하사의 말이 끝나자 병사들은 아무 말 없이 더플백을 풀기 시작했다. 단독군장으로 출동했었기 때문에 군장류는 등에 매는 하버색이나 스몰백, 야전삽, 메스킷(식기)정도였다.

"군복 같은 거는 한곳에 모아라. 필요한 사람 있으면 조금씩 가져가고, 양말이나 이런 것도 그렇게 해라. 나머지 장구류 같은 거는 자기거가 많이 상했다 싶으면 좀 괜찮은 걸로 바꾸고."

유지너 하사가 더플백을 뒤집으면서 말했다. 유지너 하사가 뒤집은 더플백은 3분대장이었던 비올리아 하사의 더플백이었다. 비올리아 하사의 하버색은 비어 있었고, 메스킷(식기)와 야삽만이 결속되어 있었다. 유지너 하사는 야삽과 메스킷을 빼내고 하버색을 던졌다. 이미 다른 병사들이 모으고 있는 자리였다. 그 뒤에 전투복과 양말, 속옷 등을 분리하고 나니 수첩과 책, 편지 뭉치 등이 나왔다. 유지너 하사는 수첩을 열어 보았다. 일기인 듯 날짜와 날씨가 적혀있고 짤막한 글들이 적혀 있었다. 평소에 털털했던 비올리아 하사의 성격처럼 중간 중간 없는 날도 보이고 길이도 들쭉날쭉했다. 수첩 맨 뒤에는 비올리아 하사가 남동생과 찍은 낡은 사진이 끼워져 있었다. 비올리아 하사의 아버지는 어릴 적에 돌아가셨고 어머니는 동생이 10살이 되는 해에 돌아가셨다고 했다.

'나랑 달라서 동생은 똑똑하거든. 지금 벌써 열일곱 살이야. 내년이면 대학에 들어간대. 전쟁이 났다고 참전한다고 하는 걸 겨우 말렸어. 녀석은 똑똑하니까. 지금은 기숙사가 있는 학교에서 공부 중이야. 군대 월급이 짜긴 해도 밥도 주고 옷도 주고 하니까, 아끼면 충분히 모을 수 있거든. 동생 녀석 대학 학비 정도는 모아 놨지 벌써.'

유지너 하사는 원래 로빈중대 인원이었고, 비올리아 하사는 다른 부대에서 왔지만 유지너 하사와 금방 친해졌었다. 병장으로 만나서 같이 하사까지 되었던 만큼 유지너 하사는 비올리아 하사가 전사했다는 사실을 믿기 힘들었다. 유지너 하사는 수첩을 종이상자에 집어넣고 흩어진 편지들을 주섬주섬 모았다. 편지 대다수는 남동생이 보낸 것들이었고 중간에 다른 사람의 이름이 적힌 편지들도 끼어 있었다.

'동생 녀석이 자기 학교 선생님에게 내 사진을 보여줬다네. 얼마 전에 집에 보내준다고 해서 독사진 찍었던 거 있잖아. 그걸 보내줬었거든. 그랬더니 그걸 학교 선생님이 보고는 마음에 든다고 소개시켜 달라고 했다나봐. 나 참. 생각해보니 나도 벌써 스물세 살이고, 그래서 편지도 썼더라고. 괜찮은 사람인 것 같아. 나이도 스물다섯 살이라네. 사진도 보내왔는데 생긴 것도 나쁘지는 않아.'

유지너 하사는 그렇게 말하며 웃던 비올리아 하사의 얼굴이 기억에 났다. 사막으로 오기 전 훈련소에 주둔할 때의 일이었다. 그 뒤로 그 학교 선생이 남동생과 같이 면회를 왔다면서 즐거워하던 비올리아 하사의 목소리가 귀에 들리는 듯하자 유지너 하사는 고개를 흔들고 편지들을 모두 박스에 집어넣었다. 펜으로 비올리아 하사의 이름을 적은 유지너 하사는 한쪽 구석에 박스를 가져다 놓았다.

"짐들 정리해서 반납하라고 했다고?"

밖에 나갔던 병사들이 천막 안으로 들어오면서 말하자 다른 병사들은 아무 말 없이 가운데 모여 있는 더플백을 바라보았다. 나중에 들어왔던 인원들도 각자 더플백을 하나씩 들어 올렸다.

"어디 보자…… 미세로프 거네. 이건 내가 한다."

에리얼 상병이 미세로프 상병의 이름이 적힌 더플백을 들어올렸다. 그리고는 한쪽 야전침대에 걸터앉아서 그 위에 더플백을 그대로 뒤집어 버렸다.

"어디 보자……. 하버색은 내 것보다 낡았고, 야삽이나 이런 것도 내 거랑 비슷하네. 어차! 오 속옷! 그러고 보니까 미세로프랑 나랑 가슴 사이즈 비슷한데."

그렇게 말을 하던 에리얼 상병이 미세로프 상병의 속옷을 자기 가슴에 가져갔다.

"이거 가슴은 비슷한데 좀 답답하다. 이거 나랑 사이즈는 비슷하면서 몸통은 더 얇네. 이거 이거 미세로프 다시 봤는걸?"

그렇게 말하면서 큰소리로 웃던 에리얼 상병의 목소리가 잦아들자 천막 안은 조용해졌다. 그리고 가만히 앉아 있던 에리얼 상병이 속옷을 아래로 집어 던지며 자리에서 일어나 야전침대를 뒤엎어 버렸다.

"젠장할! 빌어먹을!"

에리얼 상병이 소리를 지르고는 갑자기 주저앉아 울음을 터트려 버렸다. 다른 병사들은 갑작스러운 사태에 어쩔 줄 몰라 가만히 에리얼 상병을 지켜볼 뿐이었다. 그런 에리얼 상병에게 유지너 하사가 다가가 앞에 쭈그리고 앉아서 에리얼 상병의 어깨에 손을 얹었다. 무릎에 얼굴을 파묻고 울고 있던 에리얼 상병이 유지너 하사의 품속으로 뛰어들어 통곡을 시작했다.

"얘 나 때문에 입대했단 말이에요…… 나 때문에…… 전쟁 전에 군인이 돈 벌기 편하다고 제가 말해서요…… 그러다가 전쟁 난 다음에 전선에 가면 돈 더 준다고 제가 그래서 여기까지 왔단 말이에요…… 나 때문에…… 나 때문에……"

통곡을 하는 에리얼 상병에게 어떤 말을 해야 할지 유지너 하사는 알 수가 없었다. 다만 손을 뻗어서 에리얼 상병의 등을 쓰다듬어 줄 뿐이었다.

3.

조엔 중위는 각 병사와 3일에 걸쳐서 면담하고 작성한 보고서를 낸시 중위에게 건네주었다. 낸시 중위는 생각보다 두꺼운 보고서에 살짝 놀랐다.

"병사들이 생각보다 강하더라고요. 다들 정신적으로 충격을 받긴 했지만, 심각하게 나쁜 인원들은 적어요."

"적다는 건 있긴 하다는 말이군요."

"없다고는 못하지요. 적군에게 포위되어 고립된 상태에서 동료들은 죽어나가고, 아군은 언제 올지 모르는 그런 압박감인걸요. 물론 낸시 중위도 비슷한 상황을 겪었겠지만 제 입장에서는 이번 것이 더 질이 나빠요. 준비도 되어 있지 않았고 퇴로도 없었죠. 물론 금방 중대가 지원하러 왔지만 결국 3소대를 구출하는 데는 한 시간 가까이 걸렸으니까요."

조엔 중위의 말에 낸시 중위는 한숨을 쉬었다. 낸시 중위로서도 3소대의 타격이 작지는 않을 것이라 예상했지만 이런 식으로 직접 듣자 가슴 한구석이 먹먹해지는 기분이 들었다.

"일단 소대장인 로나 소위도 스트레스를 너무 받았어요."

"괜찮을까요?"

낸시 중위가 묻자 조엔 중위는 한참을 생각하고는 대답했다.

"저로서는 확답은 못 드리겠네요."

"알겠습니다."

낸시 중위가 그렇게 말하자 조엔 중위는 고개를 끄덕이고 천막 밖으로 나갔다. 낸시 중위는 한숨을 쉬고는 조엔 중위의 보고서를 책상 한편으로 밀어 버렸다. 사막으로 온 뒤부터 중대원 숫자는 계속 줄어들고 있었다. 남자들로 이루어진 부대와 달리 로빈중대는 여성으로만 이루어져 있기에 보충병을 다시 받는 것도 힘든 일이었다. 자칫하면 다른 여군중대들처럼 본국에서 병원의 간호병이나 후방 지원 명령을 받을지도 모를 일이었다. 사실 그렇게 하는 것이 낸시 중위나 병사들에게는 더 안전한 일일 터였다.

그렇지만 낸시 중위는 한편으로 그런 식으로 전선에서 물러나는 것을 인정하고 싶지 않은 마음도 있었다. 병사들도 유일한 여군 전투원이라는 자부심을 가지고 있었고, 그 마음은 낸시 중위도 마찬가지였다. 그러면서도 전선에서의 공포감 역시 엄연히 존재했다. 전투를 치룰 때마다 낸시 중위의 중대원은 줄어들었다. 10대 후반에서 20대 초반의 젊은 여성들이었고, 그런 여성들이 전선에서 소모품처럼 죽어 나가는 것은 유쾌한 기분이 드는 일이 결코 아니었다. 낸시 중위는 자리에서 일어나 자신의 야전침대에 드러누워 버렸다. 낸시 중위는 한숨을 쉬고 고민을 멈추었다. 낸시 중위는 자신이 아무리 고민을 해도 어쩔 수 없음을 머릿속으로 상기했다. 문제는 간단하지 않았다. 그렇다고 눈을 돌릴 수도 없었다. 그것은 낸시 중위의 문제였고, 그리고 중대원들의 문제였다.

4.

그렇게 며칠이 더 지났다. 후방에서의 지겨운 일상은 어느덧 중대의 상처를 아물게 만들었다. 중간에 에리얼 상병이 권총을 난사한 사건이 한 번 있었지만 로나 소위의 대처로 아무런 피해 없이 잘 넘어갈 수 있었다. 에리얼 상병은 잠시 의무대에 격리되어 조엔 중위의 밀착 관리에 들어갔고, 어느 정도 시간이 지나자 다시 소대로 복귀할 수 있을 정도로 회복되었다. 친하던 동료의 전사나 부상은 감수성 높은 10대 후반, 20대 초반 여성 병사들에게 큰 피해로 다가왔다. 그리고 낸시 중위는 그런 상황에 대처할 수단이 없는 자신에게 일종의 무력감을 느끼고 말았지만, 내색할 수는 없었다.

"별수 없습니다. 정신적인 문제는 외과적 수술로는 해결이 안 되거든요. 상담치료라고 해도 약간의 도움을 주는 거지 완벽하게 치료를 해 주거나 해결을 해 줄 수는 없어요. 결국, 그 상처를 치료하는 건 개개인 자신이지요. 그건 중대장님도 마찬가지고요."

차를 마시며 그런 병력들을 위해 무엇을 해 줄 수 있는지 묻는 낸시 중위에게 조엔 중위는 그렇게 답을 해 줬다. 낸시 중위는 한숨을 쉬며 빈 찻잔을 내려놓고 옆에 놓여있는 신문을 들어 올렸다. 조엔 중위도 차를 모두 마시고는 평상시와 같이 낸시 중위의 야전침대에 드러누웠고, 유리아 중사는 그 옆에 앉아서 밖을 바라보며 담배에 불을 붙였다. 한낮에는 40도까지 올라가는 사막이었기에 낮에는 이런 식으로 휴식하다가 저녁나절이 되어야 훈련이나 기타 업무들을 할 수 있었다. 그렇게 군용 신문을 둘러보던 낸시 중위는 국외 소식을 읽다가 입을 열었다.

"동부연합이 밀리고 있나 보군요."

유리아 중사는 담배를 피우며 낸시 중위가 읽는 신문 기사를 듣고 있었다.

"그 사람 많은 동부연합도 별수 없나 보네요."

"사람이 많아도 군인이 부족하다면 별수 없지요. 쓸 만한 병사는 하루 이틀 훈련으로 만들어지는 게 아니니까요."

낸시 중위의 말에 유리아 중사가 담배를 재떨이에 비벼 끄며 말했다.

"그렇겠군요. 그리고 보니 동부연합은 몇 년 전에 한차례 숙청이 있었다고 하니까요. 그만큼 쓸 만한 사람이 적겠지요."

낸시 중위는 그렇게 말하며 신문을 덮었고, 유리아 중사는 재떨이를 옆으로 치웠다. 낸시 중위가 신문을 치우려는 순간 야전 전화가 울렸다.

"예. E중대입니다."

낸시 중위가 수화기를 들어서 답했다. 상대의 말을 들은 낸시 중위는 살짝 표정을 찡그렸다. 그렇게 낸시 중위가 수화기를 내려놓자 옆에서 그 모습을 보고 있던 유리아 중사가 낸시 중위에게 물었다.

"무슨 일이십니까?"

"저보고 전선으로 가라는군요."

낸시 중위가 그렇게 말하자 유리아 중사는 고개를 갸웃거렸다.

5.

열사의 사막은 여전히 뜨거운 열기와 바람을 내뿜고 있었다. 낸시 중위는 쓰고 있던 철모를 벗어서 머리칼을 쓸어 올렸다. 이런 땡볕에서 철모를 쓰고 있다가는 머리가 속까지 익어 버릴 것 같다고 낸시 중위는 생각했다. 후방으로 이동한 뒤부터 작업모를 써 버릇했더니 이 모양인가 보다고 낸시 중위는 혼잣말로 중얼거리며 철모를 벗어 버렸다. 지난 작전 때도 철모의 열기 때문에 고생했었던 기억을 떠올린 낸시 중위는 체념하듯 한숨을 내쉬었다.

"사막은 정말이지 오래 있어도 영 적응이 되지를 않는군요."

"정말이지 너무 덥네요. 그렇다고 또 짧은 옷을 입으면 완전히 익어 버리니 이건 어쩔 수가 없는 것 같습니다."

낸시 중위가 손으로 부채질하면서 넋두리하자 유리아 중사도 한숨을 내쉬면서 대답했다. 입고 있는 작업복 카라를 세워서 목에 내려쬐는 햇빛을 차단한 유리아 중사는 옷섶을 열고 손으로 바람을 불어넣고 있었다. 그렇지만 그래 봐야 뜨거운 바람만 옷 속으로 들어갈 뿐이었다. 결국, 유리아 중사는 부채질을 멈춰 버렸다.

현재 낸시 중위와 유리아 중사가 있는 곳은 1사단 3연대의 연대본부 주둔지였다. 기차역에서 이곳까지 태워 줬던 1/4톤은 이미 떠나 버렸고, 그나마 그늘인 천막 옆에서 자신들을 데리러 올 누군가를 기다리는 중이었다. 그렇지만 그 그늘도 워낙에 작아서 땡볕에 서 있는 셈이나 마찬가지였기에 낸시 중위와 유리아 중사는 점점 지쳐 가고 있었다.

낸시 중위에게 내려온 명령은 예전에 로빈중대가 주둔했던 지역에 주둔중인 1사단 3연대에 배속되어서 작전 지역에 대한 인수인계를 하라는 명령이었다. 일전에 적군 사령부가 후퇴한 뒤로는 제국군도 왕립군도 서로 큰 공세를 하지 않았기 때문에 현재 전선은 고착된 상태였고, 또 최전선에서는 조금 떨어진 후방 지역이었기 때문에 낸시 중위는 자신이 왜 이곳에 와서 그런 인수인계를 해야 하나 생각했다.

"여기에 우리가 왜 있어야 하는지 알 수가 없군요."

유리아 중사가 허리춤에 찬 수통을 꺼내 물을 마시며 물었다. 전선이긴 했지만 인수인계 임무로 나왔기에 평상시와는 달리 커다란 탄입대나 다른 장비들을 모두 제거하고 탄띠와 수통, 그리고 천 재질의 권총집만 착용한 모습이었다.

"그러게나 말입니다."

낸시 중위가 수통을 내미는 유리아 중사에게 손을 저어서 거절의 의사를 표하고는 말했다. 유리아 중사는 아무 말 없이 수통을 다시 허리춤에 꾀었다.

"17사단에서 오신 분들입니까?"

그렇게 서 있는 두 사람에게 누군가 다가오면서 말을 걸었다. 대위 계급장을 달고 있는 사내는 철모 대신 작업모를 쓰고 있었다.

"기다리게 해 드려서 죄송합니다. 3연대 3대대 I중대 중대장인 그레고리 패커 대위입니다."

패커 대위가 낸시 중위에게 손을 내밀면서 말했고 낸시 중위는 그 손을 붙잡고 악수를 했다.

"17사단 28연대 E중대 낸시 콜필드 중위입니다. 이쪽은 같은 중대 1소대장인 유리아 레틴 중사고요."

"반갑습니다. 일단 차로 가시죠. 자세한 것은 가면서 설명 드리겠습니다."

패커 대위가 자신이 타고 온 차량으로 둘을 안내했다. 한쪽에 1/4톤이 세워져 있었다. 패커 대위는 앞쪽 선탑석에, 낸시 중위와 유리아 중사는 뒷좌석에 탑승했다. 그렇게 차량은 사막 위의 도로를 미끄러지듯 달리기 시작했다.

"이야기는 들어서 아시겠지만 사흘 정도 저희와 같이 지형 정찰하면서 중요 지점을 알려주시면 됩니다. 들어보니 지난 작전 내내 이 지역 마을들을 수색하셨다고 하더군요. 그때 얻은 경험들을 전해 주시면 감사하겠습니다. 지금까지 제국군의 큰 공세는 없었습니다만 그러면서 전선이 고착된 뒤 방어태세로 돌아가게 되어서 지역에 대한 정보가 부족한 상황입니다. 그러다 보니 이런 식으로 부탁드리게 되었습니다."

"그거야 어려울 것 없습니다만, 저희도 이곳을 떠난 지 시간이 좀 지나서 얼마나 도움이 될지는 모르겠군요."

낸시 중위가 그렇게 말하자 패커 대위는 뒤를 보면서 말했다.

"그냥 조금의 조언만 해 주셔도 됩니다. 저희 사단은 이번이 처음으로 전선에 나온 거라 병사들이 아직 실전 경험이 없으니 말이죠. 개전후 벌써 1년이나 지났지만, 저희에겐 첫 전쟁입니다. 나름 훈련은 열심히 했지만 실제 전선에서의 경험을 따라가기는 힘들지요. 그런 경험을 나눠주십사 하는 겁니다."

그렇게 잠깐 동안 더 달리고 나서야 패커 대위의 중대 주둔지에 도착할 수 있었다. 주둔지는 예전에 저격수를 처리했던 그 마을의 바로 옆이었다. 로빈중대가 주둔하던 주둔지에서 약 10㎞ 정도 더 떨어진 장소였지만 최전선에서는 좀 떨어진 장소이기에 나쁘지 않은 선택이라고 낸시 중위는 생각했다.

"사실 낸시 중위가 주둔할 당시에는 이곳은 전선에서 꽤나 떨어진 장소였습니다만 현재는 전선이 꽤나 후퇴해서 저희가 거의 최전선에 해당합니다. 물론 J^(지그)중대와 K^(킹)중대가 저희보다 앞서 나가 있지만 말이지요."

패커 대위의 말에 낸시 중위는 조금 놀라고 말았다. 자신들이 주둔할 당시에 최전선은 약 30㎞ 정도 떨어진 장소였다. 그런 것이 얼마 사이에 이만큼이나 밀렸다는 것을 낸시 중위는 이해할 수가 없었다.

"전선이 어쩌다가 그렇게 밀린 거지요?"

"밀렸다기보다는 전열을 가다듬기 위해 뒤로 빠진 것이지요. 사막이니 쓸데없이 지역을 확보해 봐야 보급선만 늘어나거든요. 그래서 방어선 자체를 최대한 뒤로 뺐습니다. 그리고 현재는 전방에서 소규모 전투만 벌어지는 상황입니다."

"그렇군요."

패커 대위의 대답에 낸시 중위는 고개를 끄덕였다. 왕국 입장에서는 사막을 통해서 제국으로 밀고 가는 것이 목적이 아니라 적이 사막을 통해서 왕국으로 진입하려는 시도를 막으려는 것이 목적이었기 때문에 많은 지역을 확보해 보급선을 연장하는 것보다 효과적으로 지역 방어를 하는 것이 더 이득이었다. 그렇기 때문에 아마도 전선을 약 20km 이상 후퇴시킨 거라고 낸시 중위는 판단했다.

"15쯤 되면 작전 지역을 한 바퀴 돌 예정이니 잠시 쉬시기 바랍니다. 저쪽에 있는 천막에 자리를 마련해 두었으니 그곳에서 쉬시기 바랍니다."

그렇게 말한 패커 대위는 지나가던 병사를 불러서 낸시 중위와 유리아 중사의 더플백을 천막으로 옮기게 했다.

"전선이라는 생각이 들지 않는군요."

천막에 들어온 유리아 중사가 그렇게 말하자 낸시 중위도 고개를 끄덕였다.

"방어 준비도 허술하네요. 주둔지가 너무 밀집되어 있어요. 주둔지 주변은 형식적으로 철조망을 쳐 뒀고요. 대피용 참호라던가 이런 것도 전혀 보이지 않는군요."

"경험이 없다지만 이 정도일 줄은 몰랐습니다. 중대장님이 한마디 하셔야겠네요."

낸시 중위의 말에 유리아 중사가 주머니에서 담배를 빼어 물며 대답했다. 유리아 중사가 침대에서 일어나 천막의 입구를 열고는 담배에 불을 붙였고, 낸시 중위는 침대에 걸터앉아서 생각에 잠겼다.

15시가 되어 낸시 중위와 유리아 중사는 아까 내렸던 장소로 향했다. 잠깐의 지형정찰이기에 낸시 중위와 유리아 중사의 복장은 단조로웠다. 낸시 중위는 피스톨 벨트에 권총집을 착용했고 머리에는 철모 대신 작업모를 썼다. 유리아 중사도 비슷한 모양이었는데 낸시 중위와 다른 점은 구형 장비를 착용하고 있다는 점이었다. 유리아 중사는 어깨에 더플백을 메고 있었는데 그 속에는 낸시 중위와 유리아 중사의 철모와 밤이 되어 기온이 내려갈 때를 대비한 야전상의가 들어 있었다.

"그럼 탑승하시죠."

패커 대위가 권하자 낸시 중위와 유리아 중사는 차 뒤에 탑승했다. 주둔지 입구를 출발한 1/4톤은 사막의 길을 따라 달려가기 시작했다.

"현재 제국군은 얼마나 떨어져 있습니까?"

낸시 중위가 달리는 차에서 패커 대위에게 물었고 패커 대위는 살짝 고개를 돌려서 답했다.

"저희 전방에 있는 대대방어선에서 대략 40㎞ 이상 떨어져 있습니다."

"확실한 정보인가요?"

낸시 대위가 묻자 패커 대위는 자신의 지도를 꺼내서 낸시 대위에게 건네주었다. 지도는 작전 지역이 보이게 접혀 있었다.

"개척지군단 정찰병들이 보고한 자료입니다. 사막에 관해서는 뛰어난 자들이죠. 믿을만한 정보입니다."

"개척지군단도 이곳에 있습니까?"

"네, 2주 전쯤 이곳으로 이동했습니다. 개척지군단 어거스트 연대입니다. 현재 군단 자체는 후방에 있지만, 군단 소속 정찰병들이 전선에서 활약하고 있습니다. 정찰기를 띄우기도 여의치 않아서 말이죠."

개척지군단은 왕국 서부에 위치한 개척지인 어거스트리아^{Agustria}와 뉴^{New} 쥬로랜드^{Zuloland}의 병사들로 이루어진 사단이다. 어거스트리아는 거대한 섬이었고(섬이라고 하기에는 매우 커서 왕국에서는 새로운 대륙으로 보기도 한다) 뉴쥬로랜드는 작은 섬들이 모인 열도였다. 현재 이 사막 지역에는 두 개의 군단이 있는데 한 개는 17사단, 1사단, 5사단과 기타 보급부대 및 공병대, 육군항공대 등이 포함된 제1통합군단이었고, 나머지는 개척지군단이었다. 개척지군단은 어거스트 1연대와 2연대, 뉴 쥬로 3연대, 그리고 기타 부대가 통합되어서 형성된 부대로 왕립군 소속이지만 왕국 군단급보다 규모도 작았고 특유의 자율성을 보장받은 군단이었다.

"저쪽에 보이는 것이 J^{지그}중대의 주둔지입니다."

패커 대위가 멀리 있는 한 지점을 손으로 가리켰다. 넓은 사막 한가운데 서 있는 철조망과 모래마대들이 낸시 중위의 눈에 들어왔다.

"그리고 저희가 가고 있는 이 길에서 좌측 후방으로 10㎞ 정도 떨어진 곳에는 K^킹중대가 주둔 중이지요. 저희는 그 뒤편에서 예비대로 위치하고 있습니다. 그러니까 제일 전선에 가까이 있는 곳이 J중대이고, 저희 중대와 K중대는 후방에 위치하고 있다는 거지요."

패커 대위의 설명에 낸시 중위는 고개를 끄덕였다.

"좀 더 전방으로 나갈 생각입니다만 괜찮겠습니까?"

"네, 괜찮습니다. 좀 더 나가 보지요."

패커 대위의 제안에 낸시 중위가 끄덕이자 패커 대위는 알았다고 하고 운전병에게 지시를 내렸다.

그렇게 달려가는 동안 모래언덕과 드문드문 있는 바위 언덕들만이 보이는 것의 전부라고 낸시 중위는 생각했다. 제국군도 왕립군도 전혀 없는, 그야말로 No man's land라고 부를만한 장소였다.

"제국군도 별다른 움직임은 없는 것 같군요."

"네, 사실 저희도 와서 아직 제국군을 한 번도 본 적이 없습니다."

낸시 중위가 그렇게 말하자 패커 대위가 대답했다. 낸시 중위는 어깨를 으쓱해 보이고는 아까부터 아무 말이 없는 유리아 중사를 바라보았다. 유리아 중사는 손수건을 입에 두르고 벗은 작업모를 이용해 신경질적으로 몸에 묻은 모래들을 털어내고 있었다. 그렇지만 차가 달리면서 날아오는 모래가 계속해서 유리아 중사의 몸에 달라붙자 결국 반쯤 포기한 유리아 중사는 바람막이용 셀룰로이드 고글을 푹 눌러쓰고는 그대로 눈을 감아 버렸다.

그렇게 아무 일 없이 달리던 1/4톤은 폭음과 함께 갑자기 하늘로 솟구쳐 올랐다. 그 순간 눈을 감았던 유리아 중사는 얼른 눈을 떠 의자 옆을 강하게 잡았고, 낸시 중위도 깜짝 놀라서 옆에 있는 기관총 거치용 기둥을 붙잡았다. 그렇게 떠올랐던 차가 강하게 바닥에 내동댕이

처졌고 달리던 힘에 의해 약 10m 정도 미끄러져 내려간 뒤에 모래에 처박히며 멈추어 섰다.

"뭐…… 뭐지?"

낸시 중위가 깜짝 놀라서 말하자 유리아 중사는 머리를 흔들어서 모래를 떨어내고는 말했다.

"지뢰라도 밟은 모양입니다."

유리아 중사가 비틀거리며 차에서 내렸고, 낸시 중위도 그 뒤를 따라 내렸다. 갑작스런 사태에 낸시 중위는 정신을 차릴 수 없었고 유리아 중사도 마찬가지로 보였다. 그렇게 잠시 뒤에야 정신을 차린 낸시 중위와 유리아 중사는 서로를 바라보았다.

"대전차 지뢰일까요?"

"대전차 지뢰였으면 저희는 이렇게 서 있지 못할 겁니다."

낸시 중위의 물음에 유리아 중사가 답하고는 주변을 둘러보았다. 아무것도 없는 사막 한가운데였고, 다른 인공적인 구조물은 전혀 보이지 않았다. 심호흡해서 두근거리는 심장을 진정시킨 낸시 중위는 그제야 앞에 타고 있던 패커 대위가 떠올랐다. 패커 대위에게 말을 걸려는 찰나에 유리아 중사가 먼저 앞으로 다가가서 입을 열었다.

"괜찮습니까?"

유리아 중사가 앞 좌석에 타고 있던 패커 대위에게 말을 걸었다.

"괜찮은 것 같습니다만 다리가 엄청 아프군요."

패커 대위가 비틀거리며 차에서 내렸고 그런 패커 대위를 얼른 운전병이 부축했다. 유리아 중사는 얼굴을 찡그렸다.

"아무래도 다리가 부러진 것 같습니다."

패커 대위가 조심스럽게 바닥에 앉으면서 말했다. 유리아 중사는 얼른 패커 대위의 각반을 풀어 바짓단을 걷어올려 심하게 부어 있는 패커 대위의 다리를 보고는 얼굴을 찡그렸다.

"얼른 군의관을 찾아보는 게 좋을 것 같네요."

유리아 중사가 그렇게 말하고 1/4톤을 바라보았다. 패커 대위가 앉아 있던 선탑석 부근의 앞바퀴가 심하게 파손되었는데, 타이어는 갈기갈기 찢어졌고 차체도 찌그러져 있었다. 유리아 중사가 무언가를 손으로 잡아 빼냈다. 납작하고 손바닥만 한 쇳조각이었다.

"뭐죠?"

낸시 중위가 묻자 유리아 중사는 쇳조각을 낸시 중위에게 내밀었다. 낸시 중위는 그 쇳조각을 들어 올렸다. 얇다고 하지만 2cm 정도 되는 두께의 철제 조각이었다.

"아무래도 지뢰가 아니고 불발탄이라도 밟은 모양입니다."

유리아 중사가 그렇게 말하고는 패커 대위를 조심스럽게 부축했다. 옆에 있던 운전병이 그런 유리아 중사를 도와서 얼른 반대편으로 가 패커 대위를 부축했다.

"일단 차가 불탈지도 모르니 좀 피하죠. 중대장님, 죄송하지만 차량에 실려 있는 퍼스트 에이드 키트와 무전기를 챙겨 주시겠습니까?"

"네. 그건 제가 챙길 테니 수고 좀 부탁드립니다."

유리아 중사와 운전병이 패커 대위를 부축해서 가고 난 뒤 낸시 중위는 얼른 1/4톤에서 대용량 퍼스트 에이드 키트를 꺼내 어깨에 걸쳐 매고 뒷좌석에 있던 무전기를 살펴보았다. 롱 안테나를 끼우면 20㎞는 커버할 수 있는 무전기였지만, 차량 전복의 충격 때문인지 고장 나 있었다. 결국, 낸시 중위는 무전기를 놓아두고 유리아 중사에게 달려 갔다. 유리아 중사는 길 옆쪽에 멀찍이 떨어진 모래언덕 뒤편에 자리를 잡았다. 그곳은 앞의 모래언덕 덕분에 그늘이 졌기에 상대적으로 시원했다. 낸시 중위는 어깨에서 퍼스트 에이드 키트를 내리며 입을 열었다.

"퍼스트 에이드 키트는 여기 있습니다. 무전기는 파손인지 작동되지 않네요."

낸시 중위가 그렇게 말하자 유리아 중사는 고개를 끄덕이고는 낸시 중위에게서 퍼스트 에이드 키트를 받아들었다.

"일단 패커 대위님의 다리부터 치료하겠습니다."

"예, 잘 부탁드립니다. 저는 일단 이곳 위치를 확인해 보겠습니다."

낸시 중위는 그렇게 말하고 지도와 나침반을 챙겨서 모래언덕 위로 올라갔다. 사막은 일반적으로 판독할 만한 지형지물이 적어서 확실한 위치를 파악하기가 매우 힘들었다. 낸시 중위는 망원경으로 최대한 주변을 둘러보고서야 멀리 떨어져 있는 아군 기지를 확인할 수 있었다. 아마도 지나쳐 온 J중대의 주둔지라고 파악한 낸시 중위는 지도에서 먼저 J중대 주둔지를 찾았다. 지도 표식에서 J중대를 찾은 낸시 중위는 나침반으로 J중대의 방위각을 파악해 지도를 손가락으로 훑었다. 별다른 지형지물이 보이지 않아서 대략적인 위치를 지도에서 짚은 뒤 현 위치를 가늠했다. 그렇게 언덕을 내려온 낸시 중위를 유리아 중사와 패커 대위가 바라보았다.

"J중대로부터 약 10km정도 떨어진 장소입니다."

"걸어가면 약 세 시간 정도 걸리는 거리군요."

낸시 중위의 말에 유리아 중사가 말하고는 아차 하는 표정을 지었다. 낸시 중위는 유리아 중사 옆에 앉은 패커 대위를 바라보았다. 부러진 다리를 가지고는 걷기는 힘들 것이고 서로 부축해 주면서 걷는다 해도 꽤 긴 시간을 이동해야 할 터였다. 가지고 있는 식수도 부족한 상황에서 오랜 시간 사막을 걷는다는 것은 꽤나 위험천만한 일이었다. 그런 속마음을 파악한 패커 대위는 입을 열었다.

"절 두고 먼저 가시지요. 대략적인 위치도 알고 계시니 먼저 가신 뒤에 구조대를 보내 주시는 게 좋겠습니다."

패커 대위의 말에 낸시 중위는 고개를 저었다.

"그럴 수는 없습니다. 일단 이곳에서 있다가 해가 지고 나면 조금씩 부축해 가며 이동하겠습니다."

낸시 중위가 그렇게 말하자 패커 대위가 다시 대답하려는 순간 운전병이 급하게 달려오며 말했다.

"차량 소리입니다."

운전병은 차량에서 꺼내온 M1 소총을 들고 있었고, 운전병의 말을 들은 낸시 중위와 유리아 중사는 누가 먼저라고 할 것도 없이 허리춤에서 권총을 빼 들었다. 낸시 중위는 .45구경 자동권총이었고, 유리아 중사는 .455구경 중절식(Top Break) MK VI 리볼버였다. 지난 전쟁에서 사용되었던 구형 권총이지만 유리아 중사는 오래 다뤄서 익숙하다는 이유에서 따로 .45구경 자동권총을 구매하지는 않았다.

"일단 그늘에 숨어서 기다리죠."

낸시 중위가 그렇게 말하자 유리아 중사가 고개를 끄덕였다. 패커 대위도 힘겹게 몸을 일으켜서 자신의 권총을 빼 들었다. 낸시 중위의 귀에도 차량의 엔진 소리가 들리기 시작했다. 적인지 아군인지도 확실치 않은 상황이기에 낸시 중위는 귀를 기울였다. 적이라면 파손된 1/4톤을 보고 그냥 지나가기만을 낸시 중위는 속으로 빌었고, 다른 이들도 그와 비슷한 마음을 가졌다.

그리고 잠시 뒤에 길이 아닌 뒤편에서 엔진 소리가 들리는 것을 깨닫고 낸시 중위를 비롯한 대다수의 사람들은 기겁했다. 사막에 나 있는 길이 아닌 모래 위를 달리다 보면 자칫하다 바퀴가 빠져서 오갈수도 없는 경우가 생긴다. 그래서 차량을 운전할 때는 사막에 나 있는 길을 잘 보는 게 중요했지만, 뒤에 나타난 차량은 놀랍게도 모래 위를 달려왔다. 그렇게 나타난 차량은 궤도차량도 아닌 일반적인 바퀴가 달린차량이었고, 그 차에 탑승한 인원들은 사막의 부족민처럼 머리에 수건을 두르고 있었는데 눈에는 모래바람을 막기 위해서인지 색이 들어간 고글을 착용하고 있었다. 그렇게 세 대의 차량이 낸시 중위들이 있는 장소에서 약 10m 떨어진 장소에 멈추어 섰고, 그중에 한 차량의 선탑석에서 누군가가 걸어 내렸다. 그 모습을 보고 낸시 중위는 긴장했지만 운전병과 패커 대위는 한숨을 내쉬고 총을 내려놓았다. 낸시 중위가 깜짝 놀라서 패커 대위를 바라보자 패커 대위는 웃으면서 대답했다.

"아군이에요. 개척지군단 정찰병들입니다."

패커 대위가 그렇게 말하자 낸시 중위는 다시 그들을 바라보았다. 차량에서 내린 사람이 머리와 얼굴에 두른 천을 푸르고 고글을 벗자 수염을 잔뜩 기른 사내의 얼굴이 나타났다. 꼭 사막의 원주민과 같은모습이었다.

"괜찮습니까? 차량이 망가지신 것 같은데요."

상대방의 유창한 왕국 억양의 공용어를 듣자 그제야 낸시 중위와 유리아 중사도 안심을 하고 권총집에 총을 집어넣었다.

"네, 부상자도 있습니다. 좀 도와주실 수 있습니까?"

낸시 중위가 그렇게 말하자 사내는 고개를 끄덕였고, 차량에 타고 있던 병사들이 차에서 내리기 시작했다. 사내가 낸시 중위에게 다가가서 손을 내밀고 악수를 청했다.

"개척지군단 어거스트 1연대 정찰대 소속 존 로벅 대위입니다."

"왕국 17사단 낸시 콜필드 중위입니다. 저쪽은 1사단 3연대 패커 대위고요."

낸시 중위가 로벅 대위의 손을 붙잡고 가볍게 흔들었다.

"저희를 잘도 찾으셨군요."

낸시 중위가 묻자 로벅 대위는 별것 아니라는 투로 대답했다.

"사막은 멀리까지 잘 보이죠. 낸시 중위가 언덕 위에서 망원경으로 여기저기 둘러보는 모습을 보았습니다. 망원경의 렌즈가 햇빛에 반사되어서 말이죠. 그래서 아군인지 적군인지 확인하려고 왔지요. 길이 아닌 뒤편으로 온 것도 그 때문입니다. 적이면 공격하려고 했거든요. 보시다시피 저희 차에는 기관총만 4정이 달려 있으니까요."

로벅 대위가 뒤편의 3/4톤을 손으로 가리키며 말했다. 실제로 로벅 대위의 3/4톤은 운전석과 선탑석 앞에 2정, 그리고 뒤편에 2정을 묶어 놓은 기관총이 매달려 있었다.

"제니! 그분은 어때?"

로벅 대위가 패커 대위를 살피는 병사에게 소리치자 그 병사는 몸을 일으키며 대답했다.

"거 별 이상은 없고 응급조치가 실하니 부대로 얼러 가면 되겠소."

몸을 일으킨 병사가 강한 개척지 사투리로 대답했다. 그 목소리를 들은 낸시 중위와 유리아 중사는 깜짝 놀라고 말았다.

"자네, 여군인가?"

유리아 중사가 제니에게 묻자 제니 상병은 머리에 두른 수건과 고글을 벗으며 대답했다.

"그 계신 중사님 만치로 여자이지 않갔소."

"옛날에 어거스트리아를 개척하던 당시에는 여자고 남자고 모두 총을 들고 싸워야 했기 때문에 아직까지 어거스트 연대에서는 여자도 병사로 활용하고 있습니다. 물론 같은 부대로 소속되는 경우는 거의 희박하지만 제니 상병은 워낙에 출중한 병사여서요. 농장 출신에다가 간호학교를 나와서 웬만한 남자들보다 잘합니다."

로벅 대위가 설명하자 낸시 중위와 유리아 중사는 고개를 끄덕였다. 그들도 여자의 입장으로 전선에서 전투를 벌였으니 오히려 놀란 것이 더 이상하다고 생각했다.

"일단 저희가 가까운 기지까지 모셔다 드리겠습니다."

로벅 대위가 그렇게 말하고 3/4톤 한 대의 뒤에 실려 있는 통들을 모두 내리게 했다. 그렇게 통을 내리자 병사들은 바닥을 파기 시작했고 그렇게 파 내려간 구멍 안에 통을 넣은 뒤에 그 위를 모래로 덮어 버렸다.

"물 아닌가요?"

"물도 있고 연료도 있고 그렇습니다."

"그런데 이렇게 묻어도 되나요?"

낸시 중위가 묻자 로벅 대위는 씨익 웃고는 나뭇가지를 하나 꺼내서 비스듬하게 대각선으로 땅 위에 끼워 넣었다.

"이렇게 해 놓고 나중에 다시 파내면 됩니다. 이런 식으로 모래에 파묻어 둔 보급물자들이 무척이나 많지요."

"그렇게 해놔야 혹해도 파가 쓸 수 있잖소."

삽을 들어 올린 병사 한 명이 웃으면서 낸시 중위에게 말하자 낸시 중위는 고개를 끄덕였다.

그 뒤에 병사들은 조심스럽게 패커 대위를 차 뒤에 올려 주었다. 뒤쪽은 짐을 실어 나르기 위해 좌석을 모두 없애 놓았기 때문에 패커 대위는 다리를 뻗고 조심스럽게 앉아야 했다. 혹시 모르기 때문에 병사들은 밧줄을 엮어서 패커 대위의 몸을 차에 고정시켰다. 그리고는 다친 다리 밑에는 옷들을 깔아놓아 충격을 완화시켰다.

"마취제 놔 드릴 터니 서이 자면 가 있을 겁니다."

제니가 그렇게 말하고는 패커 대위의 팔에 주사를 놓아 주었고 패커 대위는 곧 잠들어 버렸다.

"얼른 기지로 갈 테니 조금만 참으시죠. 낸시 중위와 그 옆에 중사도 제 차에 타십시오. 운전병은 저 옆에 차 뒷좌석에 앉아."

로벅 대위의 말에 낸시 중위와 유리아 중사는 패커 대위 옆으로 올라탔다. 3/4톤의 뒤쪽에는 기관총 탄 박스라던가 이것저것 잡동사니들이 있어서 꽤나 비좁았다. 어떻게든 몸을 움직이던 유리아 중사는 결국 자리에서 일어나 차량 중앙에 솟아올라 있는 기관총을 붙잡고는 기관총 아래 기둥에 묶여 있는 안전벨트를 몸에 둘렀다.

"이렇게 서서 가는 게 나을 것 같군요. 비좁게 앉아 있는 것보다는요."

유리아 중사가 그렇게 말하고는 모자 위에 걸쳐놓은 고글을 내려 썼다.

"그럼 출발합니다."

로벅 대위가 그렇게 말하고 손을 흔들자 운전병이 차량의 시동을 걸고는 달리기 시작했다. 차량은 미끄러지듯이 사막의 도로를 달리기 시작했다.

"다음부터 정찰을 나오실 때는 최소 2대의 차량으로 움직이십시오. 사막 같은 데서 그런 식으로 차량이 망가지면 큰일입니다."

로벅 대위가 말하는 순간에 뒤편에서 폭발하는 소리가 들렸고, 낸시 중위와 유리아 중사는 얼른 뒤를 바라보았다. 저 멀리 버려둔 차에서 연기가 피어올랐다.

"걱정 마십시오, 저희 부대원들이 폭파시킨 겁니다. 이런 사막에서는 적의 장비라도 유용하게 사용되는 법이니까요. 부속이라도 말입니다."

로벅 대위가 아무 일 아니라는 듯 말했고 낸시 중위와 유리아 중사는 다시 앞을 바라보았다.

"사막에 대해서 잘 아시는군요."

낸시 중위가 말하자 로벅 대위가 살짝 뒤를 바라보고는 대답했다.

"저희 고향인 어거스트리아는 2/3가 사막과 평원입니다. 대다수의 병사가 사막이라면 이골이 나 있지요. 저희 부대원들은 모두 그런 사막에서 자란 인원들입니다. 저도 마찬가지고요. 그래서 사막이라면 고향과도 같지요."

로벅 대위가 그렇게 말하고는 옆에서 운전하고 있는 운전병의 어깨를 두드렸다.

"운전병인 므두모가는 아버지가 원주민입니다. 원주민들만큼 사막에 대해 잘 아는 사람들도 없지요.

로벅 대위가 다시 므두모가의 어깨를 두드렸지만 므두모가는 아무 말 없이 운전에 열중이었다. 그렇게 한참을 달리던 므두모가가 갑자기 차량을 세우고 뒤쪽을 바라보았다.

"무슨 일이지?"

"비행기 소리입니다."

로벅 대위가 묻자 므두모가가 뒤를 바라보며 대답했다. 낸시 중위와 유리아 중사도 얼른 하늘을 바라보았지만, 그 둘에게는 비행기 소리가 들리지 않았다.

"아군기 소리가 아닙니다."

므두모가가 그렇게 말하자 로벅 대위는 얼른 망원경을 꺼내서 므두모가가 가리킨 방향의 하늘을 바라보았다.

"맞는 것 같군. 아군기가 아니야."

로벅 대위가 그렇게 말하고 뒤에 차들에게 적군기임을 알리며 소리쳤고, 뒤쪽 차들도 분주하게 움직이기 시작했다. 그러는 동안 적군기는 점점 가까이 다가왔다. 적군기의 프로펠러 돌아가는 소리를 낸시 중위도 알아차릴 수 있었다. 낸시 중위는 멀리서 날아오는 적군기의 모습을 보고는 속이 타들어 갔다. 이 사막에서 숨을 곳이라고는 없었으니 자칫하다간 적군기의 표적이 될지도 모를 터였다. 자세하게 바라보니 적군 기체는 한 대가 아니고 여러 대가 동시에 날아오고 있었다. 제국군 전투기 편대였다.

"자! 다들 손을 흔들어요!"

그렇게 얼어붙은 낸시 중위에게 로벅 대위가 소리쳤다. 낸시 중위는 순간 로벅 대위의 말을 이해하지 못해서 멍하니 로벅 대위를 바라보았지만 로벅 대위는 좌석에 올라타서 크게 손을 흔들기 시작했다. 마치 적군기를 환영하기라도 하는 모양새였다.

"얼른요! 일어나서 손 흔드십시오!"

로벅 대위가 다시 한 번 말했고 낸시 중위는 엉거주춤하게 몸을 일으켰다. 뒤에 서있는 차에서도 병사들이 너무나 반갑게 소리까지 질러가면서 손을 흔들고 있었고, 개중에는 붉은색 바탕에 검은 독수리가 그려진 제국군 깃발까지 꺼내서 흔드는 병사도 있었다. 낸시 중위는 이 상황이 어떻게 된 건지 이해를 못 한 채 그저 그렇게 서 있었고, 기관총 앞에 서 있는 유리아 중사는 주변을 둘러보고는 얼른 양손을 들어서 흔들기 시작했다. 낸시 중위는 당장에 적군기가 기관총을 발사할지도 모른다는 생각에 등줄기에 땀이 배어 나왔다. 당장 차량을 버리고 도망가도 어찌될지 모를 판에 미친 듯이 손을 흔드는 이들을 낸시 중위는 이해할 수 없었다. 그렇게 전투기들은 천천히 다가왔고, 굉음을 내며 차량 행렬의 위를 그대로 지나가 버렸다. 그중에 한 대는 이곳의 환영에 화답하듯이 날개를 위 아래로 흔들어 보이기까지 했다. 그렇게 전투기가 멀리 지나가서야 다들 미친 듯이 흔들던 손들을 내려놓았다. 아직까지 뭐가 어떻게 된 건지 알 수 없어 어리둥절한 낸시 중위의 어깨를 로벅 대위가 웃으면서 두드렸다.

"이제 괜찮으니까 긴장 푸시죠."

"도대체 이게 어떻게 된 건지 모르겠군요."

낸시 중위가 그렇게 말하고 자리에 걸터앉으니 로벅 대위가 웃으면서 말했다.

"전투기는 꽤나 속도가 빨라서 지상에 있는 차량을 확실하게 판독하지 못한다더군요. 그래서 이런 식으로 손을 흔들면서 제국군 깃발도 흔들면 적군기는 자기 편이라고 생각을 하고 지나갑니다."

로벅 대위의 말에 낸시 중위는 고개를 끄덕였다. 확실히 적군이라면 자신의 비행기를 보고 손을 흔들 리 없을 테니 좋은 방법이라고 생각했다.

"그보다 저렇게 많은 전투기가 이동하는 걸로 봐서는 아군 기지에 대한 공격이라도 하는 것 아닐까요?"

낸시 중위가 비행기가 지나간 장소를 바라보며 말했고 로벅 대위도 그 방향을 보고는 대답했다.

"아마도 그럴 것 같다는 생각이 드는군요."

로벅 대위는 조금은 심각한 표정으로 다시 차에 올라탔고 낸시 중위와 유리아 중사도 다시 자리에 앉았다.

6.

그렇게 한참을 달려간 차량들은 아까 낸시 중위가 지나쳐 왔던 J중대의 주둔지에 도착할 수 있었다. J중대의 주둔지는 전투기로부터 공격을 받은 듯 꽤나 엉망진창으로 망가져 있었다. 중앙에 있던 관측탑은 무너져 있었고, 병사들이 지내던 곳으로 보이는 텐트 등도 모두 흩어져 있었다. 낸시 중위는 차량에서 뛰어내려 무너진 철조망을 밟고 기지 내부로 들어갔고 유리아 중사가 그 뒤를 따랐다. 나름 이동식 참호를 파 놓은 기지를 가로질러 중앙부로 가자 땅을 파고 모래 마대로 무릎 정도로 오는 벽을 쌓고는 그 위에 지붕을 덮어 놓은 벙커가 있었다. 내부에서 밖을 볼 수 있게 작게 창문을 만들어 놓은 벙커였다. 그 안으로 들어가니 무전기를 붙잡고 있던 누군가가 낸시 중위를 바라보았다. 쓰고 있는 철모에 그려진 계급장은 소위 계급이었다.

"누구야!"

"17사단 낸시 콜필드 중위다. 귀관은?"

낸시 중위에게 소리친 상대는 낸시 중위가 자신의 관등성명을 대자 얼른 경례하고는 말했다.

"네! J중대 1소대장 조지 마이클 소위입니다."

"중대장은?"

"아까 있었던 적기의 기총사격에 전사하셨습니다. 현재 제가 선임장교입니다."

"다른 장교들은?"

낸시 중위가 주변을 둘러보며 물었지만 마이클 소위는 고개를 저었다.

"중대장 텐트에서 이야기를 나누던 도중 적 전투기의 기총사격에 중대장과 2소대장은 전사했고, 3소대장은 현재 부상을 입어서 누워 있습니다. 중상입니다."

낸시 중위는 마이클 소위의 대답에 어이가 없었다.

"적기가 오는데 초병들은 뭘 했기에 장교들이 모두 벙커가 아닌 텐트에 들어가 있었던 거지?"

낸시 중위가 화내듯 묻자 마이클 소위는 소매로 이마에 흐르는 땀을 닦고는 대답했다.

"초병들이 정찰을 끝내고 돌아오는 아군기로 오인했다고 합니다."

낸시 중위는 더더욱 황당한 기분에 옆에 놓여 있는 책상에 걸터앉았고, 뒤이어 들어온 로벅 대위는 그런 낸시 중위와 마이클 소위를 둘러보았다.

"로벅 대위님, 죄송하지만 이곳을 방어해야 하겠습니다. 전투기가 한번 훑고 지나갔다는 건 뒤이어서 적군이 온다는 소리겠지요."

"말씀대로 대공세가 있을 낌새군요. 후방에서 지원군이라도 요청하는 것이 좋겠습니다."

로벅 대위의 말에 낸시 중위가 마이클 소위를 바라보며 소리쳤다.

"무전기는?"

"머…… 먹통입니다."

"로벅 대위님 차량용 무전기는 어떻죠?"

낸시 중위의 말에 로벅 대위는 고개를 저었다.

"저희 무전기도 원거리 통신용이긴 합니다만 여기서부터 후방까지는 힘들어요. 전투기나 폭격기에 실리는 장거리 통신용 무전기하고 비교하기에는 주파수를 멀리까지 보낼 정도로 강력하지 못하니까요. 이 기지에 있던 장거리 통신용 증폭 안테나는 파괴된 모양입니다."

로벅 대위의 대답에 낸시 중위는 한숨을 쉬고는 로벅 대위를 바라보았다. 로벅 대위는 턱을 손으로 잡고는 잠시 생각하다가 박수를 쳤다.

"일단 할 수 있는 일부터 하지요. 저희 차량 한 대에 패커 대위를 탑승시켜 후방으로 보내겠습니다. 그렇게 패커 대위를 통해서 지원 병력을 받으면 될지 싶군요."

로벅 대위의 말에 낸시 중위는 고개를 끄덕였다.

"그럼 잘 부탁드립니다."

낸시 중위가 아직 약에 취해 있는 패커 대위에게 말하자 패커 대위는 고개를 끄덕였다. 그 옆에 앉은 패커 대위의 운전병에게도 낸시 중위가 부탁하자 운전병은 말없이 고개를 끄덕였다. 그렇게 1/4톤은 중상자 3명을 더 싣고 출발했고, 낸시 중위는 병력과 장비를 파악하기 시작했다.

"가용병력은 J중대가 78명, 거기에 저희까지 포함하면 8명이 더해지니까 86명입니다."

유리아 중사가 보고를 했다. 현재 J중대는 병사 73명, 하사 4명에 소위 1명이었다. 중사 2명과 상사 1명은 초반 공격 때 전사하거나 부상을 입었기에 하사관 숫자도 부족한 지경이었다.

"그럼 각자 진지를 보수하고, 철조망을 치는 것은 유리아 중사가 지시해 주십시오."

낸시 중위가 그렇게 말하자 유리아 중사는 고개를 끄덕이고 각 하사들에게 업무를 분담했다. 낸시 중위는 벙커 내부에 지도를 펼쳐 놓고 주변을 살피기 시작했다.

"일단 이 길을 따라올 것 같습니다. 중대에 지뢰는?"

"대전차지뢰와 대인지뢰가 있습니다."

낸시 중위가 묻자 마이클 소위가 대답했다.

"그럼 이 지뢰를 이쪽 길에다가 설치하겠습니다. 적군은 아마 전차를 앞세워 길을 통과해 아군의 후방으로 갈 겁니다. 일단 전차가 움직이지 못하게 지뢰와 철조망으로 도로를 봉쇄하고, 방어진지를 더 굳건히 하는 것이 중요합니다."

"단지 길만 봉쇄한다고 될까요?"

로벅 대위의 질문에 낸시 중위가 답했다.

"아시겠지만 도로가 아닌 그냥 모래를 전차가 달리다 보면 전차의 궤도도 부드러운 모래에 파묻히고는 하지요. 그래서 적군은 도로를 따라 기동합니다. 뭐 이건 저희 아군도 마찬가지지만요. 그 모래를 차량으로 달리는 로벅 대위님 정찰팀이 대단한 겁니다. 그래서 일단 도로를 봉쇄하기만 해도 적군은 손쉽게 진격하기는 힘들 겁니다."

그렇게 말하고 낸시 중위는 다시 지도 위의 한 장소를 가리켰다.

"이 지점에 지뢰와 철조망으로 도로를 봉쇄하면 적군은 지뢰지대를 개척하거나 우회해야 할 겁니다. 그렇게 되면 저희의 공격을 받게 되겠지요. 뭐가 되었던 지원병이 올 때까지 시간은 벌 수 있을 겁니다."

낸시 대위는 지원병이 도착한다면 말이죠. 라는 말을 입 밖으로 꺼낼 수 없었다. 그렇게 대략적인 설명을 끝낸 낸시 중위는 로벅 대위를 바라보았다.

"그럼 중대 지휘를 맡아 주십시오."

낸시 중위가 그렇게 말하자 로벅 대위는 무언가 알 수 없는 표정을 짓고는 손을 저었다.

"아뇨, 아뇨. 지휘는 낸시 중위가 맡아 주십시오."

"네? 그렇지만 현재 최고 선임자는 로벅 대위님입니다."

낸시 중위가 그렇게 말하자 로벅 대위는 고개를 저으며 말했다.

"저는 언제나 정찰대에 있었고, 앞에 나서서 총을 쏘는 타입이지 지휘하는 타입이 아닙니다. 제대로 지휘도 할 줄 모르고요. 배운 적이 없어요. 가장 많은 병력을 지휘했을 때가 10명이었습니다. 지휘 자체는 저보다 낸시 중위가 더 잘할 겁니다. 그렇다면 계급은 중요한 게 아니지요."

로벅 대위의 말에 낸시 중위는 아무 말도 할 수 없었다.

"그럼 제가 지휘하도록 하겠습니다. 로벅 대위님과 정찰조 인원들은 예비대로 편성해 놓을 테니 직접 판단하여 부족한 곳을 메워 주시기 바랍니다."

낸시 중위가 그렇게 말하자 로벅 대위는 장난스럽게 웃으면서 경례를 했다.

"마이클 소위는 1소대를 맡아 지휘하도록. 현재 1소대원을 포함해 각 소대 가용 인원이 몇 명이지?"

"현재 1소대는 하사 1명에 병사 22명입니다. 2소대가 하사 2명에 21명, 3소대가 하사 1명에 21명입니다. 그리고 현재 박격포병을 포함한 중대본부 인원이 9명입니다. 전투는 불가능하지만 약간의 움직임이 가능한 부상병이 7명, 나머지 심한 부상이 12명이고, 그중 매우 심각한 3명은 후송되었습니다. 전사자는 중대장 포함 15명입니다."

마이클 소위가 보고했다. 다행히 어느 정도 버틸 인원수는 채워져 있다고 판단한 낸시 중위는 벙커 밖으로 나와서 주변을 둘러보았다. 병사들은 참호를 보수하고 망가진 철조망을 다시 설치하고 있었다. 낸시 중위는 마이클 소위에게 병사들을 데리고 아까 알려주었던 장소에 지뢰와 철조망을 설치할 것을 명령했다. 그러면서 어떤 식으로 지뢰와 철조망을 설치할지 자세하게 설명해 주었고, 마이클 소위는 고개를 끄덕이고 자신의 소대에서 병력을 차출해 지뢰와 철조망을 옮기기 시작했다.

"대대와 무전 연락은 됩니까?"

로벅 대위가 낸시 중위에게 다가와서 물었고 낸시 중위는 고개를 저었다.

"저희 차에 실려 있는 무전기도 거기까지는 닿지 못하고 있습니다. 장거리 안테나를 중앙의 고가초소에 설치했는데 그게 무너지면서 안테나도 같이 파손된 모양입니다."

로벅 대위가 말했고 낸시 중위는 한숨을 내쉬었다.

"방금 파악했는데 다행히 기관총이나 탄환은 충분합니다. 병사들 무기도 충분하고요. 다만 아군이 언제 올지 모르겠군요. 벌써 밤이 되어 가고 있습니다."

유리아 중사가 그렇게 말했고 낸시 중위는 로벅 대위를 바라보았다. 로벅 대위는 어깨를 으쓱해 보이자 낸시 중위가 한숨을 쉬고는 다시 입을 열었다.

"적 전투기의 공습 후 벌써 한 시간이 지났습니다. 해가 지기 전 적 전투기가 한 번 더 공격을 하고 나면 다음에는 적의 지상병력이 쇄도하겠지요. 그것을 버텨야 합니다."

낸시 중위가 그렇게 말하자 로벅 대위는 한숨을 쉬고는 담배를 빼물었다.

해가 지평선 아래로 내려가자 방어 준비는 완료되었다. 낸시 중위로서는 시간과 장비가 더 있었다면 좀 더 제대로 준비를 했을 것이라 생각했다. 하지만 J중대에는 장비가 부족했고, 시간도 부족했다. 패커 대위에게서는 아직도 연락이 없었다. 갑작스러운 적 전투기들의 공격에 본부도 꽤나 상황이 복잡하게 돌아가나 보다고 생각했지만 그렇다고 해도 너무 연락이 없는 것이 이상하게 느껴졌다. 부상병들을 후방으로 보내려고 해도 인원도 부족했고, 중요한 차량이 없었다. J중대의 차량들은 첫 전투기의 공격으로 파괴된 상황이었다. 낸시 중위는 처음에는 기지를 포기하고 이동할까도 생각했지만, 이런 식으로 방어선이 붕괴된다면 사단 자체가 괴멸될지도 모른다는 생각에 기지를 지키는 것으로 마음을 돌렸다.

사실 낸시 중위는 전선에 파견 온 장교였고, 기지에는 마이클 소위라는 장교가 있었기 때문에 낸시 중위가 나서지 않아도 아무도 뭐라고 할 사람이 없었다. 그렇지만 낸시 중위는 어쩔 수 없다고 생각했다. 마이클 소위는 이제 막 임관한 대학생 출신 학사장교였고 실전 경험은 전혀 없었다. 그런 인원에게 기대하기에는 이곳 전선의 상황이 너무도 좋지 못했다.

"사실 중대장님은 그냥 가셨어도 아무도 뭐라 하지 않았을 겁니다."

유리아 중사가 낸시 중위 옆에서 그렇게 말했다. 낸시 중위는 그런 유리아 중사를 보고는 한숨을 내쉬었다.

"성격이 성격이라 그냥 갈 수가 없더군요."

낸시 중위가 그렇게 말하자 유리아 중사는 아무 말 없이 어깨에 걸쳐 맨 총을 고쳐 매며 말했다. 전사하거나 부상당한 인원들의 총을 모아 놓은 곳에서 적당히 하나 골라잡은 기관단총이었다.

"그러니까 제가 중대장님을 믿고 따르는 거지요. 아마 곧 지원 병력이 올 겁니다."

유리아 중사가 그렇게 말했지만, 낸시 중위는 아마 오더라도 꽤 시간이 흘러야 할 거라고 생각했다. 시간만 놓고 보면 패커 대위가 대대본부로 도착하고도 남았을 시간이었다. 아니, 대대본부에 도착해 지원 병력을 데리고 오고도 남을 시간이었지만 아직까지 아무런 소식이 없었다. 대대에서 이곳이 위험하지 않은 곳으로 판단했을지 모른다고 낸시 중위는 생각했다. 아니면 무언가 다른 일이 있을 수도 있었다. 답은 알 수 없었지만.

낸시 중위는 하늘을 바라보았다. 하늘은 이제 주황색 빛도 모두 사라지고 보라색으로 물들어 가고 있었다. 하늘이 모두 검게 물들어 버려 작은 별들이 무수히 하늘을 수놓기 시작한 지 얼마 안 있어서 멀리 엔진 소리가 들려오기 시작했다. 땅을 울리는 육중한 엔진음이 그냥 차량이 아닌 전차임을 알 수 있었기에 전투 준비 명령을 내렸다.

병사들은 각 참호에서 자신의 무기를 손에 쥐고 전방을 주시했다. 낸시 중위는 조심스럽게 쌍안경으로 길을 살펴보았다. 야간 기동이기 때문에 적들은 등화관제를 하고 조심스럽게 길을 따라오고 있었다. 자세하게 보이지 않았지만 꽤나 긴 행렬이라고 생각했다.

맨 앞에는 정찰병으로 보이는 병사 두 명이 서서 전차들을 유도하고 있었는데, 조심스럽게 앞으로 걸어가던 정찰병들은 철조망을 발견하고 멈춰 섰다. 그리고 뒤로 돌아서 손을 흔들었고, 그 모습을 본 제국군 전차가 조심스럽게 멈추어 서다 갑자기 폭발해 버렸다. 아까 매설해 놓은 대전차지뢰를 밟아서 벌어진 일이었다. 갑작스런 폭발에 서 있던 제국군 정찰병들은 멀리 튕겨나갔고, 선두의 전차가 폭발하자 남은 전차들은 모두 허겁지겁 산개하기 시작했다. 그렇게 적 전차들이 산개하자 중간중간 또다시 폭발음이 울리며 몇 대의 전차들이 그대로 주저 앉아 버렸다. 길을 따라 U자 형태로 지뢰를 배치했기 때문에 산개하던 전차들이 다시 지뢰에 파괴되고 있었다.

갑작스런 사태에 전차들은 우왕좌왕하기 시작했고 뒤따라 오던 다른 차량들도 모두 발이 묶여 버리고 말았다. 지뢰지대를 개척하고 철조망을 철거하기 위해서 보병들이 앞으로 나섰다. 거리가 약 1km 정도 밖이었기에 낸시 중위는 조심스럽게 무전기를 들어서 60㎜ 박격포반을 불렀다. 박격포반은 낸시 중위의 신호에 박격포를 발사했다. 장약이 폭발하는 소리와 함께 60㎜ 박격포탄이 공기를 가르고 날아가 철조망 지대에 접근하고 있던 보병들 주변에 떨어지기 시작했다. 갑작스러운 박격포 공격에 앞으로 오던 보병들은 그대로 포탄에 휘말리거나 쓰러졌고, 전차들 뒤에 따라오던 차량들도 파괴되기 시작했다. 패닉 상태에 빠진 병사들이 사방으로 사격하기 시작했지만, 멀리서 벌어지는 무차별 사격은 아군에게 아무런 피해도 입히지 못하고 있었다. 낸시 중위는 지금까지는 예상대로 진행되고 있다고 생각했다. 가장 좋은 전개는 이대로 적들이 아군의 방어선이 굳건하다고 생각하고 그대로 물러가는 것이다.

순간 적진 중앙 위쪽에서 조명탄이 터지기 시작했다. 사이즈가 작고 금방 꺼지는 것으로 봐서는 작은 구경일 거라고 낸시 중위는 판단했다. 조명탄 불빛 덕에 낸시 중위는 적군의 숫자를 파악할 수 있었다. 꽤나 대규모의 부대였다. 전차의 숫자도 꽤나 많았고, 보병과 기타 차량도 많은 숫자가 눈에 들어왔다.

　"적들이 저희를 발견한 것 같습니다."

　옆에 있던 유리아 중사가 낸시 중위에게 말했다. 평지에서는 작은 조명탄이라도 한번 터지고 나면 주변의 사물을 관측하기에는 충분했다. 그 뒤로 몇 발 더 올라온 조명탄으로 아군의 위치를 파악한 제국군은 남은 전차를 진지로 진격시키기 시작했다.

　"적들이 몰려옵니다."

　유리아 중사가 말했고, 낸시 중위는 무전병에게 방어 준비 명령 하달을 지시했다. 무전병이 급하게 각 소대에게 방어 명령을 하달했다. 제국군 전차들은 기동하다가 몇 대가 더 지뢰를 밟고 기동불능이 되었지만 나머지 전차들은 지뢰지대를 빠져나와 기동을 시작했다. 오랜 시간 이동해야 한다면 사막의 모래는 전차의 발목을 잡는 천연 장애물이 되지만, 근거리라면 전차도 충분히 모래 지대를 돌파할 수 있었다. 그렇게 점점 다가오는 제국군 전차 뒤로 제국군 병사들도 뒤따라 기동을 시작했다. 현재 아군에게 대전차무기라고는 전무한 상황이었다. 낸시 중위가 60㎜ 박격포를 이용해 전차를 붙잡아야겠다고 생각한 순간 맨 앞에 달려오던 제국군의 전차가 폭발음과 함께 그대로 궤도가 끊어져서 기동불능에 빠져 버렸다. 낸시 중위는 도대체 어떻게 된 건지 이해할 수 없었다. 그리고 그 뒤로도 몇 대의 전차가 더 기동불능

에 빠지고 나서야 낸시 중위는 전차 사이를 헤집고 돌아다니는 3/4
톤 2대를 발견 할 수 있었다. 로벅 대위였다. 낸시 중위는 다시 망원경
을 들어 올려서 로벅 대위의 차를 확인했다. 운전병이 계속해서 차량
을 모는 동안 로벅 대위는 뒤에 앉은 병사와 함께 신형 대전차로켓포
를 제국군 전차에 발사하고 있었다. 그제야 낸시 중위는 로벅 대위의
차 옆면에 로켓포가 묶여 있었던 것을 떠올렸다. 그렇게 몇 번 더 로켓
포를 발사한 로벅 대위의 정찰 팀은 적군의 사격이 자신들을 향하자
바로 차를 돌려서 아군 진지로 돌아왔다. 진지의 뒤편으로 우회해서
열려 있는 입구 쪽으로 들어온 3/4톤이 멈추자 낸시 중위는 얼른 로벅
대위에게로 뛰어갔다.

"위험하게 무슨 일을 하신 겁니까!"

낸시 중위가 조금 화가 나서 소리치자 로벅 대위는 배를 붙잡고 웃
기 시작했다. 낸시 중위가 어이가 없어서 로벅 대위를 바라보자, 로벅
대위 말고도 다른 정찰대 인원들이 똑같이 크게 웃기 시작했다.

"이야. 대장님 이래 이번 꺼는 진짜로 죽는갑다 했소."

옆에 있던 정찰대원이 웃으면서 로벅 대위의 어깨를 두드렸고 로벅
대위도 그런 정찰대원의 어깨를 두드리며 말했다.

"이야. 너나 나나 미친 짓 많이 했지만, 이번 건 최고였지?"

"그걸 말이라고 하소? 내 대장이랑 다니다 보면 고향 땅이라고 밟지
도 못할 것 같소."

다른 정찰대원도 로벅 대위에게 다가와서 어깨를 두드리고는 웃으면
서 말했다. 도대체 무슨 행동들을 하는 건지 낸시 중위는 이해할 수가
없어서 그냥 다시 자신의 자리로 돌아가 버렸다.

로벅 대위의 미친 짓으로 제국군 전차들은 이동에 제약이 생기자 남은 전차들을 뒤로 빼 버렸다. 그렇지만 뒤이어서 제국군 보병들이 진지로 쇄도해 왔기에 전투가 끝난 것은 아니었다. 아마도 전차의 피해를 줄여 볼 심산인 모양이라고 낸시 중위는 생각했다. 병사들은 기관총과 소총으로 달려오는 제국군 보병들을 저지했지만, 그 숫자가 꽤나 많아서 확실하게 적군을 막아내기는 힘이 들었다. 지속적으로 날아 오르는 조명탄 덕분에 아군의 진지가 적군에게 노출되는 것 또한 문제였다. 거기에 철조망 지대가 몇 군데 개척되고 나자 결국 낸시 중위는 첫 번째 참호선을 포기하고 중앙부로 이동할 것을 명령했다.

60㎜ 박격포가 먼저 참호선 앞으로 일련의 사격을 가한 뒤, 바로 연막탄을 발사했다. 어둠 속에서 땅에 떨어진 연막탄은 하얀 연기를 피워 올리며 적군의 시야로부터 아군 부대를 보호해 주었고, 맨 앞쪽의 참호선에서 뛰쳐나온 병사들이 그 뒤에 구축되어 있는 2차 참호선으로 뛰어 들어갔다. 낮에 일차 참호선을 보수하고 급하게 구축한 급조호다 보니 높이는 병사들의 허리 정도에 올 정도로 낮았다. 2차 참호선에 도착한 병사들은 얼른 자신들이 지나온 철조망 사이를 다시 철조망으로 메꿔서 길을 차단했다.

"연막이 사라지고 있습니다."

유리아 중사가 낸시 중위에게 말했다. 낸시 중위는 벙커 뒤쪽에 위치한 60㎜ 포대에 연결된 무전기를 들어서 소리쳤다.

"A1부터 A2까지 진내사격!"

낸시 중위의 무전이 끝난 얼마 뒤 박격포반에서 포탄을 발사했고, 그 포탄은 아직 연막이 남아 있는 1소대와 2소대의 진지 위로 떨어지기 시작했다. 시기상으로 적 병사들이 1차 참호선에 도착했을 만한 시기라고 낸시 중위는 생각했다.

그렇게 한 차례 진내사격이 그치고 연막도 옅어진 상황에 다시 한번 터진 제국군의 조명탄은 1차 참호선 앞에서 그대로 돈좌되어 버린 제국군 병사들을 비췄다. 1차 참호선에 도착하자마자 머리 위로 떨어진 박격포탄 세례를 받은 제국군 병사들의 피해는 꽤나 심각해 보였고, 간혹 가다 1차 참호선 밖으로 얼굴을 내밀긴 했지만, 섣불리 참호선 밖으로 나오지는 못했다. 병사들은 그런 1차 참호선에 지속적으로 사격을 가했고, 다시 한 차례 박격포 사격이 이어지자 결국 제국군 병사들은 뒤로 후퇴하기 시작했다. 병사들 사이에서 환희에 찬 함성이 울려 퍼졌지만 낸시 중위는 표정을 굳혔다.

"대단하시군요."

어느새 참호로 다시 들어온 로벅 대위가 말했지만 낸시 중위는 고개를 저었다.

"이렇게 끝날 리가 없습니다."

낸시 중위는 그렇게 말하고 다시 앞쪽을 바라보았다.

적군은 약 1㎞ 떨어진 장소에서 여전히 대기 중이었다. 마음 같아서는 박격포탄을 더 발사하고 싶지만 탄을 아껴야 한다는 생각에 낸시 중위는 박격포반에게 사격 중지를 명령했다. 그 뒤에 소대별로 다음 전투에 대비하기 위해 탄을 재분배하고 참호를 보수할 것을 명령했다. 1참호선은 포기하고 2참호선을 보강하는 것이 우선시되었다. 언제 다시 공격이 시작될지 모르기 때문에 그렇게 작업을 하는 틈틈이 각자 알아서 식사하고 돌아가면서 적당히 취침할 것을 덧붙였다. 병사들은 알아서 개인 참호를 재구축하고 통조림 전투식량을 까서는 입에 밀어 넣었다. 낸시 중위는 그제야 자리에 앉을 수 있었다. 낸시 중위는 손목시계를 바라보았다. 현재 시각은 23시. 적의 공격이 시작된 지 네 시간가량 지났다. 낸시 중위는 심호흡을 하고 허리에 차고 있던 수통을 꺼내서 입으로 가져갔다. 한숨을 쉰 낸시 중위는 다시 수통을 허리춤에 끼워 넣고 양손으로 얼굴을 쓸어내렸다. 아무리 전투를 경험해도 익숙해지지 않는다고 낸시 중위는 생각했다. 그런 낸시 중위의 곁으로 유리아 중사가 다가왔다. 유리아 중사는 깡통따개로 뜯어낸 전투식량을 낸시 중위에게 내밀었다.

"일단 식사부터 하시죠. 늘 그렇듯 지휘관은 최상의 상태여야 합니다."

"네. 감사합니다."

낸시 중위는 유리아 중사로부터 전투식량을 받아들었다. 내용물은 콘비프였다. 낸시 중위는 생각이 없었지만 억지로 한 숟갈 떠서 입으로 가져갔다. 짠 기운이 낸시 중위의 입안에 퍼졌다. 평소에 먹어도 맛없는 통조림이 더욱 맛없게 느껴졌다. 그런 낸시 중위 옆에 걸터앉은 유리아 중사는 아무 말 없이 자신의 전투식량을 먹기 시작했다.

"유리아 중사는 대단한 것 같습니다."

"네?"

낸시 중위의 말에 유리아 중사는 고개를 갸웃거렸다.

"아뇨……. 별다른 의미는 아닙니다. 단지 저보다 좀 더 이런 상황에 잘 대처하시는 것 같아서요."

낸시 중위가 그렇게 말하자 유리아 중사는 한숨을 내쉬고는 답했다.

"저라고 이런 상황이 겁이 나지 않을 리 없지요. 다만 그것을 겉으로 드러내지 않는 것뿐입니다."

유리아 중사가 그렇게 말하자 낸시 중위는 그저 한숨을 쉴 뿐이었다. 그런 낸시 중위를 바라본 유리아 중사는 통조림을 내려놓고 낸시 중위의 어깨에 손을 얹었다.

"걱정 마십시오. 중대장님은 제대로 하고 있으니까요. 이제 조금 주무십시오. 아무래도 긴 밤이 될 것 같네요."

유리아 중사의 말에 낸시 중위는 그저 고개를 끄덕였다.

7.

낸시 중위는 전차 기동음에 눈을 떴다. 눈을 뜨자마자 시계를 확인한 낸시 중위는 자신이 약 네 시간 정도 잠들었다는 사실을 깨달았다. 허겁지겁 일어난 낸시 중위는 얼른 벙커 밖을 내다보았다.

"적 전차들이 몰려옵니다."

옆에 서있던 유리아 중사가 말했고 낸시 중위는 그런 전차들을 바라보았다.

"난감하군요. 로벅 대위님은 계십니까?"

"여기 있습니다."

낸시 중위가 유리아 중사에게 물었고, 뒤에 서 있던 로벅 대위가 대답했다. 살짝 놀란 낸시 중위는 얼른 뒤를 바라보았고, 그런 낸시 중위에게 로벅 대위가 입을 열었다.

"로켓포가 필요하겠지만 현재 남은 포탄은 3발입니다. 3/4톤에 탑재할 수 있는 탄의 숫자는 한정적이니까요."

로벅 대위의 말에 낸시 중위는 손톱을 깨물었다. 현재로써는 다시금 몰려오는 적군 전차를 막을 방도가 없었다. 낸시 중위는 무전병을 보고 소리쳤다.

"대대와의 연락은?"

"연락이 되지 않습니다."

무전병의 대답에 낸시 중위는 어떻게든 남은 방법을 써야겠다고 생각했다.

"일단 저희가 다시 나가겠습니다."

로벅 대위가 벗어 뒀던 철모를 쓰면서 말했다.

"위험합니다. 로켓포탄도 현재 3발밖에 남지 않았다고 하시지 않았습니까."

"뭐 그렇습니다만 전차라는 물건이 꼭 로켓포로만 잡을 수 있는 것은 아니니까요. 대전차지뢰에 신관을 연결해서 집어 던져도 되고, 화염병을 써도 됩니다. 병사들이 먹고 버린 콜라병이 있어서 화염병도 쓸 만한 양을 제작해 놨으니 아까처럼 몇 대 정도는 처리 가능하겠죠."

로벅 대위가 그렇게 말하며 벙커 밖으로 나갔지만 낸시 중위는 그런 로벅 대위를 막을 수가 없었다.

"괜찮겠습니까?"

유리아 중사가 물었고 낸시 중위는 고개를 저었다.

"믿는 것밖에 더 있겠습니까. 로벅 대위가 실패한다면 그 뒤에는 그 대로 후퇴하는 수밖에 없습니다."

낸시 중위는 머릿속으로 후퇴를 해야 할 때의 절차를 머릿속으로 떠올렸다. 잘 계획된 후퇴는 때론 공격보다 더 효과적으로 적에게 타격을 줄 수 있었다. 그렇지만 진내 사격을 해 줄 후방 포병대와 연락조차 되지 않는 상황에서 제대로 된 후퇴 작전이 가능할지는 낸시 중위도 장담할 수 없었다. 그러는 동안 전차들 사이로 로벅 대위의 3/4톤이 달려가기 시작했다. 이번에는 아까와는 달리 로벅 대위와 운전병, 그리고 두 명의 병사가 탑승한 3/4톤 한 대만이 전차들 사이를 뛰어다니기 시작했다. 로벅 대위가 장전이 완료된 로켓포를 어깨에 들어 올리자 운전병이 차를 정지시켰고, 발사된 로켓포는 적 전차의 측면에 작렬하며 그대로 전차의 궤도를 끊어 버렸다. 운전병이 다시 차를 출발시켰고, 뒤에 타고 있던 병사들이 새 로켓탄을 로켓포에 장전했다. 그렇게 남은 세 발의 로켓탄을 모두 발사한 로벅 대위는 2대의 전차를 기동불능에 빠지게 만들었다. 그렇게 한 뒤에도 수류탄과 화염병을 던지며 제국군 전차를 공격하는 로벅 대위와 그의 정찰팀을 보면서 낸시 중위는 말을 잊고 말았다.

"정말이지 미쳤다는 말밖에 안 나오는군요."

"저도 군 생활하면서 저렇게까지 미친 짓을 제정신으로 하는 사람은 처음 봤습니다."

낸시 중위의 말에 유리아 중사가 대답했다. 전차와 같이 기동하던 제국군 병사들은 로벅 대위의 3/4톤에 매달린 기관총들이 내뿜는 탄환에 이리저리 도망칠 뿐이었고, 전차들은 같은 편 전차들과 보병들 때문에 제대로 공격을 하지 못하고 있었다. 이대로라면 또다시 로벅 대위의 힘으로 적군을 격퇴할 수 있을지도 모른다고 낸시 중위는 생각했다. 하지만 그렇게 생각하는 순간 로벅 대위의 3/4톤이 폭발음과 함께 공중으로 치솟았다 떨어지며 바닥을 굴렀다. 낸시 중위는 깜짝 놀라서 망원경을 눈에서 떼었다가 다시 눈으로 가져갔다. 포연과 어두움으로 인해 확실하게 식별이 되지 않았지만 때맞춰 터져 준 적군의 조명탄으로 상황을 볼 수 있었다. 3/4톤은 심하게 우그러져 있었고 그 옆에 정찰대 병사들이 쓰러져 있었다.

"이런……."

낸시 중위는 마른침을 삼켰다. 아무래도 적군의 포탄이 터진 모양이라고 낸시 중위는 생각했다.

"대장!"

제니 상병이 소리치고는 벙커 밖으로 뛰쳐나가려 했지만 그런 제니 상병을 유리아 중사가 막아 세웠다.

"이거 놓으오. 대장이랑 아들이 저 있지 않소!"

제니 상병이 몸을 비틀었지만 유리아 중사는 손을 놓지 않았다.

"기다려! 다들 일어난다!"

낸시 중위가 소리치자 그제야 제니 상병이 움직임을 멈췄다. 불타는 전차의 불빛 사이로 병사들이 몸을 일으키는 모습이 보였다. 그들과 가장 가까운 1소대 쪽에서도 그 모습을 발견해서인지 지원사격이 시작되었다. 움직이는 인원은 세 명, 두 명이 가운데 한 명을 부축하고 있었다. 그리고 그런 화염 속에서 한 명이 일어나는 것이 얼핏 보였다. 어두워서 제대로 보이지 않았지만, 덩치로 봤을 때 로벅 대위라고 낸시 중위는 생각했다. 그렇게 몸을 일으킨 로벅 대위는 힘겹게 걸어서 넘어진 차량으로 다가갔다. 바닥에 떨어진 화염병을 하나 집어 불을 붙인 로벅 대위는 자신에게로 달려오는 전차 쪽으로 달려들기 시작했다.

"이런 미친!"

그 모습을 바라보던 낸시 중위가 자신도 모르게 욕설을 내뱉었고, 그런 낸시 중위에게 유리아 중사가 오히려 놀라고 말았다. 그렇게 전차로 달려나가던 로벅 대위에게 전차는 기관총을 발사하는 대신 엔진음을 울리며 달려가기 시작했다. 아마도 그대로 로벅 대위를 치려는 모양이라고 낸시 중위는 생각했다. 그렇게 거의 로벅 대위에게 전차가 근접했을 때 로벅 대위는 급하게 몸을 옆으로 꺾어서 근소한 차이로 제국군의 전차를 피했다. 그와 동시에 화염병을 전차의 뒷부분으로 집어 던졌다. 날아간 화염병이 전차 차체 윗부분 엔진룸에 부딪치며 화염이 피어 오르자 적 전차는 얼마 더 가지 않아 멈춰 버렸다. 엔진룸에서 나오는 화염이 점점 커지기 시작하자 제국군 전차병들이 전차를 버리고 밖으로 뛰쳐나왔다. 잠시 뒤 적군 전차는 화염에 휩싸여 굉음을 내며 폭발해 버렸고, 흘러나온 전차 연료를 머금은 모래도 불타기 시작했다.

"1소대 측에서 구조대를 보내도 되냐고 연락이 왔습니다."

낸시 중위 옆에 있던 무전병이 소리쳤고 낸시 중위는 잠시 생각했다가 바로 대답했다.

"얼른 보내라고 해, 1소대 옆의 2소대는 지원사격하고, 박격포반이 전방 200m 밖에 먼저 사격을 가하고, 그와 동시에 구조대가 구해 온다."

낸시 중위의 지시에 무전병이 급하게 무전기를 조작했다.

1소대에서는 네 명을 구조대로 편성해서 앞으로 보냈다. 무너진 철조망 사이로 달려나간 구조대 중 두 명은 먼저 앞서 걸어오던 세 명을 부축해서 빠르게 진지로 복귀했고, 남은 두 명은 얼른 달려가서 힘겹게 몸을 일으키는 로벅 대위를 부축해서 달리기 시작했다. 그 뒤로 적군이 사격을 가해 구조대 한 명이 총상을 입었지만 무사히 모두 진지로 복귀할 수 있었다. 부상당한 정찰병들을 병사들이 중앙의 벙커로 데려왔고 낸시 중위는 박격포를 전방으로 발사할 것을 지시한 후에 로벅 대위에게로 달려갔다. 다행히 부축을 받고 온 병사들은 그리 큰 부상이 아닌 듯 괜찮은 모습을 보여주었지만 로벅 대위는 들것에 실려서 벙커 안으로 들어왔다. 병사들이 로벅 대위를 야전침대에 올려놓고 급하게 밖으로 다시 달려나갔다. 그런 로벅 대위에게 제니 상병이 달려갔다.

"대위님은 어떻지?"

낸시 중위가 로벅 대위를 살펴보는 의무병에게 물었고 의무병은 로벅 대위의 눈을 살펴본 뒤에 급하게 링거를 로벅 대위의 팔에 연결하며 대답했다.

"좋지는 않습니다. 출혈이 심해요. 정신도 잃었습니다. 일단 급하게 꿰매서 지혈은 하겠습니다만 꽤 오래 걸릴 겁니다. 제일 좋은 건 후방으로 보내는 거지요. 가능하다면 말이죠. 옌장할! 지혈대 가져와!"

의무병이 그렇게 말하고 옆에 있던 의무병에게 소리쳤다. 낸시 중위는 그 말에 뭐라고 답하지 못하고 야전침대에 누워 있는 로벅 대위를 바라볼 뿐이었다.

"중대장님! 적군의 공격입니다."

유리아 중사의 외침에 낸시 중위는 감성에 젖을 수도 없다고 생각하고 다시 자신의 자리로 달려갔다. 현시점에서 자신이 할 수 있는 일이라고는 언제 올지도 모를 아군의 병력을 기다리며 이 진지를 사수하는 일 뿐이라는 것이 참으로 한심하게 느껴졌다.

"박격포는 왜 발사하지 않는 거죠?"

낸시 중위가 전방을 바라보면서 유리아 중사에게 물었다. 아군의 박격포탄이 떨어지는 소리가 들리지 않았다.

"포신이 과열되어서 조금 쉬어야 한다고 합니다. 그보다 고폭탄이고 연막탄이고 모두 떨어져 갑니다."

낸시 중위의 말에 유리아 중사가 아까 들었던 무전 내용을 알려주었다. 그러는 동안에도 적 전차들은 멈춰 서서 진지 쪽으로 포격과 기관총을 발사하고 있었고, 그 뒤로 적군의 보병들이 달려오고 있었다. 낸시 중위는 앞으로 얼마나 버틸 수 있을지를 속으로 가늠했다. 아마도 탄약이 떨어진다면 그 뒤에는 적군이 참호로 쇄도해 들어올 터였다. 참호란 파고 들어앉아서 적군을 향해 기관총을 쏠 때는 더할 나위 없이 훌륭한 방어용 요새이지만 일단 적이 침입하기 시작하면서부터는 자신과 적군의 무덤이 될 뿐이었다. 낸시 중위는 침을 삼키고 머릿속으로 생각했지만 이 상황을 타개할 방도가 떠오르지 않았다.

"중위님!"

그렇게 낸시 중위가 고민하는 동안 벙커 안으로 1소대장인 마이클 소위가 뛰어 들어왔다. 그간의 전투 피로로 무척이나 늙어 버린 듯한 모습이었다.

"아군과의 연락은 어떻게 되었습니까!"

마이클 소위가 단도직입적으로 물었지만 낸시 중위는 그저 고개를 저을 뿐이었다.

"탄약은 어떻습니까! 현재 저희 소대는 기관총도 소총도, 기관단총도 거의 모두 탄이 떨어졌습니다. 그나마 남은 건 권총탄뿐입니다."

"탄약도 현재 남은 것이 없다. 아까 보내줬던 박스가 마지막이야. 더이상 이 벙커에는, 아니, 이 진지에는 남은 예비탄이 없다."

낸시 중위가 냉정하게 말하자 마이클 소위는 절망감에 휩싸인 눈으로 멍하니 낸시 중위를 바라보았다. 그리고 쓰고 있던 철모를 벗어서 강하게 바닥에 집어 던지고는 양 손으로 얼굴을 감싸 쥐었다.

"빌어먹을! 다 틀렸어! 우린 다 죽을 거라고요! 오 신이시여!"

마이클 소위가 소리를 질러 댔다. 전쟁공황. 지난 전투에서 신병들이 그런 식의 공황장애를 보이는 것을 낸시 중위는 몇 번이고 본 적이 있었다. 그러다가 갑자기 진지 밖으로 달려나가려던 걸 같은 진지에 있던 동료들이 억지로 끌어내려 살린 병사도 몇 명이 있었다. 낸시 중위는 마이클 소위를 바라볼 뿐이었고, 마이클 소위는 주저앉아 울먹이기 시작했다. 이런 상황에서는 어떻게 해 줄 방법이 낸시 중위에게는 없었다.

"이봐 애송이. 우는 소리는 너네 집 안방에 가서 하라고."

갑작스러운 목소리에 낸시 중위와 마이클 소위, 그리고 유리아 중사는 옆을 바라보았다. 로벅 대위가 침대에서 몸을 일으키고 있었고 그 옆에 있던 제니 상병이 조심스럽게 로벅 대위가 일어나는 것을 도왔다.

"시끄러워서 저승도 못 가겠군."

그렇게 말하고 자신의 전투복 상의 주머니를 뒤져 파이프를 꺼낸 로벅 대위는 다른 주머니에서 담뱃잎을 꺼내 파이프에 채워 넣었다.

"잠깐만요. 그런 몸으로 담배를 피우겠다는 겁니까?"

옆에서 다른 환자를 살펴보던 의무병이 소리쳤고 로벅 대위는 손을 휘저으며 파이프를 입에 물고 성냥으로 불을 붙였다.

"신경 꺼. 난 죽어서 관에 들어갈 때도 담배를 물고 들어갈 거니까."

로벅 대위가 그렇게 말하자 의무병은 어깨를 으쓱하고는 다른 환자를 살펴보기 시작했다. 로벅 대위는 그렇게 담배를 크게 한 모금 빨아들이고 마이클 소위를 바라보았다.

"그래서 빌어먹을 은행에서 금융상품이나 팔아 제끼면 어울릴 것 같은 은행원 애송이 소위 나부랭이. 어떤 걸 원하는 거지? 기적? 제국군이 갑자기 손들고 물러나기라도 할 것 같아?"

로벅 대위가 마이클 소위를 똑바로 바라보며 말하자 마이클 소위는 아무런 말도 하지 못했다.

"신에게 기도하면 한 발에 제국군이 모두 가루가 되어 버리는 그런 마술 포탄이라도 하늘에서 내려줄 것 같아? 저기서 우리한테 탄을 쏘면서 꾸역꾸역 올라오는 제국군도 우리와 같은 신을 믿고 있는데? 모르긴 몰라도 저기 올라오는 제국군의 99%도 우리와 똑같은 신에게 총알이 자신을 피해가기를 빌고 있을 거다."

로벅 대위가 그렇게 말하고 다시 담배를 한 모금 빨아올렸다. 작게나 있는 창밖으로 조명탄 빛이 들어오고, 한쪽 구석에는 의무병이 켜둔 기름 램프빛만이 있는 어두운 벙커 안에서 로벅 대위의 입가에 붉은 담뱃불이 피어올랐다. 그렇게 파이프를 입에서 빼낸 로벅 대위는 다시 입을 열었다.

"아니면 질질 짜면 엄마가 와서 이 악몽에서 깨워 줄 것 같아? 머저리 같은 잠꼬대나 할 거라면 머리에다 권총 대고 자살이라도 해 버려. 전선에서 그딴 기적 따위는 없으니까."

"대위님은 무섭지 않습니까?"

마이클 소위가 로벅 대위에게 묻자 로벅 대위는 입에 파이프를 물면서 대답했다.

"무섭지. 나도 무서워. 총알이 내 머리를 뚫고 지나가면 어떻게 될까를 고민하면 오금이 저려서 서 있기도 힘들 정도로 말이야. 그런데 말이지."

그렇게 말한 로벅 대위는 담배를 한 모금 빨아들인 뒤 파이프를 뒤집어 남은 재를 바닥에 털고 마지막 담배연기를 내뿜었다.

"무서워한다고 뭐가 변하지? 무서워서 벌벌 떨면 총알이 피해 가나? 적 포탄이 불발이라도 날 것 같아? 난 적 총탄이 무서워서 벌벌 떠느니 나에게 총을 쏘려는 녀석을 쏴 버리겠어."

그리고 로벅 대위는 몸을 일으켜 자리에서 일어나려다 비틀거렸고 옆에 있던 제니 상병이 얼른 그런 로벅 대위를 부축했다.

"그러니까 너도 남자라면 질질 짜지 말고 니 자리로 돌아가라고. 우리는 지금 포장마차로 원형진을 짠 개척민이고 원주민의 공격을 받고 있어. 그렇지만 해가 뜨면 나팔을 울리며 우리 편 기병대가 달려온다. 그때까지 네 녀석 임무에 충실하라고."

로벅 대위가 그렇게 말하고는 쓰러지듯 무너져 내렸고, 제니 상병과 의무병이 그런 로벅 대위를 부축했다. 의무병이 로벅 대위를 침대에 눕히며 말했다.

"잠들었습니다. 대단한 양반이군요."

낸시 중위는 잠들었다는 말에 한숨을 내쉬었다. 그리고는 이제는 자리에서 일어나 있는 마이클 소위에게 가서 어깨에 손을 얹었다.

"귀관의 자리를 지키도록. 뭐라고 해 줄 말은 없지만 내가 귀관에게 바라는 것은 그것 하나뿐이네."

낸시 중위가 그렇게 말하자 마이클 소위는 경례하고 자신의 철모를 집어 들더니 벙커 밖으로 달려나갔다. 낸시 중위는 다시 제국군을 살펴보았다. 전차들은 참호와 철조망 지대로 인해 그 자리에 못 박혔지만 제국군 보병들은 그 참호를 발판삼아 지속적으로 방어선을 돌파하려 했다. 그렇지만 그런 돌파의 노력은 왕립군 병사들의 공격으로 인해 돈좌되었고 제국군 병사들은 몸을 피할 수밖에 없었다. 그렇게 지속적인 소모전이 계속될수록 불리한 쪽은 왕립군이었고, 그 사실은 모든 병사가 실감하고 있었다.

어느새 전투는 소강상태에 접어들었고, 그렇게 몇 시간이 지나자 먼 하늘이 천천히 붉게 타오르기 시작했다. 아침이 오고 있었다. 해가 모두 떠오르자 제국군 쪽에서 어느 장교가 흰색 깃발을 들고 앞으로 걸어 나왔다.

8.

8륜 장갑차를 개조한 제국군의 지휘 차량에서 작전지도와 시계를

살펴보던 소령은 한숨을 내쉬었다. 작은 키에 아직은 어려 보이는 얼굴
이었지만, 그의 견장은 그가 제국 육군 보병 소령임을 나타내고 있었
다. 밝은 금발을 살짝 길게 자른 소령은 옆에 놓여 있는 찻잔을 들어
올려 입으로 가져가다가 찻잔을 바라보았다. 찻잔은 이미 비어 버린
지 오래여서 바닥에 갈색 얼룩이 남아 있는 채였다. 금발 소령이 그런
찻잔을 좁은 테이블에 내려놓고 의자에 앉자 누군가가 차량의 문을 두
드렸다.

"들어와요."

가는 목소리로 금발 소령이 말하자 문이 열리고 누군가가 차량 안
으로 들어왔다. 그는 지도가방과 기관단총을 소지하고 있었다. 그의
견장이 그가 대위임을 알려주었다. 대위가 올라오자 금발 소령은 지도
에서 눈을 떼고 입을 열었다.

"그래. 적에게서 답변이 왔습니까?"

"항복을 하지 않겠다고 합니다."

대위가 그렇게 말하자 금발 소령은 한숨을 내쉬었다.

"그렇군요. 적 지휘관은 꽤 대단한 사람이네요. 그만한 병력으로
이 정도까지 아군을 막아설 줄은 몰랐네요. 아. 누가 갔죠? 항복 사
절로?"

"제가 다녀왔습니다."

대위가 그렇게 말하자 금발 소령은 살짝 얼굴을 찡그렸다.

"정말이지. 그런 위험한 일에는 나서지 좀 마시지요. 볼프란트 대령
의 명령이었습니까?"

"아뇨. 제가 지원했습니다. 볼프란트 대령님은 항복 사절을 보내는

것 자체에 화를 내셨습니다. 그는 왕립군처럼 저급한 인종들은 항복하더라도 다 밀어 버리라고 고래고래 소리를 지르시더군요."

"친위대다운 말이군요."

"소령님이 지휘를 하셨다면 좀 더 빨리 이곳을 돌파했을 겁니다."

대위가 그렇게 말하자 금발 소령은 머리를 긁적였다.

"제 부관으로 들어온 지 이제 한 달인데 저를 과대평가하시는군요. 제가 했더라도 비슷할 겁니다. 적 지휘관은 꽤나 대단한 사람이에요. 전차에 대고 소형 차량을 내보내는 그런 일은 아무나 할 수 있는 게 아니지요. 아, 그 지휘관은 만나 보셨습니까?"

"네. 아직 중위였고, 젊은 나이였습니다. 그리고 여자였지요."

"그렇군요……. 네? 여자라고요? 적군이 여군부대였습니까?"

대위의 말에 금발 소령이 깜짝 놀라서 대꾸했지만 대위는 아무런 표정 변화 없이 담담하게 말을 이었다.

"여군은 딱 3명이었습니다. 중위, 중사, 상병 이렇게 말이지요."

"그렇군요. 그래, 그 지휘관이 뭐라고 했지요?"

"항복하라는 제 말에 난처한 얼굴을 하고는 말했습니다. '미안합니다만 대위, 저희는 기병대를 기다리고 있습니다. 남은 이야기는 기병대가 온 뒤에 말하지요' 라더군요. 저로서는 무슨 말인지 모르겠습니다만 완곡한 항복 거절이었다고 생각합니다."

대위의 말에 금발 소령도 얼굴을 살짝 찡그렸다.

"지원부대가 올 거라고 생각하나 보군요. 아마 그 생각이 맞을 겁니다. 세 군데로 돌파해 단번에 왕립군을 치고 올라간다는 계획은 이미 물 건너갔어요. 우리는 여기에서 발이 묶여 근 열 시간을 가만히 있

으니까요. 전차만 해도 벌써 15대나 파괴되었습니다. 적군에게는 전차는커녕 대전차포 한 문 없는데 말이지요. 지뢰에만 9대, 그리고 적군의 대전차무기에 6대가 파괴되었어요. 이런 상황에 우리는 적의 1참호선을 점령했지만, 아직도 적군은 2참호와 최종참호까지 가지고 있습니다."

금발 소령이 그렇게 말하자 대위는 고개를 끄덕였다.

"이번 공세는 성공하지 못합니다. 우리가 멈춰선 덕분에 적진으로 몰려간 아군은 돌출부가 되었습니다. 이곳으로 적군의 기병대, 그렇군요. 요즘에는 말이 아니라 전차겠군요. 그런 전차가 밀려온다면 오히려 지금 적진으로 들어간 아군 부대들이 고립될 겁니다. 그것을 막으려면 어떻게든 이곳을 돌파해야 하는데 바보 같은 대령은 포병대를 부를 생각도 안 합니다. 그리고 웃기는 건 그런 볼프란트 대령에게 명령을 내려야 할 크라이트녠 소장도 아무런 생각이 없다는 겁니다."

그렇게 말한 금발 소령은 머리를 붙잡고 깊은 한숨을 내쉬었다.

"이제 조만간 적군의 비행기가 날아올 거에요. 아쉽게도 적군의 비행장이 아군 비행장보다 가깝습니다. 왕립군의 전투기보다 아군 전투기가 더 불리한 조건에서 싸우니 제공권도 확보하기 힘들 거고요. 도대체 8cm 박격포만으로 사격하면서 전차와 보병들을 축차 투입하는 건 어느 교범에 나오는지 저는 도저히 모르겠군요. 쓸데없이 피해만 늘리고 있어요. 더 큰 15cm 곡사포병들이 저희 뒤에 대기하고 있는데 말입니다. 병력도 더 있고요."

그렇게 한참을 혼잣말처럼 떠들던 금발 소령은 그대로 의자에 기대어 버렸다.

"하아. 넋두리가 심했군요. 죄송합니다. 대위. 대위는 이상하게 편해서 늘 쓸데없이 말이 길어지는군요."

금발 소령이 그렇게 말하고 의자에 앉아서 몸을 뒤로 기울었다.

"그건 그렇고, 그 적군 지휘관의 이름은 알아보셨습니까?"

"낸시 중위라고 하더군요."

금발 소령의 물음에 대위가 대답하자 금발 소령은 그저 고개를 끄덕여 보였다.

9.

해가 떠올랐지만, 아군과는 여전히 통신이 되지 않고 있었다. 낸시 중위는 통신병과 함께 혹시나 하는 마음에 무너진 안테나로 가 보았다. 안타깝게도 안테나는 살리기 힘들 정도로 파괴되어 있었고, 고치는 것은 무리라고 판단되었다. 아까는 제국군 대위가 와서 항복을 권유했지만 낸시 중위는 정중하게 그 권유에 거절을 표하고 대위를 돌려보냈다. 그렇지만 아군 부대가 온다는 보장은 어디에도 없었다. 박격포 탄약은 모두 떨어졌고, 소총탄도 떨어지기 일보 직전이었다. 기관총도 보병들로부터 약간씩 탄환을 받아서 간신히 어느 정도 발사가 가능하게 해 놓았다. 기관총탄과 소총탄이 동일한 규격이기에 가능한 일이었다. 낸시 중위는 한숨을 쉬고 먼 곳을 바라보았다. 해가 떠오른 상황에서 보이는 제국군의 행렬은 정말이지 절망적이라는 말밖에 나오지 않는 숫자였다. 어제 상대했던 제국군은 드넓은 사막의 모래 한 줌에 불과했다는 생각이 든 낸시 중위는 한숨을 크게 내쉬었다. 저 정도 병력이 한꺼번에 올라온다면 이곳 진지를 사수하는 것은 불가능에 가까웠다. 적군이 축차적으로 병력을 올려 보내서 다행이라고 낸시 중위는 생각했다. 쓸데없는 피해를 줄이려는 발상이었다고 낸시 중위는 생각했지만, 그러기에는 그 방법이 너무나 비효율적이었다. 물론 작은 진지 하나에 많은 병력을 투입하는 것도 역시 비효율적인 것은 사실이었다. 그보다 저 많은 병력이 한 번에 진지를 향해서 올라오는 것도 무리일 터였다. 병력이란 어느 장소에 밀집시킬 수 있는 양이 정해져 있기에 무작정 많은 병력을 한 번에 보내는 일은 불가능한 것이었다. 그런 면에서 제국군이 병력을 축차 투입하는 것도 옳은 생각이라고 낸시 중위는 생각했다. 그리고 한 번 더 그런 식으로 적군이 몰려온다면 남은 탄환을 모두 소비한 중대는 다음 공격을 막을 방도가 없을 터였다.

"얼마나 더 버틸 수 있을까요."

유리아 중사가 낸시 중위에게 물어 왔다. 유리아 중사도 제대로 잠을 자지 못해 눈이 붉게 충혈되어 있었다.

"글쎄요……. 아침이니 아군 전투기가 뜰 수 있을 겁니다. 전투기도 아군 지역에서 싸우는 만큼 적군보다 더 이득일 거고요. 그렇게 되면 아군 부대도 움직임이 있겠지요. 어떻게 될지는 모르겠습니다."

"그보다 식량과 식수가 부족합니다. 특히 식수가 말이지요."

"최대한 있는 것을 나누도록 합니다."

낸시 중위가 그렇게 말하고 밖을 바라보았다. 이제 태양은 완벽하게 떠올라 다시금 뜨겁게 모래를 달구기 시작했다. 그리고 다시 한 번 제국군의 공격이 시작되었다. 이번에도 전차가 앞으로 올라오기 시작했고, 그 뒤로 보병들이 따라서 올라왔다. 교범적인 공격이지만 전차는 1차 참호선까지밖에 오지 못 할 터였다. 참호선 앞에는 2중으로 길게 철조망을 쳐 놓아서 그 철조망을 전차 궤도가 밟다 보면 어느새 궤도에 감겨서 궤도를 끊어지게 하거나, 전륜에서 이탈되게 만들 것이 분명하므로 제국군 전차들은 철조망 지대를 건너지 않았다. 철조망이 많이 끊어져 있었지만, 아직은 전차를 막는 역할을 다하기 충분할 정도로 2차 참호선까지 구축되어 있었다. 전차들은 쉽게 올라오지 못할 테니 이번에도 철조망 지대를 넘어올 보병들을 조심해야 한다고 낸시 중위는 생각했다.

"다시 오나 보군요."

로벅 대위가 일어나서 낸시 중위의 옆으로 걸어왔다.

"몸은 괜찮으십니까?"

낸시 중위가 묻자 로벅 대위는 슬쩍 웃어 보였다.

"몸 하나는 건강합니다. 개척지의 황야에서 다듬어진 몸이니까요."

그렇게 웃어 보였지만 로벅 대위는 오른손에 삼각건을 걸고 있었다.

"제니 상병은 어떻습니까?"

낸시 중위가 묻자 로벅 대위는 아무렇지 않게 뒤를 가리켰다. 로벅 대위가 누워 있었던 야전침대에 제니 상병이 누워서 잠들어 있었다. 참 속 편한 아가씨라고 낸시 중위는 생각하고 다시 로벅 대위를 바라보았다.

"막을 수 있겠습니까?"

로벅 대위가 낸시 중위에게 물어왔고 낸시 중위는 몰려오는 제국군을 바라본 뒤에 로벅 대위를 바라보았다.

"장담할 수는 없습니다."

"그렇군요……."

낸시 중위의 대답에 로벅 대위는 고개를 끄덕이고 담배를 빼어 물었다. 그리고는 제니 상병을 한번 바라보고는 낸시 중위를 다시 바라보았다.

"밖에 저희 1/4톤이 한 대 남았습니다. 유리아 중사와 제니를 데리고 탈출하시지요."

로벅 대위의 말에 낸시 중위는 눈을 깜빡이며 로벅 대위를 바라보았다.

"무슨 말씀이시지요?"

"여성 차별이라고 생각하실지도 모르지만, 전쟁터에서 여성이 죽는 모습을 보는 것만큼 괴로운 일은 없습니다. 그러기에 부탁드리는 겁니다. 제니를 데리고 이곳을 탈출해 주십시오."

로벅 대위의 말에 낸시 중위는 잠들어 있는 제니 상병을 바라보았다. 그리고 로벅 대위를 다시 바라보았다.

"그럴 수는 없습니다. 아직 저희가 진다고 확정된 것은 없습니다. 아니, 적군은 물러갈 거고, 우리는 모두 살아남을 겁니다."

낸시 중위가 그렇게 말하자 로벅 대위는 낸시 중위를 똑바로 바라봤다.

"이유는?"

로벅 대위의 물음에 낸시 중위는 잠시 생각을 하고는 대답했다.

"영화를 보면 고립된 포장마차로 원주민이 뛰어드는 절체절명의 순간에 아군을 데리러 간 주인공이 저 멀리서 기병대를 이끌고 나타나지요. 저는 그렇게 패커 대위가 올 거라 믿고 있습니다."

낸시 중위의 말에 로벅 대위는 웃어 버리고 말았다.

"좋습니다. 믿어 보지요. 과연 그 본토 육군 대위가 기병대를 이끌고 올지 말이지요."

제국군 보병들이 다시금 1참호선을 넘어서 뛰어오기 시작했다. 왕립군 보병들은 남은 탄환을 최대한 아끼기 위해 조심스럽게 탄을 발사했다. 전투는 점점 총과 총의 싸움이 아닌 사람과 사람의 싸움이 되어 갔다. 제국군이 근접했기에 적군의 박격포 사격도 멈춰선 상황에서 왕립군은 얼마만큼 효과적으로 적이 참호선으로 돌입하는 것을 막느냐, 제국군은 얼마나 많은 병력을 참호선으로 돌입시키느냐의 싸움이 되어 버렸다. 낸시 중위는 흡사 대륙전쟁 당시의 참호전을 경험한다는 기분이 들었다. 몇몇 제국군이 철조망 지대를 돌파해 2차 참호선 으로 돌입했지만 대기하고 있던 왕립군의 총검과 야전삽에 제대로 된 작전을 행하지 못하고 그대로 쓰러지고 말았다. 참으로 어이없을 정도로 무식한 공격이었지만 그 공격의 효과는 착실하게 왕립군의 목을 죄어 오고 있었다. 왕립군 병사들은 점점 지쳐 갔다.

"소대별로 몇 발밖에 탄이 남지 않았습니다. 수류탄은 이미 떨어진 지 오래입니다."

또다시 전투가 소강상태에 접어들었을 때 유리아 중사가 각 소대별로 돌면서 확인한 사항을 낸시 중위에게 보고했다. 낸시 중위는 그 말을 듣고 머리를 감싸 쥐었다. 확실히 불리했다. 부상병도 꽤 늘어난 상태에서 탄환도 부족하다는 것은 진지를 지키는 게 그만큼 어려워진다는 이야기였다. 여차하면 진지를 버리고 후퇴를 해야 할 수도 있는데, 이렇게 적과 접촉한 상태에서는 그렇게 후퇴하는 것도 여의치가 않았다. 낸시 중위는 아무래도 전체적으로 중대를 확인하고 계획을 수립해야 한다고 생각했다.

"제가 한번 확인해 보도록 하겠습니다."

"적의 포격이 시작될 수도 있습니다."

낸시 중위가 그렇게 말하자 유리아 중사가 만류했지만, 낸시 중위는 벙커 밖으로 나섰다. 유리아 중사를 낸시 중위가 믿지 못해서는 아니었다. 현시점에서 낸시 중위가 가장 신뢰할 수 있는 사람은 유리아 중사였다. 그렇지만 그 절망적인 상황을 타개할 방법이 있을지도 모른다는 일말의 희망이 낸시 중위가 벙커 밖으로 직접 나서도록 만들었다. 직접 눈으로 본다면 뭔가 다른 일이 있을지도 모른다, 놓친 부분을 찾을지도 모른다는 그런 일말의 희망이었다.

먼저 1소대 방어 구역에 도착한 낸시 중위는 병사들의 열렬한 환호성을 받자 순간 당황하고 말았다. 전투로 인한 피로와 자잘한 상처들, 먼지와 탄매 등으로 얼룩진 얼굴을 한 병사들의 표정에는 높은 사기가 담겨 있었다. 어떻게 된 건지 의문인 낸시 중위가 오른손에 붕대를 감고 왼손으로 총을 쥐고 있는 병사를 바라보며 물어보자 병사는 너무나 당당한 표정으로 대답했다.

"저희는 하루가 넘게 이렇게 적은 병력으로 저렇게 많은 적군을 상대하며 아직도 버티고 있습니다. 그거면 충분한 거 아닌가요?"

너무나 당당하게 말하는 병사의 말에 낸시 중위는 다른 병사들을 바라보았다. 피곤에 절어 있지만 그 기세는 당당했다. 이번이 첫 실전이지만 이만큼 해내고 있다는 자부심이 느껴지는 얼굴들이었다.

"여자인 내가 지휘하는데 거부감은 없나?"

"중위님 같은 미인이 지휘한다면야 지옥이라도 점령하러 갈 겁니다!"

병사가 그렇게 말하자 다른 병사들도 각자 휘파람을 분다거나 박수를 치는 식으로 동의의 뜻을 밝혔다. 탄이 부족하다거나 식수가 부족하다는 것 따위는 아무런 상관이 없다는 표정으로 자신을 바라보는 병사들을 보며 낸시 중위는 미소를 지어 보였고 병사들은 다시 한번 환호성을 질렀다. 그런 병사들의 사기는 2소대와 3소대도 마찬가지였다. 부상병들도 응급처치만을 받은 채 소총을 들고 방어에 나섰지만, 누구나 자신들이 결국에는 승리하고 적군은 이곳을 점령하지 못할 거라는 생각으로 가득 차 있었다. 다시 벙커로 돌아온 낸시 중위는 다시 한 번 지도를 바라보았다.

"이 정도면 걱정할 것은 없겠군요."

유리아 중사가 미소를 지으면서 말했고 낸시 중위는 그런 유리아 중사를 미소로 바라보았다. 낸시 중위는 찾으려 했던 희망을 본 것 같은 기분이 들었다.

"그렇지만 전쟁은 사기로만 하는 것이 아닙니다. 아마도 다음 공격 때는 탄이 모두 소진될 겁니다."

"그 이전에 아군 항공대가 출동해 줬으면 좋겠군요."

"그 항공대가 꼭 이곳으로 온다는 보장은 없습니다. 일단은 무전병에게 지속해서 저희 위치를 무전으로 보낼 것을 지시하십시오. 항공대와 주파수가 맞을지는 모르겠습니다만 말이죠. 그 부분은 유리아 중사에게 맡기겠습니다."

유리아 중사에게 지시를 내린 낸시 중위는 지도를 보며 생각에 잠겼다. 아무리 아군의 사기가 충만하다고 해도 탄환 없이는 전투는 불가능했다. 낸시 중위는 없는 지혜를 모두 짜내어 봤지만, 효과적인 방법이 떠오르지를 않았다.

낸시 중위는 크게 한숨을 쉬고는 계속 지도를 바라보았다. 그렇다고 좋은 생각이 떠오르지는 않지만 그래도 계속해야 한다는 생각으로 낸시 중위는 자신을 채찍질했다.

10.

금발 소령은 볼프란트 대령에게 작전 계획서를 내밀었지만 볼프란트 대령은 흘끗 그것을 바라보고는 옆으로 치워 버렸다. 그리고 금발 소령을 무시한 채 앞에 서 있는 대대장에게 호통을 쳤다.

"도대체 몇 시간 동안 저 작은 진지 하나를 점령하지 못 하다니 뭘 하겠다는 거야! 저런 더럽고 미천한 데다 멍청한 녀석들에게 이렇게 발목을 붙잡혀서야 황제 폐하의 직속인 제국 친위대의 기상이 어떻게 되겠어! 어?! 당장 한 시간 안에 저 진지를 점령하고 진지에 있는 더러운 녀석들을 다 처리해 버리라고! 알겠나? 상급대대지휘관!"

"연대지휘관! 죄송한 말씀이지만 저 진지를 무시하고 도로의 지뢰지대를 개척한 뒤에 일단 앞으로 가는 것이 어떻겠습니까."

볼프란트 대령의 호통에 진지를 공격 중이던 3대대장이 앞으로 나서며 건의했지만 볼프란트 대령은 그 말을 듣고는 크게 화를 냈다.

"귀관은 지금 적진을 놔두고 진격을 하자는 말인가? 그러다가 뒤에서 공격을 당하게 되면 어떻게 할 거지?"

"그렇지만 연대지휘관. 적 병력은 이미 극심한 손해를 봤고 탄약도 떨어졌을 겁니다. 저희가 굳이 선두에서 저들을 처리하려 하지 않아도 후속 부대라던가 공군의 지상공격으로도 충분히 처리할 수 있다고 생각합니다만."

볼프란트 대령의 말에 대대장이 대꾸했다. 금발 소령은 그런 대대장의 말이 틀린 것은 아니라는 생각이 들었다. 적들은 충분히 지쳤고 아군은 쓸데없이 발이 묶여 있었다. 얼른 전방으로 진격해서 아군과 연계해 전선을 연결하지 않으면 작전에 차질이 생길 터였다. 그렇지만 볼프란트 대령은 막무가내였다. 얼굴이 새빨갛게 변하도록 화가 치밀어 오른 볼프란트 대령은 3대대장에게 자신의 지휘봉을 집어 던졌다.

"바보 녀석! 자신의 전공을 남에게 돌리겠단 말이야? 거기다 이미 열 시간 가까이 지체가 되었는데 마무리도 짓지 못하고 그대로 앞으로 가자니! 나보고 그런 굴욕을 참으라는 건가?!"

"그렇다면 사단에 말해서 후방에 대기 중인 포병의 지원이라도 부탁드립니다. 연대 전차대대는 극심한 피해를 입었고, 저희 대대 또한 마찬가지입니다."

"포병이라니! 고작 중대 병력이 지키고 있는 진지 하나를 점령하는 데 그런 화력이 필요하다는 건가?"

"중대 병력이지만 적들은 진지와 철조망 지대를 구축했습니다. 그리고 저희가 진지를 포위한 것도 아니기 때문에 아무리 병력이 많아도 한 번에 투입할 수 있는 숫자는 한정이 됩니다. 거기에 철조망으로 인해 아군 전차가 기동도 못하는 상황에서 충분한 포병 지원이 없다면 또다시 병력을 축차 투입할 수밖에 없습니다."

볼프란트 대령이 화를 내며 던진 지휘봉에 맞았지만 대대장은 고개를 빳빳이 들고 자신의 생각을 확실하게 말했다. 금발 소령이 듣기에도 대대장의 말은 충분히 일리가 있었다. 그렇지만 작은 전공에 눈이 먼 볼프란트 대령에게는 전혀 통하지 않는 말이었다. 볼프란트 대령은 권총이라도 뽑아들 기세로 대대장을 째려보았다.

"자네 말대로 적군은 이미 화력도 부족해. 그렇다면 돌격이라도 해서 진지를 뺏어도 될 것 아니야!"

"연대지휘관은 저에게 대륙전쟁 때의 실책을 재현하라는 말씀이십니까? 대륙전쟁 당시 저는 소대장이었고, 그때 제가 복무했던 서부전선에서 그런 무의미한 돌격이 얼마나 많은 병력을 소모시켰는지 저는 아직 기억하고 있습니다."

"명령에 불복종하겠다는 건가! 황제 폐하께 불충할 생각이야?!"

"옳은 명령이 아니라면 제국의 장교로서 거부할 뿐입니다."

볼프란트 대령과 대대장의 불화는 걷잡을 수 없이 커져만 갔다. 그렇게 화를 내는 볼프란트 대령을 바라보던 금발 소령은 고개를 젓고 한숨을 쉬며 마음을 잡고 앞으로 나섰다. 더 이상 볼프란트 대령의 말도 안 되는 헛소리를 듣고 있을 수가 없다는 생각과, 같은 육군 출신인 3대대장을 옹호하려는 생각에서였다. 금발 소령은 아까 대령이 밀어둔 작전 계획서를 다시 들고 앞에 나서서 헛기침을 하고는 큰소리로 입을 열었다.

"연막을 터트리고 공병대를 투입시킨다면 이번에는 적 진지를 점령할 수 있을 겁니다."

"뭐야?!"

"현재 아군 전차들은 적군이 설치해 놓은 철조망 때문에 기동을 못하고 있습니다. 철조망이 전차 궤도에 감기면 궤도가 끊어지거나 전륜에 감겨서 기동 불능이 되기 때문이죠. 그렇지만 철조망 지대는 공병대의 폭약이라면 충분히 개척할 수 있고, 그와 동시에 그렇게 개척된 철조망 지대로 보병들을 전차와 같이 기동시킨다면 대전차무기도 탄약도 부족한 왕립군은 진지를 사수하기는 힘들 겁니다."

금발 소령의 말에 볼프란트 대령은 금발 소령의 손에서 작전 계획서를 받아 들춰 보고 이리저리 살펴보기 시작했다. 금발 소령은 등에서 땀이 흐르는 것을 느꼈다. 이 작전 계획마저도 거부된다면 더 이상 승산은 없었다. 그렇게 한참 작전 계획을 들여다본 볼프란트 대령은 옆에 있는 연대 참모에게 서류를 던지듯 넘겨주었다.

"이대로 실행해."

"아…… 알겠습니다."

서류를 받아 들은 참모장교가 허겁지겁 작전 계획서를 확인했고 볼프란트 대령은 가만히 서 있는 금발 소령과 대대장에게 나가 보라는 식으로 손짓했다. 금발 소령은 경례하고 볼프란트 대령의 지휘 텐트 밖으로 나왔다.

"자네에게 도움을 받았군."

대대장이 담배를 빼어 물며 금발 소령에게 말하자 금발 소령은 고개를 저었다.

"아닙니다. 마르하이트 중령님. 제가 더 이상 듣고 있기 괴롭더군요."

"조금 더 있었다가는 내가 먼저 권총을 뽑아 들었을 걸세. 한심스러워. 전선이라고는 밟아 본 적도 없으면서 귀족이라는 이유로 대령이라니……. 육군이었다면 말도 안 되는 일이야."

"친위대야 생긴 지 얼마 되지 않았기 때문이겠지요."

"한심하군. 나같이 육군에서 강제로 전출되다시피 한 장교에게 이곳은 버티기 힘드네. 내 상사들은 한심스러운 멍청이고 내 부하들은 끔찍한 머저리들인데 여기서 버티라니. 말도 못하겠군."

그렇게 담배를 빨아들이는 대대장을 보면서도 금발 소령은 아무 말도 할 수 없었다. 그런 금발 소령에게 담배를 한 모금 빨아들인 대대장이 다시 입을 열었다.

"그러고 보니 자네는 육군에서 참모 자격으로 지원왔다고 했지?"

"예……. 일단 이곳 레바느 전선은 친위대가 어떤 의미로는 독단적으로 실행한 전쟁이고, 그 바람에 육군은 후방 지역에서 대기나 하는 실정이니까요. 말이 지원이지 사실은 친위대의 행동을 감시하는 거나 마찬가지입니다."

"육군 입장에서는 까마득한 후배가 쓸데없는 짓을 한다고 생각할 테니 말이야. 자네도 그렇게 생각하지 않나?"

대대장의 말에 금발 소령은 어떻게 대답을 해야 하는지 고민했다.

"자네 생각을 거리낌 없이 말해 보게."

"음……. 그렇다면 말씀드리겠습니다."

대대장의 말에 금발 소령은 목을 가다듬고 입을 열었다.

"일단 레바느를 점령할 생각도 없으면서 레바느를 통해 왕국으로 진격한다는 건 말도 안 되는 일이라고 생각합니다. 사실 아시다시피 레바느는 우리나라에게 주된 원유 수출국이고 그로 인해 엄청난 비용이 들어갑니다. 그러면서도 땅이 무척이나 넓어서 점령하기도 쉽지 않지요. 그래서 일정한 비용을 지불하고 길을 빌리는 건 좋습니다만 그 지역이 사막으로 한정되어 버렸습니다. 그것은 샤른 왕국도 마찬가지고요. 결국, 넓게 돌아서 적의 후방을 노린다거나 하는 작전이 제한되어 버렸습니다. 단순한 힘겨루기가 된 거죠."

　"맞는 말이네. 적을 이기겠다고 레바느와 협약되지 않은 지역으로 군사를 보냈을 시에는 레바느와도 전쟁을 치러야 할 테니까. 그리고 협약된 사막만을 이용해 공격하게 되니 결국 최대로 싸울 수 있는 부대라고는 3개 사단뿐, 그 이상도 불가능해져 버렸어. 거기에 주력으로 싸우는 부대가 경험 없는 친위대라니. 말 다 했지. 한심스러운 작전이야. 이겨도 이득 볼 건 없고 지는 순간 피해는 막심하네. 레바느만 좋은 일 시켜주고 있는 거지 뭐. 레바느는 샤른 왕국에게도 원유를 수출하고 있고, 이번에 왕국이 들어올 때도 레바느에게 막대한 돈을 지불했을 것이 분명하니 말이지."

　"사실 왕국으로 진격한다는 것부터가 애매하긴 합니다. 위쪽 나으리들은 500여 년도 더 전에 샤른 왕국을 점령했던 프리드리케 대왕의 위대한 원정을 생각합니다만, 그 당시는 지금처럼 총력전으로 들어가는 시절도 아니었으니 말이죠. 거기다 프리드리케 대왕은 배를 타고 해안으로 상륙해 곧바로 기마대를 이끌고 샤른 왕국, 그 당시는 조르펜 왕국이었군요. 그곳 왕성으로 달려가 왕을 사로잡아서 전쟁을 끝냈죠.

그렇지만 지금 상황에 그게 가능할 리가 없다는 게 제 생각입니다. 그 때와는 달라서 왕이 사로잡혀도 전쟁은 계속되겠죠."

금발 소령의 대답에 대대장은 고개를 끄덕이고는 담배꽁초를 멀리 던져 버렸다. 그리고는 다시 한 개비를 입에 물고는 불을 붙였다.

"맞는 말이야. 정확해. 전쟁이 너무 길어졌어. 도대체 이 전쟁이 왜 시작된 건지도 모르겠고, 우리의 전선도 너무 길어져 버렸네. 너무 많 은 점령지를 점령해서 그곳을 관리하는 데만 해도 엄청난 병력이 투입 되고 있는데다가 아직 샤른 왕국은 건재하네. 그렇다고 레바느를 완벽 하게 우리 편으로 끌어들인 것도 아니야. 거기에 동부연합하고도 전쟁 을 벌여 버렸어."

그렇게 말한 대대장은 담배를 빨아들이고 금발 소령을 바라보며 말 했다.

"우리는 어쩌면 이길 수 없는 전쟁을 벌인 건지도 모르겠네. 참으로 한심하고도 바보 같은 전쟁을 말이야."

대대장과 헤어진 금발 소령은 자신의 장갑차로 돌아갔다. 대위가 금 발 소령을 보고 입을 열었다.

"작전은 승인되었습니까?"

"예. 일단은요. 물론 위에 보고가 되는 것은 볼프란트 대령 자신의 이름으로 올라가겠지요."

대위의 물음에 금발 소령이 대답하고는 자리에 앉았다.

"저만의 부대가 없다는 것은 참으로 한심스러운 거군요. 뭐 참모이 다 보니 별수 없는 거겠지만요."

그렇게 말한 금발 소령이 주전자를 들어서 테이블에 놓여 있는 찻잔에 차를 따랐다. 그리고 다른 잔을 꺼내서 차를 한잔 따른 뒤에 대위에게 권했다.

"다 식었지만 괜찮을 겁니다."

"예."

대위가 찻잔을 들어 올려서 차를 한 모금 입에 담았다. 차갑게 식어 있었지만 좋은 차여서 떫은맛이나 쓴맛은 느껴지지 않고, 오히려 은은한 단맛이 느껴진다고 대위는 생각했다. 그렇게 아무 말 없이 차를 마시던 금발 소령이 찻잔을 내려놓고 입을 열었다.

"대위에게 미안하군요. 저 같은 참모의 부관을 하기에는 아까운 분인데 말이죠. 사실 프로세 전선에서 1개 소대 병력을 이끌고 적의 벙커를 박살내 적진을 돌파한 실력 있는 지휘관이 제 곁에서 제대로 된 부하도 없이 있다는 것은 제 생각에도 제국군의 손실이니까요. 가슴의 그 1급 철십자는 그때 받으신 거죠?"

금발 소령의 물음에 대위는 고개를 끄덕였다.

"조만간 저도 제 부대를 가지게 되겠지요. 그때까지는 부탁드립니다."

"그런 말씀 하시지 않아도 저는 현재 소령님의 직속 참모이고, 그렇다면 명령에 따를 뿐입니다."

대위가 그렇게 말하자 금발 소령은 살짝 표정을 찡그렸다.

"참 재미없는 분이시군요. 뭐 좋습니다."

금발 소령이 그렇게 말하는 순간 탄환이 발사되는 소리가 들렸다.

"작전이 시작되는 모양이군요."

금발 소령이 그렇게 말하며 찻잔을 다시 들어 올렸다.

11.

지도를 보던 낸시 중위는 포탄이 날아오는 소리와 함성에 얼른 벙커 밖을 내다보았다. 제국군이 박격포 사격을 실시하면서 전차를 기동시키고 있었고 그 뒤에 제국군 병사들이 달려오고 있었다. 낸시 중위는 또다시 시작되는 공격을 바라보면서 아까와는 제국군의 모습이 다르다는 점을 깨달았다. 제국군의 박격포는 진지에 고폭탄을 떨구는 대신 1참호선에 연막탄을 떨구기 시작했다. 낸시 중위는 그것이 좋은 징조는 결코 아니라는 것을 깨달았다.

연막이 퍼지며 1참호선을 가리기 시작했다. 멀리서는 소대장들과 분대장들이 병사들을 독려하며 적의 공격에 대비할 것을 외치는 소리가 울려 퍼졌고 연막 안쪽에서는 폭발음과 전차 엔진음이 들려오기 시작했다. 낸시 중위는 침을 삼키며 1참호선에 시선을 고정했다. 그리고 잠시 뒤에 연막을 뚫고 나온 것은 적의 보병이 아닌 적의 전차였다. 낸시 중위는 식은땀이 등 뒤로 흐르는 것을 느꼈다. 적의 전차가 1참호선을 돌파했다. 1참호선과 2참호선 사이의 철조망 지대가 개척되었다는 말이었다. 대전차무기가 없는 왕립군의 입장에선 정말이지 진땀이 흐르는 광경이었다. 병사들 사이에서 긴장감으로 인해 무계획적인 사격이 시작되었고, 그런 긴장감은 전염병처럼 병사들 사이에 퍼져 갔다. 안 그래도 부족한 탄환들이 낭비되기 시작했고 병사들은 패닉에 빠져 갔다. 보병에게 있어서 강철로 보호를 받는 전차는 공포의 대상이었다.

그렇게 전차가 연막 밖으로 기동하는 그 순간 누군가가 참호 밖으로 뛰쳐나갔다. 신관이 연결된 대전차지뢰를 손에 든 그는 무척이나 빠르게 달리고 있었다. 바람 덕분에 어느 정도 퍼져 있는 연막을 은폐물 삼아 뛰어간 그는 전차의 궤도 아래로 대전차 지뢰를 집어 던진 뒤 옆으로 몸을 날려서 포탄으로 생긴 구덩이에 뛰어들었다. 잠시 뒤에 큰 폭발음과 함께 전차의 궤도가 끊어져서 기동을 멈추고 말았다. 전차가 폭발한 것을 확인한 그는 다시 급하게 참호로 달려와 참호 속으로 뛰어든 다음에야 가쁜 숨을 내쉬었다. 낸시 중위는 그가 참호로 달려오는 모습을 보고 말리는 유리아 중사를 뒤로 한 채 그가 돌아온 1소대 참호로 달려나갔다. 그리고 참호에 도착해서야 아까의 행동을 벌인 인물이 1소대장인 마이클 소위인 것을 알게 되었다. 가쁜 숨을 몰아쉬면서도 자신이 해냈다는 자부심 가득한 표정으로 낸시 중위를 올려다본 마이클 소위는 씨익하고 웃어 보였다. 그런 마이클 소위에게 병사들이 환호성을 보냈다.

"됐으니까 다음에 오는 병사들을 주의해!"

마이클 소위가 일어나면서 소리쳤고 병사들은 다시 전방을 주시했다.

"잘했지만 더 이상 미친 짓은 하지 말도록. 지금으로서는 소대를 지휘할 지휘관이 절실하니까 말이야."

낸시 중위가 말하자 마이클 소위는 장난스럽게 경례하고는 자신의 소총을 다시 들어 올렸다.

연막을 뚫고 나오는 제국군 병사들은 병사들의 조준 사격에 하나둘씩 쓰러지기 시작했다. 그리고 어느새 걷힌 연막은 더 이상 제국군에게 훌륭한 은폐물이 되어 주지도 못했다. 연막이 쳐져 있을 때 제국군이 폭약을 이용해 개척해 놓은 철조망 지대는 맨 처음으로 넘어온 전차가 마이클 소위의 대전차지뢰에 당해서 길을 막아 버린지라 그 뒤의 전차들이 넘지 못했다. 새로운 길을 개척하려는 제국군 공병들이 폭약을 들고 달려왔지만 병사들의 조준 사격에 쓰러져 갔다. 그렇지만 결국 다른 쪽의 철조망 지대가 폭발하며 길이 개척되었고, 뒤에 정체되어 있던 전차들이 그 틈으로 쇄도해 들어왔다. 그리고 그런 전차 뒤로 제국군의 병사들이 철조망 지대를 넘어온다는 무전을 들은 낸시 중위는 조용히 무전병에게 수화기를 건네주었다.

"상황이 좋지 못하군요."

로벅 대위가 낸시 중위에게 말했고 낸시 중위는 고개를 끄덕였다.

"얼마나 버틸 수 있을지 모르겠습니다. 이제는 정말 한계라는 생각이 드는군요."

낸시 중위는 그렇게 말하고 옆에 있는 기관단총을 들어올렸다.

"적어도 쉽게 죽을 생각은 없습니다. 로벅 대위님. 유리아 중사와 제니 상병과 함께 전선을 이탈해 주시겠습니까."

낸시 중위가 그렇게 말하자 로벅 대위는 고개를 저었다.

"적어도 어거스트리아의 남자로서 적 앞에서 도망갔다는 오명은 쓸 수 없습니다. 저승에 계신 할아버지를 뵐 낯이 없어지니까요."

로벅 대위가 그렇게 말하고 자신의 권총을 빼어들었다. 낸시 중위는 어느새 일어나 옆에 와 있는 제니 상병을 바라보았다. 제니 상병도 아무 말 없이 자신의 소총을 들어 올려 보이며 대답을 대신했다. 그것은 유리아 중사도 마찬가지였다.

"일단 주요 서류들을 모두 소각해 주십시오."

낸시 중위가 유리아 중사에게 지시하자 유리아 중사는 주머니에서 라이터를 꺼냈다.

"그래도 이렇게 미인들과 함께 저승길로 가게 되다니 꽤나 기쁘군 요. 제니에겐 미안하군. 고향으로 돌아가기는 힘들겠어."

로벅 대위가 제니 상병을 바라보며 말하자 제니 상병은 그런 로벅 대위를 바라봤다. 그리고 갑자기 로벅 대위의 얼굴을 붙잡아서 그대로 자신의 입술을 로벅 대위의 입술로 가져갔다. 낸시 중위와 유리아 중 사는 깜짝 놀라서 그 모습을 바라보았고, 입을 뗀 제니 상병은 빙그레 웃어 보였다. 얼굴이 빨갛게 된 로벅 대위는 놀란 표정으로 제니 상병 을 바라보다가 그대로 웃어 버렸다.

"멋진 선물이군!"

로벅 대위가 소리치듯이 말하자 그제야 낸시 중위와 유리아 중사도 긴장을 풀고 웃을 수 있었다.

12.

금발 소령은 망원경으로 아군이 공격하는 모습을 바라보았다. 제국 군의 전투공병이 효과적으로 장애물을 제거했고, 조금만 더 병력을 투 입하면 적의 참호를 점령할 수 있을 터였다.

"하하하! 이렇게 됐어야지! 더 밀어 버려!"

금발 소령 옆에서 그 모습을 바라보던 볼프란트 대령이 크게 웃음을 터트렸다.

"확실히 대령은 작전 계획을 자신의 이름으로 올린 모양입니다."

대위가 나지막하게 금발 소령의 귀에 대고 속삭였다. 금발 소령은 그런 대위를 보고는 고개를 조심스럽게 끄덕였다. 금발 소령은 적군에게 진심으로 존경심이 떠오르는 것을 느꼈다. 적어도 왕립군의 지휘관은 볼프란트 대령보다 몇십 배는 더 훌륭한 지휘관임이 틀림없다고 생각했다. 마음 같아서는 그런 왕립군의 지휘관, 그것도 여성 중위라는 낸시 중위와 만나서 조촐한 티타임을 가지며 전술에 대해 토론을 하고 싶다는 충동이 들었다. 낸시 중위가 제국군 장교였다면 아마도 이번 전투가 끝난 뒤에 그렇게 할 수 있었겠지만, 금발 소령과 낸시 중위는 서로 입은 군복이 달랐다. 자신이 포로가 되거나 낸시 중위가 포로가 되기 이전에는 서로 만나는 것이 불가능하리라는 점은 금발 소령도 충분히 생각할 수 있었다.

"아쉽군요."

"네?"

금발 소령의 혼잣말에 대위가 되물었다.

"아닙니다. 적군 지휘관이 참으로 아까운 사람이어서 그렇습니다. 처음의 지뢰지대도, 그 뒤에 있었던 방어도 무척이나 훌륭했습니다. 시기적절했어요. 한 번 정도 만나 볼 수 있으면 좋겠군요."

"전투가 끝나면 만나 볼 수 있지 않겠습니까."

대위가 그렇게 말하자 금발 소령은 고개를 저었다.

"아뇨. 아마 이대로 전투가 끝나면 우리는 그의 시신만을 발견할 수 있을 테지요. 항복을 할 만한 사람으로는 보이지 않습니다. 뭐 그것도 적의 지원이 없을 때의 일이겠지만요."

금발 소령이 그렇게 말하자 대위는 고개를 끄덕였다. 금발 소령은 다시 망원경을 들어 올려 왕립군의 진지를 살펴보다 하늘에 검은 점들이 떠 있는 것을 발견했다. 자세히 바라보던 금발 소령은 얼마 안 있어 그 점들이 왕립군의 전투기임을 깨달았다.

"연대지휘관. 적군 전투기가 오고 있습니다."

옆에 있던 부관이 볼프란트 대령에게 소리쳤지만 볼프란트 대령은 별다른 반응을 보이지 않았다. 마음이 다급해진 부관이 다시 한 번 볼프란트 대령에게 소리치자 볼프란트 대령이 심드렁한 표정으로 말했다.

"그깟 적군 전투기가 날아오는 게 뭐가 대수라고 그러는 건가. 우리도 얼른 아군 전투기를 부르면 되잖아."

"죄송합니다만 연대지휘관. 아군 전투기가 오려면 삼십 분은 더 걸립니다."

"대공포가 있잖아! 그걸로 요격하면 되지."

"연대지휘관께서 저 진지를 점령하자마자 빠르게 움직여야 한다고 명령하셔서 대공화기들은 모두 차량에 결속되어 있습니다. 설치하는 데 시간이 걸립니다. 일단 어서 자리를 피하시는 것이……."

"저런 하늘을 날아다니는 장난감이 뭐가 위험하다는 건가! 모두에게 명령하게. 자리를 지키라고. 귀찮을 수 있으니 대공포는 풀어서 얼른 사격하도록."

볼프란트 대령의 대답에 부관은 얼굴이 사색이 되어 달려갔다.

"아마도 급하게 대공화기를 거치하라는 명령을 내리겠군요."

"그보다 위험합니다, 소령님. 일단은 피하시죠."

금발 소령에게 대위가 건의하자 금발 소령은 고개를 끄덕였다.

"맞는 말입니다. 장갑차를 조금 멀리 떨어진 곳에 세워두기를 잘한 것 같군요. 위장막도 쳐 놓았으니 어느 정도는 안전하겠지 싶네요."

그렇게 말한 금발 소령이 앞서서 걷기 시작했고 그 뒤를 대위가 따라 걸었다.

"그보다 생각보다 이른 시간인데 왕립군 전투기가 날아오는군요."

"아마도 미리 준비한 모양입니다. 새벽녘에 출격했겠지요. 그리고 계기비행으로 여기까지 찾아온 모양입니다. 왕립군 조종사들도 꽤 하는군요."

대위에 물음에 금발 소령이 대답했다. 금발 소령은 이제 방법이 없겠다고 생각했다. 해가 떠올랐고, 아군 전투기는 없지만 적군 전투기는 출동했다. 볼프란트 대령은 신경도 안 썼지만 현대전에서 제공권만큼 중요한 것은 없다고 금발 소령은 생각했다. 포기해야 할 때라면 포기하는 것도 중요했다. 그리고 지금은 포기할 때라고 판단했다.

"3대대장님이 무사하셨으면 좋겠네요……."

금발 소령이 혼잣말처럼 그렇게 말하고 언덕 아래로 내려갔다.

13.

긴장된 시간이 지나가는 동안 밖에서는 여전히 지속적인 총성이 들려왔고, 병사들의 고함 소리가 그런 총성과 폭음에 묻어 벙커 안으로 들어오고 있었다. 그리고 그런 와중에도 무전기의 송수화기에 귀를 기울이고 계속해서 아군과 교신을 시도하던 무전병의 수화기에 드디어 목소리가 들렸다. 무전병은 웃으면서 그 목소리의 소속을 물었고, 상대의 대답을 들은 무전병이 뒤를 바라보았다.

"중위님! 항공단과 무전이 됩니다!"

무전병이 소리쳤다. 낸시 중위는 기관단총을 내팽개치듯이 유리아 중사에게 건네준 뒤 무전기 앞으로 달려갔다. 무전병에게 수화기를 받아 들은 낸시 중위는 무전기에 소리치듯 말했다.

"여기는 지그! 지그! 귀 통사는 항공대가 맞는가?!"

-치지직…… 본 통사 506항공단의 L편대^{러브}라고 한다. 우리 아래가 J중대^{지그}가 맞는가?

"그렇다! 기다리고 있었다."

낸시 중위가 웃으면서 응답하자 유리아 중사와 로벅 대위, 제니 상병은 환호성을 질렀다. 머리 위에 있는 항공기가 아군의 항공기임을 알아차린 병사들도 환호성을 지르기 시작했다.

-오케이! 먼저 강철 깡통들부터 사냥하겠다. 우리의 뒤로 친구들이 더 오고 있으니 안심하기 바란다.

그렇게 말한 후 네 대의 전투기들이 급강하하여 철조망 지대를 넘어오는 전차들을 사격하기 시작했다. 왕립군 참호에 근접해 있었기에 왕립군 병사들에게 피해가 갈 수도 있었지만, 베테랑 조종사들인지 적군 전차를 정확하게 노려 격파하기 시작했다. 원래 전차라는 물건은 공중에서의 공격에 매우 취약한 물건이었고, 공중에서 내려오며 발사하는 전투기의 총탄은 그 위력이 몇 배로 증가되는 법이었다. 물론 평지에서 기동중인 전차였다면 제대로 격파하기 힘들 터였지만, 철조망 지대에 봉착해 멈춰 있는 전차였기 때문에 베테랑 조종사들의 사격으로 어느 정도 피해를 줄 수 있었다. 결국, 그 공격을 막지 못한 적군 전차들이 급하게 후퇴하기 시작했고, 제국군 병사들 역시 전차를 따라 뒤로 후퇴하기 시작했다.

왕립군 병사들이 환호성을 지르며 그런 제국군의 뒤를 따라 달려가려 했다. 소대장과 하사들은 흥분한 병사들을 진정시키느라 이리저리 뛰어다니고 있었다. 뒤이어 날아온 왕립군 전투기들이 멈춰 선 제국군 행렬에 공격을 가했다. 제국군이 피해를 줄이고자 산개하며 대공포들이 급하게 불을 뿜기 시작했지만, 그 대공포마저 곧 전투기들의 사격에 침묵했다. 왕립군 항공대의 압승이었다. 적들은 기다리면서 제대로 준비를 갖추고 있지 않았고, 대공포들은 그대로 위장 없이 노출되어 있었기 때문에 왕립군 전투기들을 효과적으로 공격하지 못했다. 그것은 마치 독수리가 토끼를 사냥하는 것과도 같은 싱거운 싸움이었다.

그리고 잠시 뒤에 J중대의 주둔지 옆으로 왕립군 전차 부대들이 달려가기 시작했다. 대 반격이었다. 그런 전차 부대를 뒤따르던 1/4톤 중 한 대가 J중대의 주둔지로 달려왔다. 차에서 목발을 짚고 내려서는 사람은 패커 대위였다. 패커 대위가 낸시 중위를 보고는 반갑게 손을 흔들었다.

"너무 늦은 게 아닌지 싶군요."

"아뇨. 최적의 타이밍입니다."

낸시 중위가 그렇게 말하자 패커 대위는 뒤따라 들어온 트럭에 손을 흔들었다. 트럭에서 병사들이 뛰어내렸다.

"이곳은 이제 저희 I중대가 인수인계하기로 했습니다. 지금까지 수고 많으셨습니다."

패커 대위가 낸시 중위에게 경례를 했고, 낸시 중위는 웃으면서 답례를 했다.

"어찌 되었던 밤새 수고가 많으셨습니다. 후방도 돌입한 제국군 덕분에 밤새 엉망이었습니다만, 다행이라고 할까, 아침쯤 되니 제국군의 공세가 주춤해서 여유가 좀 생겼습니다. 그 덕분에 저희가 이렇게 빠져나와서는 지원을 나오게 되었고요."

"패커 대위도 고생이 많으셨습니다."

패커 대위의 설명을 들은 낸시 중위가 그렇게 말하자 패커 대위는 고개를 저으며 말했다.

"아뇨. 이곳만 하겠습니까. 저희도 밤새 전투를 하긴 했지만, 전차부대의 지원도 있었고 지속적으로 보급도 받았으니까요. 지난밤 피해도 경미한 수준이었습니다. 그보다 아무런 지원 없이 이렇게 버티신 낸시 중위가 더 대단하시지요."

"그렇게 말씀해 주시니 감사합니다. 후방은 어떻게 정리가 되었습니까?"

"지금 저희 사단 병력이 오히려 역공하고 있습니다. 저희는 아예 돌출부를 잘라서 들어온 적을 가두는 임무를 맡았고 말이지요. 아마 그렇게 가두어 버리면 적들을 모두 섬멸할 수 있을 것 같습니다."

패커 대위의 말에 낸시 중위는 자신들과 J중대의 전투가 일정 부분 도움이 되었음을 알 수 있었다. 아마도 자신들이 버티지 못했다면 전선은 붕괴되고 급속도로 전체 방어선이 무너졌을 수도 있는 일이었다. 그렇지만 J중대의 분투로 적의 공세는 효과를 보지 못했고, 그로 인해 이렇게 반격의 기회를 얻게 되었음을 낸시 중위는 알 수 있었다. 낸시 중위는 J중대의 병사들에게 고마운 마음이 들었다. 그리고 자신과 J중대 인원들의 어깨에 얼마나 무거운 짐이 얹어져 있었는지를 생각하니 새삼 가슴이 철렁함을 느꼈다. 실로 버틴 것이 용했다.

"그러면 저는 이만 가서 병사들을 지휘하겠습니다. 수고하셨습니다."

패커 대위의 말에 낸시 중위는 웃으면서 고개를 끄덕였고, 패커 대위는 목발을 짚고 병사들에게로 걸어갔다.

낸시 중위는 I중대가 설치한 천막 아래 앉아 I중대 인원들이 뒷수습을 하는 모습을 보고 있었다. 유리아 중사는 부상병 후송을 관리하고 있었기에 낸시 중위는 혼자서 밖을 바라보았다. 천막은 옆 벽을 모두 올려서 뻥 뚫려 있었고, 그 아래로 조금은 뜨거운 바람이 살살 불었다. 그런 낸시 중위에게 들것에 실린 로벅 대위가 다가왔다. 병사들이 낸시 중위 앞에 들것을 내려놓자 로벅 대위가 손을 흔들어 인사했다.

"여! 이제는 좀 괜찮습니까?"

로벅 대위가 낸시 중위에게 말을 건넸고, 낸시 중위는 그런 로벅 대위에게 말없이 경례를 해 주었다.

"어찌 되었던 다들 살아서 만나니 기쁘군요. 제 부하들도 모두 살았습니다. 뭐 온몸이 멀쩡한 녀석은 여기 있는 제니뿐이지만요."

로벅 대위가 들것 옆에 서 있는 제니 상병의 엉덩이를 두드리며 말하자 제니 상병은 말없이 그런 로벅 대위의 손을 꼬집었다.

"어찌 되었던 저는 먼저 후방으로 가도록 하겠습니다. 그럼 몸조심 하십시오."

로벅 대위가 장난스럽게 경례를 하자 병사들이 다시 들것을 들어 이동했다. 낸시 중위는 그런 로벅 대위에게 다시 경례를 올렸다.

"여기 계셨습니까."

그 모습을 지켜보고 있던 마이클 소위가 로벅 대위가 떠나가는 모습을 보고는 달려서 낸시 중위에게로 왔다. 마이클 소위는 어깨에 붕대를 감아 두고 오른손은 삼각건으로 고정시켜 놓았다.

"많이 다친 건가?"

"아닙니다. 살짝 스쳐 지나간 상처입니다. 아마도 후방 병원에 가면 금방 낫겠지요. 그보다 감사의 인사를 드리러 왔습니다."

마이클 소위가 그렇게 말하고는 왼손으로 무언가를 건네주었다. 세공이 된 작은 단도였는데 특이하게 굽어 있는 모양이었다. 검집도 화려하게 수가 놓인 가죽에 색색의 실로 멋을 낸 독특한 단도였다. 낸시 중위는 조심스럽게 그 단도를 받아들었다.

"전 중대장님이 사막에 와서 원주민에게 구입한 단도입니다. 그 뒤로 저희 중대의 상징과도 같은 물건이 되었지요."

"이런 것을 어째서 나에게……"

낸시 중위가 그렇게 묻자 마이클 소위는 머리를 긁적이며 말했다.

"음…… 저희 중대를 지켜 주셨으니 드리는 겁니다. 지금 남은 병력은 두 개 소대 조금 넘어가지만 말이죠. 아마도 낸시 중위님이 아니셨다면 현재 저도 중대원들과 함께 저승길로 행군하고 있었을 겁니다. 그러니 그 물건은 낸시 중위님이 주인이십니다."

그렇게 말한 마이클 중위는 왼손으로 경례하고는 낸시 중위의 대답도 듣지 않고 다시 그대로 달려가 버렸다. 낸시 중위는 멍하니 자신의 손에 들려진 단도를 바라보았다.

며칠이 지나고 보고와 뒷수습을 끝낸 낸시 중위와 유리아 중사는 다시 중대로 돌아가는 트럭에 올라탔다. 짧은 여행과도 같은 일정은 극심한 피로를 낸시 중위와 유리아 중사에게 남겼다. 여전히 피곤한 모습의 낸시 중위는 손 위에 세공 단도를 올려놓고 조심스럽게 바라보았고, 옆에 앉아 있다가 그 단도를 발견한 유리아 중사가 낸시 중위에게 말을 걸었다.

"처음 보는 단도군요. 레바느의 전통 세공품인가요?"

"네, 아마도 그런 것 같습니다."

낸시 중위가 검집에서 검을 뽑아 들었다. 완만하고 뾰족한 곡선을 가진 단도가 은빛의 도신을 드러냈다.

"꽤 멋진 단도군요. 사막에 왔었다는 좋은 기념품입니다."

유리아 중사가 그렇게 말하자 낸시 중위는 그저 웃어 보일 뿐이었다.

CH.7 INTERLUDE

1.

로빈중대의 아침은 기상나팔과 함께 시작된다. 10분 먼저 기상한 중대 나팔수 겸 보급병인 헬리시온 일병은 천막에서 나와서 크게 나팔을 불기 시작했다. 그 시각은 정확히 06시. 그와 동시에 다른 중대에서도 동일한 방식으로 동일한 기상나팔이 울려 퍼진다.

아침 기상나팔 소리에 잠을 깬 낸시 중위는 무언가 이상한 느낌이 들어서 모포를 들어올렸다. 그리고는 한숨을 쉬고는 자리에서 일어났다.

"조엔 중위……. 조엔 중위!"

낸시 중위는 속옷만 입고 자신의 옆자리에서 자고 있던 조엔 중위를 흔들어 깨웠다. 검은 긴 머리가 흐트러진 조엔 중위는 속옷차림으로 야전침대 위에서 기지개를 켰다.

"으으으…… 아침인가요오?"

"얼른 일어나세요. 요새는 또 잠잠하다가 이러시네. 밤에 제 침대에 몰래 들어오는 짓은 좀 자제해 주셨으면 합니다만."

"밤에는 춥잖아요오."

그렇게 말하면서 조엔 중위는 갑자기 낸시 중위의 목을 끌어당겼다.

"우왁! 뭐 하시는 겁니까. 조엔 중위!"

갑작스러운 일 때문에 균형을 잃은 낸시 중위는 조엔 중위 위에 엎어지듯 침대에 쓰러졌다.

"사막이래도 밤에는 추운걸요. 낸시 중위는 따뜻해서 좋아요오."

"아니 그러니까 옷을 입으시면 되잖아요. 아니면 모포를 더 덮으시던가요. 그보다 손 좀 풀어요. 좀 일어나게요."

낸시 중위가 일어나기 위해 온몸을 비틀었지만 생각보다 강한 조엔 중위의 힘에 제대로 몸을 일으킬 수 없었다.

"조엔 중위……. 저기요……. 이것 좀 풀고 일어납시다."

"흐응. 낸시 중위는 따뜻해서 좋은걸요오."

"아니. 그러니까 아침이라고요……. 우왁!"

낸시 중위가 그렇게 말했지만, 조엔 중위는 손에 더 힘을 줘서는 낸시 중위를 꽈악 끌어안아 버렸다. 그렇게 낸시 중위가 버둥거리는 사이에 천막의 문이 열리면서 누군가가 들어왔다.

"중대장님, 일어나셨습니……."

그렇게 문을 열고 들어온 이는 유리아 중사였고 침대 위에서 반쯤 알몸으로(낸시 중위도 티셔츠에 반바지 차림이었다) 뒹굴고 있는 두 명의 장교를 발견하고는 깜짝 놀라서 멍하니 그 모습을 바라볼 뿐이었다. 그렇게 잠시 침묵을 지키던 유리아 중사는 얼굴이 빨갛게 되어서 뒷걸음

치듯 문밖으로 나가며 말했다.

"죄…… 죄송합니다. 방해한 것 같군요."

"유리아 중사! 이봐요!"

결국 그제서야 겨우 조엔 중위에게서 벗어난 낸시 중위가 유리아 중사를 붙잡았고, 한참을 설명한 뒤에야 유리아 중사의 오해를 풀 수 있었다.

"아직 얼굴이 후끈거리는군요."

"정말이지 유리아 중사도, 지난번에는 저한테 오해를 사시더니 이번에 오해하시면 어쩌자는 겁니까."

유리아 중사가 빨갛게 달아오른 얼굴을 양손으로 비비자 낸시 중위는 살짝 볼멘소리를 했다.

"그러고 보니 그러네요. 사막에 오기 전에는 저랑 레니 소위랑 그런 일이 있었죠."

유리아 중사가 웃으면서 그렇게 말하자 낸시 중위는 한숨을 쉬었다.

"이러니저러니 해도 저는 남자가 좋습니다. 아니, 도대체 제가 왜 이런 말을 해야 하죠?"

낸시 중위가 유리아 중사에게 그렇게 묻자 유리아 중사는 웃어 버렸다.

"아니, 크큭……. 뭐, 오해하는 건 아닙니다. 크큭……."

"억지로 웃음 참으면서 그렇게 말하시지 마시고 웃기면 그냥 웃으세요. 그보다 조엔 중위는 옷 다 입으셨습니까?"

"네에! 다 입었어요."

조엔 중위가 그렇게 말하고는 낸시 중위와 유리아 중사가 앉아 있는 테이블로 다가와 자리에 앉았다. 평상시와 같이 군복 위에 하얀색 의사 가운을 입고 있었다.

"조엔 중위도 장난이 너무 심해요. 적어도 장교로서 좀 더 생각을 하시고 행동해 줬으면 좋겠네요."

"어머. 전 장난 아닌데요? 낸시 중위님이라면 괜찮아요."

"네?!"

조엔 중위의 말에 낸시 중위는 깜짝 놀라서는 자리에서 벌떡 일어나고 말았다. 얼굴이 빨갛게 된 낸시 중위는 조엔 중위를 바라봤고 조엔 중위는 그런 낸시 중위를 보다가 크게 웃음을 터트렸다.

"농담이에요 농담. 정말이지 낸시 중위는 놀리는 재미가 있다니까요."

"조엔 중위가 그렇게 말하면 농담 같지가 않아요."

배를 붙잡고 웃는 조엔 중위를 나무라면서 낸시 중위가 다시 자리에 앉았다.

"그래서 유리아 중사, 무슨 일이시죠? 아침부터."

여전히 고개를 돌리고 웃고 있는 유리아 중사에게 낸시 중위가 묻자 유리아 중사는 목을 가다듬고는 입을 열었다.

"그러고 보니 잊고 있었네요. 별다른 것은 아니고, 후방으로 이동한 지도 좀 되었으니 오늘 하루 정도는 체육대회 같은 것을 하는 게 어떠한가 해서 왔습니다."

"체육대회요?"

유리아 중사의 제안에 낸시 중위가 반문하자 유리아 중사는 계속 말을 이어 갔다.

"네. 어찌 되었건 사막에 온 지도 꽤 되었고 전투도 치르고 했으니까 병사들을 조금 풀어 주는 것도 나쁘지 않겠다는 생각을 해서 말입니다. 일단은 전선에서 멀리 떨어진 후방이니까요."

"흐음……."

유리아 중사의 말에 낸시 중위는 잠시 생각해 보았다. 확실히 지난번 전투 이후로 중대 분위기가 많이 가라앉아 있었고, 그 분위기를 쇄신하는 것도 좋을 것 같다고 낸시 중위는 생각했다.

"준비에 시간이 많이 걸리지 않을까요? 그냥 단순하게 체육대회만 하기도 그렇고요. 회식이라도 한다면 준비할 게 많을 것 같은데요."

"실은 사단 쪽 보급관과 잘 아는 사이라 대충 운은 띄워 두었습니다. 부탁하면 회식 준비 정도는 해결할 수 있을 겁니다."

유리아 중사의 말에 낸시 중위는 빙그레 웃고는 고개를 끄덕였다.

"역시 유리아 중사는 준비성 하나는 철저하군요. 알겠습니다. 그렇게 하지요."

"이야! 오늘 하루는 재미있겠네요!"

조엔 중위가 양팔을 하늘로 올리며 소리치자 낸시 중위도 웃어 버렸다.

2.

"이야, 갑자기 특식을 준비하라니. 이래저래 1소대장님도 너무하네요."

민트 일병이 트럭에서 부식들을 내리면서 투덜거렸다. 아침 식사 중인 병사들을 찾아온 유리아 중사는 오늘 하루 체육대회와 더불어 회식을 할 것을 공표했고 중대 병사들은 모두 환호성을 질렀다. 다만, 아침 취사 뒷정리를 하고 있던 민트 일병은 그 이야기에 깜짝 놀라 버렸다. 회식용 특식을 준비할 생각을 하니 민트 일병은 조금 당황하고 말았다.

"괜찮잖아? 재료는 다 있으니까. 어차피 회식이라고 해도 고기나 잘라서 주면 알아서들 바비큐 하기로 했으니까 우리는 고기나 좀 손질하면 되는 거야."

"뭐 그렇긴 하지만요. 우리 취사반은 덕분에 하루 종일 고기나 손질해야겠네요. 피어 상병님도 아시잖아요. 우리 중대 녀석들 먹성이 얼마나 좋은지. 남자 중대라도 이만큼은 못 먹을 걸요?"

"하긴 그것도 그러네. 그보다 체육대회라도 나가고 싶어서 그러는 거야?"

피어 상병이 마지막 짐을 트럭에서 내리며 묻자 민트 일병은 트럭 뒤쪽 문을 닫으며 대답했다.

"그냥 다들 노는데 우리만 일하는 것 같기도 하고 그래서 말이죠. 조금 있다가 09시에 첫 시합인 팔씨름 대회가 열린대요."

"상품이 뭔데? 휴가증이라도 준다나?"

"아뇨. 프로세제 실크 네글리제요."

민트 일병이 그렇게 답하자 피어 상병은 어이가 없다는 표정으로 민트 일병을 바라보았다.

"그 속옷 위에다 입는 그거? 사막에서 그걸 어디다 쓰라고? 그보다 그런 상품은 누가 건 거야?"

"조엔 중위님이요. 포장도 안 뜯은 새거라네요."

"어떤 의미로 누가 이길지 궁금하긴 하네. 가서 구경할래?"

피어 상병이 취사장으로 사용하는 천막으로 짐들을 옮기면서 말했고 민트 일병은 고개를 저으면서 짐을 들어 올렸다.

"아뇨. 그럴 수야 없죠."

민트 일병의 대답에 피어 상병은 미소를 지어 보였다.

"걱정 마. 이 정도 양이면 금방 끝내니까."

"네? 이 정도 양을요? 소 한 마리는 될 것 같은 양인데요?"

피어 상병의 말에 민트 일병이 눈이 휘둥그레져서는 물었다. 실려온 냉동육의 양이 상당했기에 민트 일병의 물음은 당연했다. 그렇지만 피어 상병은 빙그레 웃고는 커다란 칼을 꺼내서 고기에 대는 듯싶더니, 꽁꽁 얼어 얼음덩어리 같은 고기가 순식간에 잘려 나가기 시작했다.

"어? 어라?"

"내가 총은 못 쏴도 칼 하나는 기가 막혀. 내가 자르면 바로바로 담아서 아이스박스에 넣어 둬. 이런 사막에서는 순식간에 익은 스테이크가 되니까."

"아! 네. 당연히 그래야죠."

피어 상병의 말에 민트 상병이 재빨리 피어 상병 곁으로 다가갔다.

"자! 이번에도 승리는 포반의 에쉴리! 자 다음 도전자 없습니까?"

"봐봐! 에쉴리잖아."

조엔 중위의 주관으로 열린 첫 번째 팔씨름 대회는 어느 순간 뒷골목 도박판처럼 변질되어 있었다. 처음에는 토너먼트식으로 진행되던 시합이었지만 조엔 중위가 교묘하게 이끌어 나가다 보니 어느새 누가 승리하고 패하는지를 정하는 도박이 되어 버려 분위기는 점점 달아올랐다. 그 모습을 지켜보는 낸시 중위는 한숨을 내쉬었지만 별 방법이 없었다. 이제 와서 시합을 중지시키기에는 너무 판이 커져 버렸다.

"조엔 중위가 직접 주관한다고 할 때 말렸어야 하는 게 아닌가 싶네요."

"그래도 병사들이 좋아하지 않습니까? 어차피 병사들 즐거우라고 시작한 거니 그 목적은 달성한 것 같은데요."

유리아 중사가 웃으면서 대답했다. 사실 유리아 중사도 에쉴리 일병에게 5셸링을 걸어 둔 상태였고, 현 추세라면 8셸링 정도로 돌려받을 수 있기 때문에 한껏 기분이 좋아진 상태였다.

"자! 이것으로 6연승 중인 에쉴리에게 도전할 다른 사람 없습니까?"

"다 덤벼 다 덤벼! 팔심은 내가 중대 최고니까!"

조엔 중위의 말에 에쉴리 일병이 자리에서 일어나 자신의 팔뚝을 자랑하면서 소리쳤다. 에쉴리 일병은 중대에서 가장 키가 컸고 가장 힘이 강했다. 거기에 평상시 머리까지 짧게 자르고 다녔기 때문에 남자라고 오해도 많이 받는 병사였고, 그 힘을 여기서 유감없이 발휘하고 있었다.

"유리아 중사도 나가 보시죠?"

"저요? 아무리 저라고 해도 에쉴리를 이길 자신은 없습니다."

낸시 중위가 묻자 유리아 중사가 그렇게 말하며 손사래를 치는 동안 분위기는 더욱 뜨거워졌다.

"야! 미린! 네가 나가 봐! 너 벌써 6셸링 잃었잖아. 그거 따 와야지!"

"에쉴리 팔이 내 허벅지만한데 어떻게 이기라고!"

미린 상병의 대꾸에 다들 크게 웃어 버렸다.

"자! 더 이상 없습니까? 그러면 이것으로 팔씨름 대회는 막을……."

"잠시만요! 잠시만!"

조엔 중위가 최종적으로 에쉴리 일병의 승리를 선언하려는 순간 누군가 그 말을 막아 세웠다. 그 목소리는 시합장을 둘러싸고 있는 병사들 뒤에서 들려왔다. 병사들을 이리저리 헤치며 앞으로 나온 사람은 민트 일병이었다.

"어머! 민트 일병이 도전하려는 건가요?"

조엔 중위가 묻자 민트 일병은 씨익 웃어 보이고는 고개를 저었다.

"아뇨. 피어 상병이 도전할 겁니다."

민트 일병의 말에 병사들이 길을 터 주자 뒤에서 피어 상병이 빙그레 웃으면서 안으로 들어왔다.

"한판 해 볼까?"

피어 상병이 빙그레 웃으면서 오른손목을 풀면서 테이블에 앉았다. 피어 상병도 작은 키는 아니었지만 에쉴리 일병에 비하면 키도 작고 호리호리한 몸을 하고 있었기에 병사들이 휘파람을 불며 소리쳤다.

"히야! 피어 상병님 팔 부러지면 우리 식사는 어떻게 하라고요!"

"연세도 있으신 분이 무리하시면 안 되죠!"

그런 환호에 손을 흔들어 주는 것으로 답례한 피어 상병은 입고 있던 울 셔츠 상의를 벗어서 민트 일병에게 건네준 뒤 셔츠 차림으로 자세를 취했고, 앞에 앉은 에쉴리 일병이 자신의 오른손을 내밀어서 그 오른손을 붙잡았다.

"쉽지 않으실 텐데요."

"걱정 마. 너도 쉽지 않을 거야."

"에이, 그래도 나이가 있는데요. 그거 아세요? 피어 상병님이 제 어머니보다 8살 젊어요. 우리 둘째 이모님이랑 동갑이고요."

"남자랑 자 본 적도 없는 처녀보다는 쓸 만할걸?"

"자 곧 시작합니다! 걸 사람 있으세요?"

에쉴리 일병과 피어 상병이 그렇게 기 싸움을 벌이는 동안 조엔 중위가 환호하는 병사들에게 소리쳤다. 몇몇 병사들이 주머니에서 지폐를 꺼내서 흔들자 그것을 의무병인 베르뉴 상병이 자루에 담았고, 크로아슈 일병은 공책에 이름을 적기 시작했다.

"여기! 에쉴리에게 8셸링!"

유리아 중사가 일어나서 소리치자 베르뉴 상병이 그 돈을 받아 들었다.

"중대장님도 한번 걸어 보시죠?"

"저도요? 내기 같은 건 해 본 적이 없는데요."

그렇게 말한 조엔 중위는 지갑을 꺼내 안을 살펴보다가 지폐를 꺼내 들었다.

"좋습니다. 뭐 한번 해 보는 것도 좋지요. 피어 상병에게 20셸링!"

낸시 중위가 소리치자 병사들이 환호성을 질렀다.

"중대장님이 저희 판돈 올려주시네요!"

"중대장님! 잘 쓰겠습니다!"

에쉴리 일병이 질 거라고는 아무도 생각하지 않는 모양새였다.

"피어 상병님에게 50셸링!"

민트 일병이 그렇게 소리치자 분위기는 최고조로 올라갔다.

"민트! 한 달 월급 다 날리게 생겼네!"

"나 따면 2셸링 정도는 떼어줄게, 민트!"

병사들의 외침을 애써 무시하며 민트 일병은 테이블에 시선을 응시했다. 조엔 중위가 에쉴리 일병과 피어 상병의 양 손을 붙잡고 소리쳤다.

"그럼, 시작!"

시합이 시작되자마자 에쉴리 일병이 손에 강하게 힘을 주었다. 피어 상병의 오른손이 테이블에 닿을 정도로 내려가기 시작했고, 에쉴리를 응원하는 병사들의 목소리는 점점 더 격해지기 시작했다.

"첫 내기인데 지실 것 같군요."

유리아 중사가 낸시 중위에게 말을 걸자 낸시 중위는 그저 빙그레 웃어 보였다. 조금만 힘을 더 주면 이길 것 같은 에쉴리 일병은 웃으면서 피어 상병을 바라보았다.

"이제 그만 끝낼까요? 아줌마?"

에쉴리 일병의 말에 피어 상병은 빙그레 웃고는 자신의 손에 힘을 주었다. 아까까지만 해도 금방이라도 질 것 같던 피어 상병의 오른손이 갑자기 위로 치고 올라왔다. 에쉴리 일병은 경악한 표정으로 피어 상병을 바라보았다.

"어? 아! 어라?!"

"그래. 이제 끝내야겠네."

놀라는 에쉴리 일병의 손은 강하게 테이블을 때렸다. 쿵, 하는 소리가 울려 퍼지고 얼마동안 병사들은 다들 놀라서 아무 말도 하지 못했다. 그런 적막 속에서 미소 지으며 피어 상병이 자리에서 일어나 오른손을 하늘로 들어 올리자 모든 병사들이 소리를 질렀다. 새로운 챔피언이 탄생했음을 축하하는 환호성이었고, 그 환호성에 화답하듯 피어 상병은 양팔을 벌리며 인사를 했다.

"야! 에쉴리! 야 인마! 내가 너한테 얼마를 걸었는데."

"다 털어 넣었는데 아우……."

몇몇 병사들이 머리를 붙잡고 고개를 떨궜고, 유리아 중사도 놀라서 피어 상병과 에쉴리 일병을 바라보았다.

"아무래도 이번 내기는 제가 이겼네요."

낸시 중위가 그렇게 웃으면서 말하자 유리아 중사는 어깨를 으쓱하고는 웃어 보였다.

"제가 졌군요."

유리아 중사가 그렇게 말하며 담배를 빼어 물었고 낸시 중위는 빙그레 웃어 보였다.

"아줌마를 우습게 보지 말라고."

피어 상병이 그렇게 빙그레 웃자 에쉴리 일병은 한숨을 내쉬고는 웃으면서 자리에서 일어났다.

"졌네요. 이야, 힘 가지고는 어디 가서 안 꿀렸는데 말이죠."

"다음에는 더 잘 해 보라고. 아가씨."

그렇게 피어 상병과 에쉴리 일병이 서로 악수를 하며 시합이 종료되었고, 결국 우승자는 피어 상병으로 결정되었다.

3.

팔씨름 대회가 끝난 뒤 점심 식사 후 16시까지 취침 시간이 주어졌고, 16시 반에 한낮의 태양이 조금 사그러들고 나서 다시 체육대회가 재개되었다. 시간이 짧았기 때문에 종목은 축구 시합이 되었다. 제대로 된 골대라던가 장소가 있을 리 없었기에 장소는 주둔지 중앙 넓직한 공터로 정해졌다.

축구장은 천막용 지주핀으로 밧줄을 땅에 고정시켜 표시했고, 골대는 천막용 지주대를 땅에 박아 놓고 위에 줄을 쳐서 표시했다. 정식 축구장이라고 부르기엔 엉성했지만 그나마 구색은 갖출 수 있었다. 먼저 시작된 1소대와 2소대의 시합에는 각 소대장도 참여해서 꽤 치열한 접전을 벌였다.

공터 부분은 그나마 단단한 땅이었지만, 제대로 된 축구장이 아니었기 때문에 공이 어디로 튈지 알 수가 없었다. 그러다보니 제대로 겨냥하고 찬 공이 바닥에 튕기면서 엉뚱한 곳으로 굴러가는 경우가 많았고, 그로 인해 꽤나 재미있는 상황들이 연출되곤 했다. 각 소대별로 응원전도 점점 열기를 띠어 갔고 땀을 뻘뻘 흘리며 달리고 있는 병사들도 모두 시합 자체를 즐기고 있었다. 그리고 결국, 마지막으로 2소대장이 골을 넣으면서 시합은 2소대의 승리로 돌아갔다.

"이햐. 졌네요. 흐유."

아까까지 공을 따라 뛰었던 유리아 중사가 천막으로 만들어 놓은 그늘 아래로 들어오면서 말하자 낸시 중위는 웃으면서 물병을 건네주었다. 유리아 중사는 그 물병을 받아서 얼굴에 부어 버렸다.

"저도 나이가 들기는 드나 봅니다. 애들 따라 뛰기가 힘드네요."

"잘 뛰시던걸요. 그보다 얼른 옷 갈아입으시죠. 젖어서 속이 다 드러나네요."

낸시 중위가 자리에 앉는 유리아 중사에게 권하자 유리아 중사는 그 말에 자신의 몸을 내려다봤다. 흰색 러닝셔츠가 땀과 물로 젖어서 속에 있는 속옷이 드러나 보였다.

"그래야겠네요. 그럼 천막에 좀 다녀오겠습니다."

그렇게 말한 유리아 중사는 다시 자리에서 일어나 자신의 천막으로 향했고 낸시 중위는 시합에 시선을 돌렸다. 이번 시합은 2소대와 3소대&포반 연합이 맞붙는다. 낸시 중위는 양측 선수들을 둘러보았다. 2소대는 아까 한참을 뛰었는데도 여전히 활기찬 레니 소위가 소리치면서 병사들을 배치하고 있는 데 반해서 3소대에서는 포반장인 리젤 하사가 소리치고 있었다. 로나 소위가 보이지 않는 것이 이상해서 낸시 중위는 이리저리 둘러보았고, 응원하는 병사들 한쪽 귀퉁이에 혼자서 앉아 있는 로나 소위를 발견할 수 있었다. 그리고 그 순간 시합이 시작되었다. 낸시 중위는 자리에서 일어나 로나 소위에게 다가갔다.

"옆에 앉아도 되겠어?"

"네. 앉으셔도 됩니다."

낸시 중위의 물음에 로나 소위가 답하자 낸시 중위는 로나 소위의 옆에 걸터앉았다. 그늘이었지만 뜨끈한 모래의 열기가 느껴졌다.

"왜 시합에 안 나가고?"

"축구는 잘 못합니다."

로나 소위가 그렇게 말하자 낸시 중위는 할 말이 없어졌다. 별 수 없이 낸시 중위는 시합에 시선을 가져갔다. 전반 내내 2소대는 레니 소위의 활약에 힘입어 2점으로 3소대를 리드하고 있었다. 그렇게 시합을 보던 낸시 중위에게 로나 소위가 갑자기 말을 걸었다.

"이렇게 즐겁게 지내도 되는 걸까요?"

"응?"

"아뇨. 별다른 건 아니고 그런 생각이 들어서요……."

로나 소위의 말에 낸시 중위는 잠시 고민을 했다. 로나 소위는 여전히 지난번 전투에서 빠져나오지 못하고 있었다. 이런 경우 어떻게 해야 하는지 낸시 중위는 아는 것이 없었다. 그렇지만 가만히 있을 수는 없었다. 로나 소위는 장교고, 병사들을 이끌어야 한다. 그런 장교가 이런 식으로 문제가 생긴다면 다른 병력들에게도 전달될지도 모를 일이었다. 낸시 중위는 한숨을 쉬고는 로나 소위의 머리에 손을 얹었다.

"뭐 좀 더 고민해 봐. 그러다 보면 결론이 나겠지. 뭐가 되었던 자네는 내 소대장이고, 그런 만큼 난 자네를 신뢰하고 있어. 그거 하나는 알아 줬으면 좋겠네. 있다가 소대원들이랑 맛있는 거 먹으면서 좀 이야기도 나누고."

"네. 알겠습니다. 중대장님."

낸시 중위의 말에 로나 소위가 대답했다. 그리고 로나 소위는 자기도 뛰어보겠다고 말하면서 자리에서 일어났고, 입고 있던 울 셔츠를 벗

어 던진 뒤 필드로 달려나갔다. 낸시 중위는 로나 소위가 조금은 힘을
낸 것 같다고 생각하고는 자리에서 일어나 엉덩이를 털고 아까 자신의
자리로 돌아갔다. 그리고 그곳에는 조금 심각한 얼굴을 한 유리아 중
사가 기다리고 있었다. 낸시 중위는 유리아 중사를 바라보고는 입을
열었다.

"무슨 일이시죠?"

"제국군이 그제 밤부터 대공세라고 합니다. 덕분에 우리 사단도 다
시 전선으로 이동한다고 하네요."

유리아 중사의 말에 낸시 중위는 조금 철렁하는 마음이 들었다. 얼
마 전 공세를 막았는데도 불구하고 제국군이 다시, 그것도 이렇게 빠
른 시일에 다시 공세를 펼칠 만한 여력이 있다는 것이 낸시 중위는 놀
라웠다. 그런 낸시 중위에게 유리아 중사는 서류들을 내밀었다.

"방금 사단에서 온 전령에게 받은 겁니다. 저희 중대는 모레 본토로
돌아갈 준비를 하라는군요."

"본토로요? 사단이 전선으로 이동하는데 말입니까?"

"명령서를 보시면 아시겠지만, 병력이 부족하니 본토로 돌아가라는
겁니다."

"확실히 맞는 말이네요. 안 그래도 정식 편제보다 부족한 중대였는
데 이제는 더 적으니 말입니다."

낸시 중위는 한숨을 쉬고는 유리아 중사로부터 서류를 받아들고 살
펴보았다. 모레 09시까지 이동 준비를 완료하고 기차역으로 이동하라
는 명령이었다.

"일단 이 이야기는 회식이 끝나고 내일 아침에 전달하는 게 좋겠

군요."

"저도 그렇게 생각합니다. 한창 재미있을 때 초를 칠 수는 없지요."

유리아 중사가 낸시 중위 옆 의자에 앉으면서 한숨을 내쉬고는 대답했다. 낸시 중위는 공을 따라 달리고 있는 로나 소위를 바라보았다. 로나 소위나 3소대도 본토로 돌아가 휴식을 좀 취하면 그래도 괜찮을 거라고 낸시 중위는 생각했다. 이 상태로 전선으로 이동해도 로나 소위가 제 몫을 할 수 있을 거라고는 생각할 수 없었기에 그나마 다행이라고 낸시 중위는 판단했다.

"그보다도 전령에게 이상한 이야기를 들었습니다."

"이상한 이야기요?"

"네, 제국군이 마법사들을 병사로 쓴다더군요."

"마법사들을요?"

전쟁터에서 듣기 힘들 것 같은 마법사라는 단어가, 그것도 유리아 중사의 입에서 나오자 낸시 중위는 의아함을 느꼈다.

"제가 잘못 들은 게 아니라면 마법사라고요? 그 손에서 불 나오고 얼음 나오고 그러는?"

"네. 그 마법사가 맞습니다."

낸시 중위는 순간적으로 당황하고 말았다. 물론 마법이라는 것이 없는 것은 아니었다. 낸시 중위 자신도 고등교육 당시 마법학기초개론 정도는 교육을 받았고, 사관생도 시절 관련 수업도 이수를 했기 때문에 마법이 어떠한 것인지 정도는 잘 알고 있었다. 그렇지만 아는 것과 그것을 직접 쓰는 것은 달랐다.

과학의 발달로 마법은 이제 하나의 학문 정도로 연구되고 교육되었다. 당장에 낸시 중위도 마법을 배웠지만 간단한 마법조차 쓸 수가 없었다. 마법이란 필연적으로 재능이라는 밑바탕이 있어야 실현 가능한 하나의 기예였고, 재능이 없는 낸시 중위는 간단한 불꽃 마법조차도 성공하지 못했었다. 그렇기 때문에 누구나 쓸 수 있고, 누가 쓰더라도 동일한 성능이 나오며, 손쉽게 대량생산이 가능해야 한다는 병기의 원칙에 마법은 맞지 않았다. 전쟁터에서 활약하는 마법사는 옛이야기에서나 나오는 전설과 같았지 역사적으로도 마법사는 전쟁터에서 두각을 나타낸 적이 없었다. 그런 마법사가 요즘과 같이 과학이 발달한 시기에 전쟁터에 전면적으로 나왔다는 사실을 낸시 중위는 믿을 수가 없었다.

"잘못된 소문 아닌가요?"

전쟁터에서 소문이란 손쉽게 퍼지는 법이었다. 낸시 중위는 이것도 아마 그런 류의 헛소문일 거라 생각했다.

"소문이라고 하기에는 너무 구체적인 내용이라서 말이죠. 일단 그냥 보병인데 빛을 내면서 탄을 튕겨내고, 그들이 쏘는 탄환을 맞은 기관총이 얼어붙었다고 합니다. 이 사막에서 말이죠. 거기에 마법사들이 입는 로브 같은 것을 입고 있었다고 합니다. 그냥 무시하기에는 뭔가 석연찮은 이야기여서 말이죠."

"제국군이 뭔가를 또 하는지도 모르겠군요. 엘프 저격수 다음에는 마법사 병사라. 다음에는 말하는 전차라도 나오겠네요."

유리아 중사의 말에 낸시 중위가 농담처럼 대답하자 유리아 중사는 그저 빙그레 웃을 뿐이었다. 그 순간 병사들의 환호성이 들려왔고 낸시 중위와 유리아 중사는 시합장으로 눈을 돌렸다. 로나 소위를 3소대 인원들이 둘러싸서 축하하고 있었다.

"로나 소위가 한 골 넣었나 봅니다."

유리아 중사의 말에 낸시 중위가 고개를 끄덕였다. 로나 소위가 병사들과 어깨동무를 하면서 좋아하는 모습을 보자 낸시 중위는 조금은 마음이 놓였다.

4.

결국, 로나 소위의 활약에도 불구하고 축구 시합은 2소대의 승리로 돌아갔다. 그 뒤 해가 지평선 너머로 내려가기 시작하자 뜨거웠던 모래 바닥도 천천히 식기 시작했다. 그렇게 회식이 시작되었다. 급조한 축구장을 철거하고 주둔지 중앙 공터에 자리 잡은 병사들은 드럼통을 잘라 만든 화로에 목탄을 넣어서 불을 피우고 있었고, 취사반에서는 낮에 손질을 해 두었던 고기들을 나르기 시작했다.

"이런 날 술이 빠지면 섭하지."

그렇게 말한 유리아 중사가 자신의 천막에서 언제 구입했는지 모를 맥주 박스들을 꺼내 오자 병사들은 유리아 중사의 이름을 부르며 환호했다.

"언제 또 이런 건 준비하셨습니까?"

그런 맥주 박스들을 보며 낸시 중위가 물었지만 유리아 중사는 눈을 찡긋이며 빙그레 웃어 보이고는 맥주 박스를 뜯어 병을 꺼냈다.

"다 손을 쓰는 방법이 있지요. 사실 중대장님에게 오늘 말씀드려서 그렇지 며칠 전부터 준비하고 있었습니다."

"제가 오늘 회식을 허가하지 않았다면 어떻게 하시려고 그랬죠?"

"중대장님이 그러실 분인가요? 사실 중대장님이 반대하시면 이 맥주를 보여드리려고 했습니다. 이걸 보면 회식 허가를 내주지 않을 수 없죠."

유리아 중사가 그렇게 말하자 낸시 중위는 웃을 수밖에 없었다. 이 정도 양의 맥주를 봤으면 자신도 어쩔 수 없었겠다고 낸시 중위는 생각했다. 그 정도로 맥주의 양은 상당했다.

그렇게 맥주도 모두에게 일정하게 돌아간 뒤에 드디어 회식이 시작되었다. 이미 어둑어둑해진 사막에 숯불에서 흘러나오는 빛이 붉게 퍼져 나갔다. 그 빛만으로는 부족하기 때문에 낸시 중위는 발전기에 연결한 전등도 몇 개 켤 것을 지시했다. 전선에서 꽤나 먼 후방이기에 가능한 일이었다. 그렇게 병사들은 각자 알아서 고기를 굽고, 이야기를 하고, 맥주를 마시며 즐거운 시간을 보냈다.

"이야! 오랜만에 구운 고기 아니냐?"

이미 맥주를 두어 병 해치운 미린 상병이 록시 이병을 끌어안다시피 하고는 말했고 록시 이병은 미린 상병을 살짝 밀치면서 대답했다.

"그렇긴 하죠. 그보다 좀 비켜 주실래요. 아무리 밤이어도 좀 더운데요."

"뭐 인마? 우리 록시 많이 컸네. 그보다 너 왜 맥주 안 마셔?!"

"아뇨. 저 술은 마셔 본 적이 없어서……."

록시 이병이 그렇게 대꾸하자 미린 상병은 깜짝 놀라서 눈을 동그랗게 뜨고는 록시 이병을 바라보았다.

"너 나이가 얼만데 술을 안 마셔 봤어?"

"열일곱 살이요."

"그러면 마셔도 돼 인마!"

미린 상병이 그렇게 말하고는 억지로 록시 이병의 손에 맥주병을 들려주었다.

"자! 쭉 들이켜 봐. 이게 바로 신세계여."

미린 상병이 그렇게 말했지만 록시 이병은 난감한 듯 맥주병을 손에 들고 이러지도 저러지도 못하고 있었다. 그 모습을 본 조엔 중위가 록시 이병의 뒤로 다가가서 팔을 뻗어 록시 이병의 몸을 더듬기 시작했다.

"꺄악!"

"어머 어머! 몸은 저기 있는 미린보다 더 어른이면서 아직 술도 제대로 못 마시는 어린아이인 건가요? 그런 건가요오?"

그런 조엔 중위의 품에서 벗어난 록시 이병은 얼굴이 빨갛게 되어서 조엔 중위를 바라보았다. 조엔 중위는 손에 들고 있던 맥주를 들이켜고 입을 열었다.

"열일곱 살이면 충분히 어른이에요오."

"마셔라! 마셔라! 마셔라!"

미린 상병이 소리치기 시작했고 그 목소리는 소대원들에게 전파되었다. 결국, 소대원들 전원이 그렇게 마시기를 종용하자 록시 이병은 눈을 꼭 감고는 맥주병을 입으로 가져갔다. 록시 이병의 맥주병이 점점 비어 갈수록 소대원들의 함성소리는 더 커졌고, 마지막 한 모금까지 다 마신 록시 이병이 테이블에 맥주병을 쾅 소리가 나게 내려놓자 절정에 올랐다. 휘파람을 부는 병사부터 환호성을 지르는 병사, 박수를 치고 테이블을 두드리는 등 모두가 막내인 록시 이병의 첫 음주를 환영해 주었다.

"거 봐! 잘 마시네!"

미린 상병이 그렇게 말하면서 록시 이병에게 다가갔고, 록시 이병은 미린 상병을 보면서 빙그레 웃고는 그대로 모래바닥에 쓰러지고 말았다.

"어?! 록시!"

"어머어머! 술이 약한 모양이네요. 그대로 쓰러져 버린 걸 보면."

록시 이병을 살펴본 조엔 중위가 그렇게 말하자 병사들이 왁자하게 웃었다. 맥주 한 병에 인사불성이 된 록시 이병이 테이블을 붙잡고 일어서다가 다시 쓰러져 버리자 병사들은 더 크게 웃어댔다. 결국, 제대로 몸을 못 가누는 록시 이병은 미린 상병이 업고 천막으로 데리고 갔다.

낸시 중위는 자신의 앞에 놓인 맥주병을 홀짝이면서 즐겁게 웃고 떠드는 병사들을 바라봤다. 어느 정도 술이 취하고 분위기가 무르익자 2소대의 밀리아나 상병이 자신의 바이올린을 들고 와서 연주를 시작했다. 조금은 날카로운 음색의 바이올린 소리가 사막에 울려 퍼지자 병사들의 시선이 집중되었다. 낸시 중위도 들어서 알고 있는 왈츠곡이었다. 조금은 서툴지만, 흥겨운 왈츠 선율이 울려 퍼지자 천막으로 달려가 자신의 기타를 가져온 코웨니 일병이 그 음악에 끼어들어 화음을 맞췄다. 두 현악기의 화음이 미묘하게 자리를 잡아가면서 연주했고, 마지막 음을 끝으로 연주를 끝마치자 병사들이 박수갈채를 보냈다.

"내가 안 낄 수가 없네!"

연주가 끝나자마자 소여 병장이 자신의 밴조를 어깨에 걸치고 앞으로 나가서 현을 튕겼다. 꽤나 수준급의 연주였다. 흥겨운 밴조 가락에 로카 이병이 하모니카로 화음을 넣기 시작하자 모두가 다 알고 있는 컨트리 가곡이 흘러 나왔다. 어느새 밀리아나 상병과 코웨니 이병까지 합세해서 연주를 시작하자 소여 병장이 노래를 시작했다. 조금은 탁하지만 정겨운 소여 병장의 목소리에 다른 병사들이 환호하고는 후렴구가 되자 노래를 따라 부르기 시작했다.

"다들 제대로 즐기네요."

맥주병을 들고 낸시 중위 곁으로 온 조엔 중위가 그렇게 말하며 옆자리에 앉았다. 병사들은 흥겹게 노래 부르고 있었다.

"그러게요. 우리 병사들에게 이렇게 재주가 다양한지 처음 알았네요."

낸시 중위가 웃으면서 그렇게 말하자 조엔 중위는 씨익 웃고는 맥주병을 내밀었다. 낸시 중위도 빙그레 웃고는 그 맥주병에 자신의 맥주병을 부딪쳤다.

"건배!"

조엔 중위가 그렇게 말하고 맥주병을 입으로 가져갔고 낸시 중위도 맥주병을 입으로 가져갔다. 조금은 씁쓸하고, 미지근하지만 왠지 모를 청량감이 낸시 중위의 목을 자극했다. 낸시 중위가 테이블 위에 맥주병을 내려놓자 조엔 중위도 빈 병을 내려놓았다.

"보니까 로나 소위도 많이 좋아진 것 같네요."

조엔 중위가 한쪽을 손으로 가리키자 낸시 중위는 그곳을 바라보았다. 로나 소위와 레니 소위가 웃으면서 박수를 치고 있었다. 그간 얼굴이 어두웠던 로나 소위의 웃는 모습을 보니 낸시 중위도 조금은 마음이 놓이는 기분이었다.

"로나 소위도 더 이상 걱정 안 하셔도 되겠네요."

조엔 중위가 그렇게 묻자 낸시 중위는 고개를 끄덕였다. 낸시 중위는 다시 병사들에게로 시선을 돌렸다. 민트 일병은 어째서인지 상의를 모두 벗고 피어 상병이 팔씨름 대회에서 딴 네글리제를 걸친 채 춤을 추고 있었고, 다른 병사들은 그 모습을 보고는 박장대소했다. 록시 이병을 눕혀 두고 다시 돌아온 미린 상병도 테이블 위에 올라가서 흥겹게 춤을 추고 있었는데, 작은 키에 어울리지 않게 꽤나 멋들어진 춤사위를 보여주고 있었다.

"중대장님?"

그렇게 병사들을 보는 낸시 중위에게 유리아 중사가 다가와서 낸시 중위의 손을 붙잡았다.

"중대장님도 같이 춤추시죠."

"네?! 아니 잠시만요 유리아 중사. 저는 춤은 잘⋯⋯."

낸시 중위가 그렇게 말했지만 억지로 낸시 중위의 손을 잡아 끈 조엔 중위는 병사들 사이로 들어와서 낸시 중위의 손을 붙잡고 춤을 추기 시작했다. 흥겨운 컨트리 음악에 맞춰 빠른 템포로 춤을 추는 유리아 중사를 따라가느라 낸시 중위는 진땀을 흘렸고, 그런 낸시 중위와 유리아 중사의 모습을 보면서 병사들은 박수를 치고 환호성을 질렀다. 회식의 분위기는 최고조로 올라갔다.

5.

회식이 종료되고 주변 정리가 끝난 뒤 모두 잠자리에 들었다. 그렇지만 낸시 중위는 여전히 깨어 있었다. 모레 시작될 이동에 필요한 서류들을 작성하기 위해서였다. 그렇게 마지막으로 철도국에 보낼 서류를 끝낸 낸시 중위는 기지개를 켜고는 자신의 천막 밖으로 나왔다. 밝은 달빛에 환한 사막이 아름답다고 낸시 중위는 생각했다. 그렇게 천천히 걷던 낸시 중위의 시선에 누군가가 들어왔다. 달빛에 자세히 상대방을 살펴본 낸시 중위는 그 상대가 브로미 중사임을 알아차렸다.

"브로미 중사?"

낸시 중위가 묻자 브로미 중사가 고개를 끄덕였다.

"안 주무시고 뭐 하시는 거죠?"

"불침번입니다."

"불침번이요?

"카트젠 상병이 너무 술을 많이 마셨기 때문에 제가 교대해 주기로 했습니다."

브로미 중사의 대답에 낸시 중위는 고개를 끄덕였다. 회식 때 카트젠 상병의 마시는 모습을 생각하면 불침번을 설 상황이 아님은 짐작할 수 있었다.

"브로미 중사는 괜찮나요? 숙취라던가 말이죠."

"저는 술을 마시지 않았습니다."

브로미 중사의 대답에 낸시 중위는 회식 때를 생각해 보았다. 그러고 보니 회식장소에서 브로미 중사를 보지 못했던 것이 생각났다.

"그러고 보니 아까 회식 때 안보였었군요. 그때도 근무서고 계셨습니까?"

"네. 그렇습니다."

브로미 중사의 대답에 낸시 중위는 잠시 계산을 해 보았다. 그렇다면 적어도 여섯 시간 이상 근무를 서고 있다는 말이었다.

"회식 정도는 참여하시지 그러셨습니까."

낸시 중위가 그렇게 묻자 브로미 중사는 고개를 저었다.

"술은 좋아하지 않습니다. 그리고 그렇게 떠들썩한 것도 익숙하지 않고요. 오히려 근무를 서는 게 마음이 편합니다."

브로미 중사의 말에 낸시 중위는 잠시 생각하다가 입을 열었다.

"와서 차나 한 잔 드시죠."

"근무 중입니다."

"중대장 명령입니다. 15분간 근무에서 제외하겠습니다."

"알겠습니다. 중대장님."

브로미 중사는 결국 어쩔 수 없다는 표정으로 낸시 중위의 뒤를 따랐다. 낸시 중위가 자신의 천막에 들어와 버너에 불을 댕겨서 물을 끓이기 시작했고, 브로미 중사는 철모와 총을 옆에 내려놓고 의자에 앉았다. 그렇게 홍차를 탄 낸시 중위는 브로미 중사에게 건네주었고, 브로미 중사는 살짝 고개를 숙여서 감사를 표하고 찻잔을 받아들었다.

"중대원들하고는 많이 친해지셨나요?"

"예."

"특히 친한 사람은요?"

"카트젠 상병과 헬렌 상병입니다. 가끔 시간이 나면 찾아와서 잡담을 합니다."

브로미 중사가 찻잔을 들고 말하자 낸시 중위는 찻잔을 입에 가져가며 생각했다. 이 엘프 중사는 무언가 중대에서 살짝 겉도는 것 같다고 낸시 중위는 늘 생각했다. 그리고 그것은 어느 정도 사실인 것 같았다. 물론 중대 병사들이나 하사관들이 그녀를 피하는 것은 아니었다. 다만 그녀가 다른 이들을 조금 멀리하는 경향이 있었다. 이것이 엘프이기 때문인지, 아니면 저격수라는 병과 특색인지, 그것도 아니라면 제국군에서의 교육 때문인지 낸시 중위는 알 수가 없었다. 그렇지만 그나마 카트젠 상병과 헬렌 상병의 이름이 그녀에게서 나왔다는 것은 어느 정도 중대에 적응하고 있다는 증거일 수도 있다고 낸시 중위는 생각했다.

"그래, 왕립군 생활은 어떤 것 같습니까?"

낸시 중위는 단도직입적으로 물었다. 왠지 낸시 중위는 브로미 중사에게 돌려서 묻고 싶은 생각이 들지 않았다. 그렇게 낸시 중위가 묻자 브로미 중사는 눈을 동그랗게 뜨고 낸시 중위를 바라보다가 살짝 고개를 숙인 뒤 찻잔을 들여다봤다. 잠시 침묵하던 브로미 중사는 고개를 들어서 낸시 중위를 바라보았다.

"뭐라고 말씀드리기 힘듭니다만, 제국군에서는 느끼지 못한 그런 감정을 느끼고 있습니다. 제국군에서 저는 이방인이었습니다. 밤이면 장교들에게 불려가고, 작전에 나갈 때면 의도적으로 가장 위험한 곳에 배치되고는 했습니다. 동료는 없었지요. 그렇지만 여기는 다릅니다. 중대원들은 다 저를 동료로 받아 주었습니다. 줄곧 외톨이었던 저를 말이죠."

그렇게 말한 브로미 중사는 얼굴을 일그러트리며 억지로 짓는 것 같은 웃음을 지어보였다. 평생 웃어 본 적 없는 사람이 웃으면 그렇게 될 것 같은 표정으로. 낸시 중위는 처음으로 보는 브로미 중사의 표정에 조금은 놀라고 말았다. 그렇게 억지로 지은 것 같던 웃음은 잠시 뒤에 꽤나 부드러워졌다.

"감사합니다. 사실 그대로 포로수용소로 보내 버리셔도, 아니, 저격수였으니 그냥 사살해도 될 저에게 새로운 인생을 주셔서요."

그렇게 말한 브로미 중사는 자리에서 일어나 자신의 철모와 총을 집어 들고 인사를 했다.

"그러면 그만 임무로 복귀하겠습니다."

그렇게 경례를 한 브로미 중사는 급하게 천막 밖으로 나갔고, 그런 브로미 중사의 뒷모습을 보면서 낸시 중위는 살짝 웃어 보였다.

"한밤중에 부하를 천막으로 부르다니. 위험한 거 아니에요오?"

"우왁! 조엔 중위?"

그런 낸시 중위에게 갑자기 조엔 중위가 말을 걸자 낸시 중위는 깜짝 놀라서 자리에서 벌떡 일어나고 말았다. 조엔 중위가 낸시 중위의 야전침대에 누워서 모포 밖으로 빼꼼 얼굴을 내밀고 있었다.

"언제 들어오셨습니까!"

낸시 중위가 그렇게 묻자 조엔 중위는 천천히 모포를 열고 자리에서 일어나 침대에 걸터앉았다. 무언가 레이스가 잔뜩 달려서 야해 보이는 속옷 차림의 조엔 중위의 몸에서 모포가 사르르 미끄러졌다. 검고 긴 머리카락이 둥그렇고 하얀 어깨에서 미끄러지는 모습을 보던 낸시 중위는 얼굴을 붉히고는 시선을 피했다.

"옷 좀 입으세요."

"어머. 같은 여자끼리 뭐가 그렇게 부끄러우세요. 혹시 낸시 중위 여자를 좋아하시는 건가요? 어머 어머. 그래서 브로미 중사를 불렀구나. 이거 제가 방해를 한 모양이네요오."

"아니 정말이지! 장난도 정도껏 하세요."

조엔 중위가 요염한 표정으로 그렇게 말하자 낸시 중위는 발끈하고 말았다. 그런 낸시 중위를 보면서 조엔 중위는 큰소리로 웃고는 그대로 자리에서 일어나 낸시 중위에게로 다가와 낸시 중위를 뒤에서 껴안았다.

"전 낸시 중위도 괜찮은데 말이죠오?"

조엔 중위가 그렇게 낸시 중위의 귀에 속삭이자 낸시 중위는 얼굴이 빨갛게 되어서는 얼른 조엔 중위에게서 떨어졌다. 낸시 중위는 당혹감에 얼굴이 빨갛게 되어서 조엔 중위를 바라보았고, 그런 낸시 중위의 얼굴을 본 조엔 중위는 깔깔 웃고는 야전침대로 가서 바닥에 떨어져 있는 의사 가운을 몸에 둘렀다. 앞에 단추는 풀러 놓은 상태여서 여전히 속옷차림이나 마찬가지였다.

"장난이 심했었나 보네요. 아직 순진한 아가씨에게는 자극이 심했나 보죠?"

"정말이지. 장교로서 어느 정도 선은 지켜 주셨으면 좋겠군요. 이런 식으로 장난하는 건 저로서도 기분 좋지 않습니다."

그렇게 말하는 낸시 중위에게 조엔 중위는 눈을 가늘게 뜨고 입을 열었다.

"전 낸시 중위가 좋아요."

"예?!"

조엔 중위의 말에 낸시 중위가 깜짝 놀라자 조엔 중위는 야전침대에 걸터앉으며 계속 말했다.

"물론 성적으로 좋아한다거나 그런 건 아니에요. 저도 물론 남자를 좋아하는 평범한…… 뭐 일단은 여자니까요. 낸시 중위에게는 일종의 친근감을 느끼고 있다고 표현해야겠죠. 뭐가 되었던 낸시 중위는 너무 어깨에 힘을 주며 살고 있어요. 튼튼한 나무는 좋은 재목이지만 태풍이 불면 부러진답니다. 조금 더 여유를 갖고 유연해졌으면 좋겠어요."

그렇게 말한 조엔 중위는 다시 자리에서 일어났다. 올 때 의사 가운하나만 입고 왔는지 다른 옷들은 전혀 보이지 않았다. 조엔 중위는 그렇게 일어나서 낸시 중위에게 살짝 다가와서는 속삭이듯이 말했다.

"잘 하고 있으니까 모든 짐을 혼자 짊어지려고 하지 마세요. 중대의 간부들과 병사들 모두 뛰어난 군인이랍니다. 그럼 잘 주무세요오."

그렇게 말한 조엔 중위가 천막 밖으로 나가고 나서야 낸시 중위는 한숨을 내쉴 수 있었다. 조엔 중위의 마지막 말이 낸시 중위의 귓속을 파고들었다. 아까까지 조엔 중위가 앉아 있었던 야전침대로 걸어간 낸시 중위는 그대로 드러누워 버렸다. 그리고 깊은 한숨을 내쉬었다.

낸시 중위는 지난 일 년간을 돌아보았다. 사관학교 졸업, 교육, 프로세로 첫 발령. 그때까지만 해도 자신이 전쟁터를 경험할 거라고는 꿈에도 생각한 적 없었던 낸시 중위였다. 그리고 소대장이 된 지 얼마되지 않아서 벌어진 첫 전투. 그때부터였을 것이다. 자신이 그런 극심한 책임감을 어깨에 짊어지게 된 것은. 중대에 남은 장교가 없다는 이유로 급작스럽게 중위로 진급하며 중대장이 된 낸시 중위는 제대로 준비된 중대장은 아니었다. 지휘에 대한 경험도 없었고, 자신을 지도해 줄 선배 또한 없었다. 그에 대한 압박감이 조엔 중위에게까지 전해졌나 보다고 생각하니 낸시 중위는 새삼 자신의 미숙함이 느껴졌다.

한평생을 군인으로 전쟁터에서 일생을 보내신 할아버지께서 보시면 '한심스럽다'라고 하시겠다고 낸시 중위는 생각했다. 그런 할아버지를 동경해서 군대에 들어온 낸시 중위였지만, 그런 할아버지의 발끝에도 따라갈 수가 없다는 것만 깨닫게 된 지난 시간이었다. 낸시 중위는 조금 씁쓸해졌다. 그렇지만 한편으로는 무언가 쓸쓸하게 웃으시던 할아버지의 마음을 조금이나마 이해할 수 있을 것 같은 기분이 들었다.

"들어가도 괜찮습니까?"

천막 밖에서 누군가의 목소리가 들렸다. 유리아 중사였다. 낸시 중위는 얼른 일어나서 들어오라고 말했다. 천막 문을 열고 유리아 중사가 안으로 들어왔다. 막 자려고 했는지 반팔 T셔츠에 반바지 차림이었고 늘 포니테일로 묶고 다니는 머리도 풀어 놓은 상태였다. 유리아 중사는 천막 안을 둘러보다 침대에 앉아 있는 낸시 중위를 바라보았다.

"어쩐 일이시죠?"

낸시 중위가 묻자 유리아 중사는 램프를 가리키면서 대답했다.

"지나가는데 램프불이 천막 밖으로 흘러나와서 아직 안 주무시나 했습니다."

"서류 작업을 하느라 말이죠. 이제 자려던 참입니다."

"내일 철수 준비하려면 바쁠 테니 얼른 주무시죠."

유리아 중사가 그 말만 남기고 나가려 하자 낸시 중위는 유리아 중사를 살짝 불러 세웠다.

"무슨 일이시죠?"

"아뇨. 별다른 건 아니고요, 방금 브로미 중사와 차를 마셔서 아직 물이 따뜻한데, 차 한 잔 하시겠습니까?"

낸시 중위가 묻자 유리아 중사는 잠시 생각을 하다가 고개를 끄덕이고 의자에 앉았다. 낸시 중위는 주전자 물을 조금 더 끓여서 찻주전자에 부었다. 유리아 중사는 낸시 중위의 찻잔을 받아들었고 낸시 중위도 자신의 찻잔을 들어 올렸다.

"오늘 감사했습니다. 병사들도 모두 기분전환이 된 것 같네요."

"아닙니다. 레크리에이션도 한 번씩은 있어야지요."

낸시 중위의 말에 대답한 유리아 중사는 조심스럽게 차를 입에 머금었다. 그런 유리아 중사를 바라보던 낸시 중위가 입을 열었다.

"감사합니다."

"네?"

뜬금없는 말에 유리아 중사는 눈을 동그랗게 뜨고 낸시 중위를 바라보며 대답했다.

"유리아 중사가 없었다면 이렇게까지 하지는 못했을 겁니다. 처음 프로세에서부터 여기 사막까지 말이죠."

낸시 중위가 그렇게 말하자 유리아 중사는 빙그레 웃어 보였다.

"솔직히 말씀드리면 처음에는 영 마땅찮았던 것이 사실입니다. 그렇지만 그 뒤로 중대장님은 훌륭하게 지휘를 하셨습니다. 좋은 하사관이 되는 건 쉬워요. 그렇지만 좋은 장교가 되기는 어렵습니다. 그리고 제 판단 하에 중대장님은, 낸시 중위는 좋은 장교입니다."

유리아 중사가 미소를 지으며 그렇게 말하자 낸시 중위는 조금은 가슴이 후련해졌다. 유리아 중사는 군인이 된 지 10년이 다 되어 가는 베테랑이었고, 중대 하사관과 장교를 통틀어 가장 나이가 많았다. 그런 유리아 중사에게 인정받는 말을 듣자 낸시 중위는 조금이나마 자신감이 생기는 기분이었다.

"드디어 표정이 풀어지시는군요. 아까까지는 꽤 굳어 있었습니다."

유리아 중사가 그렇게 말하자 낸시 중위는 살짝 부끄러운 생각이 들었다.

"저야 동생들밖에 없지만 아마 언니가 있었다면 유리아 중사 같은 느낌이겠지 싶습니다."

낸시 중위가 웃으면서 그렇게 말하자 유리아 중사는 방긋 웃어 보였다. 아마도 그런 식의 대접이 싫지만은 않은 모양이라고 낸시 중위는 생각했다.

"저는 형제가 없습니다만, 아마도 중대장님 같은 동생이었다면 꽤 친하게 지냈겠지 싶네요. 같은 침대에서 밤새 떠들면서 말이죠."

"그러면 오늘 같이 잘까요?"

유리아 중사의 말에 낸시 중위가 물었다. 그 말을 들은 유리아 중사는 살짝 놀라서는 낸시 중위를 바라보다가 장난스럽게 웃음을 지었다. 특유의 고양이 같은 웃음을 지어 보인 유리아 중사는 고개를 끄덕이고는 자리에서 일어나 천막 밖으로 나갔고, 잠시 뒤에 자신의 야전침대를 들고 다시 천막으로 들어왔다.

"생각해보니 중대장님이랑 같이 자 본 적은 없네요. 아, 물론 전투 때 같이 참호에서 잔 걸 빼면 말이죠."

"그러게요. 같이 한 1년을 지냈는데 말입니다."

유리아 중사가 침대를 설치하자 낸시 중위는 램프를 들고 자신의 침대로 이동했다. 탁자로 사용하던 나무상자 위에 램프를 올려놓은 낸시 중위는 자신의 침대로 들어가 모포를 끌어당겼고, 유리아 중사도 자신의 침대로 들어갔다. 낸시 중위가 램프를 끄자 천막 안은 완전한 어둠이 되었다. 낸시 중위는 자신 옆에 누군가 누워 있다는 데 안정감을 받았다. 혼자서 모든 것을 짊어지려 들지 말라는 조엔 중위의 말이 조금은 이해가 되었다. 의지할 수 있는 소대장인 유리아 중사도 있었고, 로나 소위와 레니 소위도 있었다. 중대 병사들도 모두 자신의 맡은 바에 충실한 좋은 부하들이었다. 어째서 혼자서 고민을 했는지가 우습다고 낸시 중위는 생각했다. 낸시 중위는 살짝 옆을 보고 손을 뻗어 유리아 중사의 모포 속으로 손을 집어넣었다. 그리고 더듬어서 유리아 중사의 손을 붙잡았다. 살짝 놀란 듯 유리아 중사의 손이 떨리다가 이내 낸시 중위의 손을 꼬옥 잡아 주었다. 손으로 느껴지는 유리아 중사의 체온에 낸시 중위는 마음이 놓였다. 그리고 어느새 깊은 잠에 빠져들었다.

6.

다음 날 아침 낸시 중위와 유리아 중사는 갑자기 침대로 뛰어든 조엔 중위 때문에 깜짝 놀라서 잠에서 깨고 말았다. 조엔 중위가 자신만 쏘옥 빼놓고 둘이서 사이좋게 잤다고 볼을 부풀리며 화를 내자 낸시 중위와 유리아 중사는 그런 조엔 중위를 보면서 빙그레 웃고 말았다.

EPILOGUE

1.

다시 왕국으로 돌아온 로빈중대에게 3박 4일간의 전 중대원 휴가가 주어졌다.

"사단장님도 파격적이네요. 중대 전 병력 휴가라니 말이죠."

"뭐 전선에서 돌아왔으니 허락한다는 요지네요. 확실히 그동안 제대로 된 휴가는 없었으니까요. 병사들도 집에 한 번 다녀올 만하지요."

유리아 중사의 말에 낸시 중위는 그렇게 말할 뿐이었다.

2.

모든 중대원을 집으로 보낸 뒤에 낸시 중위도 부대 주둔지를 출발했다. 사실 사관학교 졸업 이후 낸시 중위는 집으로 돌아간 적이 없었다. 집이 멀었던 것도, 휴가를 쓰지 못했던 것도 아니었다. 다만 자신의 중대원들이 제대로 집으로 가지 못하는데 자신만 편하게 집으로 갈수 없다는 낸시 중위의 나름의 고집일 뿐이었다. 그것은 대륙전쟁 4년 동안 한 번도 집에 들른 적 없다는 자신의 할아버지에 대한 어떤 동경심인지도 모른다고 낸시 중위는 생각했다.

낸시 중위는 사막 전선으로 떠나기 전 자신의 집을 방문해 부모님과 만나지 않았다. 아니, 부모님에게 전선으로 떠난다는 것조차도 알리지를 않았다. 결국 어머니로부터 질책하는 편지를 전선에서 받았음에도 낸시 중위는 간단한 답장을 보내는 것으로 마무리 지었을 뿐이었다. 그것이 전선에서 같이 싸우는 중대원들에 대한 예의라고 생각하는 낸시 중위였다.

"어찌 보면 한심하네……."

낸시 중위는 기차역에서 혼잣말처럼 중얼거리고 정모를 다시 착용했다. 졸업식이 끝나고 집에 갈 때 마지막으로 입고, 한동안 꺼내지도 않다가 다시 입은 정복이 불편하다고 낸시 중위는 생각했다. 어깨에 달린 계급장은 검정색의 소위 계급장에서 은색의 중위 계급장으로 바뀌어 있었지만, 낸시 중위에게는 큰 상관이 없었다. 낸시 중위는 기차가 도착하자마자 올라타 자리에 앉아서 눈을 감아 버렸다.

낸시 중위의 집은 수도에서 어느 정도 떨어진 도시에 있었다. 대도시와 전원이 맞닿은 곳으로 예전부터 귀족들의 저택과 대학들이 있는 것으로 유명했는데, 원래 명칭은 '노크셔 시'였지만 사립학교들과 대학들이 모여 있는 구역이 있기 때문에 '캠퍼스타운'이라는 별칭으로 유명

한 도시였다.

노크셔역에 내린 낸시 중위는 살짝 어깨를 펴고 자세를 바로 했다. 이곳부터는 낸시 중위에게 고향이었고, 고향에서나마 조금이라도 더 당당한 모습을 보여줘야만 한다고 낸시 중위는 생각했다. 그렇게 자세를 바로하고 기차역 정문을 나선 낸시 중위 앞에 조금은 예상치 못한 풍경이 모습을 드러냈다.

역 앞 광장에는 주말이면 열리는 마을 시장이 열려 있었고, 함께 데이트를 즐기는 연인들이나 서로 손을 꼭 붙잡은 아이와 엄마, 같이 산책을 즐기는 조금은 나이든 부부 등 모든 사람이 즐거운 얼굴로 주말을 만끽하고 있었다. 그런 모습에 낸시 중위는 무언가 알 수 없는 위화감을 느끼는 자신을 깨달았다. 이곳 사람들에게 전선이란 수백 km, 아니 수천 km 떨어진 다른 곳이었고, 전쟁이란 다른 나라에서 벌어지는 신문 위의 일에 불과하며, 가끔 가다 울리는 공습경보에 준비된 방공호로 숨는 일 그 이상도 이하도 아닌 듯했다. 거기다 대학밖에 없는 덕분에 제국군의 폭격기는 구경도 못 하는 도시라는 입장이다 보니 더더욱 전쟁의 분위기와는 동떨어질 수밖에 없는 것이다. 그런 일상의 도시에서 정복을 입고 있는 자신이 무척이나 이질적인 존재라는 생각이 든 낸시 중위는 어딘지 모르게 위축되고 말았다. 자신이 이런 평화로운 분위기에 어울리는 사람이 아니라는 생각이 낸시 중위의 온몸을 엄습했다. 낸시 중위는 크게 심호흡을 하고 마음을 다잡은 뒤, 그런 사람들을 뒤로하고 걸어가기 시작했다. 몇몇 사람들이 그런 낸시 중위를 바라보았지만 이내 일상으로 다시 돌아갔고 낸시 중위도 그런 사람들의 시선에 신경 쓰지 않았다.

그렇게 얼마를 걸었을까, 앞에서 한 무리의 사람들이 걸어오다 낸시 중위를 보고는 흠칫 놀라는 모습이 보였다. 뒤이어 자세를 바로하고 낸시 중위에게 경례를 올리자 낸시 중위도 반사적으로 그 경례를 받아 주었다. 둘은 남성이고 다른 하나는 여성이었는데 낸시 중위가 입은 것과 비슷한 정복을 갖춰 입고 있었다. 그렇지만 정복에 부착물이라고는 칼라에 있는 왕국 표식과 어깨에 달린 계급장뿐이었고, 계급장은 황동으로 만들어 금색이었다.

"사관생도들인가?"

낸시 중위가 그렇게 묻자 청년 하나가 차렷 자세를 취하고 입을 열었다.

"예! 저희는 프리스티그 대학 학군단원입니다!"

엄청 긴장한 그의 모습에 낸시 중위는 살짝 웃음이 나오는 것을 참고 입을 열었다.

"좋아, 생도. 그렇지만 말을 할 때는 쉬어 자세로 돌아가는 거네."

"죄송합니다!"

낸시 중위의 말에 생도들이 차렷 자세에서 쉬어 자세로 몸을 풀었다. 낸시 중위는 어느 교관이 가르쳤는지 각이 잔뜩 잡혀 있다고 생각하고는 살짝 미소를 지어 주었다.

"너무 긴장들 하지 말게. 나야 일개 중위이고 그쪽은 아직 사관생도니까."

"아닙니다! 전선에 다녀오신 분에게 예의를 차려야 한다고 생각합니다."

아까까지 말하던 생도 옆의 생도가 그렇게 대답했다. 그 말에 낸시 중위는 잠시 자신의 군복을 돌아보았다. 여군부대가 전투부대에서 지원부대로 바뀌면서 새로 제정된 여성용 정복이 아니라 남성용과 똑같은 정복이었다. 그리고 왼쪽 가슴에는 프로세 참전 기장과 이번에 새로 제정된 레반느 참전 기장이 사관학교 기장과 함께 부착되어 있었다. 이것을 보고 알아차린 모양이라고 낸시 중위는 생각했다.

"뭐 지금은 전선에서도 복귀했고 휴가 중이네. 그렇게 긴장할 필요는 없어."

낸시 중위가 그렇게 말하고 사관생도들의 어깨를 두드려 주었다.

"감사합니다!"

여자 생도의 어깨에 손을 얹자 여자 생도가 외쳤다. 아직 앳되어 보이는 얼굴에서 성량은 크지만 톤이 높은 목소리가 울려 퍼졌다. 왠지 낸시 중위는 귀엽다는 생각이 떠올랐다.

"여자 생도라니 흔치 않군."

"나라를 지키는 데 여자나 남자는 상관없다고 생각해서 지원했습니다."

낸시 중위의 말에 여자 생도가 대답했다. 교과서적인 대답이라고 낸시 중위는 생각했다. 키는 옆에 있는 남자들보다 조금 작을 정도로 크지만, 짧게 단발로 친 머리와 얼굴에서 아직 10대의 풋풋함이 느껴졌다. 그런 여자아이에게서 이런 식의 대답이 나오자 낸시 중위는 조금 씁쓸해졌다.

"중위님! 전선은 어떻습니까! 저희는 당장 오늘이라도 전선으로 갈 준비가 되어 있습니다."

맨 처음 입을 열었던 생도가 눈을 반짝이면서 그렇게 물어 오자 다른 생도들도 역시 전선 상황이 궁금했던 모양인지 낸시 중위를 일제히 바라보았다. 낸시 중위는 난감하다는 생각이 들었다. 분명 생도들은 신문과 기사, 군대의 선전 영상으로만 전선을 바라보았을 것이고, 그런 매체에 멋지게 그려진 군인의 모습을 동경하고 있는 것이 분명하다고 생각했다. 하지만 그런 동경은 아직 소위 계급장을 달고 프로세에 가기 전이었던 낸시 중위도 마찬가지로 가졌던 감정이었고, 전시 매체는 원래 진실을 조금씩 숨기는 법이었다. 낸시 중위는 그들에게 어떻게 대답을 해 줘야 하는지 고민했다. 그리고 진실을 말해 주더라도 그들이 이해할 수 없을 것이라는 결론을 내렸다. 낸시 중위는 조심스럽게 한숨을 쉬고는 입을 열었다.

"귀관들 같은 후배들이 있어 마음이 든든하군. 우리 군은 전선에서 문제없이 잘 싸우고 있네. 귀관들이 전선에 가기 전에 전쟁이 끝날지도 모르겠군. 뭐가 되었던 열심히 공부하고, 열심히 훈련해서 훌륭한 장교가 되도록 비네. 그럼 인연이 닿으면 또 보지."

낸시 중위가 그렇게 말하자 생도들이 다시 경례를 올렸다. 낸시 중위는 생도들의 경례에 답례했다. 그렇게 낸시 중위를 지나친 생도들은 자기들끼리 즐겁게 떠들면서 이야기꽃을 피우기 시작했다. 아마도 전선으로 나가서 공을 세우고 훈장을 타서 이름을 날리고 계급이 올라가는 상상을 하고 있는지도 모른다고 낸시 중위는 생각했다. 그것이 전선을 겪어보지 못한 젊은이라면 당연히 할 만한 상상이라고 낸시 중위는 생각했다. 그리고 그런 그들에게 진실을 말하지 못한 자신에게 자괴감을 느끼고 말았다. 말해도 소용없겠지만. 이라고 마음을 잡으며 낸시 중위는 다시 길을 걷기 시작했다. 아마 저 젊은 생도들도 전선으로 나가 전쟁을 경험하고 나면 자신들의 생각이 어리석었음을 깨닫는 날이 올 것이라 생각하면서.

3.

자신의 집 앞에 도착한 낸시 중위는 살짝 심호흡했다. 저택의 꽤 큰 철문이 위압감을 주고 있었다. 콜필드(Callfield) 집안은 이곳에서도 나름대로 이름 있는 집안이었고, 그 역사가 몇백 년 전으로 올라갈 만큼 유서 깊은 역사를 가지고 있었다. 그런 집안에 숨이 막혀서 도망치듯 사관학교로 갔던 낸시 중위였다. 그렇지만 그런 숨막힘은 소위 계급장을 달고 집에 돌아와 아버지에게 인정받았을 때 모두 사라졌다고 낸시 중위는 생각했었다. 그러나 전선을 다녀온 낸시 중위 앞에 그 집은 또다시 커다란 압박감으로 다가왔다. 낸시 중위는 정모를 벗고 크게 심호흡을 했다.

"어머! 낸시니?"

그 순간 옆에서 목소리가 들려오자 낸시 중위는 깜짝 놀라서 옆을 바라보았다. 어머니와 아버지가 나란히 서 있었다. 이 근처를 산책하다가 돌아온 듯 외출복을 차려입고 있었다. 어머니는 낸시 중위의 얼굴을 보자마자 들고 있던 양산을 집어 던지고 낸시 중위에게 달려왔다.

"무사했구나! 정말이지 이 엄마가 얼마나 걱정했는지 아니."

어머니가 눈물까지 글썽이며 낸시 중위를 껴안자 낸시 중위는 무언가 울컥한 기분이 들어 버리고 말았다. 그런 모녀에게 아버지가 다가와서 낸시 중위의 어깨에 손을 얹고 말했다.

"뭐 별다른 말은 할 필요 없겠지……. 잘 다녀왔다."

낸시 중위는 그런 아버지의 목소리에 아무 말 없이 고개를 끄덕이며 동의했다.

"이러지 말고 얼른 들어가자. 얼마나 고생했는지 얼굴이 다 상한 것 봐……."

어머니가 그렇게 낸시 중위의 손을 이끌고 문으로 향하는 동안 아버지는 천천히 바닥에 떨어진 어머니의 양산을 집어 들었다. 철문이 열리자 낸시 중위의 가족은 집 안으로 들어갔다. 낸시 중위는 기다란 정원을 걸어가다 말고 문 앞에 걸려 있는 왕국 깃발을 보았고, 그 옆에 늘어져 있는 흰색 바탕에 검은 별이 하나 그려진 깃발 펜던트를 보았다. 자식이 군대에 간 가족들이 집에 하나씩 거는 그런 깃발이었다.

"이제 저 깃발은 치워버려야겠군."

아버지가 그렇게 말하며 문 옆의 별 깃발을 떼어 버렸고, 어머니는 문을 열고 집 안으로 들어갔다.

"다녀오셨습니…… 오! 아가씨께서 오셨군요."

집 안으로 들어가자 집사인 레이몬드가 인사를 하다 낸시 중위를 발견하고는 살짝 놀라면서 인사를 했다.

"아…… 네……. 다녀왔습니다, 레이몬드."

"얘들아! 얼른 나와 보렴! 언니가 돌아왔어."

어머니가 집 안으로 들어가면서 소리치자 계단 위에서 대답하면서 동생들이 내려오는 소리가 들리기 시작했다. 그제야 낸시 중위는 자신이 드디어 집에 돌아왔음을 실감할 수 있었다.

낸시 중위는 전선에서 고향집으로 돌아왔다.

그리고 전쟁은 여전히 계속되고 있었다.

1권 끝

FROM NAPJALOO

여기까지 오시느라 수고 많으셨습니다. 그리고 '미소녀 충만 밀리터리 빙자 하렘물'을 생각하고 책을 들어 주신 독자분들께 일단 깊숙이 머리 숙여 사과드립니다. 만약 그런 걸 생각하셨다면 여러분은 저에게 월척이 되어 주신 겁니다. 어떤 의미로든 참 감사드립니다.

사실 '라이트노벨'이라 부르기 미묘하다는 게 제 생각이긴 합니다. 적절히 '라이트 밀리터리 노벨'이라고 생각해 주시면 감사하겠습니다. 밀리터리가 라이트해 봐야 전쟁은 전쟁이긴 하지만 말입니다. 네, 전쟁은 좋은 게 아니니까 이렇게 창작물 속에서나 즐겨야 하는 거지요. 사실 전쟁을 '즐긴다'는 표현 자체가 꽤 거시기한 표현인 건 사실입니다.

오랫동안 써 왔던 작품이 이렇게 종이책으로 나온다고 하니 이게 참 기분이 묘하네요. 일단 블로그를 보니 '왕립육군 로빈중대'의 전신이 되는 소설을 처음 인터넷에 올린 게 2005년이었네요. 그리고 그때 포스팅을 보니 옛날에 쓰던 공책에서 발굴했다는 이야기까지……. 도대체 얼마나 오래 붙잡고 있었던 걸까요. 저도 감도 안 잡히네요. 그보다 벌써 밀덕+오덕 생활을 그렇게 오래 했구나 싶기도 합니다.

어찌 되었던 그렇게 군대 가기 전에 한창 쓰다가 군대에서 '야전교범'이라는 복음서를 접하고 나서 '내가 지금까지 알았던 것은 정말 별거 아니었구나!' 라는 생각에 다시 쓰기 시작했었는데, 이렇게 책이 되어서 더 많은 독자분들의 손에 들어가게 된다니 정말이지 기뻐서 잠을 이루기 힘들 지경입니다. 이 자리를 빌어서 야전교범을 출간해 주신 대한민국 육군본부에 감사의 인사를 올립니다.

이쯤 되니까 그 길었던 30개월의 군 생활이 아쉽지가 않네요. 아! 그때 장기 말뚝만 박았더라면….

일러스트레이터 분에 대해서 말을 안 할 수가 없네요. '노가미 타케시' 라고 하면 어떤 분은 '세일러복과 중전차'를, 어떤 분은 '모에 전차학교'를 떠올리실 겁니다. 저로서는 사실 '강철의 소녀들'(물론 이때는 '미가노 시게타'였지만요)과 '야마토 나데시코 007'이었습니다.

어찌 되었든 정말이지 황송하게도 이런 일러스트레이터를 붙여 주신 편집부에는 책이 안 팔리면 석고대죄라고 해야 하는 게 아닌가 생각하고 있습니다.

뭐, 이상한 소리가 길었습니다만, 제 소설이 이렇게 출간된다니 감개무량합니다. 이 책을 출간하느라 고생하신 출판사 분들과 저에게 영향을 끼친 「알기 쉬운 세계 제2차대전사」, 「전투의 심리학」, 「보병전투」, 「스타쉽 트루퍼즈」, 「사기꾼」, 그밖에 수많은 밀리터리 서적을 집필해 주신 선배 작가분들께도 감사의 인사를 올립니다. 후배라고 하기에 민망할 후배입니다만, 그분들의 작품이 아니었다면 여기까지 오기도 힘들었을 겁니다.

그리고 시간과 돈을 들여 제 책을 구입하고, 또 읽어 주시고, 거기에 황송하게도 뒤쪽 후기란까지 읽고 계시는 독자분들께는 바닥에 엎드려 큰절을 해도 모자라겠지요. 사실 지금 이 후기는 엎드려서 쓰고 있습니다. 그러니 모쪼록 다음 권도 구매 부탁드립니다. 불쌍한 작가는 독자님들의 사랑을 먹고 자랍니다.

길다면 길고 짧다면 짧은 소설 읽느라 고생 많으셨고, 다음 권에서 다시 만나뵙겠습니다. 감사합니다.

Special Thanks to 부모님과 누님, 페르디안, E.de.N, 텐지, 같은 출판사 동료 작가분이신 오소리, 박제후, 국방부, 그밖에 책을 들어 주신 모든 분들.

FROM TAKESHI NOGAMI

　왕립육군 로빈중대를 사 주셔서 감사합니다. 노가미 타케시입니다. 본 작품의 일러스트를 담당하게 된 것을 영광스럽게 생각하고 있습니다. 어렵지만, 즐거운 작업이었습니다.

　삽화를 그릴 때, 납자루 작가의 박력 넘치는 보병 전투 묘사와 매력적인 여성 캐릭터 사이에서 어떻게 그려야 할지 두근두근했습니다.

　이후에 나올 로빈중대의 전투도 잔뜩 기대하고 있습니다!

왕립육군 로빈중대

초판 1쇄 발행 2016년 6월 30일

저자 납자루

발행인 원종우
발행처 (주)이미지프레임

주소 (13812) 경기도 과천시 용마로2 2층
영업부 02-3667-2653 **편집부** 02-3667-2654 **팩스** 02-3667-2655
메일 edit01@imageframe.kr **웹** vnovel.co.kr

ISBN 978-89-6052640-1 02810 **(세트)** 978-89-6052639-6

THE ROYAL ARMY ROBIN COMPANY
© 2016 Napjaloo
Published in Korea

이 책은 작가와 (주)이미지프레임의 독점 계약으로 출간되었습니다.
저작권법에 의해 보호받는 저작물로서 허락없는 사용을 금합니다.